U0022421

給卓佛理——因為他，我才能魚與熊掌兼得。

上為而下從，此事物之常理也。

男下沖女上接，以此合會，乃謂天平地成矣。

——洞玄子（唐代，西元六一八—九〇七）

致謝

大家都知道——也或許並不知道——完成一部小說和獲得出版社出版是個極為漫長且艱鉅的過程。而其中最難的，是讓別人知道你的小說已經面世。若沒有得到許多人的協助，我絕不可能成就這一切。

最感謝的是我的丈夫，卓佛理·雷蒙（Geoffrey Redmond）。他不但是個女性荷爾蒙專家，也是個優秀的作家。多謝他以無限幽默和愛心忍受他老婆在漫長寫作過程中的古怪情緒，和他無限的支持。也是卓佛理的熱心、智慧、愛和正面能量居然能令這艱險多變的紅塵路變得充滿開心、刺激、驚喜和信任。

蘇珊·郭佛（Susan Crawford）是我開朗樂觀的經紀人，不但幫我找到了肯辛頓（Kensington Books）這間理想的出版社，還幫我找到了夢寐以求的好編輯——奧德莉·拉斐（Audrey LaFehr）。

我要感謝的人還有很多——

我的古琴老師蔡德允女士 (Tsar Teh–yun)。

我的太極老師黃增譽先生 (Huang Tzeng–yu)。他教導我如何運用「棉裡藏針」以柔克剛，及陰陽動靜的平衡之道。

國際婦女寫作協會 (International Women's Writing Guild) 的創辦人漢娜蘿爾・韓恩 (Hannelore Hahn) 和她女兒伊麗莎白・茱莉亞・史道曼 (Elizabeth Julia Stoumen)，她們對女性作家的鼓舞如引蝶之花。

我的好友和太極夥伴——泰瑞爾・查佳 (Teryle Ciaccia)，她的熱情、關心和善良讓我充滿力量。

童書作家兼最棒的老師——凱蒂・格瑞芬 (Kitty Griffin)，感謝她無私的幫助，靈感和友誼。

新學院大學的導師——愛倫・史庫黛多 (Ellen Scordato)，感謝她不厭其煩地回答我有關英文文法上的問題。

我的作家朋友——雪拉・薇恩斯坦 (Sheila Weinstein) 和愛絲塔・費薛 (Esta Fischer)，所給我在寫作上的建議。

國際婦女寫作協會的寫作夥伴兼導師——伊麗莎白・布潔莉 (Elizabeth Buzzelli)，感謝她給了我一個非常關鍵的意見。

克利夫蘭作家協會 (Cleveland Writer's Workshop) 會長——尼奧・錢德勒 (Neal Chandler)，感謝他孜孜不倦的寫作與教學。

感謝克勞蒂・克萊蒙 (Cloudia Clemente) 在我隻身到阿姆斯特丹 (Amsterdam) 國際亞洲學研究所 (International Institute for Asian Studies) 作訪問學者期間對我的關懷和照顧。

愛爾貝絲・瑞曼 (Elsbeth Reimann)，她的熱心和陽光般的微笑讓我充滿喜悅。

丘愛恩 (Eugenia Oi Yan Yau)，傑出聲樂家、音樂教授、我的前學生、也是我最好的朋友，也感謝她的丈夫——荷西・桑多斯 (Jose Santos) 替我解決了很多電腦方面的問題。

最後是我的歌唱家爸爸和老師媽媽，感謝他們讓我在很小的時候便接觸音樂和藝術。雖然他們都已不在人世，但若他們在天有靈，我想用這些文字對他們獻上最深的感激，並感謝他們對藝術創作能移風易俗信念的肯定。

桃花亭

目次

楔子　寶蘭

加州的陽光緩緩流瀉進窗戶，爬上了竹子盆栽、綻放著梅花的花瓶、小香壇、最後停在寶蘭身上——一個一絲不掛躺在我面前的女子。

躺在鑲著金色花朵的紅絲布上，她的身體曲線如同一條蓄勢待發的蛇，使我妒火中燒。「孽海花」——老上海的人們總會摀著嘴偷偷這麼說。如今，我在舊金山輕聲喊著她的名字，「寶蘭」，滿嘴的甜膩。我想像自己呼吸著她溫暖裸體的香氣。

寶蘭的眼睛又大又亮，雙唇飽滿性感，暗紅的唇膏如一場遙遠夢境裡的玫瑰花瓣。她勾起一抹魅惑的微笑，說著討人開心的話。加上她放在頭後優雅彎曲著的光滑雙臂，使我想起了古老的中國詩句：「一雙玉臂千人枕，半點朱唇萬客嚐。」

那玫瑰唇瓣彷彿說著：「請過來。」

我點點頭，伸手觸碰那充滿光澤、散落在她小而圓潤胸前的黑髮。她的胸潔白如玉，觸感如絲，曾被士兵、商人、達官貴人、書生、畫家、警官、土匪觸碰過，還有一位天主神父和一位道士。

因為有種褻瀆的罪惡感，我緩緩抽回自己已近百、滿是老人斑和皺紋的手。我搖著搖椅，看著寶蘭，她也靜靜地看著我。「唉，真是光陰似箭，歲月如梭！」我邊說邊啜飲著手中的人參茶。

「阿婆，這是最好的人參茶，讓您長壽又健康。」曾孫女那天帶人參茶來的時候這麼跟我說。

上星期是我九十八歲生日會，雖然他們沒說，但我知道他們希望能在我歸西之前完成我的回憶錄。我說的「他們」，指的是我的曾孫女玉珍和她美國籍未婚夫里歐。再過一會，他們就要來記錄我的口述歷史。

口述歷史！他們忘了我還能讀能寫嗎？他們簡直把我當成了博物館裡的老骨董，好像把我從地底下挖出來，讓我重見天日是一件多偉大的恩賜！他們怎麼能忘了，我不僅識字，還精通琴棋書畫和詩詞，而這些正是他們要為我寫回憶錄的原因？

現在寶蘭就像在說：「老女人，走開！為什麼妳總想提醒我妳有多老、曾經多有名氣？妳就不能讓我享受我這顛峰的青春和美貌嗎？」

「當然。」我朝空氣說，感覺到自己嘴角皺紋的重量。

但她仍靜靜用那雙杏眼看著我，像潔白宣紙上的兩點墨。奇怪的是，這女人跟我住在同一個屋簷下，但卻只用眼神和她那性感的肉體跟我溝通。

但我早習慣了她的古怪，因為她正是另一個我——狂野而年輕的我！這個在我面前的美女只不過是一幅七十五年前，褪了色的油畫中那個二十三歲的我。

上海最後一位精通琴棋書畫的青樓女子。

這就是為什麼他們總要我說，或者，賣我的故事，因為我身上背負著那神祕的名妓文化的過去。名妓。有名望的妓女？是的，在中國古代，人們是這麼稱呼我們。和皇帝一樣，這個族群在中國成為人民共和國之後便消失了。有人說，這是個莫大的損失；有人卻反問，妓女的消失怎能說是損失呢？

咖啡桌上的無線電話響起，我用僵直老化的手拿起聽筒，珍和里歐已經在樓下了。珍是玉珍的英文名字，我實在不怎麼喜歡這個名字，因為唸起來就像「煎」。每次我叫她「煎，煎！」的時候，幾乎可以聞到魚在油鍋裡，伴隨那劈哩啪啦聲的味道——滋滋！滋滋！聽起來好像我正煎著自己的骨肉哩！

帶著笑聲和旺盛的活力，這兩個年輕人進了我的安養院。他們修長得令人妒忌的手臂牽著彼此，搖來晃去的。玉珍甩開里歐，跳上前親了我的臉頰，然後拿著一籃水果在我面前晃得我天旋地轉。

「嗨，祖母媽媽，您今天氣色真好，是人參茶的關係嗎？」

「玉珍，妳能不能對一個活過　個世紀，經歷過無數風雨的老女人尊重點？」我說，推開了那籃水果。

「祖母媽媽！」玉珍嬌嗔，將籃子放在桌上，然後一屁股坐到我身旁的沙發上。

現在輪到里歐了，他也親了我的臉頰，接著用流利的中文說：「婆婆，您今天好嗎？」

這個美國人男孩叫我婆婆，是中國人稱呼年長女人的尊稱，但玉珍總喜歡用西方的說法叫我祖母媽媽（她加上「媽媽」來取代「曾」祖母）。雖然我對老番充滿戒心，但卻打心裡喜歡里歐。他是個很好的男孩，長得好看、身材壯碩、一頭柔軟的金髮、從那間很優秀，叫「給林比亞」大學（哥倫比亞大學（Columbia University））的新聞系畢業（我聽玉珍說的）、中文流利、現在是「阿爸口令」的知名出版社（哈珀・柯林斯出版社（Harper Collins））編輯（這也是玉珍跟我說的）。還有，他深愛著我的寶貝曾孫女。

玉珍已經在我的廚房裡七手八腳地準備點心，大腿在半掩的門後若隱若現，精力充沛地穿梭在冰箱、碗櫃、洗手臺和爐子之間。

半小時之後，我們用完點心，玉珍和里歐清洗了餐具和桌子後，他們坐在我的兩側，小心翼翼地拿出錄音機、筆記本和筆。他們臉上閃耀著光芒，就像想討好老師的中國學生一樣。看見他們表情變得嚴肅，就像背負著神聖的使命，前來拯救即將被捲進流沙裡的珍貴遺產，我忽然覺得有點感動。

「祖母媽媽，」玉珍用英文和她未婚夫討論之後跟我說，「我和里歐都希望您可以從頭講起，就是從祖父爸爸被處死，您被賣到青樓之後開始。」

我很高興她謹慎地用「青樓」這個文雅詩意的說法，而不是「妓院」或更難聽的「妓寨」。

「玉珍，妳對中國文化這麼有興趣的話，妳知道中文裡形容這些地方的字眼有四十幾種說法嗎？像火坑、溫柔鄉、勾欄、風月場所……。」

玉珍插嘴問：「祖母媽媽，那您是在哪裡？」

「我們有不同階級的，分別為書寓、長三、么二和野雞。知書達禮的書寓，」我抬高了下巴，「像我，優於那些長三女子，長三則看不起那些在么二的。但當然，無家可歸的野雞是最被瞧不起的，根本不被當做人。」

「哇，真酷！」玉珍邊說邊跟里歐竊竊私語。她轉身看著我，細長的雙眼裡閃著光芒。「祖母媽媽，我們覺得如果您可以用一種『說故事』的方式來講會更好。還有，可以多加一點香豔刺激的情節進去嗎？」

「不行，」我擺擺手，「你們覺得我的人生還不夠悲慘嗎？這是我的故事，我要用自己的方式講！」

「當然！」這兩個人頭點得像運球中的籃球。

「好啦，我的大王子和大公主，還有什麼要交代嗎？」

「沒了，祖母媽媽，我們開始吧！」兩張年輕的臉龐亮了起來，好似準備要看哪部好萊塢肥皂劇一樣，完全忘了我早就跟他們說過——我的人生比那些肥皂劇還要精彩千百倍。

第一部

1 青樓

淪落青樓是我的宿命。

畢竟，正常家庭根本不會迎娶殺人兇手的女兒，因為他的孩子甚至在出生前就會被冠上莫須有的罪名。其他唯一的選擇就是我母親的選擇——到廟裡當尼姑，因為只有空門才會接受罪犯的家屬。

我剛滿十三歲那年，便從平靜的家庭踏進喧鬧的青樓。但與其他女孩不同的是，我之所以淪落於此並非因我家貧或被土匪拐賣。

我之所以淪落青樓是因為父親被判了一個他從未犯下的罪。

「妳爸爸的錯，」母親一再跟我說，「就是不該太有正義，還有，」她傷心地說，「不該管有錢人家的閒事。」

是啊，那「閒事」不但讓他賠上了性命，還讓他妻子和女兒的人生一夕之間全變了樣。

爸爸是名京劇演員，會國樂、特技及武打。但在一次表演中，他身穿綁著四面旗的三十斤重盔甲，踩著高蹺從四層高的椅子上跳下來，結果摔斷了腿。因為再也無法演出，他便在樂隊裡拉二胡。

幾年後，他的二胡拉出了一些名氣，一個上海軍閥的太太便把他聘到自己的京劇團裡。這個太太每個月都會在家裡舉辦宴會，也就是在那個美輪美奐的庭院所發生的事件讓我們一家人的命運全變了調。

一個微透月光的夜晚，在悠揚的二胡伴奏和珠光寶氣、穿著華美衣服的富太太們歌聲中——那個酩酊大醉的軍閥強暴了自己的女兒。

女孩抓著她父親的槍逃到庭院裡，那個軍閥緊追在她身後，褲子掉下了一半，邊喘著氣。突然，他女兒停了下來，轉向他，眼淚流了下來，緩緩將槍指著自己的頭：「畜生！你敢再靠近一步，我就開槍！」

爸爸丟下他名貴的二胡，擠進混亂之中。他推開那些瞠目結舌的圍觀者，撲向前想把槍搶走。但槍走火了，那個不幸的女孩應聲倒在一片血泊之中，所有賓客與僕人都嚇傻了。

那個軍閥掐著爸爸的脖子，雙眼迷濛，臉紅得像他女兒濺了一地的鮮血，朝爸爸吐了一口口水：「畜生！你強暴我女兒，還殺了她！」

雖然在場的人都知道這是莫須有的指控，但沒人敢說出真相。奴僕們太害怕又無能為力，有錢人們則不屑一顧。

一個將軍摸了摸鬍子，輕蔑地說：「沒什麼大不了，只是個拉二胡的。」於是整起事件就此落幕。

但對我們來說，這卻是一件驚天大事。爸爸被處死，母親出了家，我則被帶到青樓去。這些都是發生在一九一八年的事了。

之後，在我多愁善感的青春期，當母親在北京的淨蓮尼姑庵裡努力尋求超脫慾望的枷鎖時，我則在桃花亭裡與無窮盡的慾望共舞。

妳爸爸的錯就是——不該太有正義和管有錢人家的閒事。

母親的話始終在我的腦海盤繞著，直到那天，我跪在慈悲為懷的觀音菩薩面前，發誓此生絕不慈悲為懷。但不管有錢人家的閒事？我的工作正是取悅那些有錢有勢的人。我期許自己如同千手觀音，成為心中有一千座城府的女人，能將千萬個男人攬入懷中。

但這些都是當我飽嘗風花雪月之後的事了。剛進青樓的時候，我還是個半帶天真、半帶哀傷的小女孩。

青樓裡，大家叫我寶蘭，這只是我的藝名。我的本名叫香湘，這個名字有兩層意義。前一個香是因為我有天生的體香（一種混合著奶香、蜂蜜和茉莉的香氣），這是只有在傳說中，在那些終年以花草為糧的女孩身上才會有的。另外，這個名字也取自湘江。父母親替我取這個名字是希望我的人生能豐富如滔滔江水，卻從沒料想到，是我的眼淚豐富了這條無止盡的長河。他們原希望我的人生能如同那條河流的美妙歌聲，卻不曾想過我的命運是苦樂參半的旋律。

父親死後，雖然我們過得清苦，但母親從沒想過要把我送進桃花亭。這完全是她的遠房親戚，一個叫芳容的女人，所設下的詭計。母親只在新年的時候，在某位遠房叔舅的家裡見過她一次。爸爸被處死後不久的某天，芳容突然出現，告訴母親她能幫忙好好照顧我。第一眼看到她的時候，我很訝異她的人和她的名字完全不符。她的身形像個腫脹的米袋、有張大餅臉和一雙老鼠眼，眉心的一顆大痣不懷好意地蠢蠢欲動著。

芳容說她在一個有錢人家裡當管家，主子是個外貿商人，正在找一個靈巧聰明的女孩子到家裡幫忙。於是事情就這麼決定了。母親完全忘了她曾發誓過絕不管有錢人家的閒事，現在得知有個地方可以讓我吃飽穿暖，便放下了心頭大石。於是，在即將前往北京的前夕，她同意讓芳容帶我走。

閃耀的陽光下，母親和芳容聊著天，看起來很開心。最後，芳容將那個「有錢人家」的地址給了母親，然後將我推進人力車。「快！別讓主子等！」

車要離開的時候，母親在我耳邊悄聲說：「現在開始，要聽芳容阿姨和主子的話，要乖乖的，好嗎？」

我點點頭，發現她眼裡噙著淚。她把一個布包放在我腿上，裡頭有我的衣服和僅有的家當（一點錢、幾個飯糰和幾片鹹魚），然後摸摸我的頭。「香湘，我這個月就會離開上海，如果可以的話，我會去看妳。不然，到了北京也會給妳寫信。」她停了一下，臉上勉強擠出笑容，「妳很幸運……。」

我拉著她的手，「媽……」

我正要說些什麼，芳容的聲音傳了過來：「好了，走吧，最好別太晚。」拉人力車的苦力提起桿子，車子開始移動。

我轉頭朝母親揮手，直到她變成一個小點，最後，像清晨的露珠般消失。

芳容在我身旁沒有說話。房子從我眼前掠過，拉車的人一路喘氣咕噥著。拐了幾個彎，鑽過了無數的大街小巷，車子終於進入一條兩旁都是樹的林蔭大道。

芳容轉頭對我笑著說：「香湘，就快到了。」

雖然寒風刺骨，拉車的苦力卻汗流浹背。我們穿過一條熱鬧的街，經過服飾店、繡花店、理髮店和鞋店，最後苦力吆喝一聲，車便停了下來。

芳容付了錢，我們在一棟豪宅前面下車，我從沒見過這麼漂亮的房子。牆上漆著淡粉色，整棟建築高大壯觀，緊緊關著的紅色大門前面有兩頭凶猛的石獅子。門口一盞紅燈籠孤獨地在微風中搖曳著，午後的陽光照著門楣，上頭有一塊木牌。我抬起手遮住陽光，看見一塊閃亮的黑色匾額，上頭寫著三個金色大字：桃花亭。兩側的木牌上則分別寫著：

亭客往來如林鳥
美人如花競相好

「芳容阿姨，」我指著那塊木牌問，「什麼是桃——」
「跟我來，」芳容不耐煩地看了我一眼，「別讓妳爹等，」然後推了我一下。
我父親？她不知道他已經死了嗎？我正想著這到底是怎麼一回事時，門嘎地一聲打開，一個年約四十歲的男子走了出來，中分髮型底下是一張英俊光滑的臉，精瘦的身上披著一件優雅的絲質外套。
他盯著我看了許久，臉上露出滿意的笑容。「啊，果真名不虛傳，真是個可人兒！」他用修剪整齊的修長手指拍了拍我的頭，我馬上就對這個和父親相同年紀的男人有種好感。我也好奇，那個醜死了的芳容怎麼能吸引到這麼好看的男人？
「吳強，」芳容拉開他的手，「你從沒見過漂亮女孩嗎？」然後跟我說：「這是我老公，吳強，也是妳爹。」
「可是阿姨——」
芳容臉上露出大大的笑容，「香湘，妳父親已經死了，所以從現在開始，吳強就是妳父親，要叫他爹。」

雖然我很喜歡這個男人，但在我心中沒有人可以取代父親的地位，「但他不是我爹！」

芳容給了我一個皮笑肉不笑的笑容，「我跟妳說他現在是了嘛，還有，我是妳媽，要叫我媽媽。」

我還沒來得及反駁，她已半推著我走進了一個狹窄的入口。我們抵達庭院時，我像發現新世界一樣驚奇，渾然忘了抱怨。紅色圍牆裡是一個充滿各種宜人花香的花園。牆上畫著美麗可人的女子，她們在各種奇花異草間嬉戲。柳樹般的噴泉喃喃低語。池塘裡，錦鯉邊搖著尾巴邊從嘴裡吐出水泡；池塘上的石橋連著一座小亭子，屋簷優雅地向上延伸。竹林的影子安靜地在陽光下，形成充滿藝術感的點綴。

我快步跟在芳容和吳強身後，突然看見一張小小的臉蛋正從竹林裡偷偷望著我。讓我訝異的不是她的臉，而是那雙水汪汪又哀傷的眼睛，彷彿想要說些什麼故事似的。

我正要問她是誰，芳容看了我一眼，試探性地問：「香湘，妳喜歡這個新家嗎？這裡是不是比妳舊家要漂亮多了？」

我興奮地點點頭，但那雙哀傷的眼睛卻揪著我的心。

「等妳吃過我們廚娘煮的山珍海味，一定會更喜歡這裡。」吳強熱心地插話。

我們很快就到了一個小房間，裡頭有漆亮的傢俱和粉色的繡花窗簾。黑色牆上有著一尊騎馬持刀的白眉紅眼將軍，前方擺著米、肉和酒。

房間的正中央有張桌子，上面擺放著筷子、碗和點心。芳容要我坐在她和吳強中間，接著便說可以開飯了。一個中年老媽子端菜過來，一道一道放在桌上，替我們盛完飯和湯後，她一聲不響地走了。

芳容不停將食物夾到我的碗裡，「多吃點，妳很快就會變成一個健康漂亮的姑娘了。」我從沒吃過這麼美味的東西，所以和著茶把魚、蝦、豬、雞和牛通通吞下肚。

吃完飯後，我問：「芳容阿姨——」

「妳忘了我現在是妳媽媽嗎？」

她的眼神好兇狠，於是我吐出細細的一聲：「媽媽，」然後用力吞了一口口水，「吃完了，我們要去找主人和他的夫人了嗎？」

我還沒說完，她便開始大笑。接著她喝了一口茶，若有深意地說：「哈，傻女孩！妳不知道我們**就是**主子和夫人嗎？」

「什麼意思？」

「就是這個意思——我是桃花亭的老闆娘，我老公是老闆。」

「桃花亭是什麼？」

「書樓。」

我看了看四周，沒看到書，連個書櫃也沒有。

芳容露出一個神祕的表情：「一個翻雲覆雨的地方。」

吳強說道：「這是……呃……青樓。」

「什麼是——」

芳容想也不想便說：「這裡是妓院！」

吳強盯著我神祕地一笑，他的老婆卻哈哈大笑。芳容以憐愛的口吻責備我：「畫公仔需要畫出腸嗎？」

中國話裡說，畫人連腸都要畫出來，那是既多餘又愚蠢的行為。

我被嚇到了，頓了好幾拍才怯怯地說：「但妳不是說主子是做外貿的？」

芳容笑了，渾圓的胸部和隆起的小腹顫動著：「哈！哈！沒錯，我們這裡服務英國、法國和美國軍人。妳不知道我們這兒是四馬路的紅燈區嗎？這是最高級的外貿區，所有『書樓』都在這兒！」

我感到胃裡一陣翻攪，「妳是說……我被賣到——」芳容尖銳的聲音刺進我耳裡：「不，妳沒被賣掉，傻女孩！妳是被送來的禮物——」

吳強用他的小指指甲從牙間剔出幾塊肉，偷看了我一眼，再加上一句：「我們甚至連錢也不用付給妳媽。」

「這就是為什麼我們要拜佛祖、拜觀音，還有——」芳容粗肥的手指著那尊騎馬持刀的將軍，「我們最正義、又招財進寶的白眉神。」芳容眨了眨眼，拍了拍我的臉，「所以，小美人，看祂們多照顧我們！」

現在，吳強用慈父般的眼神，溫柔地看著我，然後油腔滑調的說：「香湘，別擔心。從現在起，妳會有很多好吃的東西和漂亮的衣服，我們會把妳當成親生女兒一樣對待。」

但他們不是我的爸爸媽媽。那天晚上，我又孤單又無助，哭了好久才在那個空蕩蕩的小房間裡睡著。

我現在只希望母親能寫信給我，或趕快來看我。

2 京北車站

接下來的幾天，我驚訝地發現，自己被騙進妓院的憤怒漸漸消失了。我必須承認，這裡的生活並沒有那麼糟。芳容遵守著她對母親的諾言——讓我吃好穿好。而且我不用接客，也不用做那些洗衣、刷地、倒痰盂、清便桶的低下活兒。那些粗活都是給下人們——那些相貌平庸得不能當「姊妹」的女孩們——做的。

跟她們的工作比起來，我的就簡單多了——我只要在姊姊們和客人打麻將的時候幫忙服務他們，替客人的水煙加水、倒茶點煙、到廚房裡幫廚娘打點、替姊姊們傳訊息、還有替芳容跑跑腿。不用說，我當然不喜歡服侍芳容，但我卻很喜歡其他的工作。尤其是打麻將，每次結束的時候，客人總會偷偷地把大把小費塞到我手裡。

還有，每次打完麻將，大家在餐廳用餐的時候，總會有一隻小狗跑出來把客人和姊姊們丟在地上的食物吃掉。牠是那麼的可愛，所以每次看到牠，我都會把牠抱在懷裡，把臉埋進牠毛茸茸的黃色軟毛裡。奇怪的是，沒有人幫牠取名，只管叫牠「小狗」。有次我問一個姊姊為什麼小狗沒有名字，她笑著說：「因為我們懶得想，不然妳幫牠取一個吧？」於是我就叫牠「乖乖」。乖乖開始認得我，也總是跟前跟後的。牠最喜歡我在廚房幫忙廚娘萍姨的時候跟在旁邊。

萍姨是個沉默寡言且神智不清的四十歲上下的女人，她常常偷偷塞食物給我和乖乖。雖然是廚娘，她卻異常地瘦。我常常看著她凹陷的臉頰，驚訝她為什麼好像從來沒有食慾，或為什麼她只會發出一些沒人聽得懂的奇怪聲音。

我只有在空閒的時候才會幫忙做些差事，在桃花亭裡，我的主要工作是學京劇、崑曲、琵琶、畫畫和書法。

教我畫畫和書法的是吳先生，一個四十多歲的老男人。我很崇敬他，因為他不僅畫得好，也是個很好的老師。他從不用責備的方式，只會輕輕帶著我的毛筆移動，教我畫出更優美的線條。教戲曲的馬先生比吳先生年輕，但也三十八歲了。我不喜歡他，因為他總是用奇怪的眼神看我，還會有意無意地用手拂過我的臉和肚子，甚至是胸部（當他教我怎麼從胸腔運氣到丹田）。

一個叫珍珠的姊姊被指派來教我彈琵琶，她有一頭烏黑的髮絲和一口皓齒，也是桃花亭裡最受歡迎的姊妹。雖然我很崇拜她，但不知道為什麼，她總讓我覺得不太自在。我很難確切說出她是個什麼樣的人——有時可人活潑如兔，有時卻又高傲得像貓。雖然大部分時候她是開朗甜美的，但有時也會鬱鬱不歡，彷彿背負著不為人知的祕密。

除了珍珠難以捉摸的性格外，每次我走過庭院時，竹林裡那雙哀傷的眼神也總讓我覺得心神不寧。

但我很喜歡這裡好吃的食物和我上的課，總覺得心滿意足。芳容和她老公待我像親生女兒一樣，所以我幾乎沒什麼好抱怨的。

青樓裡的生活似乎不像外面的人形容得那麼可怕。

但有件事讓我很難過。我到這裡已經快一個月了，可母親從來沒寫信給我，也沒來看過我。屈指一算，我忽然發現，明天就是她要離開北京的日子了。於是我去找芳容，問她能不能讓我去跟母親道別。

雖然微笑著，但她那顆眉心間的痣卻像要朝我飛撲過來：「啊，妳這傻女孩，妳不知道桃花亭裡的規矩嗎？妳只有在幾種情況下才能出去：受到重要貴賓的邀請，但那是在妳變得非常有名、非常受歡迎之後的事；或我帶妳出去剪頭髮、訂做衣服；又或者，桃花亭在外面舉辦重要的宴會。」

「這是什麼意思？」我盯著她的痣，從而躲避她的眼睛。

「不要問太多問題，這對一個小女孩沒有任何好處。」她的聲音又尖又刺耳，「無論如何，妳就是不能出去，今晚不行，什麼時候都不行，除非我要妳出去，懂不懂？現在去廚房幫萍姨，今天晚上我們有警官、銀行經理、棉布商和很多重要的客人要招待。」

走在通往廚房的長廊上，我聽見各種聲音——歌唱聲、聊天聲、琵琶聲、麻將聲、芳容的吼叫聲——從不同的房間傳來。姊姊們正在上妝、換衣服、練唱或為樂器做最後的調音。今天是星期六，生意特別好。我從格子窗往大街看去，見到從幾輛停在門口的黑色高級轎車上，走出幾個大人物——

有的穿著合身的中山服，有的穿著高雅的西裝。

我看著往來的車輛，一股悲傷湧上心頭。母親知道我住的不是有錢人家，而是妓院嗎？為什麼她不來看我？

我眨眨眼睛不讓淚流下，然後跑進廚房。萍姨看到我，蒼白的臉亮了起來。她慈愛的眼神責備地看了我一眼，一隻手模擬端盤了的手勢，另一隻手蓋了上去，然後聳聳肩，就像在說：啊，香湘，如果妳下次再遲到，就沒有好吃的了！

她把門關起來，然後從鍋裡舀出鮑魚、魚翅和其他的魚裝在盤子裡，推到我面前的桌子上。我還不餓，但為了讓她開心，我夾起幾塊鮑魚放進嘴裡。我品嚐著鮑魚時，聽見腳爪拍門的聲音。

「萍姨，」我放下筷子，「是乖乖！」

我衝到門前，打開門讓牠進來。牠汪汪叫，不停搖著尾巴，舔我的腳。我把牠抱了起來，餵牠吃東西，牠立刻開心地狼吞虎嚥。

萍姨喉嚨裡發出奇怪的聲音，示意我不能把這些給貴客的食物給乖乖吃。我吐了吐舌頭，她微微笑，要我繼續吃。

但我現在只想見母親。我把臉埋進乖乖的毛裡，眼淚直在眼眶裡打轉。

萍姨用手勢問我：怎麼了？

「萍姨，我……肚子痛，可不可以——」

她指著門。去吧。

「真的嗎？」

她點點頭。

「謝謝妳。」我將乖乖放在地上，牠不情願地咬著我的褲角，「可是萍姨——」

她再次用力揮了揮手，把手放在臉頰上：去睡一覺吧。

我跑到庭院，確定沒有人躲在竹林裡，便小心翼翼地沿著小徑到了大門。我躲在竹葉後等待時機逃跑，心噗通跳著。終於等到芳容、吳強、姊姊們、下人們和保鑣都出去跟貴賓們打恭作揖、逢迎拍馬之後，我溜了出去。

離開大門後，我拼命跑到大街上，招了一輛人力車。

「快點！快點！」我對著苦力骨瘦如柴的背影吆喝著。

他轉過頭，陰沉地看著我，在街燈下語帶威脅說：「小姐，路途遙遠，所以我得保留體力。妳也不想要我在半路摔跤，是吧？」

於是我閉上嘴，只聽他奮力喘息的咕噥聲，直到我們終於進入一條又長又暗的小巷。車停在一間破爛的房子前，我丟了幾枚銅板到他手裡，然後跑進那間低矮的屋子。微光從破舊的門縫底下透出，我敲了敲薄薄的木門，心不停的跳，口不斷的吸氣。

門嘎地一聲開了，光線從母親背後灑了出來。她瞪大了眼睛，嘴巴也張得大大的：「香湘，怎麼是妳！我擔心死妳了！」

我哽咽地說不出話來，只能人喊一聲：「媽！」然後撲到她的懷裡。

母親帶我進去，讓我坐在地上。房子裡除了兩個行李箱和幾件零星雜物，已經是空蕩蕩的了。

母親穿著破舊的黑罩衫和褲子，她上上下下把我打量了許久。「香湘，妳看起來跟從前好不一樣！」她說著摸了摸我的臉。「妳看起來強壯多了，臉也圓潤多了。我真高興妳現在吃得好又穿得好！」她摸摸我鑲著花邊的上衣和褲子，「看看妳穿得這麼漂亮！」我還沒能回答，她繼續開心地說：「香湘，真高興我們終於走了點好運！」

「可是，媽——」

「香湘，不要埋怨太多，要學著感恩。」

我怎麼忍心告訴她真相——其實我是被騙進了妓院！除此之外，我的確是吃好穿好，也沒過得太差。雖然桃花亭是妓院，但也的確是一個有錢人才會來的地方，我也確實在那裡打雜幫傭。既然事實如此，那又何必讓母親煩惱呢？所以當她繼續問我過得怎樣時，我只要她別擔心。

我問母親為什麼沒來看我，她嘆了口氣：「唉，香湘，我忙著挨家挨戶借錢還債，想在離開這塵世前把錢都還清。」她說著邊把我的頭髮撥好。「我有去找妳，但妳芳容阿姨給的地址是錯的。我問了可能認識她的人，可是，」母親欲言又止，溫柔地看著我，「反正，現在妳在這兒了。」

我寫下我的地址交給母親：「媽，這是正確的地址，妳到了北京之後可以寫信給我。」她小心地將紙摺好，像拿著一張百元銀元般放進錢包裡。

我的心碎成片片。

秋天快結束，即將入冬。天氣已經有些寒意，白梧桐樹上的葉子幾乎都掉光了，散落在黃浦江畔。

人力車走了一段漫長的路後，母親和我拖著疲倦的身軀走向京北車站，害怕離別的時刻到來。我們心中只知道：不知道何時能夠再相見。

看著散落在柏油路上的梧桐葉，母親的聲音充滿哀傷：「香湘，我們中國人說『落葉歸根』，妳懂嗎？」

我抬頭，看見她眼裡閃著淚光：「嗯，這表示無論發生什麼事，我們終須返回故里。」

她蒼白的臉上擠出一絲笑容，「妳能記住這句話嗎？」

我點點頭，哽咽得說不出話來。我想著：可是媽，我們的家在哪裡？我們根本沒有家可以回去了！青樓裡雖然也有個「媽媽」，但那不是我的家，尼姑庵也不是我媽媽的家。但我把這些話和眼淚一起往肚裡吞。

我們到了車站，走進擁擠的大廳。母親跑向排隊買車票的長龍裡，我看著富太太們邊大聲聊天，邊等著傭人幫她們買頭等車廂的票。

不一會兒，母親跑向我，手上揮著車票，我們趕緊走向火車。以前我看見火車總覺得興奮，喜歡聽那「嗚——嗚——」的聲音，也喜歡看那像白雪一般的白煙從氣孔噴出，想像著火車要把我帶到某個異國國度。但現在我卻對這黑色怪物感到害怕，因為它就要抓走我的媽媽，把她帶到築著高牆的寺廟去，裡面全是唸著經文的光頭女人，像會說話的鬼一樣！

「香湘，」母親溫柔地把一尊觀音像掛在我的脖子上，「現在乖乖回去找芳容阿姨，要聽她的話，把她當親生媽媽一樣，別給她添麻煩，知道嗎？」

淚水刺痛了我的雙眼：「可是媽，那隻又胖又醜的豬不是我媽媽！」

啪！母親打了我一巴掌。

我開始哭了起來：「媽，為什麼妳不帶我一起走？」

「妳以為我沒這樣想過嗎？」她嘆了口氣，拿出手帕替我擦眼淚，輕聲地說：「對不起我打了妳，香湘。但妳知道當尼姑是什麼樣的生活嗎？我不年輕了，只是個沒用的老女人，所以沒關係。但妳年輕又漂亮，有大好的前程等著妳，我不想讓妳在尼姑庵裡浪費青春。而且，」她又嘆氣，「有個尼姑跟我說，她的女住持告訴她……」她欲言又止。

「告訴她什麼？」

「說妳太漂亮了，不能當尼姑，會給廟裡帶來災難的。」

通常聽到有人說我漂亮的時候，我總會心花怒放，但現在我的心卻像沉入海底。「她們怎麼知道我漂亮？」

「我跟她們說的，因為我以妳為榮。」母親拍拍我的頭，「香湘，我知道做幫傭很苦，但那只是暫時的，我們總會想到辦法。現在聽我的話，我走了以後，回去找你們主子。要乖乖聽話，要跟大家好好相處，不然妳就沒地方可去，也沒飯可吃了。記得，不只要忍耐，還要保持笑容，別讓別人覺得妳苦。」她看著我，「香湘，妳要感謝老天爺，不要抱怨，懂嗎？」

我點點頭，嚐到眼淚鹹鹹的味道。「媽，那我們什麼時候會再見面？」

「要再過一段時間，不會是短期內，但我們會見面的。」母親擠出了一個笑容，「我們可以寫信，或者我可以回來這裡看妳。」她停了一下說：「太乙山西邊有很多廟，我會在那裡安頓下來，但現在還不確定要去哪間廟。我到了之後會盡快寫信給妳。」

她嘆了口氣，淚眼矇矓看著我：「唉，香湘，我知道無論他們對妳多好，妳都只是個幫傭的。」她沉默了一會，又說：「只要記得一件事：我們鬥不過命運，但可以逆來順受，並做到最好。要開心點。」母親繼續說：「還有，謹言慎行，不要跟別人說妳爸爸是怎麼死的，一切要小心。」

我點點頭。

母親匆匆抱了抱我：「香湘，我們得就此分道揚鑣了，希望觀音會保佑妳，直到我們重逢。」說完後，她跑向火車，絆了一跤，爬起來，頭也沒回就上了那臺黑色怪物。她背對我，拿著車票用力揮了揮，直到那修長纖細的身影消失在人群裡。

我緊緊盯著那即將帶她到北京去，卻再也不會把她帶回來的軌道。

3 暗房

「嗚——嗚——」火車的鳴笛聲還在耳邊縈繞著，我招了輛人力車回桃花亭。下了車走回去時，我才發現打在臉上的不僅是刺骨的寒風，還有眼淚。

出乎意料的是，我才偷偷摸摸到了大門，就看見芳容站在那兒，伸出她又肥又皺的脖子。她一看見我便大喊：「抓住這個小賤人！」

一個粗壯的男子不知從哪冒了出來，一把抓住我。他抓得好緊，手指掐進我的手臂裡。我還沒能大叫，只感覺到頭上一陣亂打，臉上幾個巴掌。

芳容尖銳刺耳的聲音在我耳邊響起，就像五音不全的二胡：「要我跟妳說幾次，妳不能自己出去！妳去哪了？」

「去……送我媽媽去北京。」

「送妳媽媽？妳眼睛瞎了嗎？沒看到妳媽媽就站在這裡嗎？」接著又是好幾個巴掌落在我臉上，「帶她去暗房！」

我的眼睛立刻被蒙住，整個人被抬了起來。雖然打我的人走得很快，但還是走了好久才把我放下，拿開眼罩。我被丟進一個又悶又昏暗的小房間裡，而且馬上就體會到，人不一定要死了才能見到地獄。地獄就在人間。

地板潮溼腐敗的惡臭傳進了我的鼻子，雖然黑暗中什麼也看不見，卻能聽見尖叫聲，所以我意識到這裡並不是只有我。

我拍打鐵門叫著：「媽媽，讓我出去！拜託讓我出去！」

芳容冷笑：「媽媽？妳剛剛不是說妳媽到北京去了？」接著是一陣死寂。「現在看妳還敢不敢再偷偷逃跑！」一陣令人不寒而慄的笑聲傳來，伴隨著勝利、漸遠的腳步聲。

我不知道自己敲門敲了多久，直到累得摸黑倒在搖搖欲墜的床上。

這時我又聽見了尖叫聲。

我的心像是翻了一下，難道這裡還有別人？或是鬼？

我馬上將髒兮兮的毯子蓋在自己頭上，卻感覺到有個冰冰涼涼、毛茸茸的東西爬過我的手。我尖叫著跳下床。

是老鼠。

到處都是老鼠——與我為伍！

雖然我已經好幾個小時沒吃東西，但還是吐了出來。忽然間，一陣狂亂的搶食讓我心驚肉跳——這些老鼠蜂擁而至，搶食著我的嘔吐物！

又一股噁心感在胃中翻攪，但已經沒有東西可吐了。我覺得喉嚨一陣刺痛，於是用毯子緊緊裹住自己，試著用睡覺來忘卻這一切恐懼，但暗房裡的寒意卻使我的牙齒咯咯作響，凍得我睡不著。也許最後我渴得受不了，跳下了床，重重跺了幾下腳以來嚇退那些老鼠，然後脫下褲子試著小解。也許我可以喝……來解渴……。

但什麼也沒有，一滴也沒有。忽然，我覺得似乎有什麼溼溼黏黏的東西爬上了我的腿。

我大聲尖叫。但叫聲並無阻止老鼠鑽進我的褲子裡，牠現在正在我的大腿間蠕動著。我全身寒毛直豎，瘋狂尖叫。那隻骯髒的東西在我褲裡橫衝直撞，直到我意識到：牠和我一樣害怕。於是我一邊歇斯底里大叫著，一邊脫下褲子把牠抖出來。

這一切實在太令人作嘔，我開始邊用頭撞門邊大叫：「讓我出去！讓我出去！」但什麼反應也沒有，除了更多的尖叫聲——這次是我自己的——詭譎地迴盪在整間暗房裡。我不停撞門和哭喊，但沒有任何回應，於是我用盡全力把頭撞在門上——

「讓我死掉吧！」我的尖叫聲從四面八方傳了回來。忽然間，我感覺到一股溼黏的液體從我頭上流了下來，一股鹹鹹的金屬氣味流進我嘴裡……。

我尿了出來，整個人失去意識。

醒來的時候，我發現自己仍被噁心的髒亂和黑暗包圍著，但幸好那些老鼠的吱吱聲已經沒了——

牠們現在或許正吃飽喝足、呼呼大睡中。但我的肚子卻像打鼓一樣，喉嚨乾得像剛吞下木炭。我想大叫，卻只能發出虛弱的聲音。

我在床上翻來覆去，感覺有什麼奇怪的東西——又滑又黏——在我背後。我用手摸了摸，把手指放在鼻子下聞。

「血！血！」我聽見自己的叫聲從四壁彈回來。

我直覺摸了摸頭，但頭上的血已經乾了。我又再次摸了摸剛剛躺在床上還溫溫溼溼的地方，奇怪，我想不出自己做了什麼會讓臀部受傷，還流這麼多血。我左思右想，一陣悶痛緩緩從小腹傳來，跟著是一股暖暖的液體從兩腿間流出。這時我才發現，是我的下體在流血。

慌亂之下，我迅速跳下床，衝到門邊，拳頭用力擊在冰冷的鐵門上：「媽媽！媽媽！拜託讓我出去！我要死了！我快死了！」

我不知道自己敲了多久，直到一陣睡意襲來，我整個人半夢半醒，又聽到窸窸窣窣的聲音……。

不知道過了多久，但我猜大概是第二天或第三天的時候，鐵門打開的巨大聲響把我驚醒，芳容和吳強走了進來。面對突如其來的光亮，我伸手遮住眼睛，芳容拉開了我的手。

「媽媽！」我好訝異，真不敢相信自己剛剛叫她媽媽！我有這麼渴望媽媽的溫暖嗎？

但我突然意識到，她不但不會像母親一樣給我溫暖，還可能會打我。於是我又舉起手把臉遮住。

但出乎意料之外，芳容露出了笑容，溫柔地說：「啊，我的寶貝女兒，妳受苦了！」她用那又溼又胖的手摸了摸我的額頭，「謝天謝地妳沒發燒。」接著又問我：「餓了嗎？」

我點頭如搗蒜。

「那現在妳想回桃花亭吃點東西嗎？」

我用力點頭，覺得自己的頭都快從脖子上掉下來了。

就在我努力要爬起來的時候，媽媽睜大了眼，指著床問：「我的老天爺，這是怎麼回事？」她轉頭看著我：「香湘，妳對自己做了什麼？」

這時我才想起來：「我在流血。」我頓了一下，然後小聲說：「可是我什麼也沒做。」

媽媽抓住我的手，檢查我的手腕，但沒有發現傷痕。於是她伸手摸了摸床上的血跡，把我轉過身，脫下我的褲子。

「媽媽！」我的雙頰發燙，大力要把褲子拉回來，但卻被芳容熊掌般的手給撥開。

接著，我目瞪口呆看她大笑了出來，而吳強正低頭看著自己的手指。

媽媽將我轉身面對她：「妳不知道妳大姨媽來了嗎？」

爸媽從沒跟我提過大姨媽，「可是我沒有大姨媽。」我邊說邊把褲子拉起來。

「妳媽沒跟妳提過大姨媽的事嗎？」

我搖搖頭，「她現在在哪裡？」

這兩人若有深意地看了彼此一眼，然後芳容開始大笑，滿臉橫肉就像一根正在融化的粗肥蠟燭。媽媽好不容易止住了笑。「嗯……妳媽媽一定是覺得太難以啟齒了。但怎麼會呢？她都已經被妳爸上過，還生下妳了。」

「什麼是上？」我模仿她的語調。

「香湘，」吳強盯著我說，「上就是男人把他的——」

媽媽惡狠狠地打斷他的話：「吳強，不要多嘴。這不關你的事。」

一陣沉默後，芳容開口說：「香湘，妳不再是小女孩了。」她眨眨眼，「妳變成女人了。」

我實在不知道她在說什麼。

媽媽繼續說：「香湘，因為妳那個媽媽太懶又不太正經，所以沒跟妳解釋那些風月之事，」她拍拍胸脯，「妳真幸運，有一個真的媽媽可以教妳。」

雖然我還是不知道她在說什麼，但我已經累得沒力氣再問，更別說要為我母親的「懶惰」而抗辯。

看我一副快要昏倒的樣子，媽媽的語氣變得非常溫柔：「我的寶貝女兒，妳一定餓壞了，我們去吃點東西吧。」

但我的雙腳虛弱得連站都站不穩，於是芳容和吳強扶著我走回桃花亭。

芳容叫她的下人小紅替我洗澡，清洗時，我們對暗房隻字不提。我眼睛閉著，享受熱水潑灑在肌膚上的感受，邊抬高頭讓春風般的蒸氣愛撫我的臉。小紅用海綿在我的脖子、背後和肩膀上沙沙地刷著，我滿足地嘆息。

洗完後，小紅倒掉染紅了的水，拿出一條摺好的厚布。

她把那條布放到我雙腿之間時，我撥開她的手：「小紅，我才不要穿這個可笑的東西。」

她笑著說：「香湘，那妳要讓桃花亭裡所有人都知道妳『那個東西』來了嗎？」

「為什麼你們今天都在說謎語？什麼是我『那個東西』，妳是說我大姨媽嗎？但我沒有大姨媽！」

小紅不停咯咯笑。

「什麼事這麼好笑？」

「香湘，每個女孩子都有大姨媽，」雖然房裡只有我們兩個，但她還是挨近我，壓低聲音說：「那表示她的月事來了。」

我還沒說話，她繼續說：「女孩子長大之後，每個月都會流血。但是這個從她下面流出來的血不是普通的血，而是腹部的血。如果女孩子沒跟一個男人在一起過，」小紅停下來悄悄在我耳邊說，「——就是沒被上過——她的卵子沒跟他的精子結合，而卵子就會跟血一起從下面流出來。但如果女孩子被男人上過、懷孕了，她就不會流血——直到她生下小孩。所以現在妳的大姨媽開始來，就表示妳可以生小孩了。」

她最後一句話讓我打了個寒顫，「天啊，那表示我要生小孩了嗎？」

她反問我：「香湘，妳有跟別人上過床了嗎？」

我還沒回答，她繼續說：「如果有，那妳麻煩就大了，因為我知道媽媽和爹正打算把妳的初夜高價出售。」

等她說完後，我問：「什麼是上床？」

小紅看起來有點訝異，「那是所有姊妹在這裡要做的事，妳不知道嗎？妳來多久了？」

「一個月。」

「嗯，如果媽媽還沒時間教妳，那我來跟妳解釋——」小紅停頓了一下，繼續說，「就是男人把**他那個東西**放進女人那裡。」

為了不要顯得無知，我露出一個了然的笑容。

她懷疑地看了我一眼，「香湘，妳確定妳還是處女嗎？」

「處女？」

「就是還沒上過床的人。」小紅的聲音越來越高，「香湘，妳怎麼會不知道這些？妳媽媽在家裡都教妳什麼了？」

「詩詞、文學——」

「好吧，我知道妳很懂四書五經。但她怎麼會沒告訴妳月事是什麼？」

我無話可說。

她說：「香湘，就像我剛說的，上床就是男人把他那個東西──」她露出神祕的表情，「我指的是他的陽具──放進女人的陰穴裡。」

「好噁心！男人為什麼要這麼做？」

「為什麼？因為他們覺得享受！還有，這樣就能讓女人有小孩。」她接著興奮地說：「妳爸也是上了妳媽才會有妳的！」

「才沒有！」我激動地說。「我爸爸是個溫文儒雅的書生，才不會對我媽媽做這麼噁心的事！」

無論我怎麼努力想，都無法想像父親把他那個東西放進母親的那裡。

「他當然有做過。」小紅的音調高得像蛙叫一樣。「如果沒有，那妳從哪來？從垃圾桶裡撿來，還是從石頭裡蹦出來？」

我被垃圾桶和石頭擲中，啞口無言。

小紅又繼續說：「香湘，相信我，妳爸媽一定有上床才會有妳。而且他們一定很享受各種激烈招式，不然怎麼能把妳生得這麼漂亮！」

「這和漂不漂亮有什麼關係？」

「因為如果很享受的話，他們就會釋放很好的『氣』，生下漂亮的寶寶。」

我認真看著小紅像番薯般的臉、突出的蛙眼、塌鼻子，幾乎要脫口而出：「那妳爸媽一定很討厭對方。」但馬上把這些話吞了回去。

這時我們聽到芳容的聲音從樓下傳來：「妳們兩個在樓上做什麼，討論四書五經嗎？馬上給我下來！」

小紅趕緊幫我換上乾淨的衣服，跟我一起下樓。

還沒走到餐廳，食物的香味已經讓我餓得頭昏眼花。當我看見蒸全魚、蒜蓉蝦、蔥薑螃蟹、蒜子燉鰻魚、兔腳、鹿舌、烏龜湯，口水開始流了出來。芳容揮揮手叫小紅離開，讓我坐在她和吳強中間。

她摸摸我的頭髮說：「看，香湘，如果妳乖乖的，就會有這麼好吃的東西。現在開動吧！」她和吳強開始把食物夾到我的碗裡，還替我倒酒。

「謝謝媽媽和爹！」我說，心裡由衷的感激。

我狼吞虎嚥吃著，直到又再次昏睡了過去。

4 雅集

經過暗房這件事之後，我發覺桃花亭裡的生活並非如我想像般美好。無論多不情願，我也終究成了一個女人。隨著時間過去，我因為忙著學藝——也因為太害怕——所以無暇想太多。每個禮拜都要學唱歌、琵琶、畫畫和書法，每天都要練習五、六個小時，幾乎沒時間休息。

有一次我好累，問媽媽能不能休息一下。她賤肉橫生的臉上露出大大的笑容：「唉呀！香湘，」她拍拍胸脯，「妳以為是我得到好處嗎？」她用粗肥的手指推了一下我的額頭，「是妳，傻女孩，妳！」她吸了一口氣，「等妳成名了，就會感謝媽媽讓妳上這些課！」

所有課裡面，我最喜歡上琵琶課。一方面是因為我喜歡琵琶的聲音，另一方面是因為我很喜歡珍珠——我的老師。看她歪著頭、噘著唇、修長的手指在琵琶上如蝴蝶在花間起舞，我便歡欣莫名。她的房間也和我的不同，有絲質窗簾、繡花被單、大理石梳妝臺、鑲金框的鏡子、華麗的西式掛鐘，還有好幾幅美女圖。每次到她房裡，我的眼睛總忙著欣賞那些美麗的東西，一邊聞著混合花香、薰香和她身上淡淡的香氣。

還有，我也對珍珠的神奇魔力感到好奇——男人只要進到她半徑三尺內，就會變得飢渴下流。

只要一看到她，他們便會像貓伸長爪子想抓魚一樣，急不可待地想要摸摸她的臉、手、腿、臀和胸。

因為排得滿滿的課程，我沒什麼時間去想我的「大姨媽」和小紅說的那些「上床」的事。

但從那天起，小紅也很忙，所以就算我們在走廊或庭院遇到，也沒辦法繼續聊我們未完的話題。至於芳容，雖然她答應要教我怎麼「上」，但她總是忙著罵姊妹們，忙著跟貴賓鞠躬作揖，或邊用她的香腸指撥算盤，邊滿足地看帳本。

但我還是可以在桃花亭裡聽到關於這神祕事情的點滴。

「老天，他怎麼可以在我大姨媽從中做梗的時候放進來！」

「聽說他的小弟弟營養不良，是真的嗎？」

「妳們知道牙籤掘深井的感覺嗎？」

雖然我並不是完全不懂這些事，但很多東西對我來說還是晦澀難明。但是可問誰？我當然想過要在上完琵琶課後問珍珠，但她不是看起來很累，就是要趕著接客。

「啊，香湘，」她抱歉地說，「媽媽要我教妳，但我現在沒什麼心情。」

我不知道她是真的那麼累、那麼忙，或只是不想教我。但既然媽媽已經指定她當我的老師，那麼滿足我對於「上床」的疑問應該是她的義務。

但我沒有機會再問她，因為現在桃花亭裡的每個人都忙著準備過新年。媽媽要那些下人們去洗窗戶、刷地板和擦傢俱。每扇門前都貼上春聯，掛上色彩繽紛的燈籠。奴僕們用百果門簾（象徵長壽）鋪在迎賓室的羅漢椅上，椅子的兩側各插一根竹竿，象徵節節高升。除夕夜時，我們全坐在裡面，等第一個客人來點燃龍鳳燭。

過新年那天，下人們放鞭炮象徵除舊迎新和趕走厄運，桃花亭裡四處都充滿笑語和吉祥話。媽媽和爹領我們拜神，然後萍姨端出四大盤點心。在新年歡樂的氣氛中，客人們盡情揮霍、大快朵頤、廣發小費、豪賭作樂。

初十的時候，我算了算紅包，興奮地發現有十個銀元，卻旋即被媽媽拿走。是用來還妳的債的，她說。我只好悶悶不樂地到廚房裡找乖乖。牠看到我好開心，放下吃到一半的剩菜抬頭看著我，搖著尾巴。

我把牠抱了起來，用臉磨蹭牠溫暖的毛。「乖乖，你有乖乖的嗎？」

牠點點頭，舔舔我的臉，把吃到一半的肉屑留在我的臉頰上。

幾天後，新年的喧嘩熱鬧逐漸淡去，我到珍珠的房裡上琵琶課。但珍珠沒像往常一樣準備好琵琶，我有些訝異。她在鏡子前邊畫著眉毛，邊哼著歌。為什麼她今天不是為琵琶上的四條弦，而是臉上那兩條毛煩惱呢？

我露出可人的微笑問：「珍珠姊姊，我們今天不上課嗎？」

雕花、鑲金邊鏡裡的她揚起眉毛，奇怪地看了我一眼：「今晚不上琵琶課，我要教妳別的。」

我還沒發問，「來上個『上床』的課怎麼樣？」她瞇起細長的鳳眼看著我，「我聽說妳之前被關進暗房？」

我點點頭。

「妳學到教訓了嗎？」

我想不出能說什麼，只能再點點頭。

「妳為什麼要逃跑？」

「去跟我媽道別。」

「這代價還真是慘痛。」

我沒說話。她問：「她要去哪？」

「去北京的廟裡出家當尼姑。」

珍珠大笑，眼淚沿著兩頰流下。她的手抖了一下，眉線往上一勾。終於冷靜下來後，她從玉鐲裡抽出一條絲巾，輕輕擦乾眼淚，也把畫歪的眉線擦乾淨。

「珍珠姊姊，有這麼好笑嗎？」

她用塗上紅色指甲油的手從鏡子裡指著我：「哈，妳不覺得嗎？妳媽媽要去當尼姑，妳卻來這裡當妓女，嗯？」

「但我不是——」

「香湘，妳覺得這裡給妳吃好穿好的，又上這些課是為了什麼？妳以為桃花亭是慈善機構嗎？或是政府贊助的藝術館？」她敲敲我的頭。「妳越早看清事實越好，懂嗎？」她繼續畫著眉毛。「妳要知道，有時候當妓女也不是件太壞的事。尤其當妳成名之後，就會有很愛妳的有錢人替妳贖身，把妳帶回家當第五個或第六個小老婆。」她轉身，細長的手指捏捏我的臉，「清楚了嗎，小妓女？」

我才正要反駁，但突然想起母親的話：

要跟大家好好相處，不然妳就沒地方可去，也沒飯可吃了。

而且，當事實就像泥塊一樣打在我臉上時，除了嚥下去還能做什麼？

我大力吞了吞口水，擠出笑容：「清楚了，珍珠姊姊。」

珍珠轉身看著自己鏡中的妝容，漂亮又面無表情的她，看起來就像一尊優雅的觀音像。

一個積存已久的問題衝口而出：「珍珠姊姊，什麼是『上床』？」

「香湘！」她從鏡中責備地看了我一眼，「那個字很粗俗！」

「可是媽媽和小紅都這麼說。」

「對，我也說，但那是大人，而不是像妳這樣的小女孩說的。」

「可是珍珠姊姊，我不是小女孩了，我是女人！」

「哦？是嗎？」她揚眉，「那是說妳已經被上過囉？」

我像被蜜蜂螫了一樣，大叫：「沒有，才沒有！」

她笑了，露出一排潔白整齊的貝齒。「好，妳還沒被上過，還沒，可以了嗎？」接著她嚴肅地看著我：「香湘，妳可以說天地交合、陰陽調和或雲雨之歡。」

她斜眼看我：「但為什麼妳要急著知道這些？妳等不及要跟人上床了嗎？」

這次我閉上了嘴。

她嫣然一笑：「小紅不是已經跟妳說過上床的意思嗎？」

我還沒回話，珍珠表情突然變得嚴肅起來：「反正，媽媽很快就會拿那類的書給妳看。妳要仔細讀，有問題再來找我。」

「妳有書嗎？」

「我不需要，」她指指自己的腦袋，「全在這裡。」之後，她轉身看著鏡子，繼續畫她那兩道細細的柳葉眉。我知道這表示「上床」的討論就到此為止。

珍珠畫完了眉毛，轉頭盯著我說：「香湘，我今晚要去參加一個盛大的宴會，還有，」她捏了捏我的下巴，「妳得陪我一起去，幸運的小美女。」

聽到這讓我很詫異，我從沒想過自己這麼快就可以出去。「珍珠姊姊，誰邀請我去的？」

突然間，她聲音裡的溫度消失了，她瞇起眼睛說：「一個非常有錢的生意人。但別以為他邀請妳是因為妳的美貌，他邀請的是我，懂嗎？妳只是做個陪襯。」

我點點頭，眼眶裡含著淚，我努力不讓它流下。

看我快哭了，珍珠的聲音又溫和起來：「哈，香湘，妳最好開始知道自己的身價。妳不知道妳已經很有名了嗎？好多人都在問：『有兩個可愛酒窩的那個漂亮女孩兒是誰？』還有一個說：『真美，她以後一定會是個名妓！』」

名妓——那會是個什麼樣的生活呢？

珍珠舉起手噴了些香水在腋下，「越早被人注意到越好，傻女孩。青春在這裡是很短暫的，沒人可以永保年輕。」

她在鏡前搔首弄姿——揚起下巴、眼睛微微往下、舔舔嘴唇，故意讓浴衣稍微滑下露出白嫩的香肩，擦著紅色指甲油的手指撫摸著酥胸。然後她開始吟詩：「花開堪折直須折，莫待無花空折枝。」接著轉向我，感傷地說：「妳懂這首詩嗎，香湘？」

我點點頭，但因太感傷而無言以對。

終於畫好了妝，珍珠走向衣櫥，脫掉浴衣。我發出小小的驚呼，她竟然一絲不掛！

她看了我一眼，笑道：「沒看過裸體啊？」

我搖搖頭，看著她堅挺的胸、微隆的小腹、兩條白晰大腿間茂密的黑色地帶，就像吳老師點在宣紙上的濃墨。

珍珠似乎一點都不在意我的目光，她說：「妳最好趕快習慣，香湘。相信我，妳很快就會看到很多赤裸的身體。但提醒妳，」她冷笑，「妳要看的、要學著討好的不是我們，而是那些臭男人的身體！」

臭男人。

停了一秒，我們爆出笑聲。在那瞬間，我覺得自己好喜歡、好喜歡她。

珍珠姊姊今晚看起來特別美，紅絲質旗袍上繡著的金色鳳凰貼身得就像黏在她的肌膚上。外套的高領花邊裹著她完美的鵝蛋臉，就像綠葉簇擁著花苞。她的長髮慵懶地盤在有淡淡桂花香的頸背。盤起的三千煩惱絲上有梅花和金絲蝴蝶。她暗紅、微翹著的嘴唇像渴求著長生不老靈藥。耳上的翠玉耳環像兩顆綠色的眼珠，神祕地閃耀著。

「珍珠姊姊，妳好美！」我聞著她撲鼻而來的香氣。

她開心地捏了捏我的臉頰：「謝謝妳，香湘。」但眼神裡突然充滿感傷，「美貌是我們唯一擁有的東西，」她嘆口氣，「除了魅力。」

沉默了好久，她的心情才又轉換過來。她玩味地看著我：「香湘，妳自己也是個漂亮的小騷貨。現在去換衣服吧！」

她從衣櫃裡挑了件絲質上衣和褲子給我，我穿上後，她說：「好，現在我來幫妳化妝。」終於準備好要出門的時候，我們看著鏡裡的影像。讓我驚訝的是，我看起來完全不一樣了——至少大了五歲。綠色的上衣和有著粉色梅花的褲子雖然有點鬆，但非常好看——就像春天正在我身上綻放一樣。眼睛上的粉紅眼影和黑眼線讓我的眼睛多了以前我從未注意過的光芒。頭髮上的髮油似乎將我的三千煩惱絲化成了一面神祕的黑色銅鏡。

「我們真美，對吧？」珍珠開心地說。

我又羞又喜，沒有說話。

她從沙發上拿了一件貂皮大衣和羊毛披肩，「走吧，讓我們去迷倒眾生！」她說道，邊替我整理好肩上的披巾，將我拉出了房間。

這時芳容匆匆朝我們跑來，她巨大的胸部在繡花紅外套裡像兩團波浪朝我們湧來：「快點，珍珠，陳先生還在開會，但車子已經在樓下等了。妳爹和我坐另一輛車隨後跟上。」就像算命師打量新來的顧客一樣，媽媽看了我好久，喃喃說道：「啊，真漂亮。證明我這老花眼還是一樣銳利啊！」

桃花亭外，一輛漆黑的大車正等著。穿著制服、戴著帽子的司機一看見我們，便趕來替我們開門。

我正要爬進去，珍珠把我拉了出來。「香湘，不可以！這樣非常粗野，看我。」她低下身坐進車裡，再緩緩將兩隻腳伸進去，旗袍側露出了一大片白嫩的腿。

「可是珍珠姊姊，」我急切地壓低了聲音，不想讓司機聽見，「妳整條腿和內褲都被看見了！」

我坐進車內後，珍珠邊看著後照鏡整理頭髮，邊說：「就是要被看到，傻瓜。」

車開了以後，我與高采烈地看著窗外的風景，整路都沒說話。

轉了好幾個彎，車子終於停在一棟白牆紅瓦的古老建築物前。珍珠和我下了車走向大門，門楣上用行書寫了四個大字：白鶴仙居。

我轉頭問珍珠：「什麼是仙居？」

「道觀。」

青樓女子跟道士和道觀怎麼會湊在一起？

我們踏進紅色大門時，我又忍不住問：「珍珠姊姊，為什麼會在道觀裡辦宴會？」

「啊，香湘，」珍珠用責備的眼神看著我，「我們要去的這個宴會很特別，叫雅集。今晚妳會看到很多有名的大人物，有藝術家、學者、詩人、影星和政府高官。反正，妳真幸運被邀請來這雅集，可以沉浸在這藝術的氛圍裡。」她若有深意地看著我，「如果妳想當名妓的話，這就會是妳的生活，妳想嗎？」

我不知道該說想或不想，或許都有。「想」是因為我想要出名，「不想」是因為，不用說也知道，我連「想」都不敢想把自己當成妓女。但我知道這兩個字代表的是個很不同的世界。在桃花亭裡，我看過很多名妓——包括珍珠——的詩詞書畫。這些有教養的青樓女子不但不會被看輕，反而極受尊重。當然是因為她們的美貌，但更因為是她們脫俗的藝術氣質。

當我還正在猶豫到底該說想或不想，卻發現我早已點頭如搗蒜。

這時珍珠在我耳邊悄悄說：「但當然也會有粗俗的生意人和一些無惡不作的警察、政治人物，甚至是堂口份子。」

我們兩人沉默不語，直到踏進宴會所在的庭院。

我發出一聲小小的驚呼。

這裡是我看過最漂亮的地方。我聞到食物的香味和甜甜的、拜神燒的香。梅樹上有各式各樣的燈籠在風中閃爍搖曳：有嬰兒頭般大的鮮嫩桃子、眼睛盯著我不放的兔子、金橘色的錦鯉、風中奔馳的俊馬、還有伸長了爪子、盤旋在天際的巨龍。

每張桌上都擺了宣紙、毛筆、硯臺、茶具、酒杯、小吃和點心。珍珠和我到處走著，看到有的姊妹們在畫畫，有的正在排練京劇和崑曲，其他的則跟保鏢和下人們打情罵俏。幾個男人揚了揚眉，朝我們笑。梅樹上的露珠輕顫著，池塘裡的錦鯉游來游去。

來的人越來越多了，穿著高檔的中山服或西裝的男賓令人又敬又畏。姊妹們個個是爭妍鬥麗——綢緞裡婀娜多姿的身體、頭上耀眼的髮飾、完美無瑕的妝容；纖纖玉手忙著遞水煙、舉杯、撥弄塗了香油的頭髮、輕拍著一個個圓潤飽滿的臉頰，甚至伸進了鼓起的褲檔裡。

我突然覺得非常內疚，才進這白鶴仙居不到十五分鐘的時間，我竟然已經完全把母親拋諸腦後。

她現在或許正在一間簡陋的尼姑庵裡誦經、敲著木魚，為我祈福。

「漂亮吧？」珍珠用手肘推了推我，讓我從思緒中回過神。「現在還早，趁我的大客未到之前，我們去賞花燈吧！」她帶我穿過那些在芳容和吳強的監督下忙著準備餐飲的下人們。

她停在燈籠上寫著謎語的一棵大樹前。

我正要唸上面的字，珍珠銀鈴般的聲音在我耳邊響起：「香湘，妳知道今晚是元宵嗎？」

我突然覺得好難過。我當然知道，元宵是團圓的節日。但父親已經走了，母親又遠在千里之外。四個多月過去了，我還沒收到她的隻字片語。我根本沒有家人了，怎麼團圓？去年的這個時候，母親準備了一頓豐盛的晚餐，爸爸掛起我最喜歡的孔雀和嫦娥燈籠。我們吃完象徵團圓的湯圓後，他帶我們到舊上海的豫園。我們到各著名景點遊覽，賞花燈、看煙火、雜耍、變戲法和舞龍舞獅。走累了，爸爸便帶我們去一個攤檔喝茉莉花茶。

之後，我們還去猜燈謎。爸爸學識豐富，再難的謎語都難不倒他，所以拿了好多獎品。因為爸爸，我也變得很會猜燈謎。去年他拿到了一把扇子，謎語是一首詩：

去年元夜時，花市燈如晝。月上柳梢頭，人約黃昏後。

今年元夜時，月與燈依舊。不見去年人，淚溼春衫袖。

這是宋代歐陽修很有名的詩，爸爸曾跟我說，雖然詩看起來很悲傷，但事實上是相反的。「古時候，女人是不能自己出門的。但在元宵節時，以賞花燈為由，已婚的女人可以出門閒逛，年輕女孩子也趁機跟情人見面。其實這首詩說的是尋求愛情的自由。」爸爸寵愛地拍拍我的頭，「香湘，妳長大後，我不會找媒人來給妳相親，妳可以自己找喜歡的人。」

但現在想起爸爸和這首詩卻讓我好難過。爸爸認為這是首開心的詩，但他卻沒發現其中的不祥預兆。今年，花燈依舊，但爸爸和媽媽卻不在了，只剩下我「淚溼冬棉襖」。

看見我一副泫然欲泣的樣子，珍珠露出她那只用來招呼客人的笑容：「開心點，香湘！我們去猜燈謎！」

我擦乾眼角的淚，靜靜讀著謎面。我正要講答案時，感覺有隻手放在我肩上。是珍珠，她旁邊站著一個高大的男人，大約三十歲，眼睛又大又飢渴，高額頭、國字臉，長長的手臂摟著珍珠的纖腰。

他漲紅了的臉貼近珍珠嬌豔的臉，像剛吞下了火球地說：「小珍珠，我知道今晚妳要陪陳先生，但在那之前，妳可不可以……」

珍珠拿出扇子，唰地一聲打開，邊用力搧風邊用臀部推開他。「呦！什麼時候我們鼎鼎大名的油畫家會注意到我這種平凡的女人啦？」

「不，珍珠，妳是我見過最美的女人，是我的夢中情人。」

珍珠擺擺手說：「那你快去睡覺，待會我們在夢中見。」

那個男人看起來不知所措，珍珠看了我一眼，然後對他說：「江茂，跟你介紹我的小妹香湘。」然後她轉頭跟我說：「香湘，來見過江先生，他是上海最有名的油畫家。如果妳乖乖的，運氣夠好的話，或許他哪天會幫妳畫畫像，讓妳變得非常有名。」

「真的嗎，江先生？」我害羞地問。

「如果妳姊姊這麼說的話。」他的眼緊盯著珍珠全身。

珍珠繼續跟江先生聊天，邊拋媚眼邊用手在他身上撫摸。最後她在他耳邊說了幾句話，擺了擺手，這位鼎鼎大名的油畫家便像條聽話的狗走開了。

珍珠轉身說：「香湘，我們繼續猜燈謎吧！」

我選了一個公雞形狀的花燈，上面的謎題用行書寫著：

能使妖魔膽盡摧，身如束帛氣如雷。一聲震得人方恐，回首相看已化灰。

我向珍珠叫著：「爆竹！」

她讚賞地看著我：「很好，香湘，那看看這個。」她指著一隻鳳凰。

面如皓月耳如鴉，千手救世聽千聲。

我再次叫了出來：「觀世音菩薩！」

珍珠看了我一眼：「很好，妳可真是聰明。」她又指著一朵蓮花，「那這個呢？」

此時一聲巨響劃破天際。

「噢，我的老天爺！」珍珠尖叫道：「有人被槍擊了！」

「妳怎麼知道？」

「已經不是第一次，太可怕了。我們去看看誰是這個『幸運兒』。」珍珠抓著我的手臂跑向聲音傳來的地方。

5 春月

珍珠和我穿過瞠目結舌、圍觀著的人群。

看著我的是一雙帶著哀傷的眼睛，就是那雙在竹林後方看著我的眼睛。

珍珠嘆了口氣，但語氣沒有太難過：「我就知道春月遲早會出事的。」

我伸長脖子，看見那個帶著哀傷眼神的女孩正在地上扭成一團，痛苦地呻吟著。鮮血沿著她的手臂緩緩流下，浸溼了綠色袖子。

我大叫：「老天爺，快叫警察來！」

一個沙啞的聲音大吼：「誰說要叫警察？」

我感覺有人拉住我，珍珠狠狠瞪了我一眼，要我閉嘴。

整個夜晚瞬間變得冰冷。

沙啞的聲音大笑起來：「哈！哈！哈！難道這裡有人不知道**我就是**警長嗎？」

我依循著聲音看去，見到一張最醜惡的臉。那個男人又黑又壯，粗野的臉上有個突出的下巴，眼睛小得像兩條縫，滾動的眼珠像被困在水槽裡的老鼠。他方正的身上穿著一件筆挺、雞屎色的制服，就像一具死屍。

但出乎我意料之外，沒有人——姊妹們、下人們、芳容、吳強還有貴賓們——出來幫這個可憐的女孩說情。每個人只站在那兒，看看春月，又看看警長。

當他用像機關槍的目光將所有人都掃射一遍的時候，每個人都只顧低下頭看著自己的鞋子。他朝春月吐了口口水，四濺的唾液在花燈下晶亮地閃爍。「操你媽的臭婊子，沒人教妳不能拒絕警長嗎？蛤？妳這個臭婊子！」

芳容推開其他人走向春月，但讓我驚訝的是，她不但沒有幫忙說情或安撫春月，反而在她身上吐了口比那具死屍還要猛的口水！「妳這廉價的笨蛋、短命、狗娘養的賤人！我不是教妳不能跟貴賓說不嗎？」然後她轉身對警長說：「真不好意思，車警長，看在佛祖、菩薩、白眉神和我所有祖先的分上，我跟你保證以後絕對不會再發生這種事！」我擔心她咧得過開的嘴會讓她的牙齒全飛出來。

車警長惡狠狠看了芳容一眼，邊揮著槍說：「妳都是這樣教女兒的嗎？當妓女還想裝淑女？」

現場一片鴉雀無聲。芳容和吳強撲通一聲跪了下來，不停瘋狂地磕頭。

媽媽的聲音充滿恐懼：「對不起，車警長，都是我們的錯。我保證今晚會打死這賤骨頭，教訓教訓她。」

媽媽不停道歉，車警長卻仍是怒氣沖天。他不停咒罵，兩腳的高筒靴煩躁地踱步。一陣風吹來，我聞到濃濃的酒臭味。所有人鴉雀無聲，緊張地等著看，不知道接下來會發生什麼事。讓我訝異的是，在這緊張的氣氛中，有些姊妹卻像看京劇一樣，擺出一副看熱鬧的樣子。

車警長凶惡的聲音從寒冷的夜空中傳來：「妳最好說到做到，把這賤人打得皮開肉綻！聽到沒？」

媽媽和爹趕緊大聲說：「車警長大人，我們跟您保證！」

那張黑臉輕蔑地哼了一聲，聲音像劍一樣劃過夜空：「哼！如果做不到，」他用槍指著那兩個跪著的人，「小心你們的腦袋！」

兩隻可憐蟲趕緊拼命磕頭。

突然間，警長手一揮，把槍指著春月的頭。眾人驚呼失聲。春月閉上了眼睛。地上的血緩緩流著，似乎它也有著悲慘的人生。

大家的臉上帶著期待、好奇、興奮和恐懼，就等著那一聲「砰」來達到今晚的高潮。我覺得自己的心臟幾乎快要跳出胸口。

說時遲那時快，出乎所有人的意料，珍珠推開人群，扭著腰、擺著臀走向警長。那個凶惡醜陋的臭男人轉頭看著她，不知道該不該開槍。

珍珠舔了舔嘴唇，露出最美的笑容。「唉呀，車警長，」她的聲音像在糖罐裡浸了好幾個小時，「何必為了一個小女孩而大動肝火呢？您剛剛不也說她只不過是個臭東西、賤人、妓女罷了？」

警長踢了春月的肩膀，長靴在蒼白的月光下閃著威嚇的光芒。「對，臭東西！死婊子！」

春月痛苦地呻吟，珍珠接著說：「所以您不覺得她根本不值得浪費您的子彈嗎，警長大人？再說，何必為了這個髒東西動氣傷身呢？根本不值得。」看警長冷靜了一些，她大膽地將手放在他肩上說：「車大人，您來這裡是尋開心的，不是要生氣的，對吧？我們希望您能夠開開心心，才能替我們這些小老百姓伸張正義啊！」她轉身朝眾人眨了眨眼，「對吧？」

所有人點頭齊聲說：「對！」

珍珠緩緩將手蓋在槍上，一邊撫摸著警長的手臂，一邊像引蛇歸洞般引著他將槍收入皮套。然後她挽著警長的手說：「來嘛，車警長，不要理這個碎渣，我們去好好玩一玩。讓我敬您一杯，或是，」她眨眨眼，「讓我為您做任何事。」她撫摸著警長的臉，紅色的指甲油在燈籠的黃光下弔詭地閃爍著。「我跟您保證您會喜歡這法國進口的酒，跟您喜歡見義勇為一樣。」她的目光向四周掃了一圈，又回到警長身上。她舔舔嘴唇說：「小女子絕不會跟您這樣的大人物說個『不』字。不是因為我愚昧或聰明，而是因為我無法拒絕您的浩然正氣！」

「說得好！」眾人鼓掌。

最後，珍珠露出一抹帶著深意的微笑，扭著她的水蛇腰，帶警長離開。

直到他們的身影消失，大家才鬆了一口氣。有些人趨前檢查春月的傷勢，鮮血還是不停從她的手臂流出。有些人悵然若失，好像沒人被殺是件掃興的事。芳容叫兩名保鑣把那個可憐女孩帶回桃花亭去。

我偷偷溜到她旁邊問：「媽媽，我們不帶她去醫院嗎？」

她沒好氣地看了我一眼：「醫院？啊，真是設想周到！但誰來付錢？妳嗎？好，如果妳要付，那我們就送她去醫院。」

「可是媽媽，我沒有錢呀！」

「我也沒有！」

吳強插嘴：「不用擔心，香湘。我們會請中醫師來醫治她，這樣比較便宜。」

「可是如果……」

媽媽冷笑了一聲。「如果她死了，那是她的命，沒人可以救得了她，妳救不了，我救不了，觀音菩薩救不了，佛祖救不了，西醫或再貴的醫院都救不了。」她朝保鑣們揮揮手：「現在就帶她回去！」然後吐了一口口水在春月身上，「臭東西！掃把星！」

春月被帶走之後，芳容露出笑容，向眾姊妹和貴賓們揮揮手，大聲說：「沒事，沒事！大家盡情吃喝玩樂！」

人群馬上散開——有些喝酒，有些看吳先生寫書法，有些聽姊妹們唱歌，看她們婀娜多姿的身影隨著音樂旋律擺動。

我對人們像沒事般繼續享樂，同時覺得訝異又反感。

因為沒人注意我，我便坐到一張長凳上，讓自己冷靜下來。春月的身影在我腦中打轉——那雙幽怨的眼睛和她痛苦的表情。她是誰？怎麼會來到桃花亭？是因為家境困頓嗎？但她臉蛋光滑，皮膚細緻，看起來並不窮。難道她父親和我父親一樣是個罪犯嗎？或她是被壞人給賣到這兒？

我坐著發呆，不知過了多久，直到感覺有人用力拍我的肩膀。我轉頭看見芳容凶巴巴地看著我，旁邊站著一個滿臉皺紋的老男人。

我馬上站了起來。

媽媽朝老皺紋說：「瞧，馮大爺，這就是我們有名的香湘，閉月羞花，對吧？」

老皺紋像在菜場裡挑元宵團圓飯的豬肉一樣，上下打量我：「真美，真美！果然名不虛傳。」

媽媽抬起我的下巴，跟我說：「香湘，笑一個給馮大爺看。」

「馮大爺，看見酒窩了嗎？」她朝老皺紋拋媚眼，讓我全身起雞皮疙瘩。「好像會把人吸進去，他喃喃自語，枯瘦的手一邊捻著鬍子。

讓人忘卻煩惱一樣，對吧？」

老皺紋點點頭，眼睛仍在我全身上下游移。「對，沒錯，沒錯。」

媽媽興奮地繼續說：「馮大爺，香湘還有更好的東西。」

「哦？說來聽聽。」

媽媽壓低了聲音說：「香湘有天生的體香，好像不食人間煙火似的。」

現在老皺紋就像頭鬥牛犬一樣在我身上東嗅西聞，「是有股香氣，但我以為那是香水。」

媽媽笑了，「噢，當然不是，馮大爺。我跟你保證，不然就把錢退還你。」她眨眨眼，「香湘還沒接過客，誰會給她買香水呢？」

「好，不用多說了。」老皺紋在媽媽耳邊說了些話，媽媽頻頻點頭。

我只能聽到零碎的對話內容——「鮮嫩多汁的蜜桃」、「霸王上弓」、「金槍不倒丸」——但他們的神色卻讓我發毛、臉頰發燙。他們色瞇瞇地把我從頭到腳打量了一番，然後嘎嘎大笑。

老皺紋離開了之後，媽媽的笑容也沒了。她轉頭凶狠地看著我：「香湘，妳是怎麼了？別像個笨蛋站在那，快來幫忙！」

宴會直到半夜才結束。賓客離開得七七八八之後，珍珠才不知從哪冒了出來，跟我一起回到桃花亭。我們上了人力車後，我才發現她眼神迷濛、雙頰發紅、渾身酒味。

「珍珠姊姊，妳沒事吧？」

「沒事，別擔心我。我只是在想，不知道春月現在怎麼樣了。唉，可憐的女孩，希望她可以熬過去。」

我試探地問：「車警長去哪了？」

「他醉了。不然春月一定早被送上西天了。我把他灌醉，讓他的人帶他回去。希望明天早上他什麼都不記得，不然麻煩可就大了。」

「他很重要嗎？」

珍珠笑了：「妳沒看見他怎麼拿槍的？他是地方惡棍！妳聽過『秀才遇到兵，有理說不清』這句話嗎？」

她繼續說：「因為兵有槍！所以他根本不用跟秀才講道理，直接開槍就行了！」她看著我說。「香湘，要記住，我們甚至連秀才都不是，我們是妓女。」

那晚，我完全無法入睡，腦裡想的全是春月。

隔天天一亮，我便去敲珍珠的房門，聽見她要我進去的聲音。

她穿著一件繡著金線牡丹的高領旗袍，站在一個青白色大缸旁邊餵魚。

我走向她，問道：「珍珠姊姊，妳知道春月怎麼了嗎？」

「她在暗房裡。」珍珠沒看我，繼續把麵包屑丟進大缸裡。

大缸裡的魚兒擺著尾巴游來游去，我們默不作聲看了一會，她要我到沙發去坐。

想到我坐在柔軟的天鵝絨墊上，而春月卻在那個鬼地方，我突然覺得毛骨悚然。「但她受傷了，為什麼他們還要把她關在那裡？」

「因為她冒犯了警長。這代價沒人付得起，只有死路一條。她現在是在暗房，不是在棺材裡，已經很幸運了。」

「她會死嗎？」

「妳以為媽媽投資了這麼多，會輕易讓她的女兒就這麼死掉嗎？當然不會，因為活的總比死的好。一旦死了，她所有的投資都像被丟到糞桶裡。但活著的話……就算是毀容了，媽媽還可以把她賣到便宜的妓院，就算只有幾元也好。」她繼續說：「反正她的傷不打緊，」她嘆了口氣，「暗房是給不乖的女孩一個教訓。」

珍珠沉默了一會，說：「別聊這些不開心的了。」她站起來，走向羅漢床，從床底拿出一個長形錦盒。她將蓋子移開，小心翼翼地把那東西放在桌上。

我盯著那個東西好久才問：「這是什麼？」

「是琴——七弦琴。」她輕輕說，手指撫摸著琴緣。

上面的漆和蚌殼閃著光澤。

「我們今天要彈這個嗎？」

珍珠笑著說：「啊，傻女孩，妳以為自己可以一天就把這琴學好嗎？這要下好多年苦功的。」

她語帶感傷地說：「我想彈一首曲子給妳聽，叫《憶故人》。」

我怯怯地問：「是……彈給春月的嗎？」

「不是，是我姊姊。春月跟她一樣傻。」

「妳姊姊現在在哪裡？」

珍珠沒回答我，她哀傷的表情讓我不敢再繼續追問。所以我換了個話題：「珍珠姊姊，妳知道春月為什麼會到桃花亭來嗎？」

珍珠撫摸著錦盒，嘆了口氣：「她爸爸是個有錢的船商，但有次從上海跑船到香港的時候，遇上了大風浪，所有東西都泡湯了——船上的貴重物品、船、船員，包括他自己。所以一夜之間，他們家什麼都沒了。這還不打緊，因為他們沒買保險，所以得自己負責賠償所有的損失，包括所有要運到香港的貴重貨物和給罹難船員家屬們的賠償。替她爸爸辦完喪禮後，他們家什麼都沒了，所以那些小妾們就把她賣來這裡還債。」

「春月一夜之間從雲端跌落地面，她以前有僕人服侍，現在卻要做打雜。我聽說她有個對她又好、長得又帥的未婚夫，所以當然不甘被那個噁心的警長調戲。可憐的女孩，那是她第一次出去，卻惹出這麼大的麻煩。」

珍珠將琴放在一邊，倒了兩杯茶。我們安靜地喝著茶。

我問：「我不明白，為什麼春月要躲在竹林裡偷看我？」

珍珠看著我說：「因為她羨慕妳的美貌，尤其是那兩個小酒窩。」

「她跟妳說的嗎？」

「沒有，但我看得出來。我常看到她用力擠自己的臉，讓自己看起來像有酒窩一樣。」珍珠嘆了口氣說：「唉，可憐的女孩。她現在還不用接客，等她要接客的時候，恐怕會有更多……」

「更多什麼？」

「沒什麼。」

過了一會，珍珠再次把琴從錦盒裡拿出來，開始調音。七弦琴發出輕柔幽微的聲音，像是要吐露什麼天機。調完音後，珍珠靜坐了幾秒才開始彈琴。旋律似乎正訴說著一個淒美的故事，我像被催眠般，想像憂傷的浪潮湧入房裡，撫慰著我們受傷的心。

珍珠彈琴時的表情是我從沒見過的。彈琵琶時，她總是起勁地撥弦，看起來嫵媚又有活力——長髮垂在臉上，如同暗潮般顫動，眼睛像星星般閃耀著。但她彈琴時卻像個學者——嚴肅、沉靜而莊嚴。霸氣地撥弄琵琶的手指現在卻只在琴上輕滑打轉，如蜻蜓點水、粉蝶浮花、落花流水。

我的心隨著琴音被帶到一個安靜遙遠的地方，在那兒，我似乎可以看見爸爸坐在月光下的竹林中，用二胡拉著哀怨的曲調，悲傷地看著我。

一曲奏罷，我們同時嘆了口氣。我對這美好音樂的結束感到很可惜。

「珍珠姊姊，」我看著她的眼睛，「琴音真美。」

她好奇地看著我：「妳覺得好聽？」

我熱切地點點頭。

「妳真有天分，香湘。很少年輕人懂琴韻之美。」

「妳能教我彈琴嗎？」

她的臉色一沉，「不行。」

「可是……為什麼不行？」我對她的拒絕感到既震驚又難過。

「因為我覺得妳應該專心練好琵琶。」我還沒反駁，她便繼續說：「香湘，琴不會讓妳變得有名和受歡迎，但琵琶可以。」

「為什麼？怎麼說？」

「因為琵琶的音短促，音調悅耳，可以馬上吸引客人的注意。但要單單能欣賞琴音，便需要多年培養的，更別說要彈得一手好琴了。身為女人，我們的青春和美貌都是短暫的，所以當妳把琴學好時，早就已年華老去。更可惜的是，幾乎沒有客人能欣賞琴音——或妳的天賦。」

「珍珠姊姊，」我看著她光滑美麗的臉龐，「但妳還沒年華老去……」

「因為我與眾不同。」

我想說，我也是與眾不同的。

但她已經掏出一條絲巾，溫柔得像對待情人般開始抹琴。之後她說：「現在我來彈一曲《長門怨》。」

「是關於什麼的？」

「一個命運多舛的女人。」

6 好日子

我到桃花亭轉眼已經十個月了，卻從未收到母親的來信。一開始我很氣她——她怎麼可以忘了她唯一的女兒呢？然後我開始覺得擔心——她會不會出了什麼事？那些尼姑庵裡的老尼姑對母親做了什麼？一想到母親，想到她削了髮、披上僧袍、整天念著那些沒人聽懂的經文，我的心就好痛。

我好想念母親和她的頭髮！

每天晚上工作結束後，我總會拿出母親替我掛在脖子上的觀音吊墜，祈求觀音能保佑母親——無論她現在在哪——也提醒她寫信給我。

現在乖乖是我唯一的慰藉。因為吃得很好，牠長得一天比一天大，也更可愛了。我開始教牠不同的把戲：拿東西、跪下、握手、蜷躺等。牠圓滾滾的，看起來就像掉在地上的月亮。牠表演精彩的時候，我就會帶牠到廚房去餵牠好吃的。為了答謝我（雖然花的是客人的錢），乖乖總會抬起牠圓滾滾的頭看我，然後舔舔我的臉。但因為牠太可愛了，所以連牠犯錯的時候我也不忍心懲罰牠。有一次牠在白眉神前面小便，我因為太過害怕，趕緊把牠去出神明廳，把便溺清理乾淨。白眉神是桃花亭裡最受崇敬的神——能招客進財，如果媽媽知道這件事，一定會把牠或我狠狠打一頓。

但當我要罵乖乖時，牠低下頭嗚嗚叫著，那雙又大又靈的眼睛死盯著我。結果，我不但沒打牠的小屁股，還把牠抱得高高的！

乖乖和我變得越來越密不可分，每次拜觀音時，除了祈求媽媽平安，我也會祈求觀音保佑乖乖。

有天下午，我因為太掛心母親的狀況，就溜進了珍珠房裡。她斜躺在沙發上看雜誌，邊拿起瓜子，用牙齒啵的一聲把瓜子殼分成兩半。她靈巧的舌頭伸出來，像蜥蜴捕捉獵物一樣，將瓜子送進嘴裡。

我踏進門時，她吐了一個瓜子殼到青瓷碗裡，抬頭看我，微笑問：「香湘，妳不是應該在房裡習藝嗎？」

「珍珠姊姊，可以答應我一件事嗎？」

「過來坐，」她放下雜誌，「什麼事呢？」

「我想聽妳彈《憶故人》。」

「為什麼？妳想著誰嗎？」

「我想我媽媽。」我的淚水在眼眶裡打轉。

珍珠看了我許久，又看了時鐘一眼，說：「好吧，在客人來之前我還有點時間。」

她站起身來，取出放在床下的琴，小心翼翼移開錦盒，將琴放在桌上，點香，然後調音。之後她開始彈奏。我又再次出了神，不單因為音樂，也是因為她如雲朵在天上飛舞般的手指。聽著從她指間傳來的旋律，我所有的憂慮一掃而空。

珍珠彈完後，我又求她教我彈琴，但她再次拒絕了我。

「拜託，珍珠姊姊，」我努力哀求她，「我只要學《憶故人》，這樣可以邊彈邊想我媽媽。」

她沒說話，低頭看著裙子上的繡花圖案。

「拜託，珍珠姊姊，就這首。」

她抬頭看我。

「就一首。」我伸出一隻手指，不斷求她，直到她臉上綻開如花笑靨，就像她外套上盛開的菊花。

「好吧，妳這個小鬼。可是香湘，答應我要保密，可以嗎？」

我點頭如搗蒜。

「好啦，現在回去妳房間梳洗淨身。」

「可是珍珠姊姊，妳剛答應教我彈琴！」

「淨身是彈琴的儀式之一，之後妳還必須焚香淨化空氣和靜坐修心，然後才能彈琴。記得，彈琴不只是音樂，還是與天地的交流。」

我聽得一楞一楞的，她繼續說：「我跟妳說過這很難，妳還想學嗎？」

「想，珍珠姊姊。」

「很好，我喜歡妳的堅持。」她銳利地看了我一眼，「在以前，要學琴還得先跟老師修行兩年——要奉茶、供點心、打掃，還要替老師按摩。妳很幸運，我免了妳做這些。現在快去梳洗！」

「謝謝妳，珍珠姊姊！」我說完便衝向門口。

她把我叫了回去：「記得，琴是很神聖的，而且不要因此忽略了妳的琵琶。」

我轉頭說：「我不會的，珍珠姊姊。」

「等妳回來我就教妳調音，也既是調妳的心。」

從那天起，我祕密學著這個神聖的樂器。每次上課，我總小心翼翼地邊調音邊偷看珍珠，希望自己能彈得像她那樣優美。我的手指練到流血、長繭了，肩膀也僵直痠痛。但奇怪的是，我的心卻因那哀傷的琴音而充滿了喜悅。

當然我也不敢怠忽歌唱、畫畫和琵琶。珍珠一再警告我，如果我荒廢了其它的練習，她就不會再教我彈琴。但她的擔心是多餘的，因為我在其它課上表現得很好。吳先生稱讚我有天分，還買了各種毛筆、雕有四季景色的硯臺和灑金宣送我。他也很欣賞我的詩，說有些甚至可以用作京劇的唱詞，並說我很快就會成名。教京劇的馬先生說我的聲音像出谷黃鶯，能誘使日升及日落。但他還是不時有意無意地將手拂過我的身體。

有關我天分的傳言越來越多。所以有些客人希望能看我的畫，有些佇足在我的房門前聽我唱歌。還有些人偶然看見我的手指在琵琶上做出各樣的雜耍而讚嘆不已。大家流傳、討論著我的詩，就像討論李白或杜甫的詩一樣。

有天下午我正在練習彈《春江花月夜》，芳容闖進我的房間。她一屁股坐在椅子上，邊喘氣邊開心地看著我。她目不轉睛看了我好久，讓我害羞了起來。

「怎麼了，媽媽？」我放下琵琶問。

她從椅子上站了起來，要我跟她走向鏡子。

我們看著鏡中的反影，媽媽不懷好意地笑了笑，看了我一眼：「香湘，才來桃花亭不到一年，看我把妳變成一個多漂亮的女孩子。」

我看了自己好久，第一次認同她所說的話。但又有點不好意思，所以沒有回話。

她挑起我的頭髮說：「可是妳知道嗎？今天妳會變得更漂亮，因為我要帶妳去做頭髮！」

我轉頭看她：「做頭髮？」

「對，很多女孩子連聽都沒聽過，更別說有錢去了。所以妳真幸運！」

但我聽過。「妳是說……像電影明星那樣？」當然我沒真的到電影院看過那些電影明星，只有在爸爸從那個軍閥家裡拿回來的報紙和雜誌上看過。

「沒錯！妳想跟電影明星一樣嗎？」

我轉身看到鏡中的自己用力點頭，像跟菩薩磕頭求子的母親一樣。

那是個炎夏的星期五下午，除了我，芳容還帶了另外兩個女孩。一個又性感又傻傻的，叫做玉瓶；另一個是春月，還真讓我吃了一驚。我很高興媽媽讓春月跟我坐同一臺車，她自己則跟玉瓶坐另一臺。春月似乎已從那個可怕的夜晚恢復過來，手臂的疤痕也變得很小。現在，我終於有機會跟她討論暗房裡四處爬竄的老鼠，也許還可以討論「上床」的事。但後來我們顧著看難得一見的城市生活，眼睛完全無法從熙來攘往的南京路和色彩繽紛的招牌上移開。我們興奮地指著自己去過的地方。

春月指著一棟宏偉的建築，驕傲地高聲說：「看，那是新新百貨公司，以前我跟爸媽常去那裡。」

我伸長脖子，看見三個穿著洋裝的太太興高采烈地看著商品，後面的僕人扛著大包小包。

我還在欣賞那些太太們臉上的濃妝和身上的繡花洋裝時，春月指著新新百貨旁另一棟更雄偉的建築，聲音越來越高亢：「看，那是先施百貨公司。我父親曾經在三樓的珠寶店買了一條黃金項鍊給我！」

她繼續興奮地說：「我父親也會帶我去永安百貨公司頂樓的天韻樓的露天咖啡館。那裡可以看到整個上海，包括華安保險公司、國際大酒店和賽馬場！」

當車子離開了百貨公司和那三個太太後，我們安靜了下來。

我不想打擾春月，轉頭看著街景。

一個小販扛著兩個籃子，拉開嗓門喊著：「又香又嫩的烤雞！不好吃不用錢！」他旁邊是一個老婦人，跪在地上用力磕頭乞討。麵攤上，一個打著赤膊、神情堅毅的小販正在敲鑼吸引人群。豔陽下，一個戴著紅頭巾、黑鬍子的印度警察正揮舞著警棍指揮交通，汗沿著他黝黑的臉頰流下，像豆豉醬。

然後我看見一對父母帶著兩個小孩走進糖果店。當我看到那對父母臉上慈愛的笑容，忽然覺得悲從中來。從進到桃花亭的第一天開始，雖然母親還在，我還有了另一對「父母」，但我總覺得自己是孤兒。我將頭伸出車外，不想讓春月看見我流淚。

這時她的聲音在我耳邊傳來，讓我嚇了一跳：「看，香湘，是瑪莉碧佛！」

我擦擦眼淚，伸長脖子問：「那是誰？」

「一個很有名的好萊塢影星！就在那，北京戲院的看板上！」

我看見照片上有個外國女人，有著一頭浪漫的波浪捲髮。在她旁邊有一串英文字，我想看卻看不懂。我轉頭問春月：「妳讀得懂那些雞腸字嗎？」

她驕傲地笑：「當然。」然後噘起嘴，像雞屁股似的，唸著：「Poor Little Rich Girl.《可憐的富家小女孩》」

「哇！妳在哪裡學的英文？」

「我爸爸請了一個私人教師。」接著她用不可一世的語氣問道：「香湘，妳看過電影嗎？」

我可憐地搖搖頭。

她臉上綻出笑容：「我爸爸帶我去過所有電影院——北京戲院、夏令配克大戲院，還有蘭心大戲院。如果妳有機會去這些地方，一定會很驚訝，因為就像皇宮一樣！」

春月的眼眶突然紅了，我看著遠方的港口。一艘船經過另一艘船旁邊時發出了嗚笛聲；還有另一艘船像剪刀似的，無聲劃過寶藍色的水面，船上的美國國旗在微風中飄揚，就像一件彩色的洋裝。**美國**！我暗自想：希望有朝一日我可以離開上海去看看這個世界，像美國，我可以遇見這個又有名、長得又奇怪，叫做瑪莉碧佛的女人。

兩輛人力車超越我們，苦力赤著腳揚起陣陣煙塵。

桃花亭外的事物如此真實、如此生氣勃勃……但卻也如此虛幻，就像一個深深的、讓人困惑的夢境。

我正要轉頭跟春月聊天，車子突然停了下來，使我們一個踉蹌向前。芳容付錢給兩個汗流浹背的苦力，然後氣派地帶我們走進理髮店。

店裡牆上到處都是鏡子，給人一種寬敞又神祕的感覺。鏡子上貼著中國影星的海報，個個都有著柔順亮麗的頭髮，就像黑暗之中在月光下閃閃發亮的浪潮。

一看到我們，幾個手上掛著白色毛巾的男子連忙跑來招呼芳容。他們阿諛諂媚地對她笑，但卻對我們投以銳利的眼神。我們坐下後，媽媽要他們替我們每個人換上新髮型。

她用粗肥的手指著玉瓶說：「她額頭上的痣很醜，所以給她剪個齊瀏海遮起來。」接著指指春月：「她的臉太圓、額頭太短了，所以給她剪個『泣楊柳』的髮型來遮臉。」最後她轉向我，滿臉的笑意：「這個很幸運，給她弄個明星樣的『滿天星』。」

哇！我幾乎要開心地笑了出來！明星！滿天星！但我沒時間細想，因為髮型師們笑著點點頭，已經開始熟練地剪起我們的頭髮。

經過一個多小時的剪髮、洗髮和造型，我們看著鏡中的彼此。玉瓶的瀏海像細細的柳枝垂在額頭上，春月的臉被瀏海和兩側的頭髮擋住了大半，看起來細長了。我很高興自己的頭髮被往後梳，露出了大家都很羨慕的高額頭和瓜子臉，頭髮上還夾著一個鑲珍珠的金色髮飾！我的臉好像變了，突然變得光采動人，就像真的是個影星似的，穿著蓬蓬裙在華麗的宴會廳裡，在金碧輝煌的吊燈下隨著音樂起舞！

一陣哭聲讓我從幻想中醒來，我轉頭看見春月正用淚汪汪的眼睛看著我的臉，像隻小貓可憐兮兮地伸爪要魚骨頭。

「春月，」我吸了一口氣，「為什麼——」

媽媽的粗啞聲傳來：「春月，不准哭！不要羨慕別人。妳可以活著出來做頭髮、讓那張包子臉變小就已經萬幸了！」

春月馬上止住哭聲。之後，媽媽匆匆結了帳，帶我們走出理髮店。這次她沒叫車，讓我又驚又喜的是，她帶我們走到剛剛經過那條最熱鬧的南京路上。更驚喜的是她帶我們走進了布店，說：「隨便挑，選妳們喜歡的布，我要給妳們這三個小美人訂做旗袍和洋裝。」

從她嘴裡聽到這麼慷慨的話，簡直像琴音一樣迷人！摸著一匹匹的繡花錦緞，我開心得快暈過去了。玉瓶摸著面前一卷卷像彩虹瀑布般的布匹，不停發出「噢！」「啊！」和「噯呀！」的聲音。就連春月那雙水汪汪的哀傷眼睛都亮了起來。

半小時過去，快樂的時光終於到了尾聲，媽媽開心問道：「好啦，現在天氣很熱，妳們想在回去之前吃個冰淇淋嗎？」

冰淇淋？我真不敢相信我聽到的話。爸爸只吃過一次——在那個軍閥的家裡——他跟我說那個東西像絲綢一樣柔軟，像糖一樣甜，一吃進去就會在口中融化，所以吃的時候要像舔傷口一樣用力地舔。

聽到這個好消息，我們三個愣了一會，齊聲說道：「想，媽媽！」

頂著明星般的髮型漫步在繁忙的大道上，想著新衣服，吃著入口即化的冰淇淋，我從沒覺得自己這麼幸運過。雖然努力壓抑，但我的嘴角還是不住上揚——街上的人大概覺得我瘋了！

我優雅地舔著冰淇淋，試著延長那冰涼甜沁的滋味。映入眼簾的是一排五顏六色的商店，我們邊吃邊看，發現別人也正在看我們。年輕女孩羨慕地看著我們，一邊低聲竊笑；一些男人對我們投以色瞇瞇的目光；工人們吹著哨子，幾個太太用塗著紅色指甲油的手指著我們，交頭接耳，邊輕蔑冷笑著。

我轉頭問芳容：「媽媽，為什麼大家都在看我們？」

她用慈禧太后般的口氣說：「啊，我的女兒啊，真是個傻問題。為什麼？因為她們羨慕！」她指著一個約十歲，骨瘦如柴、穿著破衣服在路邊乞討的女孩說：「大家會覺得她漂亮嗎？」又指著一個駝背的中年奶娘說：「或她？」最後她指著一個平胸又其貌不揚，在街上賣烙餅的女孩問：「還是這根竹竿？」

媽媽笑了出來：「哈，哈，哈，我的小寶貝，」她看著我們三個，然後捏捏我的臉頰，「尤其是妳，香湘，妳一定很快就會走紅了！」

她說這些話時，好像所有目光都在盯著我看。我開心得飄飄然，用力舔著冰淇淋，享受這快速融化的清甜，一邊懷疑這一切是否只是夢境。我摸摸脖子上的觀音，偷偷祈禱這一天永遠不要結束。

就在我恣意享受著舌尖的柔順滋味時，手臂忽然被撞了一下。我還沒意識到發生什麼事，周圍的人群像熱鍋上的螞蟻般騷動起來。

媽媽扯著破鑼嗓大叫：「抓小偷！」

這時我才發現冰淇淋不見了，那個乾瘦的小男孩手上緊緊抓著我的冰淇淋，飢不擇食地舔著，試圖穿越川流不息的大馬路。

「小心！」我朝他大叫。

媽媽打我的頭，瞪著我說：「妳瘋了嗎？這死小子被撞死了活該！」

小男孩奮力穿過車陣，接著是一陣混亂的剎車聲、喇叭聲、尖叫聲和咒罵聲。

「喔，我的天！他要被撞死了！」我尖叫。

媽媽又瞪了我一眼，跑到前面看發生了什麼事。

幸好，小男孩並沒有被撞死——他甚至沒有被撞到。但他的腳就像黏在地上一樣，臉色慘白得像剛從鬼門關前走了一遭。冰淇淋掉在地上，像白色的鮮血流進水溝裡。

司機跳下車，大聲咒罵：「操你娘，你狗娘養的小混蛋！下次過馬路小心點！」他把嚇傻了的小男孩推回人行道，上車前還大喊著：「走開！我還要趕著去接上海總商會的董事長！」然後他甩上車門，加速開走了。路上的車輛又繼續來往穿梭著。

春月拍手說：「媽媽，他沒事！」

現在輪到她的頭被痛擊了一下，「妳替那個小雜種高興什麼？他真該被輾成碎肉！」

然後我大吃一驚，她龐大的身軀撲向小男孩，抓住了他。媽媽跟牛一樣壯，小男孩揮舞著他骨瘦如柴的四肢，像殺雞般叫著。說時遲那時快，一群小流氓靠了過來，叫囂喝采著：

「對，勒死這小乞丐！」

「哇！女人打男人啦！」

「嘿，快來看戲，免費的喔！」

就在他們替這齣街頭鬧劇搧風點火時，一個四十歲上下、穿著白色西裝的金髮外國人突然出現。他走向前，粗壯的手臂拉開了芳容和小男孩。

圍觀的人群立刻安靜了下來，每個人都盯著那個外國人，等著看這齣鬧劇接下來的發展。但出乎我意料之外，媽媽不但沒有咒罵這個洋鬼子，還擠出了大大的笑容，用破英文說：「搜哩，搜哩，先生，誤會，誤會。」

更令我意外的是，這個「洋鬼子」用標準的中文問她：「發生什麼事了？」

媽媽的笑容快比她的臉還寬了，她用中文回答：「沒事，沒事。」

「沒事？」

這時玉瓶指著小男孩，插嘴說：「他搶了我妹妹香湘的冰淇淋。」

那個男人轉頭看我，兩顆藍眼珠看起來又冰又消暑——就像我的冰淇淋。我的臉微微漲紅，他轉頭看著那個在烈陽下顫抖的男孩，問道：「你很餓嗎？」

小男孩拼命點頭，頭都快從脖子上掉下來了：「我媽媽生病，我們三天沒吃東西了。」

出乎大家的意料之外，洋鬼子掏出皮夾，抽出幾元塞給小男孩：「去買點吃的回家。」

小男孩抓著錢跪在地上磕頭，然後像過街老鼠一樣跑走了。

玉瓶突然走向那個外國人，露出微笑，說：「先生，謝謝你，有空請來我們桃花亭裡坐坐。」

他皺眉看著我們三個問：「什麼亭？」

媽媽非常興奮，高聲說：「四馬路的桃花亭。」

那個外國人沒回應媽媽，轉頭看我看了好一會兒，眼神和藹慈祥。最後，他沒說一句話便走了。圍觀的人失望地罵了幾句，跟著一哄而散。

為了不讓剛做好的頭髮亂掉，媽媽招了車帶我們回桃花亭。一路上，小男孩的身影不停在我腦中浮現——他面無血色的臉、破布下瘦弱的身子、為了幾元在地上用力磕頭的樣子。突然間，我才知道自己有多幸運——在桃花亭裡有吃有住又有穿，全是免費的！我一定是身在福中不知福了。

我轉頭看芳容，試著讓嘴角抬得跟天運咖啡館一樣高：「媽媽，謝謝妳。」

「那就當個乖女孩，」她笑著拍拍我的手。

然後她跟我們三個說：「如果妳們都乖乖的，就會有最好看的衣服、最美味的食物和最漂亮的髮型。但如果不乖，就會像那個街上搶東西的小乞丐一樣，遲早被車撞死。妳們想跟那個遲早被撞成碎肉的小混蛋一樣嗎？」

「不想！」我們齊聲說。

「那妳們會乖乖的嗎？」

「會！」我們高聲說，媽媽臉上露出神祕的微笑，接著被車影蓋了過去。

7 玉莖和玉門

隔天早上起床時，我覺得又快樂又難過——因為桃花亭裡的好生活而快樂，也因為小男孩的遭遇而難過。他凹陷的雙頰和突出的雙眼在我腦海中揮之不去。然後我想起那個洋鬼子和他那雙藍色眼睛。

我拿出琵琶，心不在焉地彈著，邊聽著琵琶甜美的呢喃。下一秒鐘，我的淚水氾濫，從臉頰流到琵琶上，直到我看見滿是淚痕的自己。我抱著琵琶，想像它就是我的妹妹，靜靜聽著我所有的感觸和哀愁。

「媽、爸爸，」我對著琵琶說，「我好想你們。但是無論你們在哪，都不要替我擔心，我一定會好好照顧自己。有一天我一定會很有名、很有名的！」

我正自言自語著，突然聽見門外有聲音。「乖乖嗎？進來！」

我話一說完，乖乖就衝進我房間。我放下琵琶，把牠抱起來，牠開心地舔著我的臉。

「好了，好了，壞孩子。你今天有乖乖嗎？」

乖乖抬起圓圓的頭，跟我鞠躬和握手。

「好，」我摸摸牠，「我知道你很乖。會餓嗎？想不想吃好吃的啊？」牠拼命搖尾巴。

我正要帶牠到廚房去時，珠簾被掀開，芳容闖了進來，端著托盤，托盤上有一大碗熱騰騰的東西。她穿著綠色絲質旗袍，看起來就像油膩的荷葉包著巨大的豬肉水餃。她走動時，一圈圈肥肉像要群起革命一樣。她的屁股像一張麻將桌，剛好夠四個姊妹打麻將——想到這我幾乎要笑了出來。

媽媽用噁心的神情看了我和乖乖一眼，「香湘，把那隻狗帶出去。」

「可是媽媽——」

「我說帶牠出去，還是妳想要我把牠踢出去？」

我試著叫乖乖出去，但牠在我腳邊磨磨蹭蹭不願出去。

媽媽大吼：「把牠趕出去就是了！」

我心不甘情不願地把乖乖推了出去。

「把門關上，過來坐。」

我坐下後，她看了我的琵琶一眼，努力擠出溫柔的聲音說：「香湘，別練了，先喝些補湯。」

我受寵若驚，因為一向都是我拜託她讓我休息，她從不願意讓我休息的，更別說是喝湯了。

「為什麼要喝湯？」我問。

「為什麼？為了慶祝妳的大好日子，傻女孩。」

芳容小心翼翼地把托盤放在桌上，拉出椅子坐下。大屁股在椅子上坐好之後，她擠出大大的笑容：「妳很快就會知道為什麼了，現在先別問。這補湯要趁熱喝，涼了就沒用了。」她把碗端到我面前，一陣香味撲鼻，我小心地喝了一口。

「真好喝，這是什麼湯？」

「各種草藥、醋和最好的烏骨雞熬成的，萍姨花了一整天燉的，」媽媽說，臉上始終掛著笑容。她看著我——像一個正在檢查剛出生的孩子是否有殘疾的母親——直到我把湯喝個精光。然後她將碗放回托盤裡，將托盤端了出去。我覺得全身一股暖流，一定是補湯正在發揮功效。但我想還有另一個原因，那就是——住在桃花亭裡真是太幸運了！

這時芳容又突然闖進房裡，嚇了我一跳。這次她丟了幾本書到桌上，「哈，」她笑著說，「看我多粗心，都忘了！把這些看一看，準備接妳第一個客人。」

「什麼客人？」我問，但媽媽已經像一陣煙消失了。

我看了一下書名——《花柳指迷》、《玉房秘訣》、《素女經》、《大樂賦》……。

我拿起其中一本，隨便翻開一頁，書上這麼寫著：

> 凡初交會之時，男坐女左，女坐男右。乃男箕坐，抱女於懷中。於是勒纖腰，撫玉體，申嬿婉，敘綢繆，同心同意。乍抱乍勒，兩形相搏，兩口相咽，男含女下唇，女含男上唇，一時

相吮，茹其津液……千嬌既申，百慮竟解，乃令女左手抱男玉莖，男以右手撫女玉門。於是男感陰氣則玉莖振動，其狀也，峭然上聳，若孤峰之臨迴漢；女感陽氣，則丹穴津流，其狀也，涓然下逝，若幽泉之吐深谷……

他們互相吃對方的唾液？噯呀！但我卻忍不住繼續看：

凡深淺遲速，捌捩東西，理非一途，蓋有萬緒。若緩衝似鯽魚之弄鉤，若急蹙如群鳥之遇風……

哈！這些招式完全比不上爸爸教我的武功招式。如果真像「鯽魚弄鉤」，還能攻擊別人嗎？看這些荒謬的形容，我正要笑出來時，忽然看見了「九狀」：

……或出或沒，若擊波之群鷗……或疾縱直刺，若驚鼠之透穴……

接著又看見「六勢」：

或下捺玉莖往來鋸其玉理，其勢若割蚌而取明珠，其勢一也……

我又困惑又不開心，闔上書，重重嘆了口氣。珍珠跟我說過媽媽會拿書給我，但我從沒想過會是這麼奇怪的書，盡是玉莖、玉門、陽氣、丹穴之類的字眼。

我翻到封面一看——《房中術》——是某個叫洞玄子的人寫的。洞玄子寫《房中術》，我默念著這些奇怪的名稱，好像這麼做就能夠進入風月世界的奧祕般。

我突然覺得自己是被烏雲侵襲的天空。

我的血液沸騰、臉頰發燙、口乾舌燥。於是我抱著書，跑到珍珠的房間，但卻沒人在。我到處找，都沒見到她的人影，連香水味都沒聞到。通到花園的長廊上，我還在想著剛剛讀到的怪事，冷不防迎面撞上一團柔軟的肉。我抬頭看見芳容嚴厲的眼神。

「香湘！」她罵我，「妳去哪了？我一直找妳都找不到，來！」她帶我回我的房裡，然後關上了門。

「妳看過全部的經書了嗎？」她興奮地低聲問。

我笑著說：「媽媽，經書只有五本——《春秋》、《詩經》、《易經》——」

「夠了，別在那兒自吹自擂！還有，把妳那得意的嘴臉給我收起來！我告訴妳，我不在乎《易經》是什麼東西，我只在乎我女兒是否能容易賺錢，妳懂不懂！」

「可是媽媽，看《素女經》怎麼賺錢？」

芳容看著我，眼珠轉來轉去，就像滾動的玻璃彈珠。「哈哈，香湘，妳畢竟還是沒有看起來那麼聰明！」然後她靠近我，壓低了聲音，彷彿要向我吐露宇宙最深的祕密：「妳知道自己身上最珍貴的東西是什麼嗎?」

「我的藝術造詣。」我還想說「美貌」，但還是決定謙虛一點。

媽媽眨眨眼，「不是!是妳的貞操，傻女孩。」她深深看了我一眼，「香湘，妳還沒被男人碰過，對吧?」

「有啊。」

芳容的小眼睛瞬間變成兩顆火球，她抓住我的衣領，幾乎要讓我窒息了，「妳這小賤人，是誰?」

「我爸爸。」

「真該死!」她放開我，指著我說:「妳這淫賤的婊子，竟然跟妳爸爸上床!」她的聲音大得像雷聲一樣，「妳跟他睡的時候，他有碰妳的玉門嗎?有沒有把他的玉莖放進妳的丹穴裡?」

「媽媽，我正要問妳什麼是玉門和丹穴和……」

媽媽臉上緊繃的肌肉似乎放鬆了一些，「可是妳說妳爸跟妳一起睡，妳確定他什麼事都沒對妳做?」

「不，他做了很多事，他幫我蓋被子，給我說故事……」

「哈!就這些事?」

「對，我小時候很怕鬼，總是哭，爸爸就會來跟我睡。」

「妳媽媽呢?」

「她去工作。」

「晚上工作？她也是妓女？」

「不是！是因為爸爸的腳摔斷了，」我有些難為情，結結巴巴地說，「她去……去……採收夜來香，好幫爸爸付醫藥費。」

媽媽仰頭大笑，彷彿被點中笑穴般。「哈！哈！哈！哈！香湘，妳說妳爸在妳媽去挑糞的時候跟妳上床，真是把我嚇得屁滾尿流！」

我覺得又生氣又羞辱，一句話也說不出來。

她像瘋子一樣放聲大笑。等她稍微冷靜一些，我趕緊轉換話題：「媽媽，妳還沒跟我說什麼是玉莖、玉門……」

「妳不知道？珍珠很久以前不就跟妳解釋過了？」

「沒有呀。」

媽媽瞪大了眼睛，「那個賤人！她沒教妳？妳這小笨婊子，就要被開苞了還不知道什麼是玉莖、玉門？就算珍珠沒教妳，妳沒聽其他姊妹說過嗎，蛤？」

「可是媽媽，我根本沒時間跟其他姊妹講話！我每天都要練習書法、畫畫、琵琶、唱歌，還有幫妳跑腿！」

「好了，好了，不要說了。反正，妳很快就會知道的。」

「什麼時候？」

「妳被破瓜的時候，很多男人都願意花大把銀子來買妳的貞操。男人跟年輕貌美的處女上床，玉莖就會非常興奮。」她看了我一眼說：「然後他們就可以返老還童、長生不老，還會升官發財，甚至可以否極泰來。」

我沒說話，媽媽繼續笑著，囈語般說：「馮大爺已經得標了，是妳的『大頭客』。」她指著雙眉間的痣說：「很久之前，我的第三隻眼就跟我說他會得標。」

「什麼得標？還有誰是大頭客和馮大爺？」

她笑著說：「啊，香湘，妳以為自己很聰明，但其實妳笨得可以。大頭客就是第一個來採妳陰氣的男人，這些老男人都很喜歡滋陰補陽，因為如果可以收集三百個處女，牙齒、黑髮、體力什麼都可以回春。」

「哇，那等我老的時候也要收集一些陰氣。」

媽媽笑了，臉上橫肉顫動：「當然，香湘。那就是為什麼一些老蕾絲邊會到這裡來找處女。」

「蕾絲邊？」

媽媽眨眨眼，「我們也叫她們『磨鏡女』。因為她們想要銷魂的話，就只能用下體互磨對方，像兩面鏡子對磨。」

「銷魂！她們會死嗎？」

「香湘，妳真是笨得可以，我受不了了！」媽媽不耐煩地說，但又突然不懷好意地笑說：「但我想馮大爺絕對不會受不了妳的。」

「誰是馮大爺？」

「妳在那個雅集裡見過他。」

「那個滿臉皺紋快死的老人？」

「香湘，小心妳的臭嘴！」她瞪了我一眼，眼珠子轉阿轉的。「他已經付了一大筆錢買下妳的初夜，所以妳最好讓他開心點。否則……」她的腳踩了踩地板。

我聽得寒毛直豎，幾乎可以感覺到那些黏答答的東西後面跟著滿臉皺紋的馮大爺，在我身上爬著。

媽媽露齒一笑：「香湘，妳這麼聰明，妳來說說妳喜歡哪個。一群溼黏黏的老鼠或是馮大爺？」

「當然是馮大爺！」

「好女孩，只要乖乖的，妳想要什麼都有。」她拍拍我的頭，手指數著，「好吃的、好穿的、新髮型、冰淇淋，還有馮大爺和他的皺紋，哈！哈！哈！」

有一秒鐘媽媽幾乎要笑到窒息了，但下一秒鐘她突然停止笑聲，用令人毛骨悚然的眼神看著我：「香湘，把衣服脫掉！」

「什麼？」

「妳聾了嗎？我說把衣服脫掉！現在就脫！」她用她的老鼠眼瞪著我：「叫妳脫就脫！妳想要我把妳扒光嗎？」

我開始脫下衣服。

芳容這裡戳戳，那裡捏捏，就像選豬肉一樣。又揉又擰之後，她滿意地點點頭，臉上浮出笑容：「哈，」她自言自語道，「馮大爺真是好眼光，才會為一個十三歲的女孩砸這麼多錢。」

這時門忽然打開，吳強走了進來。我本能地用衣服遮住自己。

「都放在地上！讓妳爹看看妳。」

我覺得又羞又惱，眼眶裡含著淚，地上的衣服就像個皺巴巴的人。

媽媽的大嗓門在我耳邊響起：「有什麼好羞的？不過是妳爹。妳不是說妳還跟妳爸睡過嗎？站直讓妳爹看看妳！」

雖然我直盯著自己的腳趾來逃避吳強的視線，但還是可以感覺到他飢渴的目光正蹂躪著我全身。

我開始顫抖，伸出手護著胸口。

吳強把我的手拉開，邊看著我的乳頭，邊溫柔地說：「香湘，別擔心，女孩遲早要變成女人的。」他的手放在我毫無遮蔽的肩膀上，「裝淑女是沒有用的。」

芳容臉上浮出笑意：「吳強，溫柔點，她只是個小處女。」

爹咧嘴一笑，露出潔白的牙齒，「對，妳說得對，只是個小處女。」過了幾秒，他轉身笑著對媽媽說：「所以，妳覺得怎麼樣？」

媽媽讚許地點點頭，「很好，身材、肌膚觸感都屬上等。」

爹摸了摸我的頭髮說：「還有柔軟光滑的黑髮。」然後他伸手摸我的陰毛，「這裡也是柔順有光澤。」

媽媽瞪了他一眼說：「我自己看得到。」

爹點點頭說：「對，當然，當然。」

接著一片死寂，在媽媽冷冽的眼神下，爹告辭了。

他走後，媽媽說：「把妳的衣服穿上。」

我穿好衣服後，那雙小眼若有深意地看著我：「香湘，妳是處女中的極品，除了一件事之外。」

「什麼事？」

「就是這樣，太多問題了！處女應該要安靜溫馴，所以在見馮大爺之前，妳最好學著點。現在去找珍珠，問她怎麼服侍那根可以幫妳賺錢，又可以帶來無窮樂趣的玉莖。」她眨眨眼，「珍珠可是床笫之間的高手，哈！哈！哈！」之後，她把那些書塞到我懷裡，推我到門邊。

珍珠正在鏡子前梳妝打扮，我關上門後，她看著我的頭髮叫了出來：「香湘，妳真漂亮！」她拍拍身旁的椅子，「過來坐。」

她對著鏡子裡的我看了好久。

「珍珠姊姊，妳不喜歡我的新髮型嗎？」

珍珠沒回答我的問題，一臉哀傷又認真地問：「媽媽也給妳買冰淇淋、給妳喝補湯、給妳看那些奇怪的書了嗎？」

我點點頭。

「香湘，妳要跟男人上床了！」

「不，才沒有！」

「唉，我的小妹妹，不然他們為什麼要待妳像小公主似的？」

「我想是因為……因為我很幸運。」

「幸運？」她冷笑，「如果妓院裡有好運，那我們就全是公主，不是妓女了。但很不幸，因為妳要變成**真正的**妓女了，妳懂嗎？妳要我把事實告訴妳嗎？」

房間裡陷入一片沉默，像一具挖空了內臟的死屍。

「還有這些，」她從我懷裡把書拿走，丟到桌上，「就是要讓妳從女孩變成女人，」她苦澀地看了我一眼，「或者，從淑女變成蕩婦。」

她拿起其中一本書，翻了幾頁，「如果妳把這些全都讀通，妳就會變得很有名，有名到男人都會願意為了聞妳的體香送上銀元，為了品嘗妳奉上金條！」

我倒抽了幾口氣，不願聽見這些我一直不想面對的醜陋真相。

「香湘，」珍珠拍拍我的頭，「擔心太多也於事無補，就學著點，好嗎？我會幫妳的。」

我點點頭，擠出一抹苦笑。

「很好，那我們要開始了。」她眨了眨眼說：「俗話說：『石榴裙下死，做鬼也風流。』就是說女人讓男人開心的話，他就算死在床上也心甘情願。」

我靜靜聽著，努力記得她說的話。

然後她開始跟我解釋什麼是紅珠、琴弦、滑麵、剖瓜吮汁、玉莖入玉門、玉液井泉……。

課快上完前，珍珠對這些奧祕知識瞭若指掌已經讓我又敬又佩，但我也累壞了。

珍珠忽然大叫：「喔，糟糕！香湘，我得去接待一個大客人了，妳先回去看書，明天再來找我吧！」

我走到門口時，她又叫住我。

我轉頭看見她哀傷的臉。

「香湘，我真的很喜歡妳。」她頓了一下繼續說，「妳要好好把握當女孩的最後時光。」

我不知道自己能說些什麼。

「去找春月玩吧！」

「但是如果媽媽知道了，她一定會……」

「別擔心，馮大爺已經為妳付了很多錢，她心情一定很好，也不會太苛責妳的。去小廟旁的園子裡玩玩！」

但我聽說有好幾個不幸的姊姊都在那個園子裡上吊！沒人敢問媽媽這究竟是真是假，但當我轉頭要問珍珠時，她已經關上門了。

鬧鬼的園子

我推開春月的房門走了進去，她正坐在床上看著幾本我有點眼熟的書。她挪開身體，拍拍旁邊的空位說：「香湘，來坐呀。」

我坐了下來，指著那幾本書：「妳都看得懂嗎？」

「當然看得懂，香湘。」她好奇地看著我：「妳看不懂嗎？」

「只看得懂一些。但後來珍珠姊姊都教我了。」

我想起珍珠教我的事。巫山雲雨表示男女交合之事，雨從男人的陽具來，雲從女人的陰道來。交合時，男人的玉莖（我叫它「小雞雞」，但珍珠說那是指小男孩的）會進入女人的玉門。之後，男人便會把一股溼黏的液體（聽起來像是一種混著牛奶的尿，但珍珠說那和尿是完全不同的）噴進女人的體內，讓她生孩子——但只有桃花亭外的女人才能生孩子，煙花女子是不能生育的，那也就是媽媽之所以要讓我喝補湯的原因——或珍珠說的毒藥。

但春月早就什麼都知道了。我問她：「妳怎麼知道的？」

她突然哀傷了起來：「因為我未婚夫。俞廣是個很帥又很好的人，他願意做任何讓我開心的事，任何事。」

「妳說像吸妳舌頭、吃妳口水、咬妳耳朵和挑弄妳的玉門嗎?」我一口氣說完。

我不敢相信她竟然點了點頭。

「哎呀,春月,妳不覺得很噁心嗎?」

她臉紅了,但卻興奮地說:「不,才不會!那是世界上最開心的事!」

從她的表情看來,她說的可能是真的。但我還是說:「才不,很噁心,」我不屑地說,「而且很變態!」

「那妳爸媽也做了噁心又變態的事情!」

我耳根子全紅了,但為了保護爸媽的名譽,我大叫:「沒有,他們才沒有!」

「如果沒有的話,妳從哪裡來的?除非妳是從石頭裡蹦出來或從垃圾桶裡撿回來的。」

小紅也這麼說。

正當我努力想著該怎麼辯解,父親和母親的身影浮現在我腦海中。巫山上,嫻靜端莊的母親和博學多聞、風度翩翩的父親正熱情吸吮彼此的舌、嚐著彼此的津液,然後……父親的玉莖靠近了母親的丹穴。

我全身發熱,浮現了另一個畫面——小嬰兒的我一絲不掛,黏答答、血淋淋的小身體從母親隆起的肚子爬了出來——就像從洞穴中爬出的螃蟹。他們抱起我,臉上掛著大大的笑容,我從沒見過他們這麼開心。

「香湘，妳在想什麼？」春月的聲音讓我從白日夢中醒來。

現在我就像隻被戳破肚皮的膨風青蛙，「也許妳說的對。」沉默了一會，我問：「那妳未婚夫現在在哪？」

「我聽說他跟別人訂婚了。他家是書香世家，只是非常窮，所以我想他也沒辦法替我還債贖身。就算可以，他怎麼能娶一個煙花女子讓家族蒙羞？」

看她快哭了，我趕緊說：「這裡好熱，我們出去吧！」

春月靜靜擰著她的手巾，然後問我：「香湘，媽媽有跟妳說誰要破妳的瓜嗎？」

「應該是那個又老又皺的馮大爺。」我做了個鬼臉，「那妳呢？」

「聽說是個有錢的生意人……反正我下禮拜就會知道了。媽媽說他第一次看到我的腳就決定要我了。」

我往下看，春月的腳的確是桃花亭裡最小的。珍珠跟我說過，有些客人喜歡吻、甚至喜歡舔女人的腳，而且腳越小越迷人，因為這些噁心的臭男人可以把整個「三寸金蓮」放進嘴裡品嘗。

「哎啊！」我脫口而出。

「怎麼了，香湘？」

「沒事。」我馬上轉了個話題：「但是我以為妳已經不是……處女了。」

「我是呀。」

「可是妳跟未婚夫做過的事要怎麼說?」

春月臉紅了,「他的玉莖沒有進入我的玉門,他都用別的地方。」

我會意地點點頭,雖然根本不知道什麼是「別的地方」,但因為不好意思再問下去,我只好說:

「春月,我們出去玩好嗎?」

「但是沒有媽媽的允許,我們不能出去。」

「我們可以去園子裡的那間廟,反正沒人會去那裡,也沒人會看到我們。」

「因為那裡鬧鬼!有一次他們把一個姊姊扒光倒吊,打了三十幾鞭,皮開肉綻的,然後就把她丟在園子裡。隔天媽媽發現她一身紅衣,在廟裡上吊。」

「但妳不是說她被扒光了嗎?」

「媽媽沒把她打死,但她覺得受到天大的羞辱,所以自殺了。」春月壓低了聲音,彷彿房裡還有其他看不見的人。「大家說她穿紅衣下黃泉見閻羅,就是為了要回來索命!」

我的心跳加速,春月繼續說:「還有一次,有個姊姊懷了她情夫的孩子,所以跳進園子裡的井。我聽說她死的時候,媽媽非常傷心。」

「媽媽特別喜歡她嗎?」

「不是,因為就在她死後,有個客人要求要懷孕的女人。」春月壓低了聲音說:「這麼多年來,至少有三個姊姊死在那兒。」

「但珍珠跟我說，媽媽不會輕易讓她們死，因為那都是她的投資。」

「對，所以她們才自殺——為了報復她。」

房裡一陣詭譎的沉默，最後我說：「反正我覺得那裡沒有鬼。」

「香湘，妳瘋了！」

「春月，不要那麼膽小，我們走！」

「如果真的有鬼呢？」

「那我會保護妳，我會武功。」我從床上跳起來，擺了個武功招式。

今晚的天空月色皎潔，星星閃閃發亮。春月和我手牽手，小心地穿過竹林間的曲徑。我們走進那條通往園子，被濃霧覆蓋的小徑。桃花亭夜晚的聲音——聊天聲、歌唱聲、笑聲、琵琶聲——漸漸變得模糊。十五分鐘後，我們只聽得見蟲鳴、樹葉沙沙聲和微弱神祕的聲音。月亮被雲半掩著，像個被長髮遮住半張臉的女鬼。空氣跟媽媽的補湯一樣熱，春月的手心滲著汗。

「香湘，」她小聲說，「我好怕，我們回去好嗎？」

「來不及了。」

「香湘！我以為妳知道路！」

「我沒來過這裡，只聽珍珠和其他姊姊講過。」

「香湘，帶我回去，現在就回去！」

「可是春月，」我騙她，「我們不能中途回頭。」

「為什麼？」

我絞盡腦汁想編個好理由，「因為……因為有人跟我說過，那些中途折返的人最後都離奇死了。所以一旦走上這條路，就必須走到園子，不能半途折返。」

「天啊，那我們現在怎麼辦？」

「先走到園子去。」

我們繼續沉默地走著，腳步跟心情一樣沉重。春月緊緊抓著我的手，指甲幾乎要刺進我的肉裡，但我不敢出聲。小徑上濃霧密布，混雜著新鮮及腐臭植物的氣味。我們不停撥開長得過高的枝葉，我的感官使我意識到任何微弱的聲音、氣味和一切動靜。我聽見春月重重的呼吸敲響這凝重的夜空。

「香湘，」春月打破沉默，「妳真的覺得沒有鬼嗎？」

「可能有，我不知道。」

她的聲音顫抖著：「如果我們遇到鬼怎麼辦？」

「反正我們不能走回去，只能跟她打招呼，跟她說：『妳好啊，漂亮的鬼，我們可以坐下來喝杯茶、聊聊天嗎？』

沉默了一會，我們笑了出來，雖然笑聲裡帶著緊張。

「我喜歡妳，香湘。妳又漂亮又好玩。」

我還沒回答，發現我們已經到入口了。「春月，看，我們到了！」

穿過樹叢，前方有一塊空地，地上映著銀色的月光。不遠處有間小廟，廟前掛著兩盞沒點亮的大燈籠在風中搖曳，從枝葉空隙中看去，就像一雙瞎了的眼睛。廟門前的老樹傳來沙沙聲，就像有人正低聲呢喃，或哭訴著不幸的故事。

春月用手肘碰碰我：「香湘，地上發亮的是什麼？」

「不知道，我們去看看。」我說著把春月推向前。

我驚訝地發現，發亮的是水窪中的月亮倒影。

春月在旁邊手舞足蹈：「多美，水裡的月亮。」她突如其來的尖叫聲讓我嚇了一跳：「香湘，那是什麼？」

順著她的手指看過去，我看見一閃一閃的東西。沉默了一下，我說：「別怕，那是螢火蟲。」聽說螢火蟲最喜歡墓地，但我沒說出口，感覺到呼出的氣好冷。

春月抬頭看著又圓又大的銀盤，過了好一會她問我：「香湘，妳記得那首有關月亮的詩嗎？」

我看著月亮，默唸道：「今人不見古時月，今月曾經照古人。」

「我喜歡這首詩，也喜歡妳，香湘，妳真聰明。我覺得好開心。」

「我也是，」我說，「這裡好自由，沒有媽媽、沒有爹、沒有暗房、沒有恩客……。」

「但也沒有吃的、喝的，我好餓喔。」她把手放在肚子上，「而且我想尿尿。」

「我也想，」我說著，突然想到一個主意，「春月，我們尿在月亮上。」

她笑個不停。

我邊唱邊唸：「我是嫦娥，悔偷靈藥，我奔月去……」

「別這樣，香湘，妳才不是嫦娥，妳不可能在月亮上尿尿！」

我走向其中一個水窪，蹲下來，脫下褲子，尿在月亮的倒影上。尿完後，我得意地看著春月：

「看到沒？」

她追著我跑說：「妳真是奸詐！我早該想到的！」

我邊跑邊喘說：「但妳沒有啊！」

最後，我們到了廟前。

「好啦，春月，」我說，「跟我說說妳和妳未婚夫的事吧。」

春月的手指緊貼著嘴唇，「噓……香湘，妳有聽到什麼嗎？」

我張大了耳朵：「只是風聲。」

「不是，仔細聽。」

「貓叫聲？」

「不是。」

「喔，有可能是哪個在這裡被打得皮開肉綻然後上吊的姊姊！聽，那是被打的叫聲！」

「可是香湘，鬼是死的，怎麼會尖叫？」

「可能正在做惡夢，我想。」

「鬼會做夢？」

「我怎麼知道，我又還沒死！」

「噢，」春月用力推推我，小聲說：「聽，香湘，那個鬼在呻吟喘氣。」

「那一定是個餓死鬼！」

出乎我的意料，春月笑著說：「我猜那可能不是鬼，是有人在翻雲覆雨。」

「但這裡不是巫山。」

春月拉著我的手說：「別裝笨了，我們去瞧瞧。」

「妳不怕是鬼？」

「噓，安靜。我確定不是鬼，跟我走。」

我們在附近走了一會，然後她指著廟牆上的一個大洞。春月走了進去，我也跟著她進去，我們小心翼翼走著，希望不要驚擾到什麼東西。過了一會，我們似乎離聲音越來越近了。最後春月在一扇門前停下，裡頭傳來重重的喘息聲。

我的胃害怕得翻攪著，拉拉她的手小聲說：「春月，我們回去吧。」

我又驚又慚，現在鎮定的人竟然是她。我拜託她趕快走，她給我一個「閉嘴」的眼神。接著她走向其中一扇窗，舔舔手指，在窗紙上戳了一個洞。

我悄悄問：「春月，怎麼樣？」

但她完全沒理我。

如果是鬼，她不可能看得這麼開心。所以我也舔舔手指，在窗紙上戳了個洞。

讓我大吃一驚的是，裡面有個男人和女人全身赤裸躺在地上！男人在女人身上蠕動著——時如鯽魚之弄鉤，時如群鳥之遇風——完全是洞玄子的《房中術》形容的樣子。那個女人似乎在男人身下不斷掙扎著，雖然黑暗中我看不見她的表情，但從那殺豬般的叫聲聽來，她一定很痛苦。我兩手緊緊摀著嘴，害怕會不小心發出聲音。但奇怪的是，我雖然害怕，心卻越跳越快，耳朵和臉頰燙得像火燒一樣，兩腿間也隱隱發熱。我用手肘推了推春月，但她不耐煩地揮揮手。

他們交纏呻吟，直到男人突然低吼了一聲，然後癱軟在女人身上。

我的老天爺，他一定三魂七魄都沒了！

我推了推春月，把手放在脖子上做出被宰的手勢，她又不耐煩地揮了揮手。男人現在如夢初醒，翻身躺在女人的旁邊。他們面對彼此，女人背對著我們。男人開始溫柔地愛撫她的胸，女人發出微微的呻吟，但沒有制止他。

這時一隻蟲盤旋在他們頭上——我猜應該是隻蝴蝶——大概是從另一邊的窗戶飛進來的（對著園子的那扇窗）。女人馬上坐了起來，想捉住蝴蝶，這時我看見了她的臉。

我用力摀住嘴巴，努力不讓自己發出聲音。

珍珠！

我轉頭看春月，發現她跟我一樣用力摀著嘴巴。過了一會，她把我拉了出去。後來我們終於出了廟，進到園子裡，兩人拔腿就跑。

安全回到春月房裡後，她指著我的褲子興奮地說：「香湘，看，妳的褲子都溼了！」

我轉頭向下看了看自己的褲子，說：「是露水。」

「對，」她笑著說，「是從妳土門裡流出來的露水。」

9 房中術

一個禮拜後，在我的「大日子」到來的五天前，珍珠邀我到她房裡，要給我一些關於雲雨之術的建議。

我一坐下，她深深看了我一眼：「香湘，妳要準備好讓馮大爺來破瓜。不能搞砸妳的第一次，否則妳會有大麻煩。不只媽媽和爹會處罰妳，馮大爺也一樣，因為他付了很多錢。」

珍珠告訴我，如果客人們對服務不滿意，他們就會「犁庭掃穴」——掀了整間妓院——然後那個姊妹就得自己償還所有的損失。

沉默了一會，我想起那個鬧鬼的園子，臉紅了起來。

「怎麼了，香湘？」

我覺得喉嚨像火燒一樣。

「妳想問我什麼事嗎？」

我努力擠出聲音，小聲問：「珍珠姊姊，那個……園子裡的男人是……江茂嗎？」

她看了我一眼：「香湘，小心妳的嘴！沒人知道這件事。」

我點頭，「妳是故意讓我和春月看到的嗎？」

在鑲滿珠寶的落地燈下，她神祕地微微笑。

「所以妳愛江茂嗎？」我把她的沉默當作是她默認了，「那為什麼妳不嫁給他，然後離開桃花亭？」

「因為他很窮，而且他已經結婚了。」珍珠嘆了口氣，撫摸著手上發亮的玉鐲子。「不要想愛或不愛，香湘。愛無法長久，享受歡愉就好。」

「但那也不長久。」

「但至少不會受傷。」她看著時鐘，「我們該開始上課了。」

梳妝臺前，珍珠讓我坐在她旁邊。「香湘，」她看著我們鏡中的身影，「現在妳已經知道什麼是雲雨了。」

我點點頭。

她接著說：「最重要的是挑逗，因為如果妳讓這些臭男人太快得到，他們會很失望。記住，他們的妻妾跟我們一樣是女人，但我們能賣弄風騷。不只是外表，還包括走路的儀態和一舉一動，就連睡覺也是。」

「但珍珠姊姊，睡覺又不會動。」

「但裝睡也是一種挑逗，妳沒聽過『海棠春睡』嗎？漂亮的女人就連睡覺也很性感，尤其是在春天。」

「為什麼？」

「因為春天代表情慾，是戀愛的季節！」

珍珠表情迷濛，朱唇微啟，舌尖輕舔上唇，像一朵從花苞裡開出的玫瑰花蕾。「我們就像是廚師，要把湯頭熬得五味俱全。」

「我喜歡喝湯。」

「香湘，妳不懂這些吧？來桃花亭之前，妳只會念書，但那些書現在沒什麼用了，對吧？」

我囈語般說：「我爸媽總希望我可以當第一個女狀元。」

珍珠同情地看著我，卻又嚴厲地說：「我也在教妳怎麼成為征服那些臭男人的女狀元，妳忘了下禮拜要跟馮大爺考試嗎？」

她繼續說：「女人最有魅力的就是眼睛，」珍珠眼皮微微垂下看著我，眼神迷濛，看起來像醉了一樣。她的眼睛有種勾人的魅力，我發現自己臉紅了。

「香湘，妳說妳爸爸教妳武功？」

我點點頭。

「所以把妳的眼睛想像成床上功夫的武器，進如猛虎，退如處子。」

我才正在消化床上功夫的知識，珍珠又開口了：「要保持興致高昂的樣子，死魚眼最糟糕了。」

我咯咯發笑。

她瞪了我一眼，說：「香湘，妳要看著妳的客人，讓他們酥麻如醉，毫無招架之力。當然，如果客人喜歡有教養的女人，那就要假裝神色羞赧。這就是為什麼在京劇裡……香湘，妳有在聽嗎？」

「爸爸！」我哭著跑出珍珠的房間。

隔天下午我去找珍珠的時候，她沒有對我前一天的突然離去多問什麼。我們喝茶，各自若有所思。她也正想著我爸爸的事嗎？我一直都不知道珍珠在想什麼，雖然她對我很好，但她也像觀音頭上的光暈一樣神祕。

珍珠今天似乎不想上課，她拿著茶杯暖手，然後從沙發上站了起來。「今天我要教妳怎麼走路，記著，不疾不徐，要從容不迫，像這樣。」她的腳步又小又優雅，「這就叫做『碎步金蓮』。想像腳上生蓮花，在金色薄暮中迎風搖擺。」

我閉上眼睛想像，但出現在腦海中的全是我和爸爸、母親在西湖划船賞蓮的畫面。母親看起來好美、好開心。她彎著細瘦的身子，伸出手撥開蓮葉。爸爸摘了一朵花別在她的頭上，她的頭髮在薄暮中被染成了金黃色。

珍珠接著靠在牆邊，「站的時候，身體微微傾斜——但不是駝背——而像是被什麼吸引。身體又要擺動，手上擰著手巾，手指輕放在齒間，眼神羞澀地游移。」

我脫口而出：「珍珠姊姊，我不懂，這和我媽媽教的完全相反。她要我身體挺直不能亂搖，不然很不淑女。她總說：『人搖福薄，樹搖葉落。』」

珍珠重重地嘆了口氣：「妳媽媽是對的。但我們現在不是淑女，是妓女。」

一陣充滿哀傷的沉默。

她看著我的腳說：「香湘，妳的腳是唯一的缺點，太大了。」

我馬上把腳藏到桌子底下。

「很好，要懂得藏拙。但也要記得展現自己的長處。如果身材很好，」珍珠挺起胸膛，「像我，那就要時時彎下腰，這就叫『現身說法』。」珍珠捏捏我的臉，「香湘，我們唯一能征服男人的就是床上功夫。就算是跟一個醜不堪言、一隻腳已踏進棺材裡的人，也要盡力服侍他，把他當成世上唯一的男人。記得我說的，妳就能終身享受名妓的地位。」

我用力點點頭。

她走回來，在我旁邊坐下，「香湘，妳有注意到中國人總喜歡拐彎抹角嗎？」

我正要說話，珍珠揮手要我安靜。「我們中國人總喜歡迂迴曲折的長廊，」她看著窗外，「所以我們走在長廊上，便會好奇想知道接下來看見的是什麼。可能是裡面有竹林的一扇月形拱門，或透過葫蘆洞口看到薄霧繚繞的遠山。」

我正思索著，珍珠拿出琴放在桌上。我趕緊坐在她對面，心裡好開心。

「聽，香湘，」她說著開始彈了起來，「琴音也是迂迴曲折的。」

珍珠的手在琴上滑動，「這叫做『寒蟬鳴秋』，就像秋蟬的鳴聲般綿延不絕。」她再撥動著琴弦說：「這個叫『號猿升木』，就像猴子在樹上爬上爬下。」

最後她用手按住琴弦，「因為琴音迂迴曲折，所以彈完之後，它仍會在心中盤旋縈繞著……而我們也要讓自己在男人心中迴繞。」她嘴角揚起若有深意的笑容，「這樣那些臭男人就會心甘情願地從他們的荷包裡掏錢。不然何不待在家跟老婆上免費的床就好？」

我咯咯地笑了，雖然我不知道男人跟老婆上床是什麼感覺。

珍珠嚴肅地看了我一眼，說：「妳要知道，香湘，雖然我們被那些好女人瞧不起，但其實她們也很羨慕我們。」

「我知道，珍珠姊姊，因為妳比她們漂亮，還有這麼多好看的衣服和珠寶。」

「香湘，妳說的沒錯，但不止於此，那些好女人其實偷偷欣羨我們。因為我們可以盡情展露我們的女性美，不用被那些食古不化的儒家教條束縛著。還有，妳也知道那句話：『女子無才便是德』。可我們不需要『德』，所以可以盡情培養我們的『才』。男人需要女人替他們生孩子，但也需要我們用音樂、歌舞、書畫來挑逗他們，讓他們心癢難耐——這些是他們家裡的黃臉婆做不到的。也許我們會被瞧不起，但我們也不需要像那些被他們丟在家的女人一樣裝傻。」

她調皮地說：「我可以很風騷地跟很多男人翻雲覆雨，但那些女人一輩子只能跟一個男人！」

她說完後開心笑著，好像真心覺得當妓女很快樂似的。

我跟著她一起笑，我們笑個不停，笑得上氣不接下氣，眼淚都流了出來。

笑完後，珍珠揮揮手說：「現在妳可以去休息了。」

但我卻覺得煩躁不安，想到前庭走走。但外面在下雨，我只好看著窗外的雨滴打在葉子上。幾分鐘後，雨停了，我走到前庭欣賞那條迂迴曲折的小徑，然後坐在亭子裡的石椅上，從瓶口般的門朝外看，希望能看見薄霧中的遠山。

我突然覺得好餓，於是走到廚房。一進廚房就聞到一股好香的味道。萍姨不在，但我已經飢腸轆轆，所以便自己走到大鍋前舀了一些東西來吃。

我正在狼吞虎嚥的時候，萍姨進來了。

我抬頭看她問：「萍姨，這真好吃，是新菜色嗎？」

她的臉色發白，讓我嚇了一跳。

「怎麼了嗎？」

她沒回答，只是不停搖頭。

我笑她：「這一定是要給哪個貴客吃的，對不對？但別擔心，我只吃了一口。真的很好吃，這到底是什麼？」

她沒搭理我，逕自走到水槽邊開始洗碗。

我又吃了一會，想起了什麼：「妳有看到乖乖嗎？我也想給牠吃一點。」

萍姨避開我的視線，指指我面前的盤子，又指指我的肚子。

「可是乖乖在哪？」

她又指了一次，這次加強了動作。

頓了好幾秒，我的頭像要炸開似的，「妳是說……」

她不停點頭，邊擦著鍋子。然後把一大鍋水倒進水槽，廚房裡瞬間只剩下嘩啦啦的水聲。

我的眼淚掉了下來：「妳把乖乖煮了？」

她只是點頭，繼續擦著鍋子。

「妳怎麼可以？妳好過分！」

她把鍋碗瓢盆弄得鏗鏘作響。

「我的天，妳煮了乖乖，我還把牠吃掉！」

我衝出廚房開始吐，直到連膽汁都吐了出來。我哭了出來：「乖乖，對不起，我不知道她怎麼會把你煮了，我不知道那是你！」

好不容易止住眼淚，我拿出觀音墜子默念了好久。我祈求乖乖能原諒我，也請觀音把牠帶往西方極樂世界，讓牠可以轉世為人，和我重逢。

唸完之後，我平靜了許多，拖著腳步走到珍珠的房裡。才在她旁邊坐下，我就忍不住大哭了起來：「珍珠姊姊……」

「怎麼了，香湘？」

我的眼淚一股腦全湧了出來。

珍珠拿出手巾替我擦眼淚：「跟我說怎麼了，好嗎？」

「萍姨把乖乖煮了，我還吃了牠！」

讓我意外的是，珍珠一臉鎮定。她摸摸我的頭說：「怎麼會這樣？妳怎麼會把牠吃了？」

「因為我不知道那是牠！」我邊啜泣邊口齒不清地說。

「這沒什麼的。」

我滿臉淚痕抬頭看她：「沒什麼？」

「這裡常會把小狗煮來吃，因為客人們覺得吃狗肉可以壯陽。」

「老天爺，好過分！牠們就像小孩子一樣！」

珍珠把我攬在懷中，說：「香湘，這裡還有更多可怕的事。」

10 老皺紋

四天後，我還在為乖乖被我吃進肚裡覺得難過。小紅帶著我到珍珠的房裡，我知道我最害怕的一刻終於到了。我的心向下沉，拖著不情願的腳步。

小紅半推著我：「香湘，快點，今天是妳的大日子，媽媽已經等得不耐煩了。」

「媽媽。」我叫那團在門前等著我的肥肉。

芳容盛裝打扮，穿了一件鑲著葡萄般大黃金鈕釦的粉紅外套。一看見我，她臉上馬上浮出笑容。她示意我坐在珍珠又大又亮的梳妝臺前，「香湘，今天我要把妳打扮得跟仙女一樣，」她瞅著我，眼神充滿貪婪，好像我突然變成一棵搖錢樹般。

梳妝臺上擺滿了香粉、胭脂、口紅、花露水、雪花膏、龜殼梳、珊瑚髮夾、三朵鮮花，還有讓我吃了一驚的東西——一只玉鐲子和一對鑲著黃金的翠玉耳環。

鏡子前，媽媽仔細打量我許久，「幸好妳是柳葉眉，不然我就得替妳剃光眉毛，再用墨筆重畫。」

墨筆？我想問，但還是決定閉上嘴巴。

媽媽開始替我開臉，也就是挽面。她用拇指和中指拿著一條紅線，放在嘴裡咬著，然後開始「剔除」我臉上的雜毛和髒東西。

芳容的臉離我好近，我幾乎可以看到她的大鼻孔裡有幾根鼻毛、嘴裡有幾顆金牙，還有那顆大痣有多麼粗。我屏住呼吸，試圖避開她的口臭。

「香湘，開臉就是替妳開運，懂嗎？」

我點點頭。

「頭抬高！」

我一動也不動直到挽面結束。接著，她在我的臉和脖子上撲一層又一層的粉，直到我終於忍不住問：「媽媽，夠了啦，為什麼要上這麼多粉？」

「因為一白遮三醜，而且男人都喜歡。」她在鏡子裡瞪了我一眼，「如果男人不喜歡的話，妳以為我會花這麼多錢買粉嗎？」她笑了一聲，口水噴在我的臉上。「幸好也不是我花錢替妳買這些東西。」

「那是誰買的？」

「馮大爺呀，不然還有誰？妳這小笨蛋！」她指著梳妝臺說：「看到這漂亮的玉鐲子和耳環了嗎？都是馮大爺送的。他希望妳當桃花亭裡最漂亮的小妓女。」她給了我一個威嚇的眼神：「馮大爺已經花了好幾百銀元在這裡宴客和聚賭，所以妳最好別讓他不開心。」

媽媽和小紅替我畫完妝、弄好頭髮後，幫我穿上鑲花邊的紅色絲質外套和綠色褲子，然後媽媽把新鮮的蘭花別在我頭上。

我看著鏡前的自己，這個在玻璃彼端，看起來一臉好奇的女孩真的是我嗎？或者……她只是道即將被吃下肚的菜餚？

媽媽看著鏡子裡的我，嘴角笑得都快裂到耳朵了，就連她的痣看起來都很開心。「看看妳變成多漂亮的小公主了，香湘。我敢打賭一定沒人相信妳只是個妓女，哈！哈！哈！」她舉起自己粗肥的手說：「看看，我這雙老手還是能化腐朽為神奇的！」然後她拉我起來，推了我一把，「現在到迎賓室去！」

這是我第一次進到這裡，一進來我就傻住了，因為我從來沒看過這麼奢華的房間。深木色傢俱像銅鏡般閃閃發亮，棕色矮桌上放著一只景泰藍花瓶，裡面插滿了蝴蝶蘭。蝴蝶蘭的粉色花瓣好像對我點頭，枝葉優雅地彎曲著，就像吳先生的草書。靠在牆邊的是一張有蓋的大床，柱子如金條般閃閃發亮。紅色的枕頭上繡的是鴛鴦戲水，暗紅色的床單上有龍鳳飛舞著。床後方的屏風上畫著《西廂記》裡最有名的場景，包括張生彈琴。床旁邊放著一面發亮的鏡子，牆上掛著仕女畫和山水畫，香壇裡飄出薰香。

房間中央放著一張八仙桌，上層的圓桌上放著如蓮花盛開的青花瓷碗、畫著牡丹的茶壺和茶杯，還有放滿糖果和乾果的黑色漆盤。桌子旁邊的地上放著用紅色緞帶和鮮花裝飾的兩個箱子。

我多希望爸爸還活著，母親也還在上海，這樣我們就可以一起住在這漂亮的房子！但當我的目光落在那個老人身上時，那堆皺紋使我的美夢幻滅了。老皺紋旁邊的高桌子上有一對龍鳳燭，融化的蠟就像眼淚，光線照著那堆皺紋，皺紋像變成了一條一條的蟲，爬滿了整間房間。

我直覺地向後退，媽媽用力把我推向前。「馮大爺，這是你漂亮的香湘。」

老皺紋瞪大了埋在重重皺紋裡的眼睛，雙眼像火炬般看著我。突然間，他拍著大腿，大叫說：「好，非常好！」

媽媽笑得花枝亂顫：「好？您在開玩笑嗎，馮大爺？香湘是獨一無二的！」

老皺紋捻了捻鬍子：「獨一無二？那我還得試試看，所以……」

「對，對，當然，馮大爺，我這就走。好好享受你們的洞房花燭夜，我保證一定值回票價！」

「最好如妳所說。」他看了看四周，問：「布在哪？」

我問：「什麼布？」

肥肉和皺紋兩個笑成一團。

出乎我意料之外，媽媽從我外套的袖子裡抽出一條不知道是什麼時候藏進的白色手巾。她不懷好意地笑了笑，揮揮那條布：「馮大爺，這就是香湘的狀元印。」

我想起珍珠跟我提過這條布。狀元是科舉第一名，證明此榮耀所蓋的章是紅色的，所以狀元印代表科舉裡最出色的人才。而我的狀元印也就代表了我最珍貴的貞操。

我眨著眼睛，忍住眼淚。沒錯，我就快要收到那枚珍貴的印記了！但並不是因為我考科舉中了狀元，而是因為我是被這個老男人上過的處女。

老皺紋色淫淫地看著我：「香湘，妳沾在這白布上的血就證明了我是第一個替妳破瓜的男人。要不然，妳以為我會為一個十三歲的黃毛丫頭付這麼多錢嗎？哈！」他指著桌上和那兩箱東西，「所有的衣服、錢、珠寶、吃的、喝的，都是給妳的。」

媽媽的嘴角快裂到耳朵了，她向我使了個嚴厲的眼色：「香湘，還不快跟馮大爺鞠躬道謝！」我深深一鞠躬，勉強說了句「謝謝」。這時珍珠教過我的事情閃過腦海，於是我努力揚起嘴角，試圖用迷濛的眼神勾引他，但視線卻不小心落到了他額頭的皺紋上。

馮大爺搓了搓他的鬍子：「來，我的小美人。」他邊伸手摸我的臉。

媽媽跟馮大爺和我眨眨眼，「看看我的寶貝香湘，她這麼漂亮，就算一千兩百個處女來都比不上她，對吧，馮大爺？」

馮大爺哈哈大笑，讓我吃驚的是，雖然他又老又乾癟，但聲音卻深沉宏亮。難道真的是因為上過很多處女的關係嗎？

媽媽也笑了，對著龍鳳燭若有深意地看了一眼。這時我才明白龍鳳燭象徵的是男女交合！一陣鬱結的噁心感在我胃裡翻攪。當我意識到馮大爺的手在我大腿上游移時，我才發現媽媽已經走了，留下我一個人跟這堆會動的皺紋在一起。

現在所有皺紋像潮水般湧向我，「小可愛，現在妳要怎麼服侍我？」

我躲開他口中的鴉片臭味，「您說呢？」

「先按摩怎麼樣？」他抓著我的手磨蹭著自己的手。想到他就快要把衣服脫掉，然後露出更多老人斑和鬆垮垮的皮膚，甚至是他的玉莖（說不定不像玉，倒像一根爛掉的香蕉），我突然覺得一陣噁心感從胃裡湧出。觀音菩薩啊，請保佑我快點從這個房裡出去！

我偷偷向觀音祈求時，突然閃過一個念頭。「馮大爺，」我擠出最美的笑容，「要不，我先來段表演，再替您按摩如何？」

馮大爺的皺紋似乎全揚了起來：「表演？什麼表演？」

「給您唱歌如何？」

「如果妳唱歌好聽的話，」他拿起他鑲金的水煙筒開始吞雲吐霧，發出呼嚕呼嚕的聲音，「好，唱吧。」

我深吸一口氣，開始唱道：「猛聽得金鼓響畫角聲震，喚我破天門壯志凌雲……有生之日責當盡，寸土怎能屬他人！」我故意選了這段，而非其他……更浪漫的唱段，因為即使身在這個漂亮的房間裡，我還是一點浪漫的感覺也沒有。

唱完後，馮大爺用力鼓掌。

我暗忖：老天，現在是怎麼了？快，快想點其他的！

觀音一定是聽到我的祈求，突然間我又想到一個主意。我露出酒窩一笑：「馮大爺，我還有其他的表演要給您看。」

「還有？嗯……妳這小狐狸精，把戲真多，蛤？說來聽聽。」

「武功。」

他捏捏我的臉頰，「哈，武功？妳這個瘦弱的小東西也會武功？」

「只會擺些花拳繡腿，完全不能打的。」

他把我從頭到腳，又從腳到頭打量了一遍。「妳在哪學的？應該不是這裡吧？」

「不是，馮大爺，是我爸爸教我的，他是武打演員。」

我帥氣地看了馮大爺一眼——這是珍珠從沒教過我的——然後一個朝天踢，把腳筆直地踢過了頭頂。

「哼，不錯嘛。」他滿是皺紋的眼睛認真地看著我。

接著我清空八仙桌上的東西，然後跳了上去，在上面翻了個觔斗。

「好！」馮大爺鼓掌叫好。「妳真行，香湘！」

我從桌上跳了下來，雙手抱拳說：「過獎了，馮大爺。我的功夫跟我爸爸沒得比，他可以在八仙桌上翻一百零八個觔斗，至今無人可以破他的紀錄，直到……」我及時住嘴，避免洩露太多爸爸的事。

馮大爺好奇地看了我一眼：「妳爸爸是誰？」

「最有名的——」我趕緊把爸爸的藝名雷震改成了「一聲雷。」

馮大爺笑著說：「哈！雖然我不太看京劇，但我聽過妳爸爸。只是沒想到有一天我會向他的寶貝女兒採陰。哈，真是意外的驚喜！」

我突然想起，的確有個演員叫做一聲雷，但他已經過世一段時間了。我不禁鬆了口氣。

馮大爺笑個不停，我覺得他可能就要嗆死了。

但他沒嗆死，唉。

不但如此，他的眼睛發出如同龍鳳燭般的光芒，嘴巴像嬰兒吮著母奶般吸著煙管，還用色瞇瞇的眼神看著我。

我不停打拳，還踢了個迴旋踢。

這個好色的老骨頭似乎暫時忘了他來此的目的，不停拍手叫著：「好！好！」

因此我更賣力了。我先是變身成勇猛有力、殺敵無數的關公；接著是調皮搗蛋、不停眨眼抓癢的孫悟空；然後我又變成哪吒。我在房間裡快步走著(不是珍珠教我的蓮花碎步)、翻觔斗和單腿旋。

最後我跳起來，以一個完美的一字劈落在地上。

「好！好！」馮大爺聲如洪鐘地大叫：「好了，武功看夠了，來按摩吧。」

大慈大悲觀世音菩薩，求求祢，不要讓我碰到他，那些皺紋像會在我手裡融化成泥漿一樣！

我露出酒窩，試著盡量拖延時間：「馮大爺，還有更厲害的呢！」

「還有？可是香湘，」他皺眉，假裝難過地說：「我全身都好痠痛喔！」

「馮大爺，再一個就好，您真的要看看，拜託，」我露出白皙的牙齒，「這是我的拿手絕活。」

「好吧，那來吧！」

我吞了吞口水，深呼吸，跳起來踢了一腳。接著，我聽見嗖地一聲，然後，讓我嚇了一跳的是，馮大爺發出淒厲的哀號聲！

我重重落在地上，抬頭看了看四周，老天，馮大爺摀著他的臉，殺豬似的叫著。他的手一拿開，我便看見他痛苦的表情和一道血痕。這還不止，他的嘴角竟緩緩流出鮮血！

現在我麻煩大了，馮大爺和媽媽一定會殺了我。不，沒那麼簡單，媽媽一定會先把我丟進暗房裡餵老鼠，然後在馮大爺面前把我脫光吊起，打得皮開肉綻。殺我之前，他們還會討論該怎麼個殺法最好——吊在鬧鬼園子裡的小廟、丟進黃浦江、把我剁成肉醬、把我全身淋汽油然後點火……。或者，為了不要浪費時間，馮大爺會直接給我一槍！又或者，為了不要浪費子彈，他會叫他的保鑣掐死我！

但他什麼也沒做，因為他正半昏迷地躺在地上喘著氣。

當我正努力想著該如何是好時，門碰地一聲打開了，芳容和吳強衝了進來。

「阿彌陀佛！」他們同時叫了出來。接著兩人同時轉頭看我。

「妳對馮大爺做了什麼？」媽媽一副要殺人的樣子。

「……我……我……不是故意的，這是意外……」

爹蹲了下來，檢查癱在地上的那團皺紋說：「別擔心，他還有呼吸。」

媽媽對爹大吼：「快給他準備酒和藥油，快！」

爹從桌上拿了酒，一手餵馮大爺喝，一手努力揉著他的太陽穴。

媽媽走近我低聲問：「妳是想殺了他嗎？」

「沒有，我……我要……讓他開心。」

突然，媽媽的臉亮了起來，「妳是說他喜歡被虐待？」她不懷好意地笑著問我：「他叫妳打他嗎？」

她眨眨眼，「妳知道的，那些事兒？」

我不知道她在說什麼，但從她開心的表情推測，如果我點頭的話就不會被處罰了。所以我像肉砧上的鐵杵般拼命點頭。

她捏捏我的臉說：「啊，妳這個小壞蛋，珍珠教妳的嗎？」

我搖搖頭。

她讚賞地看著我：「都是自己學的？」

我笑著，像個瘋子般胡亂點頭。

爹突然叫了一聲：「看！」

我們轉頭，見馮大爺張開了眼睛。

爹扶他坐起來。

媽媽轉過身，蹲在他旁邊，臉上滿是笑意：「啊，馮大爺，您玩得開心嗎？」

馮大爺用力推了她一把，把我們嚇了一跳：「你……妳……你們教的待客之道就是這樣嗎？」

媽媽臉上還掛著笑容，說：「但香湘說您喜歡這樣。」

「喜歡？妳在說什麼？妳這老妖怪！」

媽媽惡狠狠地瞪了我一眼。

馮大爺掙扎著爬起來，站穩了之後，他賞了芳容一巴掌，然後是吳強，再來是我。我們還沒想到該怎麼辦，他接著吐了口口水，踢倒桌子，然後摔破所有的碗盤和花瓶。食物、點心、酒灑了一地，像四處逃竄的老鼠。他拿起其中一根蠟燭砸破鏡子，玻璃應聲碎了一地。

爹低聲跟媽媽說：「老天爺，他要毀了這裡。」

我忽然覺得一陣寒意，彷彿蜘蛛在我脊椎上織了個冰網。

馮大爺走向香壇，眼看他就要踢倒香爐燒了房間，媽媽和爹趕緊跪下磕頭。見我還像個雕像杵在那兒，媽媽拉著我跪下，按著我的頭磕在地板上。

「大慈大悲又大量的馮大爺，」媽媽求饒，聲音滿是驚恐，「拜託您不要這樣，我們會好好教訓香湘，請您千萬息怒啊！」

爹馬上接著說：「她還小，不知好歹，她只是想讓您開心。」

抓住機會，我也趕緊跟著說：「是，馮大爺，求求您原諒我。我以為您喜歡這樣，因為您拍手鼓掌，還很開心的樣子。這一切都是意外。」

媽媽緊張地笑了笑：「對呀，所以能不能請您原諒這小女孩和這小小的意外？」

見馮大爺的怒氣消了一點，爹看了我一眼，接著捏了我屁股一把。我立刻拉著馮大爺的褲子說：

「馮大爺，求您饒了我，不要砸了這裡！」我的眼淚滾了下來，抽抽噎噎，故意讓肩膀用力顫抖著。

奇蹟似的，這招奏效了。馮大爺的氣似乎又再消了點，他還揚起嘴角笑了一下：「嗯哼……讓我想想，我要怎麼處理這小調皮蛋呢？」

爹哀求：「饒了她，就饒了……」

媽媽也說：「就當一切都沒發生過，只是小女孩犯了個小錯。」

我在地上用力磕頭：「對，馮大爺，您大人有大量，就饒了我吧，求求您！如果您不原諒我的話，」我吸了一口氣，發出無辜的聲音說：「我的小屁股就要被打得開花了！」

聽到這，馮大爺終於笑了出來。我們全都鬆了一口氣，爹馬上站起來替他倒茶，媽媽打開扇子用力替他搧風，邊向我使眼色，我馬上跪在馮大爺腳邊替他按摩。

馮大爺像皇帝一樣得意地笑著，我們就像討好他的胖侍女、太監和嬪妃。

過了好久，馮大爺的氣總算全消了。

最後，他要離開時說：「我今天太累了，要回去擦藥。反正，我會再回來。」他轉頭掃了我們一眼，「下次我要得到皇帝一樣的服侍，聽見沒？」

「是的，馮大爺！」這是我們三個第一次異口同聲、齊心一意。

11 強暴

那天晚上，我開心地在房裡跳起舞來。沐浴完，換上睡衣後，我便爬上了床。但今天發生的事在我腦中盤旋著，像轉不停的花燈。

馮大爺的臉浮現在我面前，他帶著一群人回到桃花亭。一開始，他要求我幫他按摩，然後把他那滿是皺紋和老人斑的身體壓在我身上，臭嘴親遍我的臉。當我拒絕讓他把玉莖放進我的玉門時，他踢倒傢俱，砸了所有東西！

「老天爺，救救我！」我從惡夢中驚醒，睡衣背後全溼了。

正當我努力深呼吸讓自己平靜下來時，我聽見了門窗打開的聲音。我掀開被單跳下床，檢查所有的窗戶——全都是緊閉的。正當我要回到床上時，一隻手從後面抓住了我。像隻受困的老鼠，我心臟碰碰跳。正要叫出聲時，另一隻手摀住了我的嘴。我努力掙扎，但那雙手就像媽媽保險箱上的鏈條般緊緊纏著我。

我的嘴還緊緊被摀著，抓著我的另一隻手拿了個東西在我面前晃了晃。是蛇嗎？我的額頭和腋窩不停滲出冷汗。

最後那個人放開了我：「妳喜歡這樣對吧，香湘？」

我不敢置信，竟然是吳強的聲音！

我轉身看見他，一股不祥的預感浮現。「爹……」我絞盡腦汁，努力想說些什麼話取悅他，「今天謝謝你幫我跟馮大爺……」

「道歉是沒有用的，總要做些什麼來彌補。」

「要怎麼彌補？」

他笑了開來，齒如齊貝。「像是……」他甩了甩手裡的蛇。

這時我才發現，那是一條鞭子！

我的背脊一陣發涼，「爹，求求你不要打我！馮大爺已經不生氣了！」

「打妳？」他用指甲戳了戳我的臉，「啊，當然不打妳，傻女孩。妳覺得我忍心這麼對妳嗎？」他靠近我的耳邊悄聲說：「香湘，我要妳鞭打我。」他眨眨眼，「就像妳對馮大爺那樣。」

「可是我沒有……」我欲言又止，怎麼能跟他說事情的真相呢？

「別騙我了，香湘。我們都知道妳讓馮大爺很開心。」他接著說：「反正，現在我也想跟他一樣開心，只是這次別太大力，好嗎？」他把鞭子交給我，脫下衣服趴在床上。

哎呀，這鞭子像條醉了的蛇一樣重！

黑暗中傳來吳強的聲音：「打我就是了，別人只會當作是哪個客人跟姊妹在尋歡作樂。」他大吼：「過來打我吧！」

我用盡吃奶的力氣揮了一鞭，本來還有些緊張，但看他似乎很享受，我更用力了。我越打越起勁，哈，終於能報仇了！鞭子落在那個扭動的肉體上，一下又一下。爹呻吟著，不知是快樂還是痛苦。月光從窗戶灑了進來，我看見他額頭上斗大的汗珠，像一顆顆沒有眼珠的眼睛。

十分鐘後，他終於要我停下來。兩個人都覺得興奮又開心。

接著……他用力把我壓在床上，玉莖推進了我的玉門。

我歇斯底里地哭喊著，吳強穿起褲子咒罵：「操他媽的！妳是石頭，是石頭嗎？為什麼不跟我說妳還是處女？」

我哭個不停。

他繼續追問：「為什麼妳還是處女？馮大爺沒跟妳上床嗎？說！」

我搖搖頭。

「沒有？」

我又搖了搖頭。

「那他做了什麼？」

我嚇得什麼也說不出來。

爹抓起鞭子在我面前用力一甩，光是聽到鞭子打在冰冷地上的聲音，就已經讓我覺得好痛。

「妳聾了嗎？沒聽到我在問妳嗎？馮大爺沒跟妳上床？」

「沒有！」

「我的老天爺！」鞭子掉到了地上，像條被挖了腸的鰻魚，「但妳說妳跟他玩虐待遊戲，還打他！」

「沒有，我沒有！」

「沒有？那他為什麼會受傷？」

我把真相一五一十告訴他。

「妳踢他的臉？」

「但那是意外！」

吳強的表情震驚得像他唯一的兒子從屋頂上跳下來一樣。沉默了一會，他威脅我：「不准跟妳媽媽說今晚的事，否則我就殺了妳！」然後他開始大笑：「妳是聰明人，香湘，妳想被打得皮開肉綻，變成一團爛肉，還是閉上嘴巴？」

我嚇得說不出話來，這個英俊書生樣的爹竟是一匹披著人皮的狼！

眼淚從我臉上滑了下來，衝往珍珠的房裡，但門緊鎖著，琵琶聲從裡面傳來——她有客人。之後我又去了她房間三次，但總能聽見男人的聲音，所以我也不敢敲門。

等到第二天早上，我溜進她房裡，跟她說了馮大爺和吳強的事。

珍珠生氣地說：「那殺千刀的畜牲！」她認真看著我，關心地問：「那妳還好嗎，香湘？有沒有受傷？」

當然受了傷，但我還能怎麼辦呢？如果當下逃跑被撞見了，免不了又是暗房裡的老鼠伺候。反正身在妓院裡，我遲早也會被「強暴」，所以又有什麼關係呢？

因此我說了謊：「沒有，別擔心我，珍珠姊姊，我沒事。」我換了個話題，問她：「可是為什麼爹會這麼生氣？」

「因為有很多人競標妳的初夜，馮大爺出了最高價。所以如果他再回來，發現妳不是處女，就真的會砸了這裡。昨天還不算什麼，他只踢倒了桌子、砸了鏡子和幾個盤子。總之，媽媽和妳都會惹上大麻煩，尤其是爹，因為他奪走了妳的貞操，那是馮大爺花大錢買下的。這不僅對馮大爺是種侮辱，還會害他失去返老還童的機會。」

「但這裡還有其他處女……」

「但妳是最美的，而且他已經付了很多錢。」

我開始哭了起來。

珍珠把我擁進懷中，我們就這樣靠著彼此。

最後她跟我說：「香湘，別擔心太多。反正我們這些姊妹總習慣耍些小把戲，一定能想到辦法的。」

「可是能怎麼辦？」

「馮大爺回來的時候，媽媽會給妳一小瓶雞血，讓妳灑在白布上，她常這樣騙客人。有的時候我們還會用唇膏塗在下面，來取悅那些臭男人。」

「但我不能跟媽媽說，爹說他會殺了我！」

「好吧，那我幫妳準備。」

「但我會被馮大爺抓到的！」

「妳得先把他灌醉。」

「但如果他不喝酒怎麼辦？」

「哈，這妳不用擔心！會嫖妓的人就會喝酒，他們都有五毒——吃喝嫖賭抽。」

「那如果他要我跟他一起喝，結果我先醉了呢？」

「客人要妳陪他喝的時候，記得不停替他斟酒，自己的嘛，就倒到盆栽裡。」

「那如果他就是喝不醉呢？」

「那就餵他吸鴉片。馮大爺回來的時候，我會給妳，我藏了一些以備急用。」

「那如果他不吸鴉片呢？」

「香湘，妳擔心太多了。但這是好事，代表妳很小心，我喜歡。」她拍拍我的手臂，「跟妳說別擔心，記得我教妳挑逗男人的眼神嗎？」

我點點頭。

「我打賭只要他喝了酒，光妳的眼神就可以讓他飄飄然。如果再小露點香肩……妳懂吧？」

我點點頭，但不一會又問：「那如果他不回來了呢？」

「哈！妳是說砸了這麼多錢之後嗎？」

「但我踢了他的臉。」

「香湘，妳真不了解男人。在跟妳上床以前，他是不會對妳失去興趣的。現在他是一個飢腸轆轆的小男孩，而妳是桌上的珍餚百味，相信我，」珍珠呸了一聲，「在還沒嘗過妳玉門之前，他是不會穿上褲子的！」她繼續說：「那就是為什麼《嫖經》——又稱《青樓韻語》或《明代嫖經》——上說：『妻不如妾，妾不如妓，妓不如偷，偷不如偷不著。』」

珍珠認真地看著我：「但當然，馮大爺也可能回來砸了這裡。」

突然我彷彿全身的經脈都被打開：「那我要怎麼辦？」

「但事不至此，就算真的發生了，我也會想到辦法，青樓裡沒有解決不了的問題。」

珍珠安撫了警長的怒氣，救了春月的畫面閃過我的腦海。我突然覺得一陣感動，撲進她的懷裡：

「珍珠姊姊，真謝謝妳。沒有妳我都不知道要怎麼辦了。」

她輕輕搖著我，像媽媽安撫著生病的孩子。

她把我放開後，我問：「珍珠姊姊，妳可以彈首曲子給我聽嗎？」

她馬上從床下拿出琴，焚香、然後開始調音。「這次我要彈的是《梅花三弄》。」

彈了幾個音後，珍珠突然停下來，說：「香湘，梅花是唯一能在寒冬中挺拔地盛開的花，象徵堅忍不屈的精神。」她告訴我《琴操》中記載了劍客聶政的故事。聶政的父親被荒淫無道的韓哀侯給殺了，於是他隱居山中苦練琴藝，後來報了殺父之仇。

珍珠挺直了身子，靜坐了一回，她將手指放在琴右方的岳山處，然後開始彈琴。

我被珍珠清純的琴音及飛舞的手指催眠，彷彿看見了消瘦、白髮蒼蒼的爸爸，堅毅地走向白雪皚皚的山頭。他似乎看著我說：「香湘，別人可以奪走妳的生命，但無法奪走妳的靈魂。」看著他走遠的背影，我聽見他驕傲說道：「不經一番寒徹骨，焉得梅花撲鼻香。」

雖然我現在的人生淒苦，但絕不會讓自己的靈魂也被奪走。我要努力賺很多錢，這樣有一天就能離開桃花亭，去找母親。雖然爸爸已經走了，再也無緣見到面，但我要像聶政一樣——不在山裡，而是在青樓裡修練——直到有天能為父親報仇。我要找出那個該受千刀萬剮的軍閥，一槍斃了他！可我該怎樣才能找到那個混帳呢？

現在我只能專心看著珍珠彈琴。她在琴弦上挑、撥、滑、搽，如抵抗風雪的梅花，我的眼眶滿是淚水。接著琴樂在柔和的泛音中結束，就像遠方逐漸消逝的雷聲。

我擦乾眼淚，嘆了口氣：「珍珠姊姊，妳可以教我這首曲子嗎？」

「除非妳答應我一件事，香湘，」她若有深意地說，「記得我說過春月讓我想起某個人嗎？」

我點點頭，問：「是誰呢？」

「我姊姊。」

「她現在在哪？」

珍珠溼了眼眶，眼神不再勾人，而是充滿哀傷：「她走了。」

「發生什麼事了？」

「寶紅在鬧鬼園子的廟裡上吊自殺了。」

我吃了一驚，「怎麼回事，珍珠姊姊，為什麼會這樣？」

「我現在不能告訴妳。香湘，妳需要好好休息，所以先回房吧。」

我搖搖頭：「珍珠姊姊，早說晚說又有什麼差別呢？」

我們沉默了一會，對看著彼此。

最後她終於說：「好吧，但答應我要終身保密，行嗎？」

「行。」

她壓低了聲音，輕聲說：「我父親是個革命分子，打算推翻清朝……」

「我的老天！」

珍珠瞪我一眼，我閉上了嘴。「革命失敗後，他偽裝逃到鄉下去。但還是被清兵找到，把他處死了。因為他非常有影響力，所以清政府下令滿門抄斬。我母親替我們改了名和姓，把我和姊姊送到這兒來，然後她……自殺了。」

珍珠的眼淚掉了下來，我沉默聽著，震驚得什麼話也說不出來。她用手背擦了擦淚，「所以桃花亭雖是個妓院，媽媽和爹也都是禽獸，但我還是覺得自己欠他們一條命。」

「來到這八年後，我姊姊就死了。」

「發生什麼事了？」

「寶紅認識了一個唱京劇的，瘋了似地愛他，但他沒錢，所以她把一個大恩客送的鑽戒給了他。」

「有天那個恩客看到他們在餐廳裡吃飯，那個唱戲的手上戴著鑽戒。隔天，寶紅要出去參加宴會時，有人拿硫酸往她臉上潑。」

我雙手貼在兩頰上，不敢置信。

「從此之後，她再也沒照過鏡子，然後就在廟裡上吊自殺了。」

我拍拍珍珠的手：「珍珠姊姊，妳別難過了。」

她嘆了口氣：「我跟妳一樣，都是孤伶伶地在這世上，所以我發誓再也不讓那些豬狗不如的臭男人傷了我的心和毀了我的人生。」珍珠突然仰頭大笑，「可就那麼奇怪，我越想逃開，他們就越像嬰兒拼命吮著母親乳頭般纏著我不放。所以我還會在這兒多待一會。」她停了一會，悄聲說：「我從來沒跟任何人說過這件事，但我知道自己留下的真正原因是為了寶紅。」

「可是……她已經死了。」

「對，但她的魂魄還在。」

我忽然覺得寒毛直豎，「妳是說她的鬼魂？」

珍珠沒有直接回答，她說：「有一隻黃色的蝴蝶……」她又停了下來，心思似乎飄到九霄雲外去了，「牠是寶紅的化身。」

「妳是說她的鬼魂附在蝴蝶身上？妳怎麼知道的？」

「因為寶紅很喜歡蝴蝶，而黃色是她最喜歡的顏色。還有，每次我到園子裡去祭拜她時，總會有一隻黃色蝴蝶飛來，我想陪著她。」

「但蝴蝶活不久的。」

「我想她已經轉世好多次了。」

「喔……」我說，實在不知道該不該相信這種轉世的說法。但珍珠對她姊姊的心意卻讓我很感動，如果我也有個像她這樣的姊妹就好了！

這時珍珠說話了：「香湘，」

「嗯？」

她溫柔地看著我：「妳願不願意當我的妹妹？」

我好驚訝，過了幾秒才說：「珍珠姊姊，妳是說……但我們不就已經是姊妹了嗎？」

「我的意思當然不是這種姊妹，」她輕聲責怪我，「妳知道什麼是結拜姊妹嗎？」

我點點頭，她說：「我想跟妳結拜，妳覺得怎麼樣？」

我感動得說不出話來，我的確很想要一個漂亮、聰明、什麼都懂的姊姊！這次我用力點頭，像敲打鑼鼓的木槌。

「好，那現在妳先回房間。我要準備一些東西，明天凌晨三點半到我房裡來。」

隔天我依照約定，溜進珍珠的房裡，但讓我意外的是，珍珠素著一張臉，穿著素色的絲質外套和褲子，完全沒有為我們的「儀式」盛裝打扮。

「珍珠姊姊，」我坐在她旁邊的沙發上，「我以為我們要結拜。」

她點點頭，將一些東西收進籃子裡。

我興奮又緊張地問：「我們要一起逃走嗎？」

「不，只是去園子。」

「妳是說去那個……」

她打包好籃子，拉起我的手說：「走吧。」

我有些失望，這次園子裡沒有映著明月的水坑。這讓我想像一個閉著雙眼，不想讓人窺見內心的女孩。我靜靜跟著珍珠走進廟裡，心跳跟她的金蓮碎步一致。

破舊的大廳裡，珍珠手上的燈籠照著蜘蛛網、破窗和一張滿布灰塵、像一隻受傷動物的破櫃子。我不由得望向天花板，樑柱從中心向四周延伸，我好奇寶紅瘦弱的身子是吊在哪根柱子上，也好奇有多少姊姊在這裡掙扎著，嚥下最後一口氣。

那些死去的身影在我腦中徘徊，我怕得不敢深呼吸，更別說問珍珠問題了。

現在我站在一張神桌前，珍珠站在我身旁。在燈籠的光照下，她美得就像幽靈。她神色哀傷，但動作絕不含糊。她拿出破布擦了擦桌上的灰塵，掀開鋪在壇子上褪了色的布，從底下拿出一尊木雕觀音。接著她從籃子裡拿出一個小香壇放在觀音旁邊，然後拿出插著鮮花的花瓶、一盤水果、一些小點心和一組小茶具。

她將東西擺在觀音面前，轉身輕聲跟我說話，就像怕打擾到誰一樣——雖然我很確定旁邊並沒有其他人——或鬼。只是，我雖無法確知他們的存在，卻也無法證明他們不存在！

「香湘，現在我們要跟觀音上香，在祂面前結拜成姊妹。別問太多，跟著我做就是。」

珍珠點了三支香，把其中一支給我。濃郁的香味淨化了汙濁的熱氣。珍珠的臉在縷縷飄香中變得好不真實，如出水芙蓉。她將二只杯子排成一直線，開始倒茶。

這時，我忍不住問：「珍珠姊姊，我們只有兩個人。」

「不，是三個人，妳、寶紅和我。」

「但她已經死了！」

「但她的魂魄還在。」

我不由得打了個寒顫，轉頭向四周瞄了一下，看會不會有個穿白袍、沒有腳的長髮女子飄在空中。

但什麼也沒有，只有令人毛骨悚然的回音，那是珍珠的聲音：「香湘，我們要跟觀音上香唸誓詞，妳跟著我唸就行了。」她跪了下來，把香舉在額前，唸道：「觀世音菩薩在上，今晚我珍珠、我姊姊寶紅，和我妹妹香湘，在此結為姊妹。」之後，她微微轉向我說：「香湘，現在妳照著我說的唸。」

我跪在她旁邊，緊張地跟著唸了那段話。

她拿出針和一個小杯子，說：「香湘，把妳的中指伸出來。」我正想問她要做什麼，她就用針扎了我的指頭。

「啊！」我尖叫一聲，不是因為痛，而是因為嚇了一跳。

她沒理會，逕自把我的血滴到杯子裡。我詫異得說不出話來，看著自己的血沿著杯壁流下，在杯底形成一個小血塘。

我的血止住了之後，珍珠也用針扎了自己的手指。接著她拿出一個年輕女孩的畫像，用針在她的眉心也扎了一下，做勢讓血流進杯子裡。

之後她將畫像放在神桌前，我驚訝地叫出聲：「珍珠姊姊，那不是妳嗎？」

「不是，那是寶紅，她比我大七歲，但我們的確長得很像。」

空氣雖然悶熱，我的脊椎卻涼得像根冰柱。我看看畫像，又看看珍珠，然後再看看畫像——她竟然可以同時是死人又是活人！

雖然看見我的表情，但珍珠沒有多加理會。她將杯中的血混在一起，用手指沾血抹在自己和我的額頭上。然後她喝了一口，要我把剩下的喝完。我照著做，害怕得連抱怨的話都說不出來。

她又唸了另一段話：「大慈大悲觀世音菩薩，從今以後，香湘和我結為姊妹，兩人同心，有福同享，有難同當。若有違誓言，願遭天打雷劈。」

「天打雷劈」這句不吉利的話讓我不由得倒抽了一口氣，珍珠瞪了我一眼。我雖害怕，但還是乖乖地照唸了誓詞。

接著，一隻黃色蝴蝶不知從哪冒了出來，盤旋在寶紅的畫像上。

珍珠泛著淚光說：「看，香湘，那是寶紅。我就知道她會來，我就知道！」

我看著蝴蝶，努力想像那是一個可人的少女，但始終看到的只是一隻黃色蝴蝶。

12 打貓

那晚過後，我的心情既輕鬆又沉重。輕鬆，是因為我再也不是一個人孤伶伶在這世上了；沉重，則是因為擔心著馮大爺回來的那天。但他沒回來——還沒有。媽媽說他離開上海去做生意了——但沒人知道是什麼生意，有人說他走私金條，有人說他走私香菸，總之要好一陣子才會回來。但他已經付了我初夜的錢，所以在他回來之前我都不能接其他客人。

這段時間裡，我除了練習琴棋書畫和等待之外，什麼事也不能做。這是種奇怪的感覺，開心卻又害怕。直到有天，我發現自己的大姨媽已經好幾週沒來。

一開始我還為暫時得以拋開這惱人的東西感到開心，但當我無意間跟珍珠提到這件事時，她打翻了茶。「糟糕！香湘，妳一定是懷孕了！」

我感覺下巴掉了下來：「妳是說，我懷了爹的孩子？」

她點點頭，擦著裙子上的茶漬：「妳有喝媽媽給妳的湯嗎？」

「有。」

「那應該不會懷孕才對，所以怎麼會……」她的聲音越來越小。

「珍珠姊姊，那我要怎麼辦？」

「打掉孩子，」她認真地看著我，「現在就辦，香湘，不然就太遲了。」

我覺得血液在體內沸騰，「可是要怎麼打掉？」

她沒說話，走到櫃子前拉開其中一格抽屜，從裡頭拿出一個小包裹。她才一打開，我就聞到刺鼻的苦味。

「那是什麼？」

「一些特殊的藥草，有紅花、白芷、川芎和牛膝草。喝了這湯妳會流些血，同時讓孩子流掉。」

珍珠走出房間，不一會兒便拿了一個小爐子和陶罐回來。她在陶罐裡加滿水，把草藥丟進去，然後開始生火。

約莫一個小時後，她熄了火，把湯倒進碗裡：「喏，香湘，把這全喝掉。」

我小心地喝了一口，馬上又吐出來：「苦死了！」

「香湘，」她要我小聲點，「別這麼孩子氣！看在老天爺的分上，把它喝完！」

我捏著鼻子把那像貓尿的湯全部喝完。

「很好，」她說，邊把剩下的湯倒進空碗裡，「現在回房休息，一小時後把第二碗湯喝完。我今晚接完客會去看妳。」她頓了一下，又說：「為避免任何差錯，一天至少要喝兩次薑湯，也要用力跳一跳。」

一回到房裡，我便像一條狗努力抓住面前吊著的鴨子般，拼命地跳。等過了一小時，便逼著自己把剩下的那碗湯喝完。藥效似乎馬上就發作了，我沉沉倒在床上。

醒來的時候天已經黑了，我覺得肚子一陣翻攪，頭痛欲裂。喉嚨又乾又渴，我點亮蠟燭想找水喝，卻發現床上都是血。我摸了摸兩腿間，有股又黏又暖的液體。

「我在流血！我在流血！」我大叫，接著昏了過去。

我一張開眼便看到芳容的臉：「老天爺！發生什麼事了？」

我虛弱又害怕地說：「應該……是我的大姨媽。」

媽媽仔細檢查床單，我看了看四周，問：「珍珠姊姊呢？」

「珍珠？問她做什麼？她跟她的大恩客出去了。」

我的心一涼。青樓裡，沒人能拒絕恩客的邀請，但那也表示珍珠不知道什麼時候才能回來看我了。

媽媽突然嗅了嗅，臉色一沉，狐疑地看著我：「那是什麼味道？」

我知道她說的不是我的血，而是草藥的味道。

我裝作不知情：「什麼味道？」

「起來，讓我看看妳！」

我正要爬起來，突然肚子一陣痙攣，於是虛弱地說：「媽媽，我爬不起來……」然後又昏了過去。

醒來的時候，我發現自己躺在醫院裡。媽媽正在跟一個穿白袍的中年男子說話，旁邊的小紅坐立不安，擔心地頻頻看我。

媽媽問他：「醫生，為什麼我女兒的月事會這麼嚴重？她沒事吧？」

醫生面無表情，用沉穩的聲音說：「通常月事不會流這麼多血，」他想了一下，朝我的方向看一眼，問：「她多大了？」

「十三，嗯……快十四了。」

他推了推眼鏡，表情有些困惑：「她訂婚了嗎？」

剎那間，媽媽似乎不知道該怎麼回答，然後她說：「沒，還沒。」

「那她有親近的朋友嗎？」

媽媽嚴厲地看了我一眼，轉過頭笑著問醫生：「沒有，怎麼了？」

「我之所以這麼問，是因為這看起來有點像小產。」

「小產？」媽媽的下巴幾乎要掉下來，眼神凶得足以殺了那還未出生的嬰兒。

我原本以為回到桃花亭後，一定會被重重懲罰，但出乎我意料，什麼事也沒發生。

當我終於有機會問珍珠原因時，她說：「因為馮大爺要回來了。相信我，在那之前媽媽不會傷害妳的，因為她還得把妳完好無缺的交給他。」

珍珠也許猜得到馮大爺的心思，但卻猜不到媽媽的。

隔天晚上，我還不知道發生了什麼事，芳容便偷偷帶一個我不認識的下人到我房裡來。她要我脫光衣服，他把一個東西交給她，我定睛一看，赫然發現是兩根燒得又尖又紅的竹籤。他抓著我，讓她把兩根竹籤刺進我的乳尖。

我痛得尖叫，眼淚都飆了出來。

她吼罵，揮著塗得血紅，就像傷口流血的指甲：「妳這天打雷劈要死的臭婊子，妳那裡就那麼癢，等不到馮大爺回來嗎，蛤？妳跟誰上床了？」

「沒有人，那是我的月事。」乳頭被刺都比被爹打得皮開肉綻要好。

「月事？別想呼嚨我，醫生說是小產。」

「可是他不確定，媽媽。相信我，那只是月事！」我不敢想像說出真相的代價。

我不停尖叫求饒，堅持那是我的月事，芳容終於軟化了。

「好吧，香湘，這次我就相信妳。」她怒斥道：「但如果妳下次再不乖，我就會打貓，聽懂沒？」

我點點頭，把痛苦和怨恨都往肚裡吞。

接著媽媽捧著我的胸部，大笑了一聲：「香湘，看到我的傑作沒？妳的乳頭紅腫得真漂亮。我敢打賭馮大爺一看到，玉莖就會翹得跟喜馬拉雅山一樣高！」然後她爆出大笑，和那個下人一陣風似的離開了房間。

我又驚又辱，趕緊穿好衣服，跑到珍珠房間。但她不在，我留了張紙條塞在門縫下。回到自己的房間後，乳尖上的疼痛讓我輾轉難眠。幾個小時後，胸部灼燒般的劇痛讓我醒了過來。我脫掉上衣，吐了一些口水在乳頭上，小心地用手抹開。

我邊擦傷口邊打盹，直到門嘎地一聲打開。

是珍珠。她衝向我，氣急敗壞地問：「老天啊，香湘！這怎麼一回事？」

我跟她說了事情的經過。

「那個狗娘養、下油鍋的女人！」珍珠把我抱進懷裡。「香湘，妳會沒事的，幸好沒有更可怕的事發生。」

「像是打貓？」

她點頭，眼裡泛著淚光。

「那是什麼？」

「身為媽媽，她不會傷害任何姊妹的臉或身體，因為那都是她的投資。她也不會餓壞她們，因為沒有男人喜歡皮包骨的女人。所以就算湯失效，媽媽也沒處罰萍姨，因為她還需要她把我們養得白白嫩嫩。所以這裡的規則就是：打身不打臉，或打貓不打人。」

「當寶紅無法幫妓院掙錢時，媽媽曾經用這招懲罰她。她把她丟在床上，放隻貓在她褲裡，然後拿棍子狠狠地打那隻貓。妳可以想像那可憐的小東西像瘋了一樣的亂抓亂叫嗎？」珍珠啜泣著。

「別難過了，珍珠姊姊。」

沉默了一會，她小心翼翼地檢查我的胸部，「讓我看看有沒有什麼東西可以讓妳減少痛楚。」珍珠離開房間，拿了一個小錫盒回來。她把蓋子打開，裡面有白色的粉末。「香湘，這是鴉片，我把它塗在妳的乳頭上，妳吸一點再去睡覺，醒來就不會痛了。」

塗完後，我吸了一些鴉片，在珍珠懷裡沉沉睡去。

醒來後，還是覺得胸部隱隱作痛。於是我問珍珠能不能再多給我一些，她責備地看了我一眼：「不行，香湘，妳也想跟那些墮落的姊妹們一樣上癮嗎？」

三個禮拜後，如珍珠所預料，馮大爺回來了。媽媽要下人們仔細打掃迎賓室，把裡面布置得金碧輝煌，還擺上鮮花、灑了香水。

「香湘，這次妳一定要把馮大爺伺候得開開心心的，」她用足以殺人的眼神瞪著我，「否則，小心妳的皮！」

進迎賓室前，我偷偷把事先抹好雞血的狀元印塞進外衣裡，然後向觀音祈求一切順利。

當我以金蓮碎步走進迎賓室時，馮大爺的臉上露出了笑容。

「香湘，我的小美人，我好想妳！」他乾枯的身上穿著一件靛藍長袍，上面繡著「壽」字，他臉上露出兩排泛黃的牙齒，一大片深紫色的牙齦像爛掉的茄子，那雙雞爪般的手攬著我的腰。

我用力吞口水，記起珍珠的教導和芳容的警告，馬上坐到他的大腿上。

「唉呦，馮大爺，」我向他拋了個媚眼，「您怎麼不早點來，人家等您等得都揪心了！」我努力強迫自己的手摸他的臉。

他拉著我的手，熱情舔著我的寸掌，我的胃裡一陣噁心翻攪。

我半推開他，笑著：「馮大爺，別這樣，好癢！」

「癢？哈！哈！哈！等我替妳開苞的時候，妳就會癢到死！」

我不知道該怎麼回應他，於是從八仙桌上拿起酒壺，倒了兩杯滿滿的酒。

「馮大爺，」我把一杯酒遞給他，附送蓮花指和一個勾魂攝魄的眼神，「香湘敬您一杯，慶祝我們的洞房花燭夜。」

馮大爺一飲而盡，我偷偷把自己那杯倒進椅子旁的盆栽裡。

我馬上又替他斟酒：「馮大爺，這杯敬您健康長壽。」

他順從地又乾了第二杯，我迅速將自己的倒進盆栽。

「馮大爺，」我倒了第三杯酒，「這杯敬您生意昌隆。」

他責備地看著我：「等一下，香湘，我可不想馬上喝醉。」

「哎呀，馮大爺，」我撩起裙襬露出一大片白嫩的腿，說：「我才不相信您這麼快就會醉呢。」

馮大爺的手在我腿上游移著，「好吧，香湘，但千萬別讓我喝醉，今晚可是我們的洞房花燭夜。」

最後五個字讓我打了個寒顫，但我還是堆出滿臉的笑容，把杯子遞到他嘴邊，他開心地喝下第三杯酒。可憐的杯子，要被如此醜陋的嘴褻瀆！

我倒了第四杯酒：「馮大爺，這杯……」

「夠了，香湘，別再喝了，我想要……」

「可是馮大爺，」我開玩笑地用手帕朝他甩了甩，「這杯可是敬您多子多孫，所以您怎麼能拒絕呢？」

「多子多孫？」他咕噥著，臉亮了起來，眼神迷濛，「好吧，那妳得跟我一起喝。」

我用盡全部的力氣壓下另一陣噁心感。

不疑有他，他喝了一大口，然後靠近我，突如其來打開我的嘴，把酒灌了進去。

酒精順勢而下，一路從我的喉嚨燒到胃裡。我咳了幾下，馮大爺開心大笑，溫柔地替我拍背，然後開始愛撫著，我知道我最害怕的一刻就要到了。

這次我們有了共識，兩人直接走向床——我們最終的目的地。

沒多久，他已經趴在我身上，用他的爛玉莖入侵我的玉門。

經過無數衝刺後，他倒在我身上，在穿衣服前又貪婪地把舌頭伸進我嘴裡大聲地吸吮。矛盾的是，在那麼多費勁的招式後，他看起來竟是更年輕也更神采奕奕了。

當我將血淋淋的狀元印交給他時，他瞇起眼睛看著那凌亂不堪的床，徹底的滿足爬上他那迷濛的雙眼。

他大聲說：「好！從今天起，我的生意會蒸蒸日上，我會長命百歲！」他從我手中拿走狀元印，乾了最後一杯酒，然後好像精神錯亂地大笑著跌走出房門。

第二部

13 過日子

不管生活有多悲苦，日子還是得過下去。桃花亭的生意比以往更好，媽媽和爹開心得不得了。尤其是媽媽，每當數著大把鈔票時，臉上總會露出滿意的笑容，兩隻眼睛睜得又大又圓，像金幣一樣。

而我則越來越習慣這個金粉地獄的生活方式。我只專心服侍闊客們，盡量不去想賣笑和賣身的屈辱。我只能提醒自己記得母親曾說過的話：「我們鬥不過命運，但可以逆來順受，並做到最好。要開心點。」或珍珠說過的：「就算客人再怎麼醜不堪言、令人無法忍受，妳只要閉上眼睛、屏住呼吸，想像自己是一具會動會叫的屍體就好了。」

幸好桃花亭雖是妓院，卻是高檔的，所以我們不必每分每秒都跟客人翻雲覆雨。我們也有提供其他各種各樣的服務。

我最喜歡「喝大茶」，因為我只要彈琵琶和唱歌給客人聽，我也需要斟茶奉酒、準備水煙斗，或陪客人賭博，但這些都是容易的。客人一到，娘姨會先準備一壺茶和一盤瓜子。待客人稍作休息之後，可以選一位姊妹，這位姊妹會拿出她最好的茶杯替客人倒茶以示回敬。之後娘姨會端上小湯圓、杏仁果、紅棗、龍眼乾之類的小點心奉客。

通常喝大茶的時間是兩小時，如果超過就得再加錢。客人必須先用這樣的方式跟我們認識，我們才可能跟他們上床。但當然，上床總是最終的目的。

我因為喝大茶可以不用跟客人上床而覺得開心，但珍珠卻警告我：「香湘，別自己騙自己了。在妓院裡，妳能拖多久？要像我一樣，讓他們求妳的施捨。」

珍珠是桃花亭裡最忙的姊妹，經常出席各種宴會，這就叫做「出堂唱」或「出局」。事實上，我是滿喜歡「出堂唱」的，因為能受邀到各種聚會、雅集或飲宴去——但這只有在客人跟我們混熟了之後才能請我們「出局」。首先，客人得把用紅紙印的正式邀請函寄給我們，但當然，我們外出並不是貪圖一頓好吃的，我們得把客人迷得神魂顛倒，讓他到桃花亭裡過夜，這叫「住局」。通常這代表客人會跟那個姊妹上床，但有時候若客人很喜歡某個姊妹，也會願意在她月事來的時候付錢陪她過夜，但不上床，這就叫「守陰天」。

但媽媽們最喜歡的是「吃花酒」，也就是讓客人在桃花亭裡擺桌設宴。因為這時間比喝大茶長，客人得付更多的錢，而設宴的客人也從不吝於多付些錢、多叫幾道菜和幾壺酒。雖是被坑了，但那些有錢人能在他們最愛的交際花面前炫富，還是樂得開心。

有時我們運氣好，沒做什麼便可以拿到很多錢。我也因此看到珍珠攻於心計的一面。有天傍晚，她跟我說有位做絲綢買賣的陸先生要設宴款待我們和另外兩個姊妹。

珍珠嚴肅地跟我說：「香湘，因為這是妳第一次『吃花酒』，我希望妳不要出任何差錯，所以看著我學著點。」

為了這次的聚會，珍珠穿上一件綠色的高領外套和裙子，我則穿著粉色絲質上衣配褲子，衣服上還有一排漂亮的花邊鈕扣。

珍珠以往總要我讓客人等幾分鐘，但這次我們卻早到了二十分鐘。我問她為什麼，她露出神祕的笑：「這樣一來，我們就能佔到上風了。」

珍珠和我進到會客室時，陸先生已經坐在桌前了。娘姨把魚翅湯放在桌前，遞紙巾給他。他擦完臉後，一雙凸眼直盯著我們。

我們以金蓮碎步漫不經心地走向他。一坐下，珍珠便拿起水煙筒小心翼翼地擦拭。「陸先生，飯後一支煙，快樂似神仙，我替您點煙吧。」

陸先生開心得像老婆剛生了第一個兒子：「珍珠小姐，」他放下紙巾，「妳果然名不虛傳。」他抽煙時，珍珠向我使了個眼色，我馬上拿起酒瓶靠近他——珍珠說這招可以讓客人注意到妳——替他倒了滿滿一杯酒。

他欣賞地看著我，還沒說話，珍珠已開口：「陸先生，希望我的妹妹香湘能讓您賞心悅目。」

他大笑：「哈！哈！別這麼謙虛，珍珠小姐。妳們的芳名早就如雷貫耳，這就是我今晚來的原因啊！」

我們繼續跟陸先生聊天，邊倒酒邊餵他吃點心。兩個娘姨輪流端上豆瓣蒸魚、辣醬雞、五香鴨肉和流黃蛋。珍珠妙語如珠，逗得陸先生不停哈哈大笑。

說說笑笑間，另外兩個姊妹，甜甜和蓮香走了進來，坐在我們對面。但現在陸先生已經跟我和珍珠聊開了，所以根本沒注意到她們兩個走進來。珍珠馬上向他拋了個媚眼，說：「陸先生，我和香湘有榮幸為您彈唱一曲嗎？」

陸先生的臉亮了起來：「好。」

甜甜皺起眉頭，悄悄跟蓮香說了幾句話。

珍珠沒理會她們，要娘姨把我的琵琶拿來。於是我彈琵琶，珍珠唱著《夢縈江南》。

我抱著琵琶，手指輕舞飛揚，身體前後擺動，好讓髮絲半遮著我的臉。珍珠手拿金扇，打著拍子，扭著水蛇腰，手上玉鐲子像西湖的波光閃動。

她的櫻桃小嘴發出甜美的歌聲，「我倆，」她看著陸先生唱，「夢裡又回江南園，柔山軟水畫芊秀；綉傘羞遮小巷陽，徑深相探鄉故親……」

「好！好！」我們表演完後陸先生拍手叫好。

接著珍珠開始跟陸先生玩起猜枚的遊戲，我則不停替他斟酒。我對甜甜和蓮香感到有些抱歉，因為她們完全沒機會伺候這條大魚，只能跟彼此聊天。

一會兒，陸先生已經有了醉意，甜甜終於有機會向前替他倒茶：「陸先生，請用茶，這能替您醒酒。」

蓮香趕緊說道：「是啊，陸先生，否則您會喝醉的。這可是最棒的雲霧茶呢。」

陸先生把茶推開，眼神迷濛地咕噥著：「哈，我今晚就是想喝醉！我好開心，我要當酒仙！」他突然轉向我說：「香湘，把妳的鞋給我。」

我正在猶豫該怎麼應對，珍珠示意我照做。於是我乖乖脫下自己的紅色繡花鞋，交給陸先生。我驚訝地看他像捧著珠寶盒一樣，珍珠則往裡頭倒酒。

他看著我們，舉鞋說：「為妳們的艷名乾杯！」然後乾了鞋裡的酒。

我幾乎要叫了出來，噯呀！

最後陸先生準備離開時，他的下人拿了錢包進來，他從裡面掏出一疊鈔票，至少有二十銀元。但整桌的費用也不過十銀元而已，我在心裡竊笑：我們今晚可真是大賺一筆！如果珍珠沒用手肘推我，我大概就要「哇！」一聲叫出來了。甜甜和蓮香的眼睛睜得跟桌上的蛋黃一樣大。

但出乎我的意料，珍珠連看都沒看那些銀元一眼。她轉身跟正在清理桌面的娘姨說：「阿玲，這是陸先生給妳和大家的小費，快謝謝他。」娘姨非常驚慌失措，一副不單沒有被賞賜二十銀元，反倒像是被搶了四十銀元的表情。

她顫抖著說：「可是珍珠小姐，我不想惹禍上身啊。」

珍珠瞪了她一眼：「拿去，阿玲，不然對我們的恩客非常失禮。」

大家都非常訝異，尤其是陸先生。但珍珠已經把錢拿走了，所以他只能眼睜睜看著她把那些錢給了下人。

他走了之後，甜甜和蓮香開始酸溜溜地妳一言我一語，珍珠擺擺手：「安靜，如果我不能讓陸先生掏出更多錢，我就從我自己的口袋掏雙倍的錢給妳們！」之後她便拉著我的手走了出去。走在長廊上時，我問珍珠為什麼要把錢給娘姨。

「香湘，如果他以為他這麼簡單就能買到我們，可就錯了。這招叫『激將法』，記著，我們是書香名妓，不是那些又髒又無家可歸的野雞。他以為給的錢很多，但他現在知道，對我來說，那只夠當下人們的小費。」

我還想問，我的那一份錢怎麼辦：「可是珍珠姊姊……」

她笑著說：「相信我，香湘，他明天就會送更多錢過來。像他那樣的男人是禁不起丟臉的。」

珍珠是對的。隔天陸先生就差他的下人送來五十銀元。其中三十銀元特別賞給珍珠，十銀元給我，剩下的給甜甜和蓮香分。

珍珠雖有心機，但桃花亭裡最心機的，不用說，當然是媽媽了。「真好賺！」每次她看到鈔票或客人離開我房間時總會這麼說。但對我來說可不好賺。雖然我不是被賣進來的，也不用贖身，但欠的債卻越來越多——馮大爺打破的東西、小產時看病的錢、我的食、衣、住和上課費用……。所以我賺來的錢馬上就被媽媽搶走，拿去「還債」。於是我還清債務離開桃花亭的那天似乎越來越遙遙無期了。珍珠輕輕鬆鬆便能賺一大把，而我辛辛苦苦加時賺來的錢卻只夠用來還債。

馮大爺這條大魚自從開了我的瓜之後，就時常來找我。幸或不幸，他成了我的常客。不幸是因為他總喜歡吸我的舌頭、喝我的唾液、還有把他那萎靡的玉莖放進我的玉門。最慘的是，無論我覺得多麼噁心，還是得開心的笑，用我那雙巧手服務他。

但幸運的是，馮大爺不只有錢，還喜歡炫富。他總是三不五時買禮物或塞錢給我，我真希望自己可以喜歡他。有時我甚至覺得自己好像對他有了點愛意。也許是出於同情，也或許是因為有時他讓我想起爸爸。不是因為他們有什麼相似之處，只因為馮大爺是現在唯一一個像爸爸那樣寵我疼我的男人。

好幾次我們巫山雲雨一番後，他說，如果我一直都對他這麼好——即是應允他在床笫間的任何要求——那他就會像疼他的寶貝女兒一樣疼我。但當我問他女兒的事時，他便會怪我問太多，說再問就不送禮物給我了。

但幸好，或許是因為年紀大了，或是太喜歡我了，他從來都不記得這些話，還是不停送禮物給我。有一次，他送的不是珠寶、不是衣服也不是鈔票，但卻讓我開心到馬上飛撲進他懷裡親吻他。

一隻鸚鵡！

我從沒見過這麼漂亮的東西。牠全身雪白，紅色的喙，就像在寒冬白雪中盛開的梅花。與牠美麗的羽毛相較，即使是珍珠最美的衣服都會黯然失色。那絲綢般的觸感好舒服，讓我愛不釋手。就連牠的尾巴也是那麼優雅，就像我用來畫美女圖那枝最好的羊毛筆，牠黑色的眼珠彷彿是晴空裡的漆黑玻璃彈珠。

我一看見這隻鸚鵡，就決定叫牠梅花了。希望能灌輸給牠琴的精神，我常為牠彈琴，特別是《梅花三弄》，我甚至還會跟牠解釋其中的含意，希望牠能像梅花一樣堅忍不拔。

每當讚嘆著梅花的美時，我也會想起吳先生上課時說過的：「無論再怎麼畫，我們都無法超越自然那無與倫比的美。」

看著梅花優美的線條、層次分明的白色羽毛和飽滿鮮紅的喙，我終於能體會吳先生所說的。乖乖死後，除了珍珠，現在梅花成了我生活中最大的安慰。聽我念李白的《靜夜思》、王維的《過故人莊》、孟浩然的《春曉》時，牠總靜靜停棲在我肩上，邊擺動牠的喙模仿我的聲調，邊用爪子替我按摩痠痛的肌肉，讓我覺得好滿足。有時我也把心事告訴牠，牠會點點頭，靜靜地聽著，似乎真能聽得懂。

為了答謝牠，我會餵牠吃水果。西瓜是牠的最愛，但牠只把籽挖出來吃，瓜肉則掉到地上。那片鮮紅的狼籍讓我想起爹那血淋淋的夜晚，我的好心情也就蕩然無存了。

我也教梅花說一些打招呼的話，像「你好」、「早安」、「晚安」，或是一些吉祥話像「好運」、「祝您健康長壽」、「恭喜發財」，有時牠也會自己學些其他的話，像「舒服嗎？」「還想要嗎？」之類的。

但牠也學會說：「殺！殺！」

其實我很不喜歡從牠那優美的嘴裡聽見這麼暴力的字眼，也不知道牠是從哪裡學來的。上次馮大爺來的時候，我謝謝他把梅花送給我，還跟他說了鸚鵡名字的由來。

他無法克制地捧腹大笑，讓我很是詫異。

我耳朵熱得像火燒，問他：「馮大爺，什麼事這麼好笑？」

馮大爺得意地笑著，皺紋全擠在眼尾和嘴角。「哈，哈，香湘，這就是為什麼我這麼喜歡妳。妳知道嗎，妳不會變成真的妓女，因為妳心裡仍是個天真的小女孩。」

我不懂這究竟是褒是貶，但因為擔心自己會失去這條大魚，我耍賴地說：「但我真的是妓女呀，馮大爺！」

「如果妳是真的妓女，那我就是真的紳士了，哈！哈！哈！」他摸了摸鬍子，「妳知道我為什麼買白色，不買綠色的鸚鵡嗎？因為妳在遇到我之前，還是個純潔天真如白雪的處子。」他不懷好意地看著我：「記得初夜時，妳媽媽替我們準備的狀元印嗎？」

現在我全身像火燒一樣，難道他識破珍珠的花招？

但他說：「那就是我買這隻鸚鵡給妳的原因。牠雪白中的紅喙就像妳撒在白布上的血，所以送妳這隻鸚鵡是要提醒妳，我是第一個破妳瓜的男人。」他接著興奮大笑，「哈，哈，哈，哈，雪地中的梅花，想得真美啊！」

因此，在馮大爺離開房間後，我自覺受到屈辱，便在空中亂砍亂叫：「殺！殺！殺！」

從那之後，看著梅花時，我總是又開心又難過。但我還是很喜歡牠，只是在喜歡中有著深深的同情。可憐的小東西，牠怎麼會知道世間險惡呢！

14 安德森先生

兩年匆匆過去，越來越多客人到桃花亭指名找我。珍珠教我的那些玩弄男人和床笫之間的技巧比我想像的還受用。雖然我現在在上海已經有點名氣，但還是沒有像珍珠那樣享負盛名。

春月也越來越受歡迎。她雖不是大美女，但就如珍珠說的，她的小腳和哀傷眼神對某些男人來說很有吸引力。雖然我們很談的來，我也很喜歡她，但她總是沉浸在自己富有的過去裡而漫無目的地活著。

有次我問她未來有何打算，她說：「在妓院裡還能有什麼打算？」

她反問我同樣的問題，我說：「我想成為一個像珍珠姊姊那樣的名妓。」

「香湘，我也想當名妓，但我不像妳是個大美人。」她用絲巾輕輕擦了擦眼角，「我想等我未婚夫來替我贖身。」

「但他已經跟別人訂親了！」

春月只是轉頭看著窗外，眼神就像薰香的煙霧一樣飄渺。

有天我在房裡練琵琶，小紅進來跟我說：「香湘，快點換衣服，有兩位客人在樓下等。」她說完咯咯笑，眼裡閃著調皮的光芒。

「小紅，什麼事這麼好笑？」

「有一個大鼻子、金頭髮、藍眼睛的人！」

「外國人？」這挑起了我的好奇心。

她點點頭：「他的名字叫安——德——森。」她又笑了起來，「真是個怪名字！」

我一進會客室就聽到一個下人高聲喊：「歡迎客人！」媽媽站在他旁邊，笑得像隻哈巴狗。兩個客人之中，一個是矮胖的中國人，另一個是壯碩的洋鬼子，他們坐在沙發上，看起來疲倦多於興奮。

這時，跟我同年紀的姊妹們簇擁到他們面前。被打量時，她們調笑、嬉鬧、拋媚眼，又互相推來推去。

我等了一會，然後以計算精準的碎步金蓮走到中間。

兩個客人看見我，眼神都亮了起來。

我微微笑，他們的眼神更離不開了。我可以感覺到這兩個男人的靈魂正被吸進我的酒窩裡，我瞄到飛鏢正從旁邊其他姊妹們的眼中向我發射。我暗自竊笑。

那個中國人連看都沒看其他咯咯笑的花痴們，便指著我點點頭。洋鬼子看起來有些失望，最後選了個叫錦旋的女孩。

媽媽臉上仍堆滿諂媚的笑容，叫人上茶和點心，之後便揮手要其他人離開。我坐在中國人的旁邊，錦旋在洋鬼子旁邊。媽媽對那個戴著眼鏡的矮胖中國人說：「何先生，您有佛陀的慧眼啊！香湘是我們這裡最受歡迎的。」接著她對那個外國人露出笑容：「啊，安德森先生，您真會挑中國美人！錦旋的服務是最好的，不滿意不用錢。」

他們禮貌微笑，媽媽若有深意地看了他們一眼：「好啦，我就把我的兩個小美人留給你們了。」然後便搖著大臀部離開了會客室。

錦旋和我馬上恭敬地倒茶、端上水果和點心，和我們的客人聊天。

何先生告訴我，他在中山東路有間貨運公司，安德森先生是他在美國的合夥人。美國！這兩個字讓我微微一顫。我還記得爸爸常跟我提到這個富饒又遙遠的國度——有喜劇演員理查·卓別林、釋放黑奴的林肯總統、還有舉著火把的自由女神。

何先生邊喝酒邊跟我聊他的生意和家人，我一邊聽一邊偷看那個美國人。真奇怪，美國人呢！好多毛！

他大約跟爸爸同年，可是沒那麼帥，但也不難看。最讓我好奇的是他的高鼻子和藍眼睛。好藍，我想他剛出生時，一定被這奇怪又吵鬧的世界給嚇到了，所以顏色全從他的靈魂之窗流出來！難怪外國人叫鬼子，那麼慘白的眼睛和頭髮，看起來就像魂魄被閻羅王給勾走了一樣。

雖然是番子，這個安德森先生卻給了我很好的印象。錦旋極力想討好他，現在幾乎坐在他的大腿上了，但這個洋鬼子的手就是沒有做出任何踰矩的動作。然後我赫然發現——他雖然是外國人，中文卻很流利！

我知道我不能冷落了何先生，所以回頭對他露出微笑。幸好他已經醉了，根本沒注意到我對他合夥人的好奇。我繼續替何先生倒酒，邊偷看著安德森先生，我發現他也看著我，心開始像頭小鹿亂撞。

我沒有認真服侍我的中國客人，反正他已經有了些醉意，也不會注意到。但當然，我的笑容和酒窩始終掛在臉上，身體左搖右擺，手也沒忘了替他倒酒點煙。何先生沒跟我說話，眼睛看這看那，我又趁機偷看那個洋鬼子一眼，發現他仍盯著我看。

這次，不顧錦旋忌妒的眼神，我們深深地對望了好久。突然，我的腦袋靈光一閃，那雙蒼白的藍眼睛，我在哪裡見過！但在哪呢？我迷失在他的藍色眼珠裡，那雙眼那麼撫慰人心，就像會融化的……冰淇淋！對，他就是兩年前我去做頭髮時，從媽媽手中救了小男孩的那個洋鬼子！

我記得玉瓶曾邀他到桃花亭來，他當時轉頭看著我，然後不發一語地離開。

他是為了來看我的嗎？漫長的兩年之後？

這時一個娘姨走了進來，打斷了我們的對望。她跟何先生說兩小時到了，「兩位先生還想再待久一點嗎？」

讓我失望的是，何先生跟他的美國合夥人商量過後，決定要離開。

「我們才剛回來，太累了，」何先生說，「但我們下次會再來。」

他們果然又回來了。

第二次，何先生希望和安德森先生在不同房間，那也表示，他們想要上床。我很擔心自己得跟何先生上床，安德森先生則跟其他人。何先生對我打量了好久，但我很開心最後他選了另一個女孩，安德森先生則選了我。一個娘姨帶我們到迎賓室去。

雖然我已經跟許多男人上過床，但面對洋人還是覺得有些緊張。他好奇地盯著我，好像我是一個突然活過來，又笑又賣弄風騷，又會表演茶道的洋娃娃。為了討好他，我的手如風中蘭花飛舞，腰如柳枝擺盪。但因為太過緊張，我還是差點將幾顆葡萄灑到他腿上，幸好他及時接住。真好玩，這個洋鬼子。

「安德森先生，」我欣賞地看著他，「還要葡萄嗎？」

他搖搖頭。

面對一個外國人，很難想到底要說些什麼。我想了一會兒，問：「您有到過其他的青樓嗎？」

他竟然臉紅了！

「沒有，上次何先生帶我來，是我第一次到青樓。」

「您喜歡這裡嗎？」

他沒回答，反問我：「香湘小姐，說說妳自己吧。」

我當然沒告訴他我是怎麼進桃花亭的。

我替他把茶斟滿，看著他的藍眼睛，開始說起十三歲後到桃花亭的生活——學歌唱、畫畫、書法和樂器——但當然沒提到暗房、破瓜、強暴、小產和乳頭被燙這些事。

我講完後，他沒說話，只是靜靜喝著茶。

最後我鼓起勇氣說：「安德森先生，能問您一件事嗎？」

他好奇地看著我。「當然。」

「您還記得兩年前的事嗎？」

「說吧。」

「您在南京路上從一個婦人手中救了一個小男孩。」

讓我失望的是，他沒有任何反應，似乎努力要回憶些什麼。也許安德森先生並不是我一直記得的那個人。

我繼續說：「那個小男孩搶了一個小女孩的冰淇淋，因為他很餓。您給了他幾元去買吃的。您還記得那個剛做好頭髮、頭上夾著珍珠髮夾的小女孩嗎？她跟她媽媽和兩個姊姊在一起。」我認真看著他問：「安德森先生，您都不記得了嗎？」

他臉上露出大大的笑容：「噢，記得了！」

「安德森先生，那個小女孩就是我！」

「現在我記得了。」這個洋鬼子不可思議地看著我，「但妳長大了！」

我驕傲地點點頭。

他盯著我看，像剛看到一個打開了的藏寶箱，說：「天啊！妳真的是那個小女孩嗎？」

我微微笑，替他斟滿茶。

他不知想什麼想得出神，是因為打開了藏寶箱卻發現裡面放的不是珠寶，而是黑暗的現實嗎？

「安德森先生？」

他露出一個不太自在的笑容：「嗯？」

「您想聽我唱首歌或彈奏琵琶嗎？」

「當然，都好。」

但我把琵琶放在房間了，「安德森先生，我的琵琶在樓上，您願意到我的房裡來嗎？」

他靜靜地跟著我上樓，進到房間後，他好奇地看著這個小房間。我請他坐下，拿出琵琶來調音。

正當我要開始彈時，他指著我牆上的畫問：「那是什麼樂器？」

「那是琴。」

「畫裡是妳在彈琴嗎？」

「嗯……。」

「我想聽妳彈琴。」

他的要求讓我有些吃驚。

「您聽過琴嗎，安德森先生？」

「沒有，但妳彈琴的時候看起來很不一樣。」

我請他稍待，起身到珍珠房裡拿琴，然後趕緊回來。我小心翼翼地掀開錦盒，把這把四百年的骨董放在桌上。十三個琴徽閃著異樣的光芒，就像夜空中的星星。七條弦已就緒，彷彿要訴說千百年的祕密。

調完音，我將背挺直，表情嚴肅地靜坐了一會。接著讓手指在琴上飛舞，如飛過關山上的明月，微醺的漁夫，傲霜雪的梅花……

奏罷，安德森先生不發一語。他似乎正回味著迴盪在我房裡、在這滾滾紅塵中的琴音餘韻。

我們靜靜望著彼此。

終於，他開口說：「香湘小姐……」

「安德森先生，請叫我香湘就好。」

「香湘，聽妳彈琴真是我的榮幸。我從來沒聽過……這麼美的音樂。」

一個外國人真能懂得琴音的悠遠意境嗎？

我決定試試他。「過獎了，安德森先生，」我停頓幾秒，說，「現在聽我彈彈琵琶如何？」

他一臉驚慌：「不，請不要。我現在暫時還不想聽任何其他的樂器。」他欣賞地看著我，「還有妳，香湘，妳彈琴的時候真的很不一樣。」

「怎麼說？」我又問他。

「妳的手指情感好豐富。」

敬意從我心底油然而生，眼前這個碧藍眼珠的男人只是個外國人，卻似乎能懂琴。這個從遠方來的男人怎麼能聽懂那宇宙間最深遠的祕密呢？

他又開口說道：「香湘，我有些提議希望妳不介意？」

說完所有的讚美，他終於要進入正題了——和我陰陽調和。

但他的表情很嚴肅：「妳擁有美貌和天賦，不該在這裡虛度青春。」

我真不敢相信自己聽到的！但仍不動聲色地保持微笑，將訝異藏在心裡。

他繼續說道：「香湘，恕我直言，我只是覺得，像妳這麼棒的女人，不該過這樣的生活。」

我的心漏了一拍，難道這是他暗示打算替我贖身，帶我離開桃花亭嗎？

正當我要跟他說我別無選擇時，他又說話了：「我想以妳的天賦，或許可以當老師。」

「老師？」我幾乎笑了出來。要一個煙花女子當老師？真是一個遙不可及的夢想。這個男人一定是過得太順遂了，才會對這塵世的黑暗如此陌生。

「可是安德森先生，我別無選擇。」

他沉默了一會，苦笑道：「抱歉，香湘。」

抱歉什麼？我話到了嘴邊又吞了回去，只是再替他倒了杯茶。

他禮貌地從我手中接過茶。

從頭到尾，他都沒提到上床的事。

安德森先生和何先生還是繼續到桃花亭來，何先生每次都喜歡點不同的女人，包括珍珠，但安德森先生每次都選我。我想，當何先生在跟其他女孩翻雲覆雨時，一定也以為他的美國朋友正在跟我做同樣的事。但事實並非如此。

每次安德森先生到我房裡都只是喝茶聊天，聽我彈琴。他總要我別當妓女，一而再地感嘆我不該如此浪費我的青春和天賦——好像連我自己都不知道似的。我真希望他能替我贖身，但他從沒提過，我當然也就沒問。

有一次我跟珍珠聊起安德森先生，她說何先生——現在他已成了她的常客——說他的美國朋友很不喜歡妓院。

我笑了出來：「但洋鬼子不都……」

珍珠責備地看了我一眼：「香湘，如果妳以為所有洋人都是放蕩狂野的，那可就錯了，他們有些人比我們還保守。」

「那他為什麼還一直到妓院來？」

「何先生說，是因為他堅持要安德森先生陪他一起來。而且我想他也不能拒絕，因為他是何先生的合夥人，還需要仰賴何先生在中國經商。」珍珠不懷好意地看著我：「也許安德森先生很喜歡妳，想要妳跟他信教。」

「什麼教？」

「基督教。」

我聽說這個奇怪宗教的創造者叫上帝，祂派祂的兒子耶穌來拯救人的靈魂。有一次，一個滿臉鬍鬚、穿著黑袍的傳教士甚至跑到青樓裡，把傳單塞給姊妹們。傳單上只印了一個字──愛。

我暗自嘆氣，那就是我一直在等待的啊，愛。但我等的不是這個神，也不是祂的兒子耶穌，而是一個英俊有為的男人啊！

我問珍珠：「所以妳覺得安德森先生也是基督徒嗎？」

「可能，但我不確定。不然為什麼他來到妓院還這麼正人君子？」

「所以妳覺得他不像其他人來銷魂，反而是來拯救我們的靈魂？」

珍珠眨眨眼：「我們有靈魂嗎？」

我們大笑了起來。

但何先生和他的洋鬼子合夥人再也沒來了。

15 名妓

時光飛逝，我終於有了新的榮譽，某種程度上來說。

每天在桃花亭前總會有一堆插著花的匾額指名送給某些名妓，有時候甚至多得成了一片花海。每個匾額都像要擠到最前面讓大家看到。這樣一來，不只收到花的姊妹們有面子，那些送花的人也同樣有面子。這看似是姊妹們的競爭，但實則是那些有錢有勢送花人的競爭。

每天，那片花海裡都會有我的名字，附著這樣的句子：

天機雲錦，冰雪聰明；冰肌玉骨，巧捷萬端。

那年，我剛滿十八。

客人們用「艷名遠播」形容我，我總算成了名妓。

我當然覺得飄飄然，但也覺得很難過。

我總會想起，每次爸爸教我念書識字後，總會溫柔地看著我說：「香湘，只要妳用功讀書，有天一定會出人頭地，我希望妳可以當第一個女狀元。」

狀元是要進京考科舉的，但科舉已經在孫中山先生推翻清朝，建立國民政府之後就被廢除了。爸爸的意思是希望我可以成為一個知名學者，替我家光宗耀祖。

如果爸爸還活著，對我的艷名遠播——一個只會讓家族蒙羞的名聲——會怎麼想呢？對於我名妓的地位又會有怎樣的反應？

每當深夜裡想起爸爸，我總會慶幸他短命，來不及聽到我的艷名。

越來越多客人慕名而來——學者、詩人、商賈、政府官員，甚至還有個天主教的傳教士。那個傳教士不是為了跟我翻雲覆雨，而是來勸我信教，說這樣我死後就能上天堂，而不是下地獄。這個男人送了我一大堆禮物（那個傳教士摸了我的胸部，然後送我一本鑲金邊的聖經）或邀我出去，把我捧得像「公主」似的。真是荒謬，我寧可他誠實地用「妓女」來形容我。

但珍珠責備我說：「香湘，在妓院裡是沒有誠實可言的，那些臭男人要稱讚妳，妳只管開心就是了。難道妳希望他們把妳當成真妓女，把妳打一頓，再用香煙燙妳的乳頭嗎？」

珍珠說「真妓女」時，我對自己笑說，那的確是如假包換的事實。

有一次，一個窮書生說他賣了他最珍貴的明代版的五經，就為了來嘗嘗跟我共赴雲雨的滋味。

當我跟珍珠說我為他覺得難過時，她冷笑：「香湘，絕對不要為了那些臭男人難過，他們根本不值得。妳又沒架刀子在他脖子上逼他賣書來找妳，對吧？還有，妳怎麼知道他不是在說謊？也許他是從別人那偷來的錢。這些臭男人都是騙子，從他們嘴裡說出來的都是狗屁！如果這些狗娘養的還有道德良知，那狗就不會吃屎了！」

她繼續說：「還有，妳以後還會遇到很多男人，根本不可能去同情每一個人，無論他們的故事有多麼悲慘。香湘，聽我的話，要鐵石心腸。記住，客人有很多，但心只有一顆，想想這些臭男人加起來，足以讓妳傷多少次心。所以千萬不要讓妳的心碎了，一次都不行。答應我，好嗎？」

我點點頭，大聲說：「好！」

隨著我的名氣越大，我的人生又有了一個很大的改變。我不再叫香湘，而是寶蘭，我的藝名。我不喜歡這個浮華且平凡無奇的名字，因為聽起來就跟「金花」、「香玫」或「銀菊」一樣。我想要取更有詩意的名字，像「雪靈」、「雲仙」、「蓮舟」或「夢湖」之類的。

但芳容不肯，她張大了眼睛，用高八度的聲音說：「香湘，妳不覺得寶蘭是最好的嗎？哪個男人不喜歡珠寶或花？」

我當然知道她說的「花」是什麼意思。妓院叫「煙花之地」，客人們來這「眠花宿柳」，最後他們可能會得「花柳病」，而我們則有一天會成為「殘花敗柳」。

媽媽是對的，我也想不到哪個男人會不愛珠寶或花。他們為了一晚的春宵，能夠不顧一切冒險犯難。

她瞪了我一眼：「妳想要名字像那些仙啊靈的，通通都虛無飄渺，所以取這些名字的女人都早死！」

她都這麼說了，我還能反駁什麼呢？

媽媽又一口氣接著說：「如果名字沒取好，生意也不會好，所以我們才叫桃花亭。」接著又說，「這是取自桃花源的故事……」

「陶淵明寫的。」

「所以妳知道這個故事？」

「當然，有個漁夫迷了路，結果發現了一個化外之地。桃花源裡桃花盛開、鳥兒歌唱，人們無憂無慮地生活。」

媽媽搖搖頭：「不對，不對，漁夫迷了路，鑽進一個洞穴，裡面全是漂亮的女孩子和美酒佳餚，所以我們才說『洞入迷香』。」她眨眨眼，「妳一定知道是什麼洞、什麼香，對吧？那個漁夫在裡面跟女人玩、大啖美食、狂飲美酒，然後發誓再也不回到原本無趣的生活。」

我還沒說完，她已經把整個故事給扭曲了。媽媽接著說：「這就是桃花亭的由來。」她忽然拍拍我的肩，嚇了我一跳，「所以妳的名字才叫寶蘭，不是那些夢湖、蓮舟之類的鬼名字，哈！哈！哈！」

我知道有了藝名就代表自己已不再是雛妓了，而是一個有熟客的名妓。所以我已經和我的過去完全斷絕關係，這是讓我最難過的事。因為改了名，母親就不可能找得到我了，儘管我從沒放棄打聽她的下落。

從五年前到桃花亭的第一天起，母親就沒寫過信給我。她真的那麼忙嗎？或只是弄丟了我的地址？

有一次我問芳容為什麼都沒有母親的消息，她說：「唉呀，妳怎麼不去問觀音菩薩？」接著說，「妳母親現在是個尼姑了，妳知道尼姑追求什麼嗎？虛無！她們不問世事！」她不屑地說：「所以她怎麼會想到妳？」

母親真的已經六根清靜，所以忘了她唯一的女兒了嗎？或是……她死了？每次我想到她可能已經死了，腦中就會浮現各種畫面——她浮腫的身體漂在河上、倒在滿是老鼠的黑暗巷弄裡、或在廟裡的某根柱子上吊……。

但這些想法只有在我最低潮的時候才會出現，我內心深處總覺得她還活著。常常在半夜，我的身體因與臭男人翻雲覆雨而疲倦不堪，但精神卻因思念而格外清醒。我總會看著窗外的月亮想著母親。我們還有機會團聚嗎？我們還能像過去一樣，在一起吃飯，就算吃的只是簡單的麵條和包子嗎？

有時我好想她，真想逃出桃花亭到北京找她，但終究還是打消了這個念頭。因為如果被抓到，他們就會把我丟到暗房裡餵老鼠、燙我的乳頭或把貓放進我的褲子裡打。就算我成功逃離桃花亭，也無處可去，我從未忘記好多年前搶我冰淇淋的那個小乞丐。去北京並不容易。但隨著名氣越來越大，我想像著有一天存夠了錢，把一袋重重的黃金丟到芳容臉上，然後走出桃花亭的畫面。我努力跟觀音菩薩祈求那天趕快到來。

除了母親，我也很想爸爸。想到那個害死他的軍閥便令我怒火中燒——我一定要找出那個害得我們家破人亡、罪該萬死的人。如果我找到他，一定讓他不得好死。我甚至想到了各種折磨他的方式——用泡過鹽水、有釘的鞭子抽打他（這也是某些媽媽教訓她們女兒的方法）、灌滿他肚子然後在上面跳、逼他吞針、跳毒井、或是直接朝他的腦袋開一槍。

雖然我從沒忘記尋找母親和為爸爸報仇，我也繼續努力在才藝上用功，維持我身為名妓的地位，這樣有天我就能實現計畫，離開桃花亭。

除了改名，我也換了一間又大又漂亮的房間，有高雅的擺設、光亮的鏡子、陶瓷花瓶，還有唐寅——也就是唐伯虎——的畫作。我也掛了我自己的畫，畫裡有四個女人在畫畫、寫書法、吟詩和彈琴。

我的恩客們很喜歡這幅畫，甚至覺得我就是畫裡四個女人的綜合體。當然，我也同意他們的說法，因為我的確貌美且精通四藝。對於他們的稱讚，我總覺得開心，就算是出自一些滿是皺紋、缺了牙的嘴。

現在我也有自己的專屬下人，是一個叫小雨的十三歲女孩。她相貌平凡，也不聰明，但我很喜歡她，因為她善良又忠心。還有，她非常盡忠職守，也把梅花照顧得很好，還會跟我說一些從桃花亭或其他青樓妓院的姊妹裡聽來的八卦。

我有名了之後，芳容對我的態度也不同了，總是畢恭畢敬，好似我就是那第一女狀元。每天早上我都會用肉汁洗臉、清蛋湯潤喉、玫瑰花瓣水洗頭，每晚都要泡昂貴的藥草浴。

以前瞧不起我的姊妹們，現在嘴巴甜得可以，總圍在我身邊要我傳授魅惑男人的技巧。但其中不乏對我又妒又恨的人。

16 紅玉

在桃花亭最鼎盛的時期，有三個人每天都會收到花──珍珠、我和一個叫紅玉的女孩。

我和紅玉不太熟，因為她住在另一邊，由別的姊姊帶她，而且她也沒漂亮或聰明得會讓我特別注意。但在短短一年內，她奇蹟似地從一個胖嘟嘟的小女孩搖身一變，成了個有水靈大眼、鵝蛋臉、肌膚勝雪的美人。大家都知道她不只床上功夫好，巴結芳容和吳強的功夫也不容小覷。她是唯一一個在桃花亭裡待了四年還沒受過任何「特殊待遇」的人──包括暗房、打貓、穿乳頭。她的專長是「口技」，不是模仿鳥叫、貓叫、蟬聲、流水或風聲的那種，桃花亭裡的每個人都知道，她的「口技」是在夜裡才用得上的。

和珍珠的纖細修長、優雅高傲不同，紅玉性感又狂野。她那又圓又大的眼睛總散發著令人炫目的光彩，客人都說她有雙「會笑的眼睛」。雖然她很年輕，但她笑的時候，眼角已經起了一些皺紋。

「縱慾過度的面相」，珍珠這麼跟我說。

我笑了出來，那不就是我們妓女該有的，或者說，該努力追求的嗎？

紅玉的嘴唇像兩個熟透多汁的番茄，總是晶瑩發亮，無論天氣炎熱或乾燥。客人說，看到她的唇就想要咬上一口。還有人說那兩片唇像辣椒，親了之後不但舌頭會燒起來，火會一直往下燒到玉莖。

然而，紅玉最厲害的不是她的眼睛或雙唇，而是她那對晃來晃去，到哪裡都投下影子的大胸脯。有一次我甚至聽見客人在經過她身邊的時候跟她說：「借過一下，小姐。」聽說很多客人找她只是為了「品嘗一下新鮮的木瓜」。

雖然紅玉臉上總是掛著笑容，但我們卻猜不透她在想什麼。我跟她不熟，所以也說不上喜歡或不喜歡她。

但珍珠非常討厭她。「香湘，」她總警告我，「小心那隻狐狸精，她會笑著捅妳一刀。」

每次提到紅玉的名字，珍珠總會咬牙切齒地說「那個妓女」。這常讓我想笑，我們不都是妓女嗎？但珍珠可不這麼想。「我們是被迫或被騙到這裡的好女人，但她是天生的妓女，天生的『賤骨頭』。」看到紅玉甚至也會對爹拋媚眼之後，我相當同意珍珠的話。我並不真的討厭紅玉，但因為我是站在珍珠這邊的，所以只能把她當敵人。

由於我們三人是桃花亭裡，甚至是上海最艷名四播的名妓，客人總喜歡拿我們來做比較。珍珠年紀最大、最驕傲，因此是玫瑰、天鵝、貓。我是年紀最小最天真的，所以是雛菊、黃鸝、兔子。而紅玉最有心機、最妖媚，因此是牡丹、孔雀和狐狸。

有一次珍珠擔心地跟我說：「香湘，像紅玉那樣的女人也能成名的話，我擔心我們的時代就要過去了。」

「什麼時代？」

「名妓的時代。」她嘆了口氣。「男人越來越沒有品味。紅玉的琵琶彈得很糟糕，聽到我反胃，但有些客人似乎只要她的胸部隨著旋律晃蕩就不計較了。像她那樣的女孩開始佔優勢。我們花多年的時間來鍛鍊才藝和品味，紅玉卻迫不急待要脫光衣服、打開大腿！」

「可是珍珠姊姊，妳還是這裡最受歡迎的人，妳的客人比紅玉多。」

「是這樣沒錯，但我也年長她幾歲，這就大大不同了，她還有時間可以趕上我。但我說的可不是才藝，因為她不在乎才藝，她只想取代我的地位。」

雖然我並不擔心，但卻不知道該怎麼安慰珍珠。最後只能說：「珍珠姊姊，她無法取代妳的。」

「但願如此。」

現在我也開始讀報刊，身為名妓，總會有人在上面寫詩指名給我。我對新聞沒什麼興趣，只想知道關於自己的事。像這首詩就讓我很開心：

抱月迎風曳生姿，聲穿雲梢清如珠。

我尤其喜歡這首用我名字作的詩：

櫻唇微啟豔初開，三千絲顫玉珠後。寶身蘊散吹香蘭，仙女下凡降紅塵。

報刊上有很多像這樣的詩，有時看得我誠惶誠恐，因為名妓一旦走下坡，這些詩就會變成毫不留情的批評。一夕之間的轉變是很讓人吃驚的。但幸好，我還沒走下坡，珍珠也還沒。

珍珠曾說過：「因為我們是觀音，不但要百毒不侵，還要把慈悲分給那些可憐的臭男人。」所以珍珠和我就理所當然地，成了慈悲的性慾菩薩。

但還有其他不在報刊上，而是用書法寫在灑金及燙花邊的宣紙上送來給我的詩。每當感受到這些愛慕者從指尖、毛筆到宣紙上的熱情時，我總也會覺得一股哀傷湧上心頭。我喜歡這些詩，但那些寫詩的男人，我卻一個都不喜歡。他們不是書呆子、鼓著圓圓肚子的中年生意人，就是傲慢花心的紈褲子弟。

我問老天爺，有沒有一個英俊多情的人暗地裡寫詩給我呢？如果有，為什麼他不來見我？也許有，只是他太窮，我嘆口氣。請來找我，為了愛情我可以免費服務。

小時候，我喜歡聽牛郎織女的故事。他們愛得如此濃烈，而荒廢了工作，直到玉帝將他們分隔在銀河的兩端。有群喜鵲因同情這對戀人，於是在每年七夕搭成鵲橋，讓他們在橋上相會。每年的這一天，女人們便會向牛郎星和織女星祈禱，希望像他們一樣找到真愛。

因此我寫了首詩：

虛無縹緲七夕夜，千年春秋意相隨。一聲嘆息夢裡尋，寶蘭捨身渡銀河。

雖然牛郎織女一年只能見一次面，但他們至少能深情相擁。而我這千人枕過的手臂，卻從不能摟住自己深愛的男人。

我心情沉重地站在窗邊吟詩，祈求月老能夠聽見，用紅線繫住我和我的情人，無論他是誰，無論他身在何方。雖然貞操已被人面獸心的吳強奪走，但我仍希望能找到真愛。希望有人能夠欣賞我的才能、理解我的感受、同情我的命運，並牽著我的手走到這滾滾紅塵的盡頭。

現在的我隨時都有很多客人，沒什麼時間去找珍珠了。因此能去找她的時間也特別寶貴，尤其是她答應教我練她最喜歡的琴曲：《玉樓春曉》、《梧葉舞秋風》、《水仙操》、《漁樵問答》、《平沙落雁》……。

有一次彈琴時，珍珠突然停了下來，感性地說：「香湘，我們在桃花亭裡唯一擁有的只有琴了。」

「什麼意思呢？」

「琴音是那麼純淨，給我力量在這邪惡的世界裡生存下去。」她繼續說，「香湘，妳記得我要妳把學琴當作祕密嗎？不是因為沒人懂得欣賞，也不是因為等妳學好時早已人老珠黃。」

她說：「真正的原因是因為琴是我們的淨土。一片客人買不到的東西，所以當我彈琴時，我知道自己並不是個妓女，妳懂嗎？」

「我知道，珍珠姊姊，」我邊想邊說，「妳希望我只為自己彈琴。」

「沒錯，所以彈琴的那個人並不是妓女。」她似乎泛著淚光，「香湘，妳一定要答應我，不可以用琴來賺錢，也不能用琴來取悅那些臭男人。」

我點點頭，小心地問：「但如果不是臭男人，而是一個真正的紳士呢？」

她好奇地看著我：「妳有心上人了嗎？」

我搖搖頭：「我真希望我有，可是珍珠姊姊，我……彈過琴給一個人聽。」

「誰？」

「安德森先生，我覺得他不是臭男人。」我跟珍珠說了彈琴給他聽的經過。

她說：「一個外國人竟然能欣賞我們流傳三千年的琴音，」然後她懷疑地看著我，「香湘，妳該不會愛上這個安德森先生了吧？」

「當然沒有！他老得可以當我爸爸了，我只是尊敬他。」

珍珠嘆了口氣：「真不知道為什麼他和何先生不再來了。可是香湘，」她認真看著我，「如果他再回來，說要替妳贖身，甚至求婚，就算妳不喜歡他，也一定要答應。」

我沒說話。

她繼續說：「這種機會一輩子只有一次，妳懂嗎？」

我真希望一輩子不只一次機會，但還是馬上點點頭。

「可憐的孩子，」珍珠摸了摸我的頭髮，「有天妳一定會找到妳愛的人。」

「可是怎麼找？」

「唉，這我可就幫不了妳了。」

「但妳說過，在青樓裡沒有解決不了的問題。」

她的眼神很哀傷：「是啊，但遇見自己愛的人並不是要解決的問題，是緣分。」

「那如果我沒有這個緣分呢？」

「別擔心，香湘。耐心點，妳一定可以找到一個年輕、英俊又有才的人，離開桃花亭，然後結婚生兒子。」

「為什麼要生兒子？」

「因為兒子永遠不會有跟我們一樣的命運。」

珍珠低頭看著她的琴，看了好久，然後彈起《陽關三疊》，要我跟著唱：

勸君更進一杯酒，西出陽關無故人。

芳草遍如茵，旨酒，旨酒未飲心已先醇。

載馳騆，載馳騆，何日言旋軒轔，能酌幾多巡。
千巡有盡寸衷難泯，無窮的傷感。
楚天湘水遠隔離，期早托鴻鱗。
尺素申，尺素申，尺素頻申如相親。
噫！從今一別，兩地相思入夢頻，聞雁來賓，聞雁來賓。

我唱著唱著便想起母親，一股難以言喻的哀傷讓我痛得幾乎心碎。但又想起自己曾答應過珍珠，不能讓心碎了，因此咬牙忍著。

有天下午，我正要出去參加一個宴會，有人敲我的房門，我很訝異進來的是珍珠。這些日子裡，她很少到我房間來。

她優雅地坐在我身旁的凳子上，說：「香湘，我希望妳更努力練唱歌和琵琶。」

「但珍珠姊姊，我一直都很認真練習。」

「香湘，妳和我受《花月報》之邀，下禮拜要到南京路的富園餐館去。除了我們，還有許多來自其他青樓的姊妹，所有人都會參加花榜選美。」

我當然聽過花榜這個盛大的比賽，評選人是我們的客人，尤其是學者和詩人，他們會選出三位最美的花魁。這項競賽不僅要有過人的美貌，還要才藝出眾。

「雖然他們不說，」珍珠對我眨眨眼，「但床上功夫也是評選項目之一。」她輕笑，「哈，香湘，這些臭男人對自家老婆，提都不許別人提，但卻這麼大方公開地討論我們的床上技巧。如果我們是良家婦女而跟別人有染，一定會被脫光衣服再被亂石打死。但身為妓女，我們要跟越多男人睡過越好。他們甚至還會表揚我們的房事把它寫成詩，公開在報刊上！」

珍珠笑個不停，雖然我一點都不覺得這有什麼好笑。

她接著說：「贏了花榜的人會變得更有名，那些沒上花榜的就會成為笑柄。」

真殘酷，我心想。「珍珠姊姊，妳想上花榜嗎？」

「當然，那會讓我的身價更水漲船高。」

雖然珍珠和我已經很有名了，但卻沒有實質的地位——只不過是客人間的口耳相傳。我們上了花榜後，才能得到正式的認可。我明白珍珠的野心，她想要魚與熊掌兼得。

「那妳之前為什麼都不參加呢？」

「因為我得為寶紅守喪，現在七年過了，我也守完喪了。」她想了一會，「而且我知道她希望我去參加選拔。」

「可是珍珠姊姊，她已經死了。」我真不喜歡提醒珍珠這件事，但她對一個鬼魂變態的執著卻讓我替她感到很難過。

珍珠沒理會我，「上禮拜我夢到一隻黃色的蝴蝶在報紙上飛，上頭刊著我上了花榜的詩句。」她臉上的笑容如夢似幻，「我想這是個吉兆，是寶紅要我去參加花榜選拔，」她停頓了一下，「我一定會得第一。」

「可是珍珠姊姊，我對花榜沒興趣。」

珍珠好奇地看了我一眼：「為什麼？妳有大好的機會，香湘。」

這就是我不想參加的原因。如果珍珠得了第一，那當然是再好不過——她一定認為她會得第一，而我會得第二。但如果我得第一怎麼辦？我擔心我們的姊妹情誼會因此生變。

我不想為了贏得頭銜，輸了我們的姊妹情。所以只能想辦法不參加。但若是我們兩個都沒選上呢？雖然我覺得珍珠是上海最才貌雙全的女子，但她卻不是最妖嬈嫵媚的。雖然珍珠的床上功夫了得，但事實上，她太過傲氣，不會卑躬屈膝討好男人。

「珍珠姊姊，我不想參加。」

「香湘，但妳不能拒絕《花月報》的邀請，會惹禍上身的。」

「他們會把我怎樣？」

「他們被稱『蚊子報社』，就是因為他們會叮人。他們可以在報刊上大做文章，讓妳身敗名裂。」

她若有深意地看了我一眼，「那就像中了槍一樣，只是沒有流血。香湘，我們一起去吧，為了寶紅。」

珍珠和我到了富園餐館時，裡頭已擠滿了濃妝豔抹的姊妹們。我看見春月、玉瓶、錦旋、還有幾個我們的保鑣和下人。珍珠指著其他人，跟我說她們是來自銀鳳樓、眠花樓、極樂殿或月夢閣的姊妹。

她推推我的手肘，「看，角落那群是清河坊的野雞，我真佩服她們敢來這裡。想跟我們爭，真是異想天開！」

我伸長脖子看見幾張跟臉盆一樣大的臉和香腸一樣的嘴。現在那些聊天、喝茶、嗑瓜子的姊妹們都停下動作看著我們。珍珠站在門口掃視了一周，我們的出現引起一陣竊竊私語和嫉妒的目光。

她悄悄在我耳邊輕笑說：「我們是精美的瓷器，她們是粗糙的陶瓦，妳不覺得嗎？」

我輕輕點頭。

「大概除了她，那個婊子。」

我順著珍珠的目光看去，紅玉穿著一件亮眼的金絲旗袍，和其他人不同的是，她對我們的出現似乎一點也不在意。她悠哉地用扇子搧風、嗑瓜子，漫不經心地吐瓜子殼。發現我們時，她甚至只是用她那雙媚眼向我們微微點頭示意。

「那個該下油鍋的賤人！」珍珠暗罵，「但我欣賞她那冷眼旁觀和誠實的偽善。」

誠實的偽善，有這種東西嗎？

這時一個年約四十歲的凸眼寬臉男人走向我們，笑得像撿到兩塊金條一樣：「珍珠小姐，歡迎歡迎！」

珍珠簡單替我們介紹了一下。朱先生是《花月報》的主編，他看著我興奮地說：「不用介紹，我早就聽過寶蘭小姐的大名了。今晚能請到兩位，真是榮幸！」

寒暄了幾句，他帶我們到前面的桌子坐下，宣布花榜選拔要開始了。

朱先生光說明比賽規則就花了一個小時，期間點心、食物、茶和水煙也陸續送上。選拔分為「藝榜」和「色榜」兩個項目，獲勝者當然都必須具備美貌，但前者需才藝出眾，而後者則須有過人的床上功夫。選拔結果將根據評選人所寫的薦書來選出「大總統」、「副總統」和「國務總理」三位花榜得主。所有的詩也都將公開刊在《花月報》上。

「今年，」朱先生說，「我們還有另一個評選——野草榜。」

吵雜聲靜了下來，姊妹們專注聽著。朱先生接著說：「我們不只要選出最才貌雙全的，還要選出最讓人避之唯恐不及的。」

緊張的沉默中，一個溫柔的聲音響起：「怎麼樣的讓人避之唯恐不及？」接著一陣笑聲此起彼落——有開心的，有緊張的。

我轉頭看見紅玉不懷好意的笑。

朱先生掃視了大堂一圈，舉手要大家安靜，「最……懶散、最笨，還有……」他停了幾秒，接著說，「最醜的、醜到嚇死人的！」

所有人都笑得東倒西歪。

珍珠用手肘推推我：「可憐的女孩，但我們根本不用擔心，對吧？」

朱先生繼續說：「跟花榜名單一樣，那醜到嚇死人姊妹的芳名會被公布在野草榜上。」

紅玉又問了，聲音甜膩的像浸在糖漿裡：「朱先生，那野草榜上也會刊登寫給醜死人姊妹的詩嗎？」

「當然，都一樣。」

有些姊妹嗤嗤笑著，有些則嘆了口氣。

珍珠轉頭跟我眨眨眼：「我真想看看那些詩，一定很有趣，妳說是吧？」

我沉默不語，想起珍珠那黃蝴蝶棲在她得獎報章上的夢。

17 脫身

接下來幾個禮拜評選人會把薦書寄出，《花月報》每天都會公布最新的競選消息。如我們所料，珍珠遙遙領先，我暫居第二，紅玉則緊追在後。其他青樓放出風聲，說是芳容和吳強賄賂朱先生，讓我們三個人成為贏家。但我對這有些質疑，因為極樂殿和眠花樓也都非常有錢，如果真要競相賄賂的話，那豈不是要付出天價了。我想媽媽和爹寧死也不願意花那麼多錢吧。我們領先的原因很簡單：因為我們的確是最美的（就算紅玉學藝不精）。尤其是珍珠，決賽就快到了，她也越發美麗自信，一直跟我提起那個黃色蝴蝶的夢。

但在結果出爐前的一個禮拜，奇怪的事發生了——紅玉的薦書越來越多。這個狀況令人匪夷所思，究竟為什麼？我問自己，也問珍珠。

但她瞪了我一眼說：「別擔心，香湘，那個婊子不會贏的，信我，這絕對不會發生。」

雖然珍珠看起來很有自信，但我卻無法確定結果究竟會如何。還有，珍珠偶然的皺眉和嘆息聲都透露出她內心的擔憂。

就在結果出爐的四天前，情況突然急轉直下。紅玉得到了九十八封薦書，珍珠八十三封，而我是六十八封。眼看紅玉的聲勢越來越高，而珍珠卻每況愈下，我決定放棄參賽。希望這樣一來，投我票的人就會把薦書投給珍珠，我叫我不論新舊的客人都把薦書投給她。

我的策略奏效了，結果出爐的前兩天，珍珠的薦書逐步增加到一百多封，超過了紅玉。我鬆了口氣，珍珠的臉上又有了笑容，對於得獎似乎是胸有成竹。上海的《花月報》、《花天日報》、《花世界報》、《閑情報》和《娛言報》上都有她的照片和讚頌她的詩句。她很快就能成為獲「官方」承認的最有地位的名妓了。

花榜公布的前一晚，珍珠囑咐我送完最後一位客人後去找她。

一進她房裡，我便看到八仙桌上擺了食物、酒和一只插滿了各種鮮花的花瓶。珍珠穿了一件鑲著金葉的粉紅絲質旗袍，耳邊插著花，花下垂著的金色耳環像螢火蟲般閃閃發光。細細刻畫的柳葉眉、紅色的心形小嘴，盤起的頭髮上有隻準備翱翔天際的金絲蝴蝶。

我正要稱讚她，她就開口了：「香湘，這些是今天早上我要萍姨幫我們準備的。」她眨眨眼，容光煥發的臉上綻出笑容。「妳知道嗎？我們先來個小小的私人慶祝，明天我才邀請媽媽、爹、春月、其他姊妹、下人和娘姨們出去吃飯，我已經在法國租界的帕凱羅餐館訂好位了。」她拋了個媚眼給我，「妳吃過法國料理嗎？」

我搖搖頭。

「很好，那妳明天就可以吃到了。帕凱羅是上海最高級的西餐廳，保證大家都會喜歡。」

珍珠當然會贏，但她的過度自信卻讓我有種不祥的預感。我問自己為什麼，但卻理不出個所以然。

她溫柔的聲音響起：「香湘，別像個雕像似的，我們先來拜白眉神和觀音。」

我跟著她跪在兩尊神像面前，點了香、奉了茶點之後，她開始默念：「尊貴的白眉神和慈悲的觀世音菩薩，請受珍珠和我妹妹香湘一拜，感謝祢們的保佑，請保佑我們能繼續令我們的客人神魂顛倒，讓我們荷包滿滿。」

然後她對著擺在兩尊神像中間的寶紅畫像輕輕默念了幾句話，然後要我在她和旁邊的空位坐下，空位前的桌子上放了筷子、茶杯、碗和玻璃酒杯，杯裡放著折成花形的手巾。

「珍珠姊姊，還有其他人嗎？」

「人已經在這裡了。」

我看了看四周，問：「誰？除了我們，這裡沒人呀。」

她責備地看了我一眼：「這個位置是寶紅的，我已經邀她一起來了。」

邀請一個死人？我突然覺得一陣寒顫又想發笑。但我並不想破壞珍珠的好心情，所以也就沒多說話。

她把菜夾到寶紅盤裡，也替寶紅倒茶，然後拿起酒瓶跟我說：「香湘，這是最好的香檳，如果放在賣酒的店裡，不一會兒便會被有錢人一掃而空，這是我今天差人去黑市買的。」

酒瓶打開時發出「啵！」的一聲，珍珠笑得很美，但我的心卻幾乎跳出喉嚨。槍斃爸爸的聲響一定也就一樣，只不過大聲十倍。我看著酒瓶上冒出的泡沫，想像著爸爸被處死時嘴邊湧出的白沫。我咬著下唇，真不該在珍珠慶祝的時候想這些恐怖的事。

這是不祥之兆。

珍珠倒了三杯酒，舉杯碰了一下寶紅的杯子，對著那個空位說：「寶紅，為我明天的勝利飲杯。」聲音溫柔得讓我心疼。接著她轉向我說：「香湘，為我們的名聲飲杯！」

「為我們的名聲飲杯。」我小聲附和。

我們靜靜喝著酒，然後珍珠指指盤裡的食物說：「今天我們吃些清淡的，有清蒸魚、醉蝦、蟹肉水餃、擔擔麵、炒鵪鶉、滷鴨腳、黃燜兔腳、燒鹿尾、蠔油鮑魚、火腿粥，還有蓮藕湯——因為我們明天就要去吃法國大餐了。」

雖然萍姨煮的東西一如往常好吃，但吞下去的時候，我的喉嚨裡卻彷彿長了水疱。一雙看不見的手撫摸著我的臉、肩和綢緞洋裝。寶紅的位置上彷彿有雙眼睛好奇又忌妒地看著我，我偷看珍珠，她鮮紅的唇優雅地咬了一口蟹肉水餃。她的笑容，如花朵般，在她雪白的臉上綻放。

雖然我沒胃口，但為了讓珍珠開心，我還是不停夾菜到她盤裡，也給自己夾了一些。

珍珠很開心，不停吃吃喝喝。她囈語般說：「我贏了花榜以後，希望有人可以跟我求婚，我就可以過著少奶奶的快活日子。」

聽到這我有些詫異，「但珍珠姊姊，我以為妳不想當別人的老婆。」

「傻女孩，」她看了我一眼，「我說的不是家庭主婦，是少奶奶。」珍珠嘆了口氣，「我們總有一天會變得又老又醜，而無論是誰接手了媽媽的事業，都不會想繼續花錢供養我們，因為沒有男人會想花錢找又老又醜的妓女。如果不能靠床上功夫賺錢，那我們除了出家還能做什麼？可是……」珍珠搖搖頭，「但是，如果沒錢捐獻給寺院，我們連出家的請求也會被拒絕。」

「所以最好的方法就是找到願意替妳贖身的人，帶妳逃離火坑，然後把妳娶回家當太太。但這就像沙裡淘金一樣困難，所以第二個選擇就是自己當媽媽。這樣一來，妳就可以從別人身上賺很多錢，也可以用妳受過的罪來報復那些年輕女孩們。」她停了一下，說：「最難的就是逃走。」

當我聽見「逃走」這兩個字時，幾乎可以感覺血在自己的血管裡沸騰。我從沒告訴過珍珠，總有一天我一定會逃走。我放下筷子問：「這裡每個人都在監視我們，怎能成功脫逃呢？」

珍珠好奇地看了我一眼，夾了一隻蝦子放進嘴裡：「我知道桃花亭裡有個姊妹就成功逃走，但她小心地計畫了很久。她努力藏起私房錢，對媽媽和爹百依百順。直到好幾年後，媽媽和爹對她鬆懈了，連她出去的時候都沒派保鑣隨行。有天夜裡，她把客人灌得爛醉，然後就消失了。」

「她有被抓到嗎？」

「沒有，我們再也沒聽過她的消息。已經十年了，她可能變成乞丐、被土匪殺了或嫁給她的情人，這都得看她自己的造化。」珍珠停下來喝酒，「幾年前，另一個叫水月的姊妹成功從眠花樓逃走了，準備到廟裡出家。但那個尼姑庵住持一看到她，就把大門關上了。」

「為什麼？」

「因為那個女孩的美貌讓住持驚為天人，她說她會給廟裡帶來大災難。」

聽到這讓我好震驚，因為在離別時母親跟我說過同樣的話：

女住持說妳太漂亮了，不能當尼姑，會給廟裡帶來災難的。

「她真的那麼漂亮嗎？」當然我真正的問題是：她比我還漂亮嗎？

「我只聽說，其他姊妹看過她後，都躲到房裡去砸鏡子了。」

「喔，那……她後來怎麼了？」

「因為她帶了很多錢和珠寶要捐給廟裡，所以後來那個住持就收留了她。」

我鬆了口氣，將一小口飯塞進嘴裡。

珍珠用筷子挖出魚眼睛，夾到我的碗裡說：「如果想變聰明，這要多吃點。」然後開始吃起魚頭，又吸又舔，然後吐出魚骨頭。

最後，她終於吃完魚頭，說：「但故事還沒結束，她剃了度、穿上僧袍以後，還是不得安寧。

她之前的客人不斷來找她，就像看馬戲團裡的動物一樣。有些想說服她回去青樓，有些希望她可以在廟裡替他們服務，說這樣更刺激。還有的只是想去看看她沒有頭髮、沒有曲線的樣子。可憐的女孩子，她變得比在青樓裡時還有名。」

「那後來呢？」我邊吃飯邊問。

「她遁入空門的心意已決，所以有天就拿了鐵烙往自己臉上……」

我放下筷子摀住臉：「老天爺！」

「不用說，變成醜女人後，她終於得到平靜了。」珍珠停下喝了更多酒，「很少姊妹有那樣的勇氣。」

我震驚得說不出話來。

「香湘，」珍珠把我摀在臉上的手拉下來，「妳可以不要為一個素昧平生的人這麼緊張嗎？」

為了不讓她起疑，我又夾起擔擔麵來吃。接著我又問：「那麼那些結了婚的呢？」

珍珠夾起鴨腳，咬下蹼，嚼了起來。「習慣這裡的生活之後，婚姻生活並不會比較好。雖然沒了媽媽、爹和那些忌妒妳的姊妹們，但多了蠻橫的丈夫、他醜陋的大老婆，還要跟那些小妾們勾心鬥角。習慣這裡的規矩之後，就很難適應那些食古不化的儒家教條。」

「有些人試著要像良家婦女一樣——不再勾引挑逗，也不再穿華美衣服——忘了那就是她們一開始用來吸引客人的東西。所以她們的老公很快又再回到青樓裡找新歡。沒了老公當靠山，她們就只是不受寵的小妾罷了，還會因為出身低而被瞧不起。」

珍珠嘆口氣：「一日為妓，終生為娼。大家都覺得妳一定會對老公不忠。」她嗤之以鼻地說，「那些臭男人，想要蕩女又想要聖女！」過了一會，她又說：「我還知道有個姊妹結了三次婚，每一任丈夫都死了，所以只好重拾琵琶，真悲哀。」珍珠邊喝酒，邊從杯口邊緣看著我說：「我們都鬥不過命運，是吧？」

但可以逆來順受，並做到最好。

我記得母親這麼說過，但沒說出口。

珍珠勉強露出笑容：「香湘，為什麼我們要在慶祝我的好日子時說這些不開心的事呢？」

「那說說江茂如何？」

出乎我的意料，她竟然臉紅了。「我很喜歡他，可惜他太窮，又已婚。養我這樣的女人是要花很多錢的。」她又起一片鮑魚放進嘴裡，心不在焉地吃著。因酒精而迷濛的雙眼，看起來就像漂浮在海上的夢境，腕上的玉鐲子像綠色蜥蜴在月下閃閃掠過。

我欣賞地看了她一會，試探地問：「那妳為什麼這麼喜歡他？」

她囈語般說：「江茂很會取悅我和我的身體，他完全知道女人什麼時候需要或不要什麼。」

我知道我要什麼——找到母親，為爸爸報仇。但，我實在不知道我的身體要什麼，只知道它不想要服侍那些有錢的臭男人。

我不加思索便說：「我的身體不想要任何人。」

珍珠玩味地微笑說：「等妳遇到自己真正愛的人，就會知道什麼是銷魂了。」

「那是什麼感覺？」

「就像放鞭炮，一個接著一個的小火花在體內炸開。」

沉默了一會，珍珠往我杯裡倒酒，夾了一塊鵪鶉肉放進我碗裡。

「讓我們此刻吃個盡興、喝個痛快。」她看著那個空位，「對吧，寶紅？」

我看著那個位置，心裡一陣疑惑：如果寶紅真在這裡，怎麼不見那隻黃色蝴蝶？

我脫口問：「珍珠姊姊，那隻蝴蝶呢？」

她抬頭看我，眼珠像兩隻暈船的小蟲。「別擔心，」她頭上的金絲蝴蝶透出異樣的光芒，「鬧鬼的園子裡有很多黃色蝴蝶。」

那晚回到房間後，我輾轉難眠，像油鍋裡的煎魚，一點點聲音都能讓我醒來。我希望隔天早上真的能在報刊上看見珍珠的名字和照片，還有詩句。但我心中卻一直惴惴不安，我跟脖子上的觀音祈求，不停告訴自己會沒事的——珍珠和我的薦書加起來一定能打敗其他人。

我就這樣不停掙扎和安慰自己，直到終於累得睡著了……。

18 玉莖不敬禮

我被一陣劃破清晨空氣的尖叫聲嚇醒，一開始我還以為是惡夢，後來才跌回現實。我跳下床，打開門，衝進珍珠房裡。

梅花在我背後喊著：「殺！殺！」

我一進門，眼前所見讓我心一揪。

珍珠全身赤裸倒在地板上，散落一地的報紙上沾滿鮮血。萍姨正在扶她坐起來。

我衝到珍珠身旁，但她沒發現我——她雙眼緊閉。

看著她的裸體，我想起這是拜白眉神的儀式——姊妹要全身赤裸進行祈禱，這樣白眉神才會受到性刺激而應允她們的願望。珍珠一定是為了贏得花榜整夜拜祂。那些鮮血，我鬆了口氣發覺，並不是珍珠的，而是雞血。姊妹們相信只要喝下雞血，就能趨吉避凶。

我轉頭對萍姨說：「萍姨，可以幫忙拿東西蓋住珍珠嗎？」

萍姨跑去拿了一條毯子蓋在珍珠身上。

我低聲問萍姨：「怎麼回事？」

萍姨噙著淚，指了指報紙。我拿起報紙，看見封面是紅玉如雞蛋般大的名字和如雞般大的照片。

我聽見自己顫抖的聲音問：「紅玉拿了第一？」

萍姨點點頭。

我又看著報紙，上面有首讚美她的詩：

如罕玉精粹，如白鶴優雅。

香閨珍寶滿室，煙霧繚繞解憂。

玩月迎風錦簾後，美人才氣入雲間。

其乃吾心一枝花獨秀。

我丟下報紙大喊：「騙人的！騙人的！」

萍姨拿起報紙在我面前指了指，我找了整頁都沒看到珍珠的名字。我真不敢相信自己看到的——及沒有看到的。珍珠不但沒拿到副總統，連國務總理都沒有。

「怎麼回事？」我大叫。

這時珍珠虛弱、鬼一樣的聲音就像從墳墓傳來：「酒，給我酒。」

萍姨起身出去，我跪下拉著珍珠的手：「珍珠姊姊……」我想說些安慰的話，卻一句話也說不出來。

珍珠自言自語，喃喃說道：「命，這是命……。」

這次我說了母親說過的話：「珍珠姊姊，我們鬥不過命運，但可以逆來順受，並做到最好，要開心點。」

珍珠坐了起來，對著我大叫：「開心？怎麼開心？妳在笑我嗎？」

萍姨拿了一瓶東西回來，揮揮手安撫珍珠。

珍珠看看她，又看看我，眼淚流了下來，弄花了化好的妝。最後她沙啞著說：「就這樣，我玩完了。」

「不會的，珍珠姊姊……。」

她的眼睛雖仍晶亮，卻似乎已失去了魅惑的能力：「香湘，我保證絕不會有下次了，絕不會！」

她啐出「絕不會」時，我的心幾乎停頓。

沉默了好久，我說：「珍珠姊姊，妳明年還可以參加。」

她用力搖搖頭：「不會有下次了。」

「珍珠姊姊，別這麼悲觀——」

「妳知道我等這天等了多久嗎？七年。因為七是寶紅的幸運數字，所以我發誓要為她守喪七年，終於七年過去了，現在又……明年我就二十四歲了，已經老得沒機會了。還有……」她話還沒說完，就吐了一口鮮血。

萍姨馬上用手帕替她接著，做手勢要去拿熱水，然後離開了房間。

珍珠憤恨地看著我問：「妳沒在報紙上看到我的名字，對不對？」

「珍珠姊姊，我很遺憾……」

「妳是該覺得遺憾，因為**我的名字就在報紙上！**」

什麼意思？我想問，但又把話吞了回去。也許珍珠輸了比賽又輸了神志，如果她的名字在報紙上的話，那她一定得第一！珍珠搶過報紙，翻到其中一頁指給我看。

我下巴掉了下來，太令人震驚了。

珍珠的名字像兩顆魚頭般大小，就印在野草榜名單上！

看到她的名字在這裡出現，我寒毛直豎。一首名為《爛珠》的詩映入我眼簾：

嗚呼珍珠！雙瞳爆裂煙囪鼻，血盆大口招風耳。

手指粗短臭氣熏，寬衣解帶惹人嫌，吾等玉莖不敬禮。

醜陋如此，嗚呼，玉莖震驚嘔不成。

自誇深海珍珠人人愛，實為豕蹄腳下晦爛珠。

看完後我大叫：「珍珠姊姊，他們說謊，全在說謊！」

「但只要是報上說的，大家都會相信。」

「但妳的客人知道那不是事實！」

「果真如此，我為什麼會輸？」

是呀，為什麼珍珠會輸？我困惑地輕聲問：「那我們現在怎麼辦？」

「什麼都沒得辦！香湘，我的氣數已盡！」

「可是珍珠姊姊，妳跟我說青樓裡沒有解決不了的問題，妳說過的！」我大聲的說。

讓我意外的是，珍珠冷靜了下來。「對，」她嘆口氣，「但這是青樓外的事，所以毫無辦法。」

她停了一下，「所以甚至媽媽和爹也不來找我。」

這時我才意識到，除了我和萍姨，沒有人過來。「為什麼？」

「為什麼？」珍珠冷笑，「因為他們現在在紅玉房裡慶祝！沒人會為一個失敗的人浪費同情。」

「但妳不是失敗者，珍珠姊姊，妳還是上海最紅的！」我叫了起來。

眼淚從珍珠臉頰滑落，像兩條監獄裡的鐵欄杆。「是啊，但那只到昨天為止，從今天起，我只是個破銅爛鐵……沒有客人了……我被毀了。」

「不會的，珍珠姊姊，才不會，妳還有很多客人。」

她冷笑了一聲：「那些渾蛋？妳覺得他們能相信嗎？等在野草榜名單上看到我的名字，他們就會甩掉我！妳可以騙自己，香湘，但別想騙我，我太老了，妳騙不了我的。」

「但為什麼他們會甩掉妳？不管報紙怎麼寫，事實就是妳還是這裡最才貌雙全的呀！」

「或許之前是，但如果妳是個有錢有勢的男人，會想找一個裂眼、煙囪鼻、血盆大口、招風耳、渾身臭氣的女人嗎？他們不會在乎我，只在乎自己的面子！」

「但不能請妳的老客戶在《花月報》上替妳說些好話嗎？」

「朱先生顯然是被賄賂了，所以妳覺得他可能把好話放到報上嗎？妳想要他老婆某天一早醒來，發現他的屍體倒在暗巷的血泊之中嗎？」

沉默了好久，我問：「珍珠姊姊，妳知道是誰害妳的嗎？」

珍珠咬牙切齒：「那個該遭天打雷劈的賤人！」

「妳說紅玉？」

「除了她還會有誰？當然不只她，還有她那些有錢有勢的客人，沒人敢跟那些幕後黑手過不去。」

「真不知道那顆大木瓜給這些男人下了什麼蠱，」她拍了自己大腿一下，嚇了我一跳，「我要殺了她！」

這時萍姨拿著一盆熱水進來，把臉盆放在地上，拿出一條毛巾替珍珠擦臉。

三天後，我終於知道是怎麼回事了。紅玉現在最大的恩客就是車警長——那個差點殺了春月的人。就是車警長讓所有人都為紅玉寫薦書的。

這是我在走廊上遇到春月時，她告訴我的。

「但我以為車警長喜歡珍珠！」

「他是喜歡，但紅玉跟他說雅集那晚——他要對我開槍的時後——珍珠羞辱了他。」

「但那已經是五年前的事了！」

「但珍珠沒有羞辱車警長呀，而且他喝醉了。」

春月癟嘴：「妳沒聽過『君子報仇，十年不晚』嗎？」

「那是妳這麼想。我也是，覺得幸好自己沒被殺。但紅玉跟車警長說，大家都看到他被一個女人耍得團團轉，不只是女人，還是個妓女。紅玉還說大家表面上是叫他車警長，但私底下都叫他『車尾警長』。」春月壓低了聲音說，「像他那樣的男人，絕不會讓丟他面子的人好過的。」

「可是珍珠很給他面子呀，」我說，「我還記得她跟車警長說我們需要他替我們維護正義，而且又說她絕不會對維護正義的人說個不字。」

「對，但那正是紅玉拿來陷害珍珠的。她跟車警長說，珍珠把他當成笨蛋，又哄他又指使他。而且還在公眾場合摸了他的臉。」

「欲加之罪，何患無辭。」我腦中閃過了這句話。

「但難道車警長不知道耍他的根本是紅玉嗎？」

「他眼睛都被她胸前那兩座山擋住了，任何煩惱也都消失在兩山之間的深谷裡，哪想得了這麼多。」

我嘆了口氣，突然明白了一句話：男人征服世界，女人征服男人。只可惜征服那個男人的不是珍珠！

春月靠近我低聲說：「車警長現在是紅玉最大的恩客，」她看了看四周，「我聽說紅玉會巫術。她拿了那個男人的照片，在上面寫他的生辰八字，然後插上七根針，貼在牆頭，每天叫他的名字。到了晚上，那個男人在她床上睡覺時，她就起來燒紙錢，拿他的襪子和鞋子去薰。所以車警長才會被她迷成那樣。」

我當然聽說過這些巫術，但珍珠和我從沒用過，因為珍珠說那是又老又醜的妓女才用的。

春月繼續興奮地說：「我還聽說另一件事，珍珠的大恩客詹先生，明年要甩了她，因為她已經二十四歲了。他說年紀大是一回事，且『二四』也不吉利，因為與『易死』諧音。」

我覺得好難過，說不出話來。過了好久才問：「春月，妳怎麼知道這些的？」

「小紅跟我說的，她聽到媽媽和爹聊天的內容。」

一個禮拜後，珍珠雖然憔悴，但還是努力像往常一樣過日子。然而，正如她所料，她的生意一落千丈，好像她突然得了痲瘋。珍珠將自己關在房裡，有時找我陪她唱歌彈琴。《長門怨》成了她最喜歡的曲子。雖然歌詞很美，但現在聽起來卻太悲慘。我不太想唱，怕會讓珍珠更難過，她卻堅持要我唱：

葉落深宮小春盡，天回北斗掛西樓。
春意夢殘舊時景，笑漸不聞聲漸悄。
香冷金枕網塵生，年華盡去換新人。
淚眼問花花不語，欲盡此情無尺素。
睡裏消魂無說處，覺來惆悵消魂誤。

我邊唱邊偷看珍珠，她的髮絲淩亂、臉色蒼白凝重，身上穿的不再是炫耀美妙身段的錦緞旗袍，而是鬆垮垮的黑衣和黑褲。也許她已經放棄吸引男人，但沒有意識到她現在那頹廢之美更讓人驚艷。但我是個女人，珍珠需要的是男人——一個愛她而她也愛的人——來安慰她。江茂呢？我不敢問。

我又唱了一遍，她的淚沿著雙頰流下。

除了琴聲和我的歌聲，珍珠的房裡現在寂靜空蕩，而紅玉房裡卻不時傳來狂歡的喧鬧聲。看著珍珠很久沒用過的香爐，她枕頭和梳妝臺上堆積的灰塵，我好心痛……。

珍珠已經從那最高的雲端掉落地面。

我唱著琴歌，她默默流淚。

「香湘，」她抬頭看我，輕聲說：「答應我，無論我發生了什麼事，都要好好照顧這把琴。」

好幾天過去，我越來越擔心珍珠。她現在幾乎不進食，萍姨特別幫她熬了湯，但她只揮手要她離開。她的臉色越來越憔悴，也不太說話了，頂多用手勢或雙眼示意。曾經以姿色和身段來取悅男人的名妓，她的「武器」現在卻乏人問津。

糟糕的是，鴉片成了珍珠最忠實的夥伴，每次進她房裡，鴉片的刺鼻氣味總會衝進我的鼻腔裡。她總懶洋洋地蜷曲在床上，像尊倒下的雕像，嘴吸吮得像個餓嬰的嘴。看著這尊雕像，我的心越來越沉，因為珍珠不再是美麗的觀音，而是個墮落的女神。她的貼身婢女在旁耐心滾拍著一顆顆鴉片，然後將鴉片放進炭火爐上的鐵盤中。

在我的乳頭被燙，珍珠用鴉片替我減輕疼痛之後，她曾警告我不能上癮。但現在無論我怎麼勸她不要吸，她都只是用那雙曾經充滿光彩，現在卻如死魚眼般空洞的眼神看著我。

我努力安慰她，為她撥頭髮、擦淚痕、把衣服撫平，只是想讓她知道她並不孤單。但，她看起來卻如此遙遠，魂魄似乎躲在繚繞的煙霧中不讓我看到。

兩個禮拜後，她的情緒終於有所好轉。

有天下午，珍珠要我陪她到陽臺去。「香湘，今天是立春，從這裡賞春景一定很棒，對吧？」

「是啊，真好。」見到她好一點，我什麼都答應。

遠山似乎對桃花亭裡的事漠然不知，但在濃霧之中卻又顯得那麼憂鬱。山頂處有座白色的塔，似乎對我們招手問道：「寂寞的美人，妳的真愛在哪呢？」

珍珠素淨著臉，穿著白色長袍倚在欄杆上。她盯著瞬息萬變的雲霧，不再拋媚眼，看起來就像一個誤墜青樓的仙女。她在想什麼呢？我想問，但還是決定讓她靜一靜。

突然她的聲音傳來，幽幽吟著一首詩：

紅燈綠酒迷人路，請君應妾入閨中。簾後風雨山中霧，今日晴未晨露去！

我該如何是好？我看了看四周，發現陽臺下方有梅樹，梅花濃郁的粉紅色也曾點綴過珍珠的嘴唇。我的心跳因這個吉兆而加速，那綻放的花瓣羞赧得像個少女，彎曲的枝枒是古老的書法字。新長的花瓣與老邁的枝枒就像學生與老師，像過去的珍珠和我。

我眼裡噙著淚，努力眨眨眼，不讓眼淚流下。

記得珍珠曾跟我講解琴曲《梅花三弄》，她說梅花在寒冬中堅毅不拔，感動了千百年來的詩人與畫家。於是他們寫下無數詩句、畫下無數畫作來讚頌梅花這崇高的美德，撫慰千瘡百孔的心靈。

我轉身指著陽臺下方對珍珠說：「珍珠姊姊，看，梅花！」我只敢說這麼多，因為擔心她會誤以為我要用她曾教過我的訓示她。

「我知道，」她沒看花也沒看我，沉默了一會，溫柔地說：「香湘，妳有注意到右下方的鳥巢嗎？」

我伸長脖子，看見有個鳥巢半隱在柱子間。一隻燕子媽媽正在餵牠的小寶寶們，雖然牠極速地把食物丟進小寶寶嘴裡的動作有些滑稽，我卻忍不住熱淚滿盈，不只被這新生命的吉兆和母愛感動，也希望珍珠的心扉能再次打開。

我轉頭看她，聽見她溫柔又清晰的聲音：「燕子就算長大了，飛遠了，也總會每年歸巢，風雨無阻。這是燕子對自己生命之行旅一種尊敬的儀式。」

她的話讓我想起母親在車站跟我說過的話：

「香湘，我們中國人說落葉歸根，妳懂嗎？」

「嗯，這表示無論發生什麼事，我們終須返回故里。」

但五年過去了，我唯一的家只有桃花亭，母親從沒捎來隻字片語。

「除非……」珍珠的聲音響起，打斷了我的思緒。

「除非什麼？」

「除非牠的巢被毀了。」

我不可置信地看著她：「但誰會忍心這麼做？」

「原因很多，雷雨、風雪或強風，這是天災。還有人禍，總有一天，桃花亭也會被拆掉。」

我心頭一驚，因為我從來沒想過桃花亭有一天會被拆掉。不是因為我喜歡服侍那些臭男人，而是像燕子歸巢一樣，總覺得桃花亭是我唯一的家。若桃花亭不見了，那我們該去哪裡呢？暗房裡的老鼠如果流落街頭，會不會被小男孩給打死、被車撞死或被倒下的樑柱壓死？

珍珠繼續說：「或有個小男孩偶然經過，朝這個鳥巢丟了顆石頭——」她突然打住。

「珍珠姊姊？」

「噓……」她歪著頭聽，「有人來了。」

我聽見腳步聲越來越近，轉角處出現了一個美得驚人、衣著華麗的女人——紅玉。一陣濃郁的香味竄進我的鼻子。

她的紅色旗袍鑲著蕾絲，像蜘蛛網。我得承認，她現在看起來就是個貨真價實的名妓。鮮紅網下的兩團肉球像要破繭而出，去追尋自由。她豐滿的滿月上別著金色蜘蛛胸針，側邊頭上的紅花若隱若現，手上戴著紅手套，悠哉地搖著畫了金花的扇子。

她像個在凡間的性感女神——或女吸血鬼——她擁有令人凝神屏息、勾魂攝魄的美貌。她花枝招展地走向我們，故意朝珍珠拋媚眼。

珍珠輕蔑地看著她，但紅玉似乎一點也不以為意，臉上始終掛著笑容。

我們就這樣大眼瞪小眼看了好久，直到她晃動的胸部和臀部終於停在我們面前。「唉呦，我真羨慕妳們，尤其是妳，珍珠，我現在就算想休息，車警長也不肯。我多希望像妳一樣，可以早早退休！」

我衝口罵道：「妳這蕩婦，管好妳的舌頭！」

紅玉大笑：「哈！我是蕩婦？那妳呢？」她指指我，又指指珍珠，「還有妳，妳們不都也是蕩婦嗎？我們不就是要在這裡當蕩婦的嗎？但是，」她看了珍珠一眼，「妳當然不再是蕩婦，因為妳退休了。恭喜！妳們要不要到我房間來喝杯香檳，慶祝珍珠姊姊提早退休？」

珍珠憤恨地罵：「妳這賤人！」

正當珍珠要撲向紅玉時，一隻黃色蝴蝶突然盤旋在紅玉身邊——大概是被她濃郁的香水味吸引來的。

珍珠愣住了，眼中噙著淚，哽咽地叫了聲：「寶紅！」

她盯著那隻蝴蝶不動，彷彿魂魄被一個黑暗且深不可測的力量給吸走了。

「哇！」紅玉用她那高頻而甜膩的聲音冷笑，「真有詩意！妳竟然幫這隻沒用的小昆蟲取了個這麼好聽的名字。妳——」她的聲音突然轉而低沉，「只不過是個又老又醜，從另一個賤人爛掉的洞裡爬出來的賤人！」

我們還沒說話，紅玉舉起扇子，黃蝴蝶停在上頭。

她將扇子闔上，再打開，讓一團壓扁了的黃色物體掉到地上。

珍珠頭上的金絲蝴蝶也掉到地上，發出一聲悶響。

紅塵絕路

是萍姨發現珍珠在小廟裡上吊的，聽說有隻黃色蝴蝶在她裙襬邊飛來飛去。

芳容和吳強知道珍珠的死訊後，便到她房間去收拾。我也過去幫忙，想幫珍珠最後做點事，也想找那把琴。但一陣翻箱倒櫃後，還是沒有琴的蹤影。

我問芳容：「媽媽，妳有看到珍珠姊姊的琴嗎？」

她想了一會兒，「啊，妳說那塊爛木頭？很久沒看到了，她可能彈膩了，就丟了吧。我之前聽她彈過一兩次，妳知道那聽起來像什麼嗎？像貓叫！」

媽媽繼續滔滔不絕地講著，我卻一句話也聽不進去。現在珍珠已成仙，那把琴便是我們唯一的連結。但現在，連這唯一的連結都斷了，我心中一陣淒涼。

清空珍珠的房間之後，吳強就放了幾串鞭炮來趕走衰氣。聽著爆竹聲，看著空蕩蕩的房間，我才突然意識到與我最親的姊姊真的走了。

桃花亭不打算為珍珠辦一場風光的喪事，我對此並不意外。

我問媽媽要請和尚或道士來誦經超渡時，她說：「妳以為桃花亭是慈善機構，有那麼多錢可以花嗎？」她看著我，眼神悲淒，就連眉心的痣都沮喪了起來，「香湘，妳不知道我們賺的錢，每分都是血汗嗎？」

那些都是辛苦賺來的血汗錢，媽媽說的沒錯。只不過流血的是我們，收錢的是她。

讓我不可置信的是，她說她不會去珍珠的喪禮。她嘆了口氣：「唉，香湘，不是我冷血無情，不願意送女兒這紅塵的最後一程，是因為我沒時間。看看桃花亭，每晚都客滿，如果我不每分鐘盯著，就會出差錯！」她用拇指和中指打了個響指。「妳覺得這樣珍珠會開心嗎？所以，為了讓她安心，我不能去她的喪禮。」

「可是，媽媽，喪事是在早上，不是晚上！」

她瞪了我一眼：「香湘，如果我早上沒睡好，晚上怎能照顧生意？」她聲音帶著責罵，「而且我都是為了妳和其他姊妹們，否則，」她停了一會，說，「記得幾年前那個搶了妳冰淇淋，差點被車撞的小乞丐嗎？如果桃花亭有個差錯，妳們全都會跟他一樣，懂嗎？」然後她微微笑說：「但是慷慨如我，我還是會幫她付棺材和殮葬費的。」

人自殺後，魂魄就會在原處徘徊，騷擾住在附近的人。我想跟芳容說，如果她和吳強不到珍珠的喪禮鞠躬，也不請人來誦經超渡，珍珠就會從陰間回來騷擾桃花亭。但我只敢想，卻不敢說。

珍珠在死後兩天出殯，那是個有點寒意的早晨。媽媽吩咐這件事要保密，「我不希望她之前的客人來，因為桃花亭不可以讓客人沾到煞氣。」

所以只有萍姨、春月和我去送珍珠最後一程。

珍珠乾癟的身體躺在同樣乾癟的棺材裡，然後兩個保鑣扛著棺材到園子裡去。我們三個人靜靜跟在後面，春月偷偷地拭淚。萍姨一如往常，不知道在想些什麼，我對整件事仍感到不敢置信。

白天的時候，園子看起來並不可怕，只是很悽涼，像長門後那個命運多舛的怨婦。雖是初春，但泥濘的小徑上沒有一點綠意來驅走陰鬱。我們的黑袍在風中飄著，徒增幾絲悲涼。

最讓人感傷的是，那兩個保鑣準備把棺材放進那個如餓鬼張嘴的洞裡時，用眼神跟我們示意，似乎在說：「趕快結束吧！」

這時，萍姨揮手要他們把棺材放下，從布包裡倒出一堆東西。她劃了根火柴，開始燒紙錢、紙金條、紙元寶、紙衣，竟然還有一個紙娃娃！她默念著一些聽不懂的話，兩個保鑣不耐煩地把棺材丟進洞裡。他們鏟土把泥土扔進洞裡去蓋住那「四塊半」，直到再也看不到棺材。這時我的眼淚潰堤流了滿面。

當蓋上最後一抔土，保鑣們掏出髒布來擦臉和手，什麼話也沒說就走了。我們三個呆站在那埋著珍珠在我想像中身體仍有餘溫的無名墓穴前。現在在這世上我真的是孑然一身了，珍珠一句話也沒說就走了，她怎麼能這樣對我？

我白天以淚洗面，但晚上仍強顏歡笑，縱使心仍在淌血。

紅玉的走紅讓桃花亭的生意更好了，她的名字日夜高懸在門口的大匾額上，旁邊綴著鮮花和燈籠。她每天都會收到一大疊邀請函，來自高級餐館、時髦的茶館、夜店、雅集、劇院……，到處都有她的身影。

紅玉雖受歡迎，卻似乎對我的生意沒有影響。我的桌上也總擺滿了邀請函，報上一直有讚美我的詩，我的常客說，我身上有紅玉沒有的藝術氣質。他們說我是高雅的藝術家和敏感的詩人，而紅玉不過是個裝作有氣質的妓女。畫畫老師吳先生曾跟我說，她連畫筆都拿不直，所以畫出來的東西總歪歪斜斜的。他說：「我們畫畫的人說：『心正則筆直』。」

但奇怪的是，紅玉對我的敵意消失了。無論在桃花亭、餐廳或劇院裡遇見，她總會向我點頭微笑。每到這時，我也就心軟了，但珍珠的話總會在我耳邊響起：

小心那隻狐狸精，她會笑著捅妳一刀。

真是大錯特錯啊，珍珠姊姊。她甚至不用拿刀捅妳，妳就到黃泉報到了。

每次看見紅玉，我總偷偷向自己發誓，我一定要像她一樣無情狡猾，才能逃離桃花亭去找母親，還有找到那個不知名的軍閥以報殺父之仇。

珍珠頭七那天，我送走最後一位客人，偷偷跑出桃花亭，溜進園子。我想給珍珠上香，順便拜觀音。

月亮躲在雲後，天空又黑又空洞，似乎也在為珍珠哀悼。我提著跟心情一樣沉重的籐籃跨過廟的門檻，籃子裡滿是珍珠最愛吃的點心、香、餐巾、盤子、杯子和筷子。我拿著燈籠，黃光在地板上跳動，讓我想起舞臺上的聚光燈下的表演者。只是今晚的舞臺是空的，舞者已經離去。

「珍珠。」我喃喃念著她的名字，眼眶滿是淚水。

我高舉燈籠往上看，想看看珍珠上吊的那根柱子。她跟寶紅選了同一根柱子嗎？看著這些木椽，我好奇究竟有多少姊妹情願、或不情願地，在這裡結束生命？但我越想越害怕，只好趕緊看向別處。

我小跑步到神桌前，把食物和茶擺好，伸手拿觀音像。觀音菩薩看來跟從前一樣慈悲，但似乎對她虔誠信徒珍珠的死茫然不知。

「祢為什麼不阻止珍珠自殺呢？」我大聲問，邊小心地擦拭著這尊木雕。

祂眼神空洞地看著我，我嘆了口氣，拿出珍珠和寶紅的畫像放在觀音旁。我不打算待太久，所以只做了簡單的儀式——上香、奉茶和獻上食物。我向觀音發誓，我一定要成為一個機關算盡的女人，好迷倒千百個男人。我要先利用他們來報復紅玉，然後從他們身上拿錢，好離開桃花亭去找母親。我也拜託觀音讓我找到那個軍閥，找到他時，讓我有勇氣可以朝他的腦袋開槍。

我突然感到罪惡，因為自己的祈求竟充滿憤怒、怨恨和自私的慾望。菩薩有可能會替我實現這些造孽的願望嗎？我突然覺得很內疚，於是祈求觀音原諒我。然後我跟寶紅說話，但我從未見過她，也對她不了解，所以只能說「妳過得好嗎？希望妳和珍珠在陰間過得快快樂樂。」之類的話。

最後是珍珠，我恭敬地奉上她最愛的鐵觀音，還有瓜子、薑糖、蟹肉水餃和辣味擔擔湯麵。

我說話滔滔不絕如連珠炮：「珍珠姊姊，今晚是妳的頭七，我知道妳現在一定開心地在那個充滿花香鳥語、吉祥動物、神仙和七寶的西方極樂世界裡。寶紅好嗎？妳們終於可以團圓了。請不要擔心我，在這邊陽間和桃花亭的生活都很好。

珍珠姊姊，我不會忘記我們在一起的時光，還有妳對我的教導，尤其是琴。但妳離開之後，我幫媽媽和爹整理妳的房間時，卻怎麼也找不到妳的琴。妳一直要我照顧好那把琴，但它現在卻下落不明，所以恐怕要讓妳失望了。

珍珠姊姊，就算找不到琴了，我還是會永遠珍惜琴音和妳的教導。是妳給了我那塊沒人能夠踐踏的淨土，只是現在妳不在了，我該怎麼辦？我想逃走，但卻不知道怎麼在外面生活。

我會常常帶妳最愛的食物和茶到這裡來給妳。珍珠姊姊，如果妳有什麼想要我幫妳做的，請到我的夢裡來。如果妳需要衣服、書、車子、房子、錢，跟我說一聲，我就燒給妳。希望妳在極樂世界平安開心。」

說完，我已淚流滿面，心苦得像鍋裡煮著五味雜陳的草藥。

我開始收拾東西，正要把觀音放回神桌下時，一個小紙捲從觀音底部滾了出來。我撿起紙捲，解開紅絲帶，打開紙條。

竟是珍珠娟秀的字跡！

我努力不讓淚滴下，免得暈開了墨水。

香湘：

我知道妳一定不能原諒我把妳一個人留在這紅塵俗世，也一定對我的不辭而別很難過，但我相信有一天妳會看到這封信的。因為妳是個好妹妹，會常常到這裡來替我給觀音上香。如果妳沒來，那妳就看不到信，也看不到我留給妳的東西了。

很抱歉把妳留下，但我必須一個人走。

我的人生無論是好是壞，是喜是悲，現在都無所謂了，最重要的是我風風光光地活過。雖然歷經了最險惡的人心，但至少我有機會看得透徹。所以現在我的心和身都很自在。

我離開後，妳並不是孤單一個人活在世上，因為妳還有個親人——萍姨。請別怪我到最後才告訴妳這件事——

萍姨是我娘。

她嘗試自殺但沒有成功。她要從窗戶跳下去時，我和寶紅緊緊拉著她的腳，一直求她，求她不要讓我們變成孤兒，說如果她跳下去，我們也會跟著跳。

雖然我娘沒有跳下去，但她毒啞自己的嗓子。因為她怕自己會不小心透露我爹的名字，這樣一來，我們都會有生命危險。但她失聲之後，神智也一併失掉了。

我死了，她也許會難過，但可能很快就忘了。這也是我走得了無牽掛的原因，如果她還正常，我絕不會忍心傷她的心。

請不要怪我丟下妳，我必須離開，香湘。不只是因為我無法忍受這些屈辱，也是因為我已經看清了人。記得那個畫油畫的江茂嗎？結果公布後，他再也沒來找我，連捎個隻字片語都沒有。我當然知道他是因為害怕，不想我們的關係被發現，怕自己會惹禍上身。膽小鬼。車警長才懶得找他麻煩，因為他根本不值一顆子彈！

但如果哪天妳遇見他，請轉告他，我仍愛著他，因為他是在床上帶給我最多歡愉的人。

請幫我和寶紅好好照顧萍姨，逢年過節時，也別忘了留個位置給我們。還有，好好照顧梅花，替我摸摸牠美麗的羽毛。

妳是個勇敢堅強的女孩，所以我知道，沒有我妳也能過得很好。別太擔心，因為我和寶紅會保佑妳在陽界的生活。有天，妳一定會遇到妳愛的人，離開桃花亭，然後過著自由自在的快樂生活。還有，答應我一件事——不要報仇。妳大概不相信，但其實我已經不恨紅玉了。我終於得到內心的平靜，所以當我離開塵世到極樂世界時，我不希望內心充滿怨恨。我們四周已有太多的怨氣，請不要再增添。那是非常不好的業障，最後終會回報到妳自己身上。

琴在神桌底下，我有東西在音箱裡給妳，也留了些東西給媽媽和爹，這樣他們就不會懷疑我還留了東西給妳。

最後一件事，好好照顧琴和妳自己。

姊姊珍珠絕筆

附註：還有一件事，我發現自己懷孕了，但孩子的爹就是那個不願來找我的人。

我倒在地上大哭，直到眼淚流盡。雖然筋疲力竭，但我還是努力爬到神桌下努力往裡面看，看到深處有個發出微光的錦盒。我顫抖著的手把琴拿出來，小心翼翼地將它放在神桌上，然後伸手到音箱裡。

我拿出一個小錦囊，伸手再往裡面摸，又有一個錦囊，最後還有一個。

總共有三個錦囊，我打開第一個，看見一張紙條：

香湘：

現在妳有錢可以離開桃花亭，到外面過快活的日子了。

妹妹 珍珠

我倒出錦囊內的東西，目瞪口呆地盯著眼前的支票、金幣和珠寶。還有一只我很喜歡的玉鐲子，和一大顆我從沒見過的鑽石戒指。這一定是她最珍貴的私藏，我將在燈籠下閃閃發光的戒指套在手指上。

我突然有一股無法言喻的感傷，珍珠，有了這些錢，我們可以一起離開桃花亭，到外面過快活的日子！為什麼妳要為了那個無聊的花榜和那個婊子自殺？

我跌坐在地上，淚下如散落的珍珠。恢復鎮定以後，我將珠寶和錢放回音箱裡，將琴放在膝上，然後輕柔地彈起《憶故人》。

手指撫過琴弦時，我和珍珠在一起的日子不斷在我腦中浮現。我邊彈邊落淚，直到琴都溼了，我的手指顫抖得無法再彈。放下了琴，廟裡的寂靜忽然變得令人難以忍受，我摀住耳朵趕走這寂靜……。

為了讓自己冷靜下來，我開始彈琴唱著《釵頭鳳》。幾百年前的女詩人唐琬在被迫與丈夫分離時，寫了這首詞——就如同我與珍珠的分離。

雨送黃昏花易落……怕人尋問，咽淚裝歡……

我唱著唱著，突然有陣美麗溫柔而清澈的歌聲開始跟我一起唱。我停下來想仔細聽時，卻什麼也聽不到。但當我開始唱，那個聲音又出現了。

我沉醉在如此純淨又有穿透力的聲音。「珍珠嗎？」

什麼也沒有，除了我額頭上斗大的汗珠。

當然不會是珍珠。

我心臟跳著，走到窗邊，猛地推開窗戶向外看，但除了一面高牆，什麼也沒有。牆上掛著一輪明月，像顆巨大的淚珠。

回到桃花亭時，已經凌晨四點了。走廊上，有些姊妹的房裡還是漆黑的，有些則透出些許微光。這一明一暗讓我想起陰陽兩隔這四個字，就如同珍珠和我。

第三部

20 中國戲曲

「祖母媽媽，那後來呢？妳真的離開了桃花亭嗎？那些錢和珠寶呢？」

玉珍急切地問，眼睛瞪得大大的，像兩枚發光的金幣。我笑了，因為她的純真；又覺得感動——因為她的美貌、熱情和大把大把的青春。我露出神祕的微笑，壓低了聲音：「我會輕功，所以有天夜裡跳出窗戶、躍上屋頂，消失在黑暗中。至於那些珠寶，因為我只想要自由，所以全丟進水溝裡了。」

「哇！」玉珍撅起嘴，轉頭跟她的未婚夫里歐做了個鬼臉。

里歐張大了漂亮的藍色眼睛，「婆婆，真的嗎？」

我微笑看著這個可愛的美國男孩。如果時間回到八十年前，我一定會撲到他強壯的臂彎裡，吻他性感的唇！但我提醒自己，我已經九十八歲了。是幸還是不幸，得全看觀點與角度。現在的我不再是那個才貌出眾，追求者多如過江之鯽的名妓，而是一個再平凡不過的——我不打算用醜來形容自己——滿臉皺紋、一隻腳已踏進棺材裡老而不死的人。想到這，我笑了出來，還差點嗆到自己。

但年紀大也是有好處的，像現在，這兩個年輕人手忙腳亂地愛撫我的臉、拍拍我的背、替我撥頭髮、按摩我的腿（真可惜是玉珍，不是里歐），然後替我倒人參茶（這次是里歐，真貼心）。

一陣忙亂的孝心表演後，玉珍問：「祖母媽媽，什麼事這麼好笑？」

「因為我是胡謅的。」

她做了個鬼臉，「我早就知道，所以妳和那些珠寶後來怎麼了？」她看著我問。

我小心喝著人參茶：「別擔心，我都活到今天了，那些珠寶——至少其中一部分——跟著我到了今天，都在保險箱裡。哪天我走了，都是妳的，小公主。」

玉珍開心又靦腆地說：「謝謝妳，祖母媽媽，但妳還沒說妳離開桃花亭後究竟發生了什麼事。」

「我會說的，我答應沒說完故事前我是不會死的。如果寫這本回憶錄要十年，那我就會努力活到一百零八歲。」

玉珍笑了，里歐小麥色的臉上露出一排整齊的牙齒。

我繼續說：「雖然我有這麼多錢和珠寶，但沒有馬上離開。因為我想到如果我走了，就不會再回來，但珍珠還葬在園子裡，我不想在她還有『餘溫』的時候離開。如果她為寶紅守喪七年，那我至少也要為她守喪三年半。但是除了珍珠，」我接著說，「還有另一個原因。」

「什麼原因？」玉珍問，臉上滿是好奇。

里歐也眨著長睫毛問：「是呀，什麼原因，婆婆？」

我慢慢喝了一口人參茶：「因為馮大爺。」

玉珍叫了出來：「那個快死的老皺紋？」

「玉珍，對老人尊重點，就算不尊重他們，也要尊重他們經歷過的事。而且，他已經死了，講死人壞話除了不禮貌，還會招晦氣。」

我的曾孫女笑了出來：「祖母媽媽，是不禮貌還是晦氣？」

玉珍是說不過我的，她忘了我已經九十八歲，吃過的鹽比她吃過的米還多，走過的橋比她搖著她那黃毛屁股走過的路還多。

當然，我這麼責備玉珍不是因為不想冒犯馮大爺——那個快死的老皺紋——我的確是在背後這麼叫他的，而是為了我的尊嚴，因為我現在正如他以前一樣——是個又老又皺的將死之人。難怪人家說：「生命輪迴，周而復始。」但為什麼生命無法回到年輕貌美的歲月呢？

玉珍神色驚恐，聲音刺耳地問：「祖母媽媽，別跟我說妳愛上馮大爺了！」

真是想像力泛濫。「怎麼可能！」我大笑，「當然不可能，寶貝玉珍，」我看著她。「不用擔心，妳曾祖母的品味還沒差到那種地步，只是……有時候我覺得跟他很親。」

「您開玩笑吧，祖母媽媽？跟一個老……噢——」她摀住嘴巴咯咯笑。

我繼續說：「雖然我知道馮大爺不是好人，但他真的對我很好，像對親生女兒一樣。」

玉珍問：「真的嗎，為什麼？」

但我不打算馬上告訴他們。就算在八十年後，我還是不會忘記珍珠教過我拖延的技巧。

「絕對不要馬上把自己獻給那些臭男人，」珍珠跟我說，「要欲擒故縱，到最後才讓他們得逞。客人當然知道妳不會拒絕，因為妳要他們的錢，但如果不惺惺作態，就沒意思了。」

我喝完人參茶，把杯子交給玉珍：「再給我添點參茶好嗎？」

她竟然把杯子交給她未婚夫，說：「里歐，祖母媽媽要喝人參茶。」

里歐到廚房去後，我念她：「玉珍，妳怎麼可以這樣指使里歐！」

「但他喜歡服侍妳，祖母媽媽。」

「也許是這樣，但那不代表他喜歡妳指使他。他是個好男人，所以別讓他跑了，要對他好一點。」

我看了她一眼，「玉珍，真愛一輩子只有一次。」

她的臉亮了起來，眼裡閃著光芒：「那妳呢，祖母媽媽，誰是妳的真愛？」

這時里歐端著熱茶回來了，小心恭敬地用雙手把茶給我（學中國人的禮貌）：「很燙，婆婆，要小心。」

「謝謝你，里歐。」我微微笑。

里歐坐下後，玉珍親了親他的臉頰，把頭靠在他肩上，又把手放在他腿上，得意洋洋地看著我。

我搖搖頭，我只要她對未婚夫好點，沒叫她在曾祖母面前公然親熱！

「祖母媽媽，誰是妳的真愛？」她說著，又親了里歐一下。

里歐也好奇地看著我，眼睛像兩團藍色的夢境，「是啊，婆婆，跟我們說嘛。」

這兩個年輕人對一個老女人的愛情故事這麼好奇，讓我突然感動得熱淚盈眶。沉默了一會，我說：「但我以為你們想聽馮大爺的事。」

「那個也想聽！」玉珍叫著。

「但我現在好餓，要先吃點東西，不然沒有力氣跟你們說。」

玉珍揚眉：「噢，祖母媽媽，別跟我們賣關子，現在說嘛！」

我決定試試我讓男人心癢難耐的技術是否依舊寶刀未老，「不，我得先吃東西，我需要力氣。妳不希望我活到一百零八歲嗎？」

我們走進帕克街轉角的中國餐廳時，好幾個人回頭看我們。我當然不會天真到以為他們在看我——如果是八十年前就會是——他們看的當然是我漂亮的曾孫女和她高挑的未婚夫。

這家餐廳有個很美的名字——碧涵樓。我差點笑出來，如果是在從前，這是個多棒的青樓名字啊！玉珍說她特地選了這間餐廳，因為他們有一道特別的香菇料理，對女人的皮膚和賀爾蒙很好。她哪知道什麼才是真正的中國料理呢，更別說賀爾蒙了。還有，我已經九十八了，需要什麼賀爾蒙來幹嘛——去勾引一個一百歲的老頭子嗎？

我可是吃過要花三個月準備、三個禮拜烹煮、三天才吃得完的滿漢全席呢！但我壓抑住想要自吹自擂及對這些假中國餐廳嗤之以鼻的衝動。

一個穿黑色西裝的侍者走向我們，對玉珍露出大大的笑容，帶我們到窗邊的餐桌。他以一個俐落的手勢點燃了白色桌巾上的蠟燭，轉頭問我：「這位老太，想喝點什麼嗎？」

玉珍馬上說：「不要叫她老太，我祖母媽媽可是中國最後一個名妓呢！」

餐廳裡的目光全集中到我身上。

如果是八十年前，我一定會抬頭挺胸，邊砸嘴唇邊對那些人拋出勾人的媚眼。但現在，我真希望自己真的會輕功，可以跳出窗外、躍上屋頂，消失在人群之中。

回到家後，我仍是飢腸轆轆，因為名妓的身分被公開了以後，我也就倒了胃口。真諷刺，美國人是寧死也要出名的，看看他們多麼崇拜那些名人！

知道我不太開心，玉珍露出甜美的笑容跟我說：「祖母媽媽，要我幫妳弄點什麼吃的嗎，可樂、餅乾？」溫柔得就像對一個骨董陶瓷娃娃說話一樣。

「倒杯可樂和把餅乾倒在碟子裡也算是幫我弄點吃的嗎？」

她沒回答，只顧著笑：「好啦，好啦，祖母媽媽，對不起嘛。那妳現在可不可以跟我們說故事了？」

「是啊，祖母媽媽，拜託。」里歐學玉珍的口氣說。

「好吧，那仔細聽囉！」當我的眼睛對到里歐的眼神時，我九十八歲的心默默融化了。

21 融冰

不用說，芳容和吳強看到珍珠留下的珠寶簡直欣喜若狂。

媽媽笑著，黃金和鑽石在她的眼珠子裡閃耀。「珍珠真是個孝順乖巧的女兒，連死了都會想到媽媽和爹。現在我原諒她了，哈！哈！哈！」

爹跟著附和，手裡淫穢地撫摸著一枚金胸針（他一定是想把那胸針別在紅玉的胸口上）：「她自殺得真是時候，不然再過幾年，她就老得不能當名妓了。」

媽媽搶著說：「是啊，如果她不能替我們掙點什麼，我們怎麼留她？沒人會想來找一個裂眼、煙囪鼻、招風耳、渾身臭氣的女人，所以怎麼能怪我們呢？」

這兩個邪惡小人手裡拿著珍珠辛苦掙得的珠寶大笑起來。那些珠寶如果剖開，便會流出她的血和淚。我突然有股衝動，想從芳容和吳強手上搶過金項鍊，用來勒死他們。

幸好珍珠聰明，於是媽媽和爹也就沒懷疑他們孝順的女兒也留了珠寶和錢給我。我現在把琴放在房裡，每天練習。因為練琴對我的生意並沒有影響，所以芳容和吳強也就沒說什麼。珠寶和錢因此安全地藏在音箱裡。

人們似乎很快就淡忘了珍珠的死，當然還是有許多關於她的傳聞——她自殺及輸給了紅玉的原因、她的琵琶技藝和床上巧技、她縮陰壯陽的祕方等。但我很少聽見有人為她的香消玉殞感嘆人心回測。

現在人家的焦點都在紅玉身上，頌揚她的畫像和詩句越來越常在蚊子報刊和八卦雜誌上出現。傳聞有家電影公司要替她贖身，將她打造成影星。

有次我偷聽到有位客人跟另一個客人說：「有那雙會笑的眼睛和那對晃呀晃的大木瓜，真是演妓女的不二人選！」

另一個大笑：「我敢打賭，她一定會紅得很快，因為沒人有她的經驗，能演婊子演的比她好！」

每天夜裡，桃花亭裡的絲竹聲和笑聲未曾間斷，無數車子排成一條長龍等在朱紅大門外。即使是門口的石獅，嘴角都似乎揚得越來越高，歡迎到此朝聖的人把錢丟進他們主子的保險箱裡。

和珍珠一樣，我現在已經可以完全了解人心的殘酷。但我還不打算離開這金粉地獄，至少在我還沒完全贏得芳容和吳強的信任之前還不行。我必須順應天道，等待時機成熟來實行計畫。

我的計劃只許成功，不許失敗。

珍珠死後的幾個禮拜，我夢見她穿著紅色金絲旗袍，在遠處喊著我的名字。我們之間有一座長滿荊棘的橋，我們都無法走過。橋的下方有個浸在水中的墓碑，上頭刻著：

珍珠，生於清光緒庚子二十六年，卒於民國癸亥十二年。

曾為知名詩人、畫家、青樓女子。

墳墓上長出幾簇梅花，一片粉紅之中有一朵高高的白花，在寒風中向我點頭。我想靠近珍珠，但她雖喊著我，卻不斷往後退。我奮力一跳，卻只能往下衝向她的墳。

我從夢境驚醒時一身冷汗，還以為自己真的跳進了那條河裡。我眨眨眼，盯著木質傢俱、鑲金邊的鏡子、陶瓷花瓶、幾幅畫作和書法……確定自己是在桃花亭的房間裡。

當我正在夢境和現實中游移時，聽見一聲爽朗的「早安！」我抬頭看見梅花沐浴在晨光中，牠鮮紅的喙和潔白的羽毛讓我想起《女兒紅》，那是母親曾跟我說過的故事。

一個父親在女兒誕生後，在園子裡埋了一個大酒甕，未到女兒成年及定親，任何人都不許碰這甕酒。十六年如白駒過隙，到了女兒的洞房花燭夜，這個中年的父親才把酒甕挖出，撕下封條，用甕裡頭香醇濃郁的酒來宴客。看見女兒臉上的紅暈，這個父親決定將酒命名為「女兒紅」。

爸爸在我出生後也藏了一甕酒，準備在我的婚禮上宴客用——但這是再也不可能發生的事了。

我淚眼看著梅花，跟牠說了聲「早安」，然後跳下床摸摸牠的羽毛，是替珍珠摸的。

梅花撒嬌地輕啄我的手，在竿子上跳來跳去，我想像牠正用腳爪練習琴的吟猱，或模仿珍珠走著碎步金蓮。我一會兒笑，一會兒又覺得哀傷。坐在桌前磨墨，我邊磨邊冥想。看著硯臺的淺溝漸漸被一池墨水填滿，散發出濃郁的墨香，我的心平靜了許多。接著打開一張印有梅花的宣紙，拿起毛筆，沾了沾墨水，寫下這首詩：

君不語，無聲離別；
環風御，如雪上梅。
君見我苦海浮沉，
誰能揀起海底人？
八仙桌前獻觀音，
粉指下凡入苦海，
可願垂憐拾寶蘭？

我讀了又讀，將詩牢記心中，然後念了一遍給梅花聽。

牠點點頭說：「祝你好運，恭喜發財！」

我對牠笑一笑，將宣紙放在盤中拿到窗邊。我靜靜坐著，抬頭看天空，悄聲說：「珍珠姊姊，妳離開以後，我只能用琴聲安慰自己。每當我彈著這七弦琴，總會想到妳，只有琴音能讓我超脫這險惡的俗世。」

我也喜歡彈琴給梅花聽，妳離開後，牠就是我在這世上唯一可以信任的朋友。牠也喜歡琴音，因為每次我彈的時後，牠總會問：『舒服嗎？』

我寫給妳的這首詩，希望妳會喜歡，我之後還會給妳寫更多詩。沒有妳的桃花亭，好像變成了另一個世界，我好想妳。」

說完後，我將紙燒了，撒到窗外，碎紙在空中飛舞，像天女散花——只不過這些花跟我的心情一樣，是黑色的。

燒完詩後，梅花說：「舒服嗎？還想要嗎？」

快兩年過去了，每次想到害死珍珠的兇手——紅玉——我總想報仇。但她已經離開桃花亭了，我又能報什麼仇呢？珍珠死後沒多久，紅玉就被一個電影導演看中，開始鎂光燈下的生活。不到一年，她演了驕縱的富家女、放蕩的小妾和不要臉的妓女而快速走紅。這讓我非常吃驚——一個妓女竟然因扮演妓女而走紅！

讓我更不甘心的是，她的名氣甚至大過了所有的名妓。到處都看到她穿著漂亮洋裝、擺著撩人姿勢的照片，北京戲院和蘭心大戲院上也掛著她的大海報。她不僅有男性影迷，還有女性，連良家婦女都因單調乏味的生活而崇拜著紅玉多采多姿的生活。曾經困在妓院的那個紅玉，現在已是自由解放和性感女神的代表了。

而我則更努力在繪畫、書法和音樂上用功，但因客人多了，彈琴時間就越來越少了。我必須讓自己看起來開心，不能讓客人知道我在床笫之間力有未逮。但還是有客人感覺到在我熱情扭動的身軀下是一顆冰冷的心。有人形容我「身如餓虎，心如封瓶」或「豔如桃李，冷若冰霜」。

然而，我「冰冷」的特質反倒吸引更多客人。有些客人甚至成立了俱樂部，比賽誰能夠讓冰山融化。但隨著時間過去，這座冰山並沒有融化，只是再次證明了珍珠說過的話：

在還沒嘗過妳玉門之前，他是不會穿上褲子的！

真是一針見血，珍珠姊姊。男人總會等著那個他得不到的女人！

我仍然每天都會想到珍珠，雖然現在她的名字已經越來越少在桃花亭裡被提起。從她開香檳慶祝那晚，到她隔天看見報紙陷入絕望，再到她在木椽上上吊，不過是短短兩個禮拜內的事，就讓我明白時間有多麼短暫。有句話總會閃過我的腦海：

紅顏薄命。

為了逃避哀傷和寂寞的情緒，我想像自己有天會遇見一個聰明英俊、體貼忠誠的男人，來將我的心融化。

雖然我渴望可以愛人與被愛，但卻只遇見像張仲那樣的人。沒人知道他打哪來或做什麼，只是有天他忽然開始在上海各個高級餐廳、茶館、劇院和青樓出現。他似乎有花不完的錢，總大方地往姊妹們手裡塞、往媽媽們臉上丟。

張仲到上海不久，便邀了所有租界裡的名妓到一間高級茶館去。陪他看崑曲，邀請函上是這麼寫的。但因為沒人知道他是誰，那天只有一些二流的妓女到場。那晚，張仲自覺受到侮辱，發洩似地發小費，每個到場的人都拿到了兩個銀元。

隔天，他的名字和小費事蹟傳遍了上海的各大八卦報刊。

張仲一夜之間成了名人。

因此當他發出第二張邀請函時，所有交際花都精心打扮，帶著最勾人的笑容現身在香桂茶坊。除了我之外。現在我可是個名妓，不是便宜貨，而且去了對我也沒什麼好處。因此，那晚隆重出席的姊妹們因我的缺席而相形失色。

僅只是沒出席，已經讓我成為街頭巷尾談論的話題，還有張仲注意的對象。

終於，有天他到桃花亭來，指名要見我。

不用說，媽媽當然對他的大駕光臨開心得不得了：「香湘！香湘！」

她重重踩在樓梯上，不一會兒顫動的肥肉就到了我的房間。

她一屁股坐在椅子上：「妳知道誰來了嗎？允滿傳奇的張仲！」

我看著鏡子，悠哉地梳著頭髮，「那又怎樣？」

「那又怎樣？」媽媽模仿我冷漠的語調，「妳說『那又怎樣』是什麼意思？他現在就要見妳！」

「可是媽媽，妳沒看見我現在正在忙嗎？」

她從椅子上站起來，搶過我手上的梳子，大力梳我那三千煩惱絲：「拜託，拜託……，香湘……，」媽媽哀求著，「不能讓張先生等啊。」

「也許妳不能，但我能。」我輕蔑地看了媽媽一眼，「他只是個無名小卒。」

她的手握緊我的髮絲：「噓，香湘，小心妳的嘴，這話不能亂說的！」

「如果不是無名小卒，那他是誰？」

芳容嘴張得開開的，說不出話來。她哀求：「拜託，香湘，看在觀音的分上去見見他，不會少塊肉的。」

「不會少塊肉？那我的名響呢？」

「妳已經是上海最有名的交際花了。」

我想了一下：「比紅玉有名？」

「但她已經不是交際花了，」媽媽看了鏡裡的我一眼，「她現在是影星。」

我沒理她，逕自唸著杜牧的《遣懷》：「落魄江湖載酒行，楚腰纖細掌中輕。十年一覺揚州夢，贏得青樓薄倖名。」

「香湘，拜託，張先生在等。」

「我知道了。」

「那就拜託快點，看在觀音的分上！」

我笑出來，「觀音也贊成我當妓女？」

「哎呀，香湘，妳知道我的意思，拜——託。」

「這個充滿傳奇的張仲長什麼樣子？」

「就是個男人的樣子。」

「我當然知道他是男人。」

芳容擠出一個不太自然的笑容：「他很有錢，也……挺好看的。」

「好吧，那我去，」我從鏡裡瞪了她一眼，「看在妳的分上。」

結果張仲是我見過最醜的人，甚至比馮大爺還糟。我只能說，他是臭男人中的臭男人！他甚至不像個人，但我不想用畜生來形容他，因為畜生都比他好。

我們面對面坐在一張大理石桌上，他已經開始流口水了。他直盯著我，舌頭在嘴邊伸吐著，像條哈巴狗。汗水跟墨汁一樣，浸溼了他的靛藍外套。

「張先生，這裡很熱吧？」我悠哉地搧著上面畫著蘭花的金扇。

他拿出手帕粗魯地擦臉：「對啊，真熱。」

他手上滿是毛，戴著鑽戒、玉戒和金戒，在房間的黃光下閃爍著。

我叫我的貼身婢女小雨拿毛巾和茶過來。

小雨整理桌子時叫了出聲：「張先生，你的戒指真漂亮！」

張仲舉起他的手：「喜歡嗎？那選一個，送妳。」

小雨的臉瞬間刷白，聲音顫抖著說：「不用了，張先生，我承受不起。」

我在心裡咒罵，笨蛋，不過是收個戒指何必那麼害怕呢？

我轉頭，優雅又平靜地跟她說：「小雨，妳不知道拒絕客人的禮物是很失禮的嗎？」我瞪了她一眼，「就聽張先生的話選一個吧！」

張仲和小雨看來都吃了一驚。

我堆滿笑容：「拿吧，小雨，否則會冒犯張先生的。」

如我所料，小雨指著那個最便宜的金戒指，她根本不敢拿鑽戒或玉戒，因為不想惹上麻煩。

張仲緊盯著我，從手上將戒指拔下，交給小雨。

這件事馬上成了上海的八卦新聞——還有各種版本。《花月報》說那是個鑽戒，《花天日報》說是玉戒，《娛言報》說拿了鑽戒和玉戒的是我，不是小雨。

雖然我把他的戒指給了下人，張仲還是繼續到桃花亭來找我。而且每次都會帶禮物來給我、給媽媽，有時甚至也給小雨。我當然沒那麼天真，以為桃花亭是座廟，而他是來拜觀音的。我知道他的目的就是想來場雲雨，但作為一個名妓，我的「雲」可以隨時移開，不讓他的「雨」弄溼。

然後，他等的不耐煩了。

一天晚上，張仲坐下後，一如往常將禮物放在桌上。他每次都這麼做，但我從沒拿過任何東西。不只因為不想碰到他那烏黑鬆軟的肥肉，我也想讓他知道，雖然他可以把東西放在我桌上，我卻沒有義務要收下。

我叫小雨拿紙巾、茶和點心過來，接著開始跟他閒聊，但他看起來不太自在。

我搧著扇子問：「張先生，您在想什麼嗎？」

「嗯……沒什麼。」他緊張地看著我。

沒什麼？我盯著他額頭上的汗珠。之前，他總會單刀直入，像「我們現在是不是該到床上休息一下，寶蘭小姐？」或「很晚了，我想在這裡過一夜。」卻始終沒有得到我正面的回應。

但這次他不太像是想要上床。

「您想多吃點點心嗎？或晚餐？」

「嗯……不用……。」

我開始有點不耐煩了，「那請問您想要什麼？」

「嗯……寶蘭小姐，我想我……上次在這裡丟了個東西。」

「哦？真的嗎？什麼東西？」

「我想應該是珠寶。」

「應該是？」他顯然不太會說謊。

他用力吞了口口水，「對，是珠寶。」

我馬上就看穿他的伎倆。他知道我不會讓他把玉莖放進我的玉門，所以這是他最後一次來找我，而且還打算要回之前所花的錢。「在這裡丟了珠寶」，表示他想把他的珠寶拿回去。

我拿出我的珠寶盒放在桌上，把它打開。

我有兩枚藍寶石和紅寶石戒指是他送的，其他都是別的客人送的。我還沒拿他的戒指去估價，所以不知道值多少錢，但我知道像他這種粗鄙人送的東西絕不會是上等貨。

令我訝異的是，他不單不拿自己送的戒指，竟然指著馮大爺給我的鑽石玉戒。

雖然有些不可思議，但我還是保持鎮靜：「您確定是這只戒指？」

「確定。」

「張先生，這只戒指真的很貴重，您怎麼那麼粗心把它忘在這呢？」

他沒接話。

我指著藍寶石戒指：「您確定不是這個？」

他搖搖頭。

我指著紅寶石：「那這個呢？」

「也不是，我的貴多了。」

正當他要伸手拿鑽石玉戒時，我用扇子擋住了他的熊掌。「等等，張先生，但我記得這是我另一位愛慕者送的，因為戒指內側有刻字。如果您能告訴我裡面刻了些什麼，那表示我記錯了，這的確是您的。」

張仲泛黃的眼珠開始游移：「當然，我要金匠師傅在上面刻了妳的名字寶蘭。」

我拿起戒指，給他看了金環內側，裡面什麼也沒有。

他趕緊指著他給我的那個藍寶石戒指：「喔我想起來了，是這個。」

「等等，」我又用扇子擋住他，「我拿這個去銀樓估過價，但銀樓的人說這是假的。張先生，尊貴如您，應該不會送我一個假貨吧？」事實上，我從沒拿去估過價。

他直冒冷汗，整張臉汗如雨下。我不發一語地將珠寶盒拿走，放回保險箱裡。回去時，張仲的位置已經空了。

我不用擔心他會再來找我，因為兩天後他陳屍在極樂殿後巷，是仇家尋的仇。

傳聞說張仲是南京一個堂口的成員，堂主忽然暴斃，他便偷了堂主的錢逃到上海，想加入這裡的堂口。香桂茶坊的事件，還有他想融化最有名的冰山美人——我——讓他出了名，但也是因為這樣害死了他。消息傳回南京後，他們便請上海的堂口兄弟解決掉張仲。

這齣鬧劇也就落幕了。

22 美國俊郎

雖然張仲的事件結束了，我卻陷入更深的焦慮之中。再過幾個月我就要滿二十一歲了，也在這金粉地獄待了八年。我服侍過各式各樣的客人——老的少的、有錢的沒錢的、有權的沒權的，卻沒有人能讓我臉紅心跳、手心發汗。真的有人在等著我嗎？如果有，他躲在哪？在千年前或千年後的七夕？

每晚送客之後，我總向觀音祈求：如果祢有聽見，請把他帶到我面前。

有天傍晚，當夏末暑氣轉成了初秋涼意，芳容衝進我房裡，臉像螢火蟲似的發亮：「啊，香湘，妳今晚走運了！」

「怎麼著？」

「怎麼著？不要裝了，當然是因為有人要見妳！」

「每晚都有很多人要見我，有什麼大不了的？」

媽媽溫柔地瞪了我一眼：「啊，妳真以為我老得忘了妳是最紅的名妓嗎？好大的口氣啊，香湘！」

她臉上笑容滿溢：「現在在樓下等的是一個又高又帥的俊男。」

「媽媽，妳也跟我說張仲『好看』，那……」

「哎呀，香湘，那時候我只是出於禮貌嘛。」

「那我怎麼知道妳這次是不是又出於禮貌？」

媽媽的表情認真了起來：「香湘，相信我，就算我老花眼了，還是可以從這個男人身上的西裝、領帶、襯衫和金錶看出來，他不但有錢，還很有品味。我敢打賭他一定是個富家公子，還出國念過書，應該是美國。希望他荷包裡全是美金！」

她垂涎地看了鏡裡的自己一眼，開口說：「我也想跟這個美國俊郎共赴巫山，如果他不介意的話，就算要我付錢都行，哈！哈！哈！」她伸手捏了捏我的臉，「妳這個走運的小狐狸精。」現在就連她的第三隻眼都一副羨慕的樣子。「好好服侍人家，再跟我說妳怎樣喜歡，好嗎？現在去穿衣服和化妝，快！」

「但我已經穿好衣服也化好妝了。」

「那就拜託妝再多化點，衣服再少穿一點。」

在迎賓室裡，那個男人背對著我欣賞一幅美人畫。聽見我的腳步聲，他轉身，對上我的眼，微微一笑。我的心突然像被緊抓在手上的小鳥般跳個不停，他**真的**又年輕、又帥氣、又有錢！媽媽說的是實話——這太讓我意外了。

他烏黑的頭髮向後梳，白皙的臉上有著高挺鼻樑和又大又勾人的眼睛，嘴裡叼著一根象牙菸斗。雪茄的紅色煙頭忽閃忽現，像秋天的落葉飛舞。他穿著一套白西裝，配紅色領帶和領巾，西裝下隱現優雅的身段。

他熄掉雪茄，把菸斗放進口袋，慢慢走向我，有禮貌地邀我坐在他旁邊。

我抬頭看著他問：「先生，請問要茶或酒？」

他盯著我看：「請給我茶，寶蘭小姐。」

我用蘭花指拿起茶壺，先倒茶給他，再替自己倒。我微笑著舉杯說：「先生，敬您的健康。」

因為我想，這個男人什麼都有了，除了健康也不缺什麼了吧？

他微微笑，像要看穿我似的：「敬妳的美貌，寶蘭小姐。」

我竟然臉紅了。

我們安靜喝著茶，好像在集中投入喝茶冥想比賽。

「寶蘭小姐，」他緩緩放下杯子，「請不要叫我先生，我叫鄧雄。」

「好的，鄧先生。」我臉更紅了。

又沉默了一會，然後他開始跟我聊天。讓我意外的是，他並不像其他人誇耀著自己的成就或財富。我們聊的是戲曲和戲曲演員——他們的音色、臉部表情、手勢、姿態。然後又開始聊繪畫和書法，討論畫筆虛實之間的留白、力道、曲折的線條。他似乎很佩服我的藝術造詣，我說話時，他很認真地聽，不時點頭或發出聲音表示贊同。

我馬上就喜歡上這個男人了，他是第一個認真聽我說話的人。我邊說話邊偷看他，他的手指優雅細長，好像女人的手。像個唱戲的，他的手勢很多，好像光是說話還不足以完全表達似的。我開始想像這雙手游移在我身上的感覺，心跳像打鼓般，臉也燙得像熱鍋。

雖然我們已經聊了一個多小時，他還是沒有打算要跟我陰陽調和的樣子。對其他客人來說，即使是學者也一樣，這些聊天不過是共赴巫山前「文雅」的前戲罷了。但這個年輕帥氣的鄧先生似乎只想聊天。我當然對他如此敬重我的才藝而受寵若驚，但難道我的臉蛋、身體、挑逗的技巧都不能挑起他的慾火嗎？我邀他到我的房裡去——也許在那個私密的地方他會自在些。

他欣賞完我房裡的擺設之後，指著掛在牆上的琵琶問：「寶蘭小姐，我聽說過妳的琵琶技藝超群，今晚我有榮幸洗耳恭聽嗎？」

我拿下琵琶，開始調音。調完音後，我抬頭對他一笑：「鄧先生，您想聽什麼曲子？」

「彈首《陽春白雪》如何？」

彈奏時，我努力喚起全身的音樂細胞，想藉此征服他。唱著曲詞時，我眼神迷濛盯著他的手，心裡暗想著那雙手會如何滿足我。彈到激動處，我的眼神如螢火蟲飛舞，髮絲如月光下湧動的暗潮。

一曲奏罷，他讚賞地微笑著，要我再多彈幾首。

彈完了第三首，他邀我坐到床上。終於，我內心嘆了口氣。彈完琵琶，他現在終於想進入我的玉門了嗎？但他竟然再聊起藝術，這次我變得坐立難安。好幾次我暗示他在這裡是每小時收費的，但他似乎毫不在乎。

三小時後，他終於要走了，但除了聊天和彈琵琶，我們什麼也沒做！

「寶蘭小姐，」他站在門邊，在溫暖的黃光下看起來那麼吸引。「我一直都想來見妳，很高興今天總算如願了，這是我的榮幸。我會再來的，晚安。」之後他便離開了，留下空虛在我心中敲打，像荒漠裡的一口鐘。

隔天一早，芳容衝進我房裡，在我對面坐下看著我，好像我是公主似的。「嘿，小美人，跟我說昨晚的事吧！」

我喝了一口苦茶：「媽媽，一言難盡。」

她舔舔嘴唇，若有深意地看了我一眼，說：「呦！」

我不發一語，緩緩再喝了一口茶。

她又問了一次，這次語氣很溫柔：「真的，跟我說一下，他怎麼樣？他跟妳做了什麼？」

「我跟妳說過一言難盡。」

「說說看，說說看嘛！」我沉默不語。媽媽似乎不耐煩了：「香湘，拜託不要這樣折磨我，我問妳，他到底做了什麼？」

「沒做什麼。」

「沒做什麼是什麼意思？」

我放下茶杯：「就是這個意思，什麼也沒做。」

「妳說他沒把玉莖放進妳的玉門？」

「當然沒有，他沒親我，連手都沒碰。」

媽媽張大了眼睛：「但他付了二十個銀元！」她歪著頭不知道在想什麼，突然說：「喔，一定是金槍不舉！但那只是他的槍不能發向雲霄，他可以用另外的那支槍來洩欲啊。」她似乎很努力在想什麼，然後大叫了一聲，把我嚇了一跳：「我的老天爺，他一定是間諜！」

「媽媽，妳在說什麼？間諜到青樓裡幹嘛？」

「我不知道，他可能是極樂殿或眠花樓的人派來刺探我們的。」

媽媽的推測實在太荒謬，所以我沒搭腔，讓她一個人胡言亂語。

最後她說：「但反正他說會再來，所以就算他沒跟妳上床也無所謂——只要他再付銀元，哈！哈！哈！那還更好，妳可以保留體力接更多客人。」

一個禮拜後，鄧先生果然又來了。這次他穿了一身黑西裝、黑襯衫，配上一個粉紅領結，好似一朵蓮花。有一次吳先生在教我畫蓮花時說：「蓮花長在淤泥之中，所以我們說『出淤泥而不染』，來形容那些在亂世中仍保有純淨之心的人。」

我當然知道吳先生是藉此提醒我，縱使身在青樓，我仍需保有善良的心。

鄧先生的衣著也在提醒我要「出淤泥而不染」嗎？

這次我直接帶他到房裡，我們喝茶、吃點心和聊天，就像上次一樣，我們的話題圍繞著藝術。他似乎對我要花多少時間來畫一幅山水畫、花鳥畫或仕女畫很好奇，也想知道我喜歡楷書、行書或狂草。

然後他要我唱首京劇段子。

「鄧先生，您想聽什麼？」

「寶蘭小姐，只要是妳唱的都好，所以妳決定吧。」

「好吧，」我沒忘了回他一個勾人的眼神，「那我來唱段《祭塔》。」

《祭塔》是《白蛇傳》裡最難也最有名的唱段，我深深吸氣，看著觀音、梅花、窗外的遠山，然後鄧先生的靈魂之窗。

他微微一笑。

我使盡渾身解數，唱著這段曾被形容為高音應似「神雁翔天」，而低音似「寒蟬嘯松」的曲子。

然而，當唱到「相逢唯有在夢裡……」時，珍珠的身影突然在我腦中浮現，雖然我努力不去想，但眼淚已經潸然而下。

我有些窘迫，一個交際花是不能隨便在客人面前流露真情的！我又急又羞，手足無措。鄧先生從沙發站起，掏出他的粉紅手帕替我擦乾眼淚。之後輕柔地將我摟在懷中，好像我是件昂貴的瓷器。好溫暖，我想我是愛上他了。

雖然我覺得舒服又溫暖，但眼淚卻像決了堤一樣流下。我們凝視著彼此，直到我流乾眼淚。然後我紅著臉輕聲問道：「鄧先生，您……想要讓我服侍嗎？」

他竟然皺了眉頭。

但馬上又眉開眼笑地說：「寶蘭小姐，我們先吃點東西吧，我餓了。」

雖然他的猶豫只有一瞬間，但已足以讓我心碎。

難道食物比我的玉門還可口嗎？我簡直不敢相信！這真是一件比「被上」還羞辱的事！但接著我想，也許他是想要養精蓄銳。於是我開心多了，將萍姨準備好的食物放到八仙桌上，倒了兩杯酒。在溫馨的氣氛下，我們邊吃邊喝酒聊天。

我真想知道他是什麼人──學者書生、政府官員、生意人或富家公子。但每次我試探時，他總能迂迴地避過我的問題，將話題轉回藝術和文學。

「寶蘭小姐，」他凝視著我，「妳很幸運，有這麼好的嗓子。我知道妳也練唱得很認真，但妳介意我給些建議嗎？」

「當然不介意，鄧先生。」我雖然不介意他的批評，但卻感到詫異，因為他是第一個敢這麼做的客人。

他說：「換氣的時候要讓氣下至丹田，再緩緩上升，要以退為進。」他認真看著我，臉上浮現一絲緋紅。「妳覺得我說的對嗎，寶蘭小姐？」

我訝異地張開嘴，卻一句話都說不出來，最後才終於說：「鄧先生，您簡直可以當我的老師了。您怎麼會對京劇這麼了解？」

「過獎了，寶蘭小姐。」他喝了一口酒，緩緩將杯子放下，「我只是個戲迷。」

可惡！他的嘴跟媽媽的保險箱鎖得一樣死。

雖然對他的保留和委婉迴避很失望，但這也讓他更迷人了。

我們繼續聊天，我不停為他斟酒、夾菜和拋媚眼，直到我不耐煩了。

終於他看來快醉倒，我把握機會問他：「鄧先生，您想到床上休息嗎？」

「寶蘭小姐，」他眼神帶著醉意，「我想我該回家了，我覺得不太舒服。」

他竟然拒絕我第二次！這個男人怎麼了？珍珠曾說男人只要有免費的床可以上，眼珠都會發亮，就算是個暴牙麻子臉的老妓女也行。但這個男人花了那麼多錢，而我若不是上海最漂亮的交際花，至少也是其中之一，他卻不想探索我的丹穴。他有什麼問題嗎……或我有什麼問題嗎？

但我沒露出困惑，只將嘴唇彎成新月，說：「那鄧先生，您最好還是留下來吧。」

「我沒事，幫我叫臺人力車就好。」

「好吧。」

他只是點點頭，深深看了我一眼。

我送他到門口時，梅花突然說：「舒服嗎？還想要嗎？」

我不知該哭還是該笑，只低下頭看著自己的腳。珍珠說過我的腳較大，這是鄧先生對我沒興趣的原因嗎？

他離開後，我跌坐進椅子裡嘆氣。如果他不想要我，那為什麼要再來找我？也許他生性害羞，或者，像媽媽說的，也許他的金槍已彈盡糧絕。希望不是後者，他長得這麼好看！或許我應該要準備珍珠教的藥方，這樣他下次來的時候，玉莖就能夠翹得像天一樣高！

雖然什麼事也沒發生，我卻忘不了鄧先生。身為煙花女子，我絕不能讓客人察覺我愛上別人了，所以當馮大爺發現不對勁的時候，我非常驚慌。

有次我們上過床後，他問：「香湘，妳怎麼了？怎麼好像心不在焉？」

得罪他的代價我可付不起，所以只好趕緊道歉，努力陪笑：「沒有呀，馮大爺！您人在這，我的心豈能不在呢？」

幾天後，媽媽說鄧先生那晚會過來。我沒有熬壯陽湯，倒是點了香，聚精會神地寫了王維的《紅豆》送他：

紅豆生南國，春來發幾枝？願君多采擷，此物最相思。

我還記得，每次爸爸要去巡迴演出的時候，總會帶著一小袋豆子。我問他為什麼，他總說：「這樣我看著這些紅豆時就會想到妳母親。」他說這些紅色的果實叫相思豆，代表思念，也是情人之間最喜歡彼此相贈的東西。

鄧先生在晚上七點半準時到了，我們一坐下，我便將詩拿給他。他看了好久後，開始唸起劉禹錫的《竹枝詞》：

楊柳青青江水平，聞郎江上唱歌聲。東邊日出西邊雨，道是無晴卻有晴。

聽著聽著，我又開心又難過。我知道他是在告訴我，縱使我以為他無情，他實是有情的。詩中的女人因感受不到對方情意而感到哀傷，但最後，日出為她帶來了希望。

我心癢難耐，鄧先生到底想跟我說什麼？我希望他可以更直接點，而不是像這樣聲東擊西的。是時候我該採取主動來釐清我們之間的關係了，於是我靠近他，握住他的手並開始親吻著，他愉悅地嘆息。得到鼓勵，我將唇移向他的唇，他的舌像條蛇一樣竄入我口中，兩條蛇糾結纏繞著，欲擒故縱，時進時退。我的手開始褪下自己的衣服，剩下一件肚兜。鄧先生邊親我，邊將那柔軟如絲的手游移在我身上。

我們親了幾世紀之久後，我忽然發現他還穿著衣服。有這些累贅，我們要如何共赴雲雨呢？我伸手解開他襯衫的鈕子，但出乎我的意料，他抓住了我的手。

鄧先生溫柔地說：「寶蘭小姐，妳先到床上去，我隨後就來。」

雖然這建議很奇怪，但因為他是付錢的人，我只能照做。

我在被子裡將肚兜褪下，覺得興奮又緊張。我聽見鄧先生吹熄了蠟燭，衣服落在地上的聲音，最後，腳步聲漸漸走向我……

我的眼睛緊閉著，心跳如同初生小雞拼命拍翅膀般的急速跳動，我等著他來填滿我的全部。他鑽進被子裡，輕柔地抱著我，身體貼著我的背和臀，我愉悅嘆息著。但我的慾火瞬間被一個奇怪的觸感澆熄，他用力貼著我的時候，我感到有兩團柔軟突起的東西。一個念頭在我腦中炸開——這個男人有胸部！

我轉身掀開被單。

他馬上將被單拉回去。

我大叫：「所以，您到底是鄧先生還是鄧小姐？」

他把食指放在唇上：「噓……寶蘭小姐，請不要聲張，」他在我耳邊輕聲說，「反正我愛妳，是男是女又有什麼分別呢？」之後，他——或她——用唇封住了我的唇。

也許鄧雄說得對，有什麼分別呢？反正客人付錢，我就得取悅他們。知道真相後，我突然覺得一陣失落，體內的最後一點火花也熄了。然後，我開始像服務其他客人一樣取悅我的客人，她呻吟、扭動，直到虛脫無力……。

我花了很久時間才從驚嚇中恢復過來。令人難過的不只鄧雄是女人，還有我以為她是我的真愛，能夠娶我、帶我離開青樓的希望也幻滅了。我當然不至於天真地不知道有些女人也喜歡女人，珍珠就跟我說過，名妓洪奶奶被她的情人拋棄後，就開始跟女人上床，有很多女客人去找她「磨鏡」。幾個世紀以來，中國都用銅鏡，但因為銅鏡容易變得晦暗無光，因此大街小巷裡總有人叫著：「磨鏡！磨鏡！」他們的工具很簡單，只有一面厚厚的「母鏡」和潤滑油。把鏡子交給他們後，他們就會在母鏡抹上潤滑油，開始用母鏡磨鏡子，直到鏡子變得光滑明亮。

珍珠別有深意地笑著：「所以，兩個女人上床的時候，因為沒有玉莖，所以只能互相摩擦對方的陰部，就像磨鏡一樣。」

她還說：「這個洪奶奶因為當了蕾絲邊姊妹，變得非常有名。因為她了解女人，知道怎麼當個『男人』。所以她也被稱作『半月男，半月女』。」珍珠眨眨眼，「她尤其很會『灑麵』。」

顯然鄧雄就是另一個洪奶奶，只差在她是付錢的，不是收錢的。

既然祕密已不是祕密，鄧雄便更常來找我了。每次我們總會翻雲覆雨，即使她並沒有「雨」。雖沒有玉莖，但就如同傳說中的洪奶奶，她非常會磨鏡。雖然我並不享受，但跟她磨鏡總比跟那些臭男人上床好。我還是很喜歡那個俊俏、優雅、不凡的她。每次我們完事後，我要穿上衣服時，她總會溫柔地替我把衣服放在床角，然後輕輕地把我拉進懷中共枕而眠。

鄧雄的身體纖瘦光滑，像個發育中的女孩。我喜歡看著她裸著身體在房裡走動，喜歡看她那小小的胸、微微隆起的小腹和窄臀。我會想像她留長髮，或是穿著肚兜、緊身旗袍、低胸洋裝的樣子。我會對她「女人」的樣子愛多一點或少一點呢？

有一次，激情過後，我們坐在窗邊喝茶。她說：「寶蘭小姐，謝謝妳給我這麼美好的時光，但我知道妳對我是個女人這件事很失望，所以還是要跟妳說聲抱歉。」

我沒說話，因為不知道能說些什麼。我的確喜歡跟她在一起，但仍有受騙的感覺。雖然她對我比任何臭男人都好，但我對未來的夢想卻因為她少了我從前最討厭的東西——玉莖——而破碎！

如啞巴吃黃連，我勉強擠出一個笑容：「別這麼說，我是應該侍候妳的。」

她緋紅的臉瞬間刷白：「妳是這麼想的嗎？難道妳對我沒有其他的感覺？」

還有什麼能比**那個東西**更有感覺？我暗忖，但卻說：「當然，我很佩服妳在藝術上的博學多聞，也喜歡妳的紳士風度。」

「過獎了，」她皺著眉頭，似乎想說些什麼。「我來這裡之前就讀過妳寫的詩和讚美妳的詩，妳的名字真是如雷貫耳，我很久之前就想見見妳了。所以現在美夢成真，妳可以想像我有多高興。」

我害羞笑著：「過獎了，鄧……」我還是不知道該稱呼她「先生」或「小姐」。

「請叫我鄧雄。」她說，「寶蘭小姐，我要告訴妳，」她乾了杯裡的茶，「我愛上妳了。」

「妳說什麼？」

「我愛妳。」

「但我不可能愛妳，」我說，「妳是個女人！」

「妳當然可以愛我，」她狠狠的盯著我，「至少可以試試看。這不是冒犯，寶蘭小姐，但如果妳可以取悅又老又皺的老男人，為什麼無法愛一個漂亮、溫柔體貼的女人？反正妳曾經以為我是男人。」

也許她說的沒錯，我為什麼不能愛女人？我想，但卻反問：「但……為什麼妳不喜歡男人？」

「妳喜歡嗎？」

這個問題讓我啞口無言，我的確不喜歡桃花亭裡的男人，也許說**不喜歡**還不夠，我甚至憎恨他們。

鄧雄的聲音再次響起：「妳不覺得女人——記得妳的珍珠姊姊嗎？不是比男人更好？妳比較喜歡跟她那樣的女人在一起，或跟馮大爺那樣的老男人在一起？」

也許媽媽猜對了，這人是個間諜！否則，她怎麼會知道這麼多關於我的事？

「妳怎麼會知道珍珠和馮大爺？妳一直在暗中監視我嗎？」

「不，當然不是，」她笑了出來，「我不會做這麼下流的事。是因為妳很有名，大家喜歡討論妳的每件小事，妳是他們的女神。」

我不得不承認自己受到誇獎很高興，「但紅玉呢？她不也是女神？」

鄧雄仰頭大笑，好瀟灑，像個真的男人。「哈，也許紅玉很受那些粗鄙生意人的喜愛，但喜歡妳的都是學者、詩人或藝術家。」

「我的客人中也有粗鄙的生意人。」

「對，因為妳傲骨、高不可攀，所以他們更想得到妳。外面有很多窮詩人很喜歡妳，但卻連進來十分鐘，聞聞妳身上香氣的錢都沒有。幸好我很有錢。」她拉著我的手說：「寶蘭小姐，妳願意和我在一起嗎？」

我想抽手，但卻突然想起她是付錢的客人。

「鄧小姐……」

「請叫我鄧雄。」

「鄧雄，我……不能，因為我……我並不愛妳。」

「那我會一直來找妳，直到妳愛上我為止。」

「妳怎麼這麼自信我會愛上妳？」

「因為我英俊瀟灑又有錢，而且對妳比妳見過的所有男人都好，像馮大爺。」

聽到她再次提到馮大爺，我有些吃驚，「妳認識他嗎？」

她的回答像在房裡丟下一枚炸彈：「他是我先生。」

「什麼？」

她喝了口茶，「我是他第四個小老婆，但我受不了他了，所以偷了他的錢逃走。這只是幾個禮拜前的事，所以他一直在找我。」

我摀住嘴巴，擔心自己會不小心叫出來。我緊張地小聲問：「老天爺，那妳為什麼來這裡？」

「因為我願為愛犧牲。」

「那如果妳在這裡遇見他呢？」

「不會的，我知道他的行程。星期一他會陪大老婆到廟裡拜拜，然後過夜。寶蘭，我是個非常小心的人，所以花了兩年計畫這一切。除此之外，就算他在這裡遇見我，他也認不出我來。因為我現在是個男人，還有了另一個名字。」她接著說，「最危險的地方就是最安全的地方。」

我大聲地喝茶，熱茶燙到了舌尖。「那妳現在怎麼打算？還有，妳住在哪裡？」

「如妳所知，我改了名，又扮成男人。反正我有很多錢，所以可以住在飯店裡。我接下來打算到北京去加入一個女子京劇團，當然，我只演男角。嫁給馮大爺之前，我是個唱戲的。」她深深看了我一眼，「我到這裡的原因，寶蘭，是希望妳跟我一起逃到北京去。」

她的話讓我胸口一陣顫慄。如果我到了北京，就可以去找母親了！我喝著茶，細想生命中不可思議的一切。「請讓我冷靜想一想。」

「好，」她看了一下她的黃金懷錶，現在我才驚覺那是馮大爺的錶，「我下禮拜會再來，但我不能等了。老馮現在正加派人力在找我。」

「但他從沒提過妳的事。」

「當然沒有，妳認為他會想跟大家說他的小老婆偷了他的錢跑了嗎？他寧死也不會想丟這個臉！」

過了一會，我問：「那他在做什麼生意？」

「非法的勾當。抱歉，寶蘭，我不想多說這些。除此之外，他是個非常陰沉的人，也不喜歡提到他的生意。但是，」她認真看了我一眼，「他喜歡提到妳。」

「我？」

「對，他總愛說妳有多美、多有才華，有次他醉了，還說想把妳娶回家當他的第五個小老婆。」鄧雄繼續說，「所以我好奇想來這裡看我的情敵，但和他一樣，我也無可救藥地愛上妳了。」

聽到這些我震驚得說不出話，最後才問：「鄧雄，妳不怕馮大爺會處罰，或甚至……殺了妳？」

「當然怕，但我已經踏上不歸路了。」她拉著我的手說：「我會再來最後一次，請跟我走。我會扮成男人，所以我們可以以夫妻相稱。」

她已經假設我會同意，把所有事都計畫好了！「妳不怕……我會……跟他說？」

她竟然笑了：「不會的，寶蘭，妳不會這麼做。」

「妳怎麼能確定？」

「我很會看面相，妳連老鼠都不敢殺。」

23 私奔

兩個禮拜後，我帶著琴和一些簡單的行李跟著鄧雄逃走了。我唯一的遺憾是無法跟萍姨和春月道別。

「妳知道道別要冒多大的風險嗎？」鄧雄警告我，「不能相信任何人，連妳自己的影子都不行！」

我只能跟梅花說再見。我把牠放在肩上，祈求我們來生能做好姊妹。牠點頭咯咯叫著：「恭喜發財！」

我以和客人出外用晚餐的藉口與鄧雄離開了桃花亭，我倆均盛裝打扮，她穿著深藍西裝配橘色領帶，我穿著紫色旗袍，上面繡了紅色和金色的花。她選了禮拜六，因為這是桃花亭最忙的時候，監控也會比較鬆散。一小時後，我們到了黃浦江邊一間高級餐館的私人廂房。鄧雄大方地給每個來跟我們打招呼的人小費，包括服務生、掌櫃，甚至連一個小侍應和女下人。大方給完小費後，服務生帶我們到一個面對著河的更高級私人廂房。桃花亭派的兩個保鑣守在門口。

從窗邊看去，我看見反映在黑色水波上如眼睛般閃爍的光，幾艘花船停泊在大郵輪旁邊，船上傳來女人琵琶彈唱聲。如果幸運的話，從今天起我就自由了，但那些花船上的妓女會有機會逃離這浮華的情慾世界嗎？

鄧雄清澈溫柔的聲音打斷了我的沉思：「寶蘭，妳今晚想吃什麼特別的嗎？」

我的心跳得好快：「點妳想吃的吧，我什麼都好。」

她把掌櫃叫來，點了四瓶最貴的酒和十道菜。

「鄧雄，」我推推她小聲說，「那要十幾個人才吃得完啊！」

她看我一眼，繼續點了鐵觀音、龍井茶和雲霧茶，還有四支水煙。掌櫃離開後不久又帶了兩個下人回來，端了一堆菜放到桌上。

「鄧先生，」他諂媚地笑著，「這些都是餐廳敬您們的菜！」眾人跟我們一鞠躬後便離開了。

我對她的揮霍不滿，但鄧雄沒理我。她倒了兩杯滿滿的茶，跟我乾杯：「寶蘭，祝我們成功。」

我的心跳得像戰鼓般，我問她：「鄧雄，我們真的會成功嗎？」

「我一向都很謹慎小心，相信我就是了。」

我們默默吃著菜，掌櫃和那兩個下人又端了更多道菜進來。最後，整張桌子擺滿了食物，鄧雄竟要掌櫃去邀請外面那兩個保鑣進來一起用餐。「我現在就把帳結清，之後不許有人進來打擾我們。」

我在她耳邊悄悄說：「鄧雄，妳瘋了嗎？」

「好的，鄧先生，」掌櫃看了我們一眼，「我明白了。」

他一定以為我們打算與保鑣在這裡縱慾狂歡！

掌櫃拿了錢，拖著他乾癟的臀部出去後，兩個保鑣的笑臉出現在門邊。鄧雄朝他們微笑，要他們進來坐。他們坐好後，鄧雄開始替他們倒酒又夾菜。

「兩位辛苦了，我們敬你們一杯。」她舉杯，示意我也一起，「儘管吃吧！」

兩張粗野的臉上，充滿血絲的眼睛露出貪婪的表情，兩雙筷子拼命夾菜，滴到餐布上的菜汁就像書法中的狂草。那兩雙滿是厚繭硬皮、曾無情地鞭打或掐死某位姊妹的手，現在正擦著油膩的嘴。

我跟鄧雄聊著風花雪月，盡力不讓自己的手顫抖，甚至讓坐在隔壁的保鑣在伸手夾一塊大肥肉的時候，「不小心」碰到我的胸部。聊了不久，我開始唱歌，和他們玩起猜枚遊戲。保鑣看來再開心不過，興奮的臉、色瞇瞇的眼、沾滿油光的嘴。在鄧雄的要求下，我心不甘情不願地拿出了琴。我彈琴時，兩個保鑣邊灌酒，邊抽著水煙罵髒話——「操他娘，這龜蛋怎麼會這麼有錢？操他媽的小穴，怎麼會生給她女兒這麼大的奶子！」

整間廂房裡煙味瀰漫，散發著不祥的氣氛。我巧笑倩兮，手指像個脫衣舞孃般在神聖的琴上滑落、搖擺、挑撥。雖然對於要用琴取悅這兩個粗人讓我感到罪惡，但至少我沒有違背對珍珠的諾言——我並沒有用琴來賺錢。

在我如此「赤裸裸」的演出時，鄧雄不停替兩個保鑣夾菜、倒酒。

最後，那兩個男人爛醉如泥的趴在桌上。他們已經不省人事後，鄧雄要我換上寬鬆衣物，帶著我的琴和簡單的行李。確定四處無人，連個鬼影都沒有之後，鄧雄便和我悄悄從後門溜走，招了一臺人力車，直接前往京北車站。

幾個小時後，我們的火車到了南京，我們走到碼頭，搭船到浦口，再搭直達車前往北京。經過一夜折騰之後，我在火車上沉沉睡著了。在頭等車廂醒過來時，我發現自己被鄧雄摟在懷裡。

她輕輕吻了我的額頭：「寶蘭，妳有睡好嗎？」

我的頭很疼：「我們現在在哪裡？保鑣呢？」

她摟得更緊了：「寶蘭，我們安全了，在北京。」

「確定嗎？」

「嗯。」

在北京的晨霧中，我看著她的臉，然後將自己的臉埋進她胸口，不想被她看見我眼裡的淚水。

如果鄧雄是個男人就好了。

「寶蘭，」她摸摸我的頭髮說道，「別睡了，我們得下車了。」

服務員替我們拿了行李和我的琴，然後我們穿過北京車站，招了一輛車。鄧雄要司機載我們到離天壇不遠的偉富飯店，我伸長脖子看著這個陌生的城市——面無血色的男人彎腰吸著鴉片，供應烏龜、蛇和羚羊角湯的餐廳，一個耍雜技的人旁邊站著另一個人在拉二胡。車子穿過小巷弄和一排排高牆圍著的平房，我把脖子伸得更長了。看到其中一間大門裡沒有花園，只有一座高牆。

我問鄧雄：「為什麼那個門裡有座牆？」

她笑著說：「喔，妳不知道嗎？那是擋鬼牆，因為鬼只會走直線，所以這座牆是不讓孤魂野鬼亂闖進屋裡。」

但我記得珍珠曾告訴我相反的——中國的東西大多迂迴曲折。也許是因為陽間的人需要經歷人生的種種曲折，而陰間卻單純多了。沒多久，我們到了飯店，登記完便直接進房休息。

我們醒來時已經是下午了，我覺得神清氣爽卻又飢腸轆轆。我們簡單梳洗過後，便到一間小餐館用餐。我吃了牛肉麵、肉包，喝了烏龍茶，但鄧雄卻對食物心不在焉，直盯著我看，眼神像個母親，又像個溫柔的丈夫。

我看了她一會，問：「鄧雄，妳不餓嗎？」

她微笑說：「妳秀色可餐。」

用餐過後，我們去買了一些衣服和日用品，然後直接返回飯店。鄧雄說想上床休息——這次是為了磨鏡。我心裡嘆了一口氣，難怪中國人說「飽暖思淫慾」，又說「食色性也」。

雖然我不愛跟女人上床，但因為對鄧雄很感激，也就願意服侍她。還有，如果真要上床的話，我寧可選一個有教養的漂亮女人，也不要一個臭男人！

我努力取悅她，鄧雄馬上就臣服在我迷濛的雙眼、紅唇、靈活的舌頭和手指之下。她呻吟扭動著，弓背顫抖，直到筋疲力盡，滿足地倒在我身旁。

鄧雄很喜歡跟我上床，所以接下來的兩天我們都衣不蔽體地待在房間裡。直到我的下體已腫脹不堪，她才終於停了下來。

這時我們才開始討論該怎麼找到那個女子京劇團和我母親。鄧雄很想加入劇團，但我堅持要先找到母親，最後她妥協了。

鄧雄說她的錢夠讓我們先在北京玩一玩，但我根本沒心情遊玩，也不想要任何娛樂，只想趕快找到母親。不只是因為思念，也想親口問她為什麼這麼多年來從未捎來隻字片語，她怎麼忍心忘了自己唯一的女兒？

在北京的第三天，我們十點起床後便趕緊用餐、梳洗、打包，然後前往北京西南方的太乙山。母親八年多前和我分開時曾提過她打算到太乙山出家，但因為我後來再也沒有她的消息，所以也不知道她究竟進了哪間廟。我打算從山腳開始問，然後慢慢往山上走，問遇見的尼姑或和尚是否見過她。

這是一段漫長又艱難的路，我們到太乙山的時候已是傍晚。秋天的天氣又涼又舒服，蒼白的月亮掛在遠處的山頭，似乎跟著我們走。我們到達的第一間廟是香雲寺，是鄧雄首先在簇葉間看見廟宇向上揚的屋簷，於是要拉車的苦力停下來，付了錢，扶我下車，然後一起走向廟的大門。我們輕輕用獅子頭門環敲了敲門，不想太大聲，以免驚擾到裡面想遠離塵世的人。

門打開之後，一個年輕和尚的圓臉露了出來。因為是間小廟，應該不須什麼繁文褥節，所以我便直接跟他表示想見住持。

他要我們稍待，接著便跑走了。不一會兒，他回來說：「先生和小姐，住持請你們到大廳去，請跟我來。」

穿著灰袍的住持約莫七十歲，看起來瘦弱且有智慧。他已經在前庭等我們了，月光在他鏡一般的光頭上閃閃發光。

我還沒來得及阻止，鄧雄已經跟他說我們是夫妻了。

住持微笑著，手上拿著長長的佛珠。「歡迎來到寒寺，鄧先生、鄧夫人。」

「我們有榮幸知道住持的大名嗎？」

鄧雄很有禮貌地問，讓我很高興。

「老衲法號浮雲。」

浮雲大師帶我們走進大廳。坐下後，他吩咐年輕和尚去準備茶和點心。

我們邊喝茶聊天，邊吃著乾果、水果和菜包。鄧雄跟大師說她是生意人，我們有三個孩子——當然都是捏造的。我對說這些謊感到有點罪惡感，不是因為我是個誠實人，而是因為我的丈夫竟能如此真誠地在一位得道高僧面前說謊！更多的謊言和閒聊過後，我提起我們此行的目的——尋找我的母親——我問住持有沒有聽過她的消息。

「這恐怕會很難找，鄧夫人。」他深深看了我一眼，「這座山裡有一百多間寺廟。」

聽到這讓我很吃驚：「這麼多？」

他點點頭：「而且妳不知道妳母親去了哪間廟？」

「不知道，」我搖搖頭，覺得好氣餒。「我不知道這裡有這麼多間廟。」此外，我連母親是否去了其他地方——或甚至死了——都不知道，但我沒說出口。

「還有，」他緩緩地喝著茶，「如果她出了家，那一定會有像淨塵、悟光、慈容這樣的法號，妳知道妳母親的法號嗎？」

「不知道。」我臉一紅，覺得自己又笨又不孝。

「如果不知道妳母親的法號，要找到她恐怕是難上加難了。她的俗名叫什麼？」

「蘇美芳。」我突然覺得這個名字真適合母親，現在當了尼姑的她還是一樣美麗芬芳嗎？

「那我可以幫妳問問有沒有個俗名叫蘇美芳的尼姑。」

「您可以現在就幫我問嗎？」

鄧雄拉拉我的袖子，在我耳邊悄悄說：「寶蘭，放輕鬆點，住持自有主張。」

我笑笑，但這可不是我最魅惑的笑容，那是用來引誘我那些大恩客的，不是眼前這個不懂性事的老和尚。「請原諒我的失禮，浮雲大師。」

住持看著窗外的月亮，然後轉頭跟我們說：「天色已晚，兩位在這裡住一宿吧。吃點東西，休息一下，明天可以到法華寺去找心航住持。他已經九十五歲，在山裡住了一輩子，可能幫的到你們。法華寺離這裡只有十哩，可以走過去或坐轎子。」

鄧雄和我合掌向他深深鞠躬。

我說：「謝謝您，浮雲大師。」

鄧雄臉上露出迷人的笑容：「大師，可以讓我們捐點香油錢表達謝意嗎？」我很高興鄧雄用這麼委婉的方式捐獻。

大師微微笑，指向功德箱，之後便叫年輕和尚為我們準備晚餐。

住持離開後，年輕和尚帶我們到香積廚去。我很少有機會吃到這麼簡單又美味的素菜，在桃花亭的日子，我一直都是大魚大肉的，甚至連我說我飽了，客人都還會把肉夾到我的盤子裡，一杯又一杯地灌我喝酒。我不能說不，因為拒絕客人的好意是很沒禮貌的，也是很愚蠢的事。在青樓裡，是不能說「不」的。

我看著這些菇類、豆腐、竹筍和芋頭，心裡覺得很溫暖。我從沒見過如此純淨的食物，如同媽曾說過的：「我們不僅要活得健康，做人還要純潔正直。」

母親一向不太喜歡吃肉，她常說：「肉是用來給蔬菜調味的。」每逢初一十五，她總會煮全素來替我們「淨身」。我們全家人坐在一起，吃著母親煮的簡單菜色的畫面在我腦中浮現。母親擔心我如果不跟著芳容，就會連冷飯菜汁都吃不到。真諷刺，我不僅不用吃冷飯菜汁，還每天大魚大肉。

想到這裡我笑了出來。

鄧雄停下筷子：「寶蘭，我做了什麼好笑的事嗎？」

「喔，不，不是妳。」我跟她說母親曾擔心的事，但沒有透露自己的身世。

她伸手撫著我的臉，「寶蘭，妳以後再也不用難過了，我會讓妳快樂的。」她似乎想說些什麼，卻又欲言又止。

我知道她很想知道我的過去，但卻又覺得時機未到。在一陣尷尬的沉默中，我們急急把飯往嘴裡送。廚房裡很安靜，除了動筷和吃東西的聲音外，只有窗外的蟲鳴、落葉和遠處的狗吠聲。秋風吹著樹葉，發出沙沙的聲響，好像喊著我的名字——「香湘！香湘！」

我歪著頭聽著。記得小時候，當我把鞦韆盪得很高，在父母視線範圍之外跳石子，或發現了什麼有趣的東西而停下來，總會聽見他們焦急地喊著「香湘！香湘！」。我總不會馬上回應他們，而是站直了細心聆聽他們焦慮的喊聲。無論我身在何處——後巷、院子或附近的市集，我總想永遠留住父母親的關愛。現在這些沙沙作響的樹葉是不是正代替母親和爸爸喊著我呢？嘴裡的竹筍嚼到一半，我的眼淚掉了下來。

「寶蘭？」鄧雄溫柔地問，眼神充滿關懷。

我搖搖頭，把竹筍吞下。

鄧雄走過來把我摟進懷裡。

她的唇貼上我的，我將舌頭伸進她嘴裡。我不確定自己愛不愛她，但卻著實很感激她。

過了不久，年輕和尚又回來了。看我們已經吃完，他默默示意我們跟著他。我們走到外面，沿著小徑到寺廟旁的一棟低矮建築。打開門後，我們看見行李箱已經被放在這個沒有任何裝飾的房間裡了。年輕和尚離開後，我們坐了下來。希望能減少找不到母親的焦慮，我從錦盒裡拿出琴。鄧雄默默地看著我。

調完音後，我開始彈起《梧葉舞秋風》。我半閉著雙眼，左手中指放在音箱邊緣。當右手開始撥弄琴弦時，左手也如落花流水似的輕點著琴弦。這空蕩的小房間裡縈繞著琴音苦樂交織的呢喃，我因此覺得平靜。沒有快樂或不快樂，只是慶幸自己還活著，而且自由了。我的手指迂迴曲折地滑上滑下——如同我人生的起伏和轉折。梧桐葉隨著秋風在這沉靜憂鬱的空氣中舞著，最後落到地面……。

隔天一早，年輕和尚便來請我們去用早膳。鄧雄跟他說了謝謝，說我們還有些累，想多睡點，就不去用早膳了。其實，鄧雄是想來場雲雨——即使我們身在廟裡。我們到達巫山頂峰而筋疲力盡後，兩人又睡著了。醒來時才驚覺，已經是下午了。

「糟糕！我們要趕快趕路了！」鄧雄跳下床，開始穿衣服。「我去跟他們要些吃的。」匆匆用完餐後，我們準備離開。年輕和尚已經幫我們叫了兩輛轎子，要帶我們到法華寺去。

我們在門口跟住持道別，他慈祥地對我說：「鄧夫人，希望妳能找到母親。如果有機會，我也會替妳問她的下落。」接著他將一張紙交給鄧雄，「鄧先生，這是到法華寺的地圖，如果轎夫們找不到路或迷了路，可以拿給他們看。」

「浮雲大師，謝謝您的熱情款待。」我們跟他們鞠躬道謝，然後走向轎子。

四個轎夫看起來雖年輕，黝黑的臉上卻有著深深的皺紋。他們個個結實強壯，青筋像一條條青綠色的小蛇在小腿上浮動。鄧雄請轎夫們讓我的轎子在前，她的轎子在後。

天氣很和暖，路途狹窄顛簸，轎夫們很安靜。他們認真專注地看著前方的路，像在進行一種緩慢的冥想。不時會有幾棵樹枝伸出路中心，替我們遮蔭，我看著陽光穿過簇葉間的光點在地面閃爍著，覺得莫名的開心。我一次又一次把頭伸出轎外，朝後面的鄧雄揮手，喊著她名字。我的「丈夫」也會露出微笑，開心地朝我揮手。

一個小時後，我們終於到達一塊空地。我們現在遠離了塵囂，看不見寺廟，也看不到遠處的炊煙。鄧雄答應讓轎夫們休息一會兒，四個轎夫馬上蹲到樹下，用破布擦汗，然後開始吃起包子。粗食過後，他們拿出骰子開始賭了起來。

鄧雄想到處看看，於是跟轎夫們說：「我們到附近看看，半小時後回來。」

一個比較瘦的轎夫大喊：「先生，別超過半小時，我們想在太陽下山前到目的地。」

「好，我們會準時回來。」

鄧雄折了兩根樹枝當拐杖，在空中甩了甩，丟到地上，發出嗖的一聲。

當我們準備出發時，我突然想起了什麼：「等一下，鄧雄，」我說，「我把琴留在轎子上了。」

「放在那裡就好，不然揹著太重了。」

因為我不想讓她知道那把琴有多「貴重」，所以編了個理由：「我想在樹下彈琴給妳聽。而且我擔心轎夫們抬轎子的時候會把它弄壞。」

「好吧，那我幫妳揹。」

我們帶著琴開始在森林裡探索，彷彿進入夢境。秋天的微風舒爽又帶點寒意，陽光像一雙溫柔的手，老樹的香氣很醉人。鄧雄揹著我的琴，看起來就像個從山水畫裡走出來的俊俏書生。我看著她的背影，覺得好難過，如果她是個男人就好了！

我們安靜走著，沉浸在這一刻裡。不時我會停下來撿葉子、石頭或樹枝，邊唱著琴曲《慨古引》：

日月如梭，行雲流水若何。嗟美人啊！東風芳草底那怨愁多，六朝事事皆空過。漢家簫鼓，魏晉底那山河，天荒地老，終是底那消磨，消磨消磨愈消磨。慨當年，龍爭虎鬥，半生事業有何多？

我唱完後，鄧雄說：「寶蘭，妳唱得真好，可是這首曲子太哀傷。」

「但詩詞不多是哀傷的嗎？」

「是啊，因為人生就是如此哀傷。」她喃喃說道，似乎陷入了沉思。「所以人生得意須盡歡啊。」

她拉起我的手放到她唇邊。

我們繼續走著，直到走到一個小空地上，空地上聳立著一棵又粗又大的杏樹，泛黃的葉子像金色的雨飄然落下。

鄧雄走上前摸了摸樹幹說：「寶蘭，妳過來看！」

我跑向前看，說：「這一定是棵百年老樹！」

「不，是千年。這棵樹看遍了朝代盛衰和各種生命的消逝，古聖先賢、迷路的旅人、築巢的鳥兒、立誓的情人、圓寂的僧人……。只可惜它不會說話，不然肯定可以說個比《三國演義》更精彩的故事。」接著她感性地說：「希望我們的愛情能如這棵樹般長久。」

我沉默不語。雖然我喜歡鄧雄，但對她卻沒有男女之情。但是我從未愛過男人，又怎會知道那是什麼樣的愛呢？

擔心她會要我在這棵老樹前立誓，我趕緊轉移她的注意力。「鄧雄，在樹下彈琴一定很棒，對吧？」

她點點頭，小心地從背上拿下琴，將錦盒打開。這次我彈的是《漁樵問答》，想像鄧雄是樵夫，而我是那漁夫，在林間相遇後一起烤魚、喝酒、論道。

在林中聆聽著山中細語，我彈了一曲又一曲。《醉漁唱晚》、《梅花三弄》、《長門怨》和《憶故人》。彈完後，我嘆了口氣，跟鄧雄說了關於珍珠的事。

說完後，她嘆道：「真可惜，真希望我曾有機會見到她。」她看著我，「妳的珍珠姊姊一定像妳一樣是個可人的才女。」

「她比我更好。」

「這可就不一定了，寶蘭，妳太謙虛了。」她斜眼看著我，「妳一定知道『青出於藍，更勝於藍。』這句話。」

我微微一笑。過了一會，我又彈了《幽蘭》，這首曲是從一千多年前的唐代傳下來的，很適合在這棵老樹下彈奏。

當我還沉醉在純淨空靈的琴音中，鄧雄突然大叫一聲：「糟糕，我們在這裡待太久了！」

我趕緊將琴收進錦盒裡，鄧雄拿過琴，拉著我的手開始跑了起來。

「那些轎夫會等我們嗎？」

「我想應該會，因為我們還沒付錢。」她邊跑邊說，琴一邊拍打著她的背。

「可是浮雲大師已經付了！我看到他拿錢給轎夫的！」

「糟了，那他們一定走了，」她把我拉近，「帶著我們的衣服和東西走了！」

現在我才注意到天氣已經有了寒意，太陽也快下山了。「如果他們走了，我們怎麼辦？」

「不知道，我現在一片混亂，不過總會有辦法的。」

但我們沒有找到辦法，因為一小時後，我們還在森林裡，我知道最糟的事發生了——我們迷路了。

又跑又走的，我們終於累得坐在石頭上休息。我們又累又餓，但沒有吃的也沒有喝的，所有食物都在轎子裡。

我開始掩面哭泣，鄧雄摟著我的肩。

「鄧雄，我好怕！」我靠緊她。

「都是我的錯，我應該注意時間的。」她看看四周，「我們得找個地方過夜。」

「但我們會冷死，或被猛獸吃掉！還有蛇，我不想被蛇咬！」

她抱緊我：「寶蘭，別慌，我們小心點就好，天一亮就會找到路的。」

24 土匪

天色很快就暗了，山稜線也漸漸變成淡淡的墨色。我們跌跌撞撞地穿過濃霧，想找個地方休息，什麼地方都好。

我們看到灌木林後面似乎有個東西，鄧雄說：「寶蘭，我們去看看。」一靠近，我們才發現那是一口倒置的大鐘，上面刻有古文，長滿了青苔。

鄧雄用手指摸著那些文字，說：「看，寶蘭，這是捐給一個……一百二十年前的高僧，運氣好碰到這只鐘說不定也會讓我們長生不老。」

「拜託妳，鄧雄，現在很晚了，我很害怕！」

「別怕，有鐘就表示這附近一定有廟。」

我看了看四周，但連間廟的影子都沒有。「廟在哪裡？」

「耐心點，一定就在附近而已，可能被霧或樹擋住了。我們——」她突然停了下來，小聲說：「聽。」

我豎起了耳朵，也小聲說：「我好像聽到腳步聲。」

「我也是，」她的聲音有些緊張，「他們越來越近了。」

「那我們要不要跟他們求救？」

鄧雄用手摀住我的嘴：「不行，寶蘭。我們不知道他們是誰，可能是僧人……也可能是土匪。」

「天啊，那我們該怎麼辦？」

鄧雄還沒說話，我們就聽到樹叢後傳來大笑和髒話聲。

鄧雄緊張地說：「我肯定他們是土匪。」

這時我看見簇葉間有人影。

鄧雄低聲在我耳邊說：「現在來不及逃走了，我們要趕快躲起來，也許可以躲進鐘裡。來，幫我把它抬起來。」她把琴放在地上，我們抓住鐘的邊緣，突然有神力似的把鐘抬離地面。

鄧雄小聲說：「進去，快點！」

我猶豫了。

她爬進鐘裡，伸手要拉我，我想拿琴，手滑了一下，鐘噹啷一聲掉了下來。

鄧雄在鐘裡面的聲音又急又啞地說：「我們一起把它抬起來，快！」

但已經太遲了，我看見樹叢裡探出了兩顆頭。

我扛起琴，開始跑了起來。

樹和灌木從我身邊飛過，腳下不再是盛開的金蓮碎步，而是樹枝、沙和小石子。冷空氣打在我的臉上，樹枝刮傷了我，鮮血沿著手臂流下。琴在我的背上，打得我背脊好痛。然後，琴突然從我肩上滑落，掉到地上。

我大叫了一聲，繼續奔跑。但過沒多久，有人從後面抓住了我。我又踢又打，但那雙孔武有力的手緊抓住我不放，我的功夫跟琴一樣全丟了，我不停尖叫著。

讓我吃驚的是，那個土匪不單沒有摀住我的嘴，反而哈哈大笑。這時他的同夥來到我面前盯著我看了好久，他面目猙獰，可說是賊「骨」橫生，說話時，聲音高得像女孩子一樣。雖然身處險境，但我還是差點笑出來。

「就算妳叫破喉嚨，也不會有人來英雄救美的！」

抓住我的那個人粗聲說：「妳這樣的一個美人在樹林裡幹麻呀？」他扯我的頭髮來轉過我的頭，用力盯著我。他的眼睛又大又凸，像兩個銅幣，還有一圈亂糟糟的鬍子。

我的嘴緊緊閉著，至少他們沒看見鄧雄。

稜角臉大喊：「搜她身！」

大凸眼對我上下其手，「操，什麼也沒有，這娘子什麼都沒有！」

稜角臉凶神惡煞地看了我一眼，問：「什麼都沒有？」

「對，什麼也沒有，沒有錢，沒有珠寶。」大凸眼說。

沉默了一會，稜角臉尖聲說：「嗯，但她有比錢和珠寶更好的東西，哈！哈！哈！」他色淫淫地看著我，粗手摸著自己的粗臉。

大凸眼跟著他一起大笑：「你說得對！」

說完後，他便把我推倒在地，撕開我的上衣，脫下我的褲子，然後脫下他的髒褲壓到我身上。

稜角臉見到大笑。

我大聲尖叫，這次不再是假裝高潮，而是因為憤怒、厭惡、噁心。

他打了我一巴掌，把我壓在地上。我叫得更大聲了，在他龐大的身軀下掙扎著。他又打了我一巴掌，那雙髒手打的跟他骯髒的玉莖一樣用力。我癱瘓在地上，無法阻止他骯髒的黏液射進我體內。

稜角臉邊看邊點頭，然後露出了邪惡的笑容。

大凸眼完事後，穿上褲子吆喝一聲：「換你了！」

正當稜角臉要脫下褲子時，樹葉間突然傳來腳步聲。大凸眼用一隻手把我壓在地上，另一隻手緊緊摀著我的嘴。

謝天謝地，一定是鄧雄！但她怎麼有力氣把那個大鐘抬起來呢？

兩個土匪睜大了眼睛，豎起了耳朵，往聲音傳來的方向看。

突然間，一張臉從樹叢間出現。土匪放開了我，迅即拿出刀子。黑暗中發亮的刀片就像地獄中餓鬼囧囧嚇人的眼睛。

雖然月光被濃霧蓋住，我仍能看見一雙打量著一切的眼睛。我趕緊用衣服遮著自己，尖叫聲劃破了夜晚的寂靜。我試著站起來，但雙腳和肌肉發抖得無法施力，於是又跌坐在地上。兩個土匪完全沒理會我。

稜角臉用那娘娘腔的聲音朝來人大叫：「你來找死的啊，混帳王八蛋！」

大凸眼跟著叫囂：「還是你想來分一杯羹，賤胚養的王八羔子！」

我驚訝地看見那個男人不但沒轉身逃跑，還向前走了幾步。他穿著一身黑衣，頭上綁著一條黑巾，手上燈籠詭異的黃光照亮了他的臉，那張臉，出奇地俊俏和慧黠。

他的聲音低沉而穩重：「你們恐怕得放這位姑娘走。」

稜角臉大笑起來：「哈！哈！哈！別說你不想要這個美人！你是龜蛋還是太監？」

他的臉沉了下來，聲音更低了：「我說，讓她走。」

「哈！小王八蛋，」稜角臉罵道，「你算老幾？輪得到你來教訓我們嗎！」

他們兩個互看一眼，稜角臉跟同夥說：「我們是不是該教訓一下這王八蛋？」

「當然。」

「等等，」那個男子冷靜地說，「讓我先問個問題。」

稜角臉抓抓他的頭，粗聲大笑：「問題？你是怎麼了，現在想裝讀書人嗎？」

男子仍泰然自若地問：「你們識字嗎？」

大凸眼好笑地問：「哈，哈，我們需要嗎？」他揮了揮手中的刀，「我們有刀！」

稜角臉色瞇瞇地笑，搖著屁股說：「還有那話兒！哈，哈，哈！」

男子忽然打開一卷畫軸，我揉揉眼睛，看見那畫有老虎、劍、龍和幾行書法字。

那兩個土匪大概不識字，所以一臉困惑。

這時男子開始吹起號角，刺耳的號角聲在空中迴盪，他丟下號角，拿出搖鈴劇烈搖晃著，嘴裡念念有詞，然後抽出一條龍頭鞭，在空中彈跳拍打像條兇猛的蛇。最後如耍特技般，他抽出一把長劍，將畫一斬為二，然後用燈籠的火把畫燒了。我倒抽了一口氣。

兩個土匪似乎嚇傻了，斗大的汗珠從額頭滲了出來。他們臉上映著火光，嘴巴張得開開的，一句話也說不出來。

但好戲還在後頭，那團火突然變成了一頭凶猛的老虎，全力撲向兩人。

兩個土匪像見到了閻羅王般抱頭大叫，然後消失在黑暗中。

男子不去追土匪，卻走向我，在我大約十步面前停了下來，問：「姑娘，妳沒事吧？」他溫柔的聲音裡帶著關切。

我嚇得什麼話也說不出來。

「我不會傷害妳的，妳要我扶妳站起來嗎？」

我搖搖頭，他轉身讓我穿好衣服。我在心裡嘆了口氣，他以為我沒被男人摸過、看過嗎？但他一定知道我被強姦了。

眼淚滾下雙頰，我的手笨拙地扣著上衣鈕扣，一邊看著這個陌生男子的背影。他不僅看見我一絲不掛的身體，還救了我一命。

他輕輕問道：「穿好了嗎？」

「嗯。」我虛弱地說。

他轉過身，這時我才看清楚他的臉和他溫柔的眼神。他慢慢靠近我，說：「我可以幫妳，但妳得先告訴我怎麼幫。」

他很高，我抬起頭說：「我的朋友被困在鐘裡！」

「鐘？在哪裡？」

「應該離這兒不遠，但我不太確定。我跑了一段路才被那些土匪抓到。」

他關心地看著我：「姑娘，希望他們沒有……」

「但他們有。」我努力嚥下口水，「起碼其中一個已經……」不管剛才的一劫，我注意到雖然自己是被強暴的人，他看起來卻比我還要難過。

一陣尷尬的沉默後，他終於開口：「趁天未黑之前，我們最好先去找妳朋友。」

我跟他說，我也要找逃跑時弄丟的樂器。

他把我好好的打量一番，然後關心地問：「妳現在能走動嗎？」

我突然覺得一陣疼痛，又驚覺自己衣衫不整、頭髮凌亂、滿臉傷痕，看起來狼狽不堪！

我低下頭：「嗯。」

他走近了一些，舉起燈籠說：「妳臉上有些瘀傷，但沒有流血，所以別擔心。沒事的，過幾天就會好了。」之後他脫下外套交給我：「請穿上吧。」

我臉紅了，這才發現一邊的胸部從我衣服的一個破洞中露了出來。

他別過頭，說：「我們得快點，我擔心妳朋友會出事。」

但我根本不知道鐘在哪裡，所以我們只能到處找。他走在我前方，替我撥開樹葉和樹枝。燈籠下閃爍著詭異的影子，像跳舞的鬼魅。

「鄧雄！」我喊著，緊繃著耳朵和眼睛。

男子問道：「所以妳朋友是個男的？」

「不，是個女的，只是有個男生的名字。」突然間我意識到，「鄧雄」也許並不是她的真名。她用假名掩飾身分，就像我從香湘變成寶蘭一樣。

所以這個穿著奇異、會變法術、看過我的身體，現在跟我走在漆黑森林中的男子又是誰？我連他的名字還不知道，更別說其他了。就算他告訴我，我又怎能知道那是真是假？

雖然想到這有點沮喪，但我還是用盡力氣繼續喊著：「鄧雄！鄧雄！」

但除了自己的回音、風聲和腳下樹葉的沙沙聲，什麼也沒有。

找了兩個小時後，我們終於放棄了。

男子說：「現在太晚了，什麼也看不見，而且妳一定累壞了。我們明天再找吧。」

我點點頭。

他擔心地看著我：「妳還能走嗎？」

「嗯。」

「那我們走慢點，」他沉吟了一會說：「或者，如果妳不介意，我可以揹妳。」

「謝謝你的好意，我還可以。」雖然我全身痛得想要點頭說好，但還是拒絕了。我希望他覺得我是個害羞矜持的好女人，寧死也不願和陌生男子有肢體接觸。聽說古代有些女人即使被男人無意碰到了手，也會把手剁掉以證清白。

猶豫了一會，他開口問：「妳今晚有地方住嗎？」

「沒有……我……我才剛到這裡。」

他柔聲說：「如果沒地方去，可以到我的道觀來。」

「道觀？」我抬頭看著他。

「嗯，我是個道士。」

突然間所有事情都變得一清二楚了，那條黑巾、怪異的打扮、燈籠、畫軸和那些神乎其技的法術。原來是個道士！我幾乎要叫了出來。驚訝之餘，我突然覺得一陣落寞，臉也紅了。這麼好看的男人，怎麼會想當道士呢？

他又說話了：「到我的道觀還要一小段路，妳可以走嗎？」

「可以的。」我固執地說。

我安靜地跟在他後面，直到我因腳太腫和身體太過疼痛終於軟弱無力地倒下。恢復意識時，我發現自己在那個道士的懷裡。我掙扎著：「請放我下來，我要自己走。」

「妳不能再走了，請不要逞強。」他堅定地說，腳步繼續往前，腳下踩到的樹枝發出小小的爆炸聲。

我累得沒力氣再反抗，閉上雙眼，讓他將我緊緊抱在胸前。他的心跳清晰而沉穩，竟讓我有種說不出的安全感。

我一定是睡著了，因為我醒來的時候，已經在一個小茅屋前面。他將我放下，開門讓我進去。裡面除了一張神桌、一個藥櫃、一個大鍋子和兩張椅子外，什麼也沒有。

我還沒開口，他便說：「請跟我來。」

「就是這裡。」他說著走進另一個小房間，放下燈籠和布包，點亮另一盞在窗邊的燈籠。

「你說這是道觀？」我才剛說出口就後悔了，真不該說這麼失禮的話，尤其是對一個剛救了我一命的人！

他沒回答，拿起茶壺，倒了兩杯茶。

我坐著喝茶，更仔細地看了看四周。雖然房間很小，但擺設卻井然有序。面對門口的地方有張高桌子，桌上放著《道德經》作者老子的雕像。睡覺的墊子靠著一面牆，牆上有一幅畫，上角寫著「煉丹臺」三個字。畫裡有個書生站在山稜上，盯著一個冒著蒸氣的火爐。

貼著另一面牆上是個書櫃和桌子，書櫃裡擺滿了線裝書。讓我吃驚的是，我看見桌上有一把琴。

我轉頭看著那個道士，他的臉在燈籠微光下顯得神祕莫測。他的髮髻有點鬆了，幾縷髮絲像草書在空中飄著。

「你會彈琴？」我不敢置信而又興奮地問。

「嗯。」

「但你是道士！」

他把我看了好久：「彈琴是我們道士用來冥想的一個傳統，我們希望超脫的琴音能帶著我們得道升天。」

有人來救我已經很不可思議了，更甭說這個救了我一命的道士還會彈琴！「師父，我還沒問你的大名？」

「清真。」

清淨而純真，真好的名字。但令人傷感，因為這只是他的道號，就算是以宗教之名，也不過是個偽裝。我有機會知道他真正的姓名嗎？

臉。」

「那姑娘的大名呢？」

「寶蘭。」說完，我指著琴問：「我可以看看嗎？」

「當然可以，但妳想不想先吃點東西，梳洗一下嗎？還有，」他指指我的臉，「妳可能要先洗個臉。」

我的臉好燙。我一定很難看，臉上滿是泥土和瘀青，頭髮也亂得像雜草一樣。在這個俊俏的道士面前，可憐我那名妓的美貌完全丟到溝渠去了！

我問：「你有鏡子嗎？」

他想了一下，然後不發一語地離開了房間，不一會兒便拿著臉盆和毛巾回來，開始替我擦臉。

「好痛！」毛巾碰到我臉上的瘀青時，我叫了出來。

他只是繼續替我擦著傷口。替我洗完臉和手之後，他走出去將水倒掉。

回來後，他問：「有覺得好點了嗎？」

我點點頭：「那我現在可以看看你的琴嗎？」

他擔心地看著我：「寶蘭姑娘，妳……還好吧？」

我突然覺得雙頰發熱，他一定覺得很奇怪，我被土匪強姦了之後還能這麼稀鬆平常，甚至還有心情欣賞琴。唉！他當然不知道，過去八年裡，我每晚都被不同的臭男人「強姦」！

我輕聲說：「如果可以看看你的琴，我應該會覺得好些。」

他讓我看了琴和底部刻的字——「天颯颯颯」。

「真美，」我摸著細緻的琴漆，「這一定是把古琴。」

「這把琴已經見證八百多年的歷史。」

我抬頭看他：「這是把宋琴？」

他點點頭。

「清真師父，真巧，我也彈琴！」

他的臉亮了起來：「真的？」

我殷切地點點頭。

「有天能聽妳彈琴將是我的榮幸，」他說，「但現在請先休息一下，我去準備些吃的，妳得吃點東西暖暖胃。」說完他便離開了房間。

突然間我的胃像有幾百隻老鼠在啃咬著般，我才想起從和鄧雄離開香雲寺之後，我就沒吃過東西。這時，鄧雄的身影浮現在我腦中，我掩面哭泣呢喃著：「鄧雄，妳現在還好嗎？」

我終於止住了淚，開始為琴調音，希望琴能平靜我激動的心。當我將手指放在琴面上，準備靜心時，我想起自己的琴。珍珠留給我的遺物不見了，藏在裡面的錢和珠寶也都丟了！

我才意識到自己在這世上又是孤伶伶一個人，而且身無分文。

「不！」我喊著。

我的眼裡滿是淚水，但這次沒讓眼淚流下。我振作起來，開始彈《憶故人》。我難過地想起自己不僅思念著珍珠，也想著鄧雄。她說得對，人生如此哀傷，活著不過是掙扎著不要在苦海中溺死罷了。

彈完了《憶故人》，跟著彈唱《長門怨》。當我沉浸在歌詞中憂鬱的美時，一個純淨、強大、有穿透力的聲音與我伴唱。我很訝異，這個如此彬彬有禮的道士竟然有這樣的歌聲，彷佛它能以同情洞悉那最深的哀傷，以溫柔撫平所有的傷口和洗去人生的苦痛。一曲唱罷，我的眼淚不聽使喚地撲簌流下。我閉上眼睛，然後抬頭看著站在門口的清真，他手裡的托盤上放著饅頭、熱湯和白飯。

我用衣袖擦了擦眼淚，「抱歉。」我低聲說，心裡五味雜陳。

清真將托盤放在桌上，將琴掛回牆上，又重新泡了一壺茶，我們坐了下來。他把湯端給我：「這是我特別為妳煲的藥湯，可治瘀青的。」

我喝光那碗苦藥，開始吃東西，也注意到他正看著我。但我已顧不得禮儀和矜持，也顧不得漂不漂亮，只專注地吃。快吃完時，他才吃了一點，然後帶我到一個沒有屋頂遮蔽、被圍起的一塊地方，裡面已經放好一木桶熱水了。

「寶蘭姑娘，妳慢慢來，我會在外面守著，不用擔心。」

我脫下破破爛爛的衣服，小心翼翼地踏進木桶裡。沒想到，熱水裡竟散發著香氣，感覺在治療著我的肌膚。因為知道清真就在附近，我覺得放心又心安。我將水潑到臉上、背上和肩上。想起那噁心的大凸眼，我大聲地潑水，這樣清真便不會聽到我的啜泣聲。我用力搓著，直到皮膚變得又紅又痛。雖然痛，但我這才覺得自己乾淨了。抬頭望天，看見皎潔的月亮和閃爍的星星也正在看我，我疼痛又愉悅地嘆了口氣。

「寶蘭姑娘，妳沒事吧？」

「我沒事。」我突然發現自己光著身子，而一個俊俏的男子就站在十步之外。我好奇清真現在在想些什麼，身為道士，他會對我起綺念嗎？他會對我赤裸的身體垂涎三尺嗎？如果有，他的玉莖是否正在騷動？我想像潑在自己身上的熱水就是他溫柔的手，長嘆了一口氣，但這次他沒有再說話。

我抬頭，看見星星正調皮地向我眨眼，一明一滅。

洗完後，清真的手伸過外牆拿了件道袍給我，我趕緊穿上，然後返回茅屋讓他沐浴。他回來時，我坐在放琴的桌子旁，他站在門邊，看起來精神奕奕。褪去了頭巾，他盤在頭上的柔軟的長髮看來就像隻在睡覺的貓。

我們沉默地看著彼此。

然後他輕聲說：「寶蘭姑娘……」

「請直接叫我的名字就好。」

「寶蘭，我幫妳泡壺茶吧。」

他在準備泡茶時，我可以感受到整個房裡的旺盛氣場。我靜靜地欣賞著他健壯、敏捷的身手和專注的表情。泡好茶後，他將托盤放在桌上，坐在我對面倒茶。

我們尷尬地喝了一會茶，他開口問：「寶蘭，妳現在好些了嗎？」

我點點頭，看著這張謎樣的臉龐。雖然很想了解他，但還是決定保持沉默。

他關心地看著我：「妳想休息嗎？」

我搖搖頭，安靜地喝著茶。

最後他說了：「寶蘭，」他看著我的目光彷彿是個藝術鑑賞家在審美，「可以聊聊妳自己嗎？」

突然間，我的人生似乎複雜得讓我無從說起。我深深吸了一口氣，「你不會想聽的。」

「為什麼這麼說？」

「因為我……」我掙扎著要不要告訴他桃花亭的事。「我想道士不會想聽我在這塵世裡的波折。」

他的表情困惑不解：「雖是道士，但我也見過許多人，看過許多事。」

「這很難說。」

「為什麼？」

「因為你太年輕了。」

他笑了，沉默地摸著杯子。

我盯著他好一會，說：「我是個姊妹。」

「姊妹？」他更困惑了，「妳是說……尼姑嗎？」

我的心融化了。真單純，我眼前這個英俊的男人居然不知道什麼是姊妹。我轉移話題：「清真，那你為什麼想當道士？」

「因為這是我對父親的承諾。」

「他不希望你結婚生子嗎？」

他的眼睛亮了起來，「妳知道佛教追求去執，但道教是煉丹追求長生不老的嗎？」

「我聽說過。」

「我們家族裡，很多人年紀輕輕就死了。我母親在我一歲的時候就駕鶴仙去，接著是我唯一的叔叔，然後是我舅舅。我父親擔心他會是下一個，於是開始鑽研長生不老術。我十一歲時，他就帶我到仙雲道觀去當道士。但過沒多久，他也離奇地死了。」

「天哪，我好難過。」

他哀傷地繼續說：「我對母親一點印象都沒有，所以當道士是我唯一知道的生活方式。」

「那你後悔當道士嗎？」

他想了一會，說：「不後悔，這樣的生活對我來說很好。我喜歡住在山裡，也不喜歡處理塵世的俗事。」他喝了一口茶，說：「一個月前，我師父要我到這小茅屋來隱居，希望可以煉出長生不老藥。這個考驗要一年，我還得在這裡待十一個月才能回仙雲道觀。」

現在我終於明白為什麼這個「道觀」這麼小，還只有一個道士。「你可以跟我說說隱居的生活嗎？」

「我還是跟仙雲道觀有聯繫，所以有重大儀式的時候，我就要回去幫忙。」

「你自己在這裡生活不孤單嗎？」

「我已經習慣了。」

我在內心嘆氣，他不需要女人嗎？跟我在一起他什麼感覺也沒有嗎？我下意識地摸了摸頭髮和衣服。

清真的聲音傳來：「寶蘭，」他看著我，「我只是個普通道士，說說妳自己吧。」

我希望他覺得我是個良家婦女，來自書香世家（這的確是事實！），而不是一個淪落風塵、玉臂千人枕、朱唇萬客嚐的淫蕩女子。

於是我跟他說了我的人生，只是竄改了一些細節。我不是桃花亭的姊妹，而是一個在有錢人家裡幫傭的。因為當家的對我不好，所以我逃走了，想去找母親和那個軍閥。當然，我和鄧雄的關係也是不盡不實的。現在，鄧雄成了和我一起逃跑的幫傭。提起鄧雄讓我覺得很罪過，因為她在我心中的地位已經完全被眼前這個道士給取代了。

我說完後，清真似乎陷入了沉思。過了一會才說：「我不相信妳母親會把妳丟下，無消無息的。一定有什麼事情發生，我感到有股煞氣。」他喝了好幾口茶。「雖然找母親會很艱辛，但妳現在在這兒了，就別擔心太多，我會盡量幫妳的。我也會做個符咒，讓妳可以找到她，妳們一定很快就能團圓了。」沉默了一會，他又說：「我會多寫一道符，可以到陰間去幫妳父親。」

我點點頭，對清真很感激，卻因想到爸爸而難過。接著我告訴他，是替父親報仇的動力讓我度過所有的難關，包括珍珠的死（她是另一個幫傭，我的結拜姊姊）。

清真若有所思地看著我說：「寶蘭，我知道妳的報仇心意已決。但請不要讓怨恨吞噬妳青春的生命，道家認為報仇對身心都非常有害的。」

「但我必須伸張正義，你沒聽過『殺父之仇不共戴天』嗎？」

他想了一會，說：「我知道，但我問妳，如果妳要花五年、十年、甚至二十年才能找到這個軍閥呢？又或者妳一輩子都找不到他？難道妳要讓自己的一生充滿仇恨嗎？若能用這些時間潛心修道，豈不更值得？」

他的問題讓我啞口無言，我從沒想過自己可能花上二十年的時間也找不到我的殺父仇人。

我說：「我有琴，清真，琴可以淨化我的心靈。」

他好奇地看著我問：「寶蘭，妳怎麼學會彈琴的？」

糟糕，這下我自打嘴巴了。說一個謊，便要用更多的謊來圓。「在我進那個有錢人家之前，我爸爸教我的。」

沉默了一會，他說：「寶蘭，彈琴的時候，如果妳的心充滿仇恨，那妳仍舊無法修心。妳只能練好技巧，卻無法達到修養琴心的境界。」

這樣一針見血的話從一個道士口中說出來令我很訝異。

「寶蘭，假設妳真的報了仇呢？」

「那我人生的目標也就達成了。」

「老子說，道常無為而無不為。」

我固執地說：「不向那個軍閥的頭開一槍，我就不得安寧！」

「無論妳的計畫是什麼，時機未到時，妳能保持鎮靜嗎？」

我沒說話，他繼續說：「如果妳要報仇了，心才會平靜，那我有更好的方法。」

我看著他那如兩座遠山的粗眉：「什麼方法？」

「我可以替妳準備符咒和符水來消除那個軍閥的力量。」

我不禁微笑。過了一會，我突然覺得筋疲力盡，今天和之前的事讓我累得再也睜不開眼睛。

清真關切地看著我：「寶蘭，妳累了，該去休息了，我們明天再去找妳朋友。」

他讓我睡在床上，他則睡在神廳裡。

隔天早上，有人輕拍我的肩。清真高大的身影出現在我眼前，像座山一樣。

「起床了，寶蘭。我準備了早點，吃過後我們就去找妳朋友。已經有些晚了，但我剛剛不忍心叫醒妳。」

離開茅屋時，清真拿了一條披巾和雨傘：「披上吧，隨時可能會下雨。」

我們又走進樹林裡，烏雲聚在地平線上。他抬頭看了看，皺起眉頭：「暴風雨快來了，我們得快點找到妳朋友。」

我盡可能地描述了鐘所在的地方，走了一大段路後，終於在一塊空地的角落看到了鐘。

「鄧雄？」我心跳加速，跪在鐘旁邊喊她，這次不單因為愛，還有對生命無常的擔憂。但我沒時間多想，清真已經把鐘掀了開來。

我大叫出來，裡面是空的！

我開始哭了起來，清真鬆了一口氣說：「妳朋友逃出去了。」

「你肯定？」

他點點頭，「她應該在附近，我們一定可以找到她。」

「但她也可能被綁架了！」我大哭：「天哪，那我們要怎麼辦？」

「繼續找找，附近應該有間廟，她可能就在那裡。」

突然間我感覺到披巾上有雨滴，清真轉頭對我說：「暴風雨要來了，我們最好先回去。」

「我們真的不要繼續找了嗎？」

「寶蘭，」他責備地看著我，「我是住山修行的道士，很清楚這裡。若有山洪，我們就會被埋了。」

他替我撐著傘，「而且，至少我們知道妳朋友逃走了，她應該在一個安全的地方。」

我們加快了腳步，不一會，天空暗了下來，風像老虎般呼嘯著，雨像一群蝙蝠傾盆而下。泥土無情地噴在我們的褲子和腳上，清真拉著我的手往前走。

我們終於回到茅屋，進去後，他便開始準備熱湯和洗澡水。我喝完梳洗過後，突然又一陣疲倦，躺在床上沉沉睡著了。

我醒來時，天已經黑了。風雨仍呼嘯著，但似乎變小了。我看著窗外搖擺的樹，雖仍焦慮著，卻不那麼擔心了。

「寶蘭，」我聽見清真的聲音輕輕從房外傳來，「妳醒了嗎？」

「嗯。」我在床上坐了一會，心裡不停想著他的身影和他從土匪手上把我救出的神奇經過。然後又想起他抱我回茅屋的強壯手臂和溫暖的胸膛。我拿起他的袍子，用臉頰感受那粗糙的質地，聞著屬於山中的淡淡香氣。我趕快穿上袍子，跳下床，走進神廳。

清真蹲在地上，在小爐子旁煮著湯，香氣滿溢，他的背影如巨石，長髮如一座塔安靜地盤在頭上。我忍住想從後面抱住他、把臉埋進他脖子裡的衝動。

他轉頭微笑：「我用不同草藥和菇為妳熬養氣湯。」

「謝謝你，清真。」我看著他的眼睛，「但我現在不太想喝……。」

清真站了起來，我們凝望著彼此，像過了幾世紀之久。他慢慢走向我，然後把我抱起，像抱著他那珍貴的古琴般，抱著我回到床上。

我的心像小鹿亂撞，看著清真像照顧一個新生嬰兒般溫柔地褪下我的袍子。現在我赤裸裸的身體暴露在一個男人的目光下，不過這不是個臭男人，而是個能讓我身心融化的男人。

他吹熄燈籠，月光從窗戶溜進。他在月光下脫去長袍，露出平滑強壯的身體。大手一揮，他將頭巾拉下，讓髮絲重獲自由，在空中飄蕩。

這真是一幅令我感動的畫面——一個長髮飄飄的男人。清真似乎與儒家的學者不同，他並不怕展現男性的陽剛氣概。我知道和尚是因為要戰勝執著而剃頭，而道士則需蓄髮以表示對身體的愛護。

清真上床時，我已不去想執著或不執著的問題，只想知道他將如何滿足我的身體。他的臉幾乎被他的三千煩惱絲蓋了一半，他的玉莖高舉直達銀河。

「寶蘭……」清真的聲音在我耳邊響起，他的手和唇開始探索著我的每一吋肌膚。這個道士怎麼能如此懂得床上取悅的技巧呢？

他將我拉向他，把臉埋進我的胸口，然後輕撫我的胸，他的唇一次又一次從我乳尖上滑過。他的眼睛閉著，長長的睫毛投影在臉上。他顫抖著說：「寶蘭，妳的胸彷彿有生命。」

我玩著他的長髮，愉悅的不斷嘆息。

他的舌舔著我的耳朵內側，牙齒輕咬著耳邊。他將臉摩擦著我的脖子，呢喃著：「妳好香……」然後用手托起我的臀，另一隻手像流水般滑過我的全身。

「清真……」我扭著身體，覺得一陣銷魂……。

我貼著他的身體扭動，直到他的玉莖終於進入我的玉門，他激烈的衝刺掏空了我的腦袋，讓疼痛變成了歡愉。我們就像兩隻突然逃出樊籠的動物，擺脫了所有的束縛，只剩下彼此。

巫山雲雨後，清真輕輕將我摟在懷裡。我們默不作聲，沉浸在各自的感受之中。我回味著陰陽調和的餘韻，雖說我是床笫間的高手，但卻是第一次體會到真正共赴雲雨的滋味。但竟是在道觀裡，跟一個道士。

我終於明白珍珠對江茂的感受——他一定是個翻雲覆雨的高手。

我伸手摸清真，他將我的手放在唇上，這時外頭的風似乎輕輕地喊著：「香湘，香湘。」

「寶蘭，」他俯身親我，「我愛妳。」

我看著他：「清真，我也愛你。」

清真靜靜將我緊擁在懷裡，彷彿沉默就是最好的回答與慰藉。我靠得更近，依偎在他溫暖的胸膛。

「現在有了妳，我再也不寂寞了。」過了一段時間，他輕輕下床點亮燈籠。

「你要去哪裡？」我問。

「等等妳就知道了。」他走向桌子，我看著他的裸體在月光下的輪廓，心裡覺得一陣愉悅的失落。不久他帶著毛筆和硯臺回來。

「你要做什麼？」

他沒說話，忙著磨墨。磨完了墨，出乎我意料地，他竟掀開被單，輕輕在我的腿上寫字，涼涼的墨水和墨香讓我放鬆了下來。

寫完後，他的臉和雙眼閃著亮光，好像剛泡完溫泉似的。我往下看，看見我的腿上有首詩，筆觸雄健灑脫，像老樹盤根。

指舞七弦琴，呢喃入紅塵。絳唇吸靈氣，玉手調真聲。

「清真，」我捧著他的臉，心裡好感動，「這首詩真美，但這樣我怎麼捨得洗掉呢？」

「無法留在身上，就留在心裡吧。」他說完便拉著我的手看窗外，「今晚月老將我倆的紅絲線綁在一起，我們的愛會像月亮一樣長久。」

我們躺了一會。醒來時，窗外的滿月照著我，銀色的光輝漸漸改變了我的心境。清真的話是我們凡人所希冀的，但月亮只是如同明鏡般觀照世界種種的無明和慾望，然後返照回塵世。當月亮看著紅塵的盛衰榮枯、花開花謝，十年、甚至是一年後，我們的愛會走到哪裡？到時我仍能見到清真英俊的臉龐嗎？在他眼裡我是否依舊美麗如昔？或我們只是彼此鏡中的映象，片刻短暫的記憶和紅塵裡的浮光掠影？

這些想法令我沮喪，於是我要自己別去想愛情，只享受那片刻之歡。我撥了撥自己的頭髮，舔舔雙唇，深深地看著清真。他的身體靠著我，讓我忘卻了那些紅塵的盛衰榮枯、花開花謝。我感覺到他的硬挺，然後進入，沖走了所有的不幸與苦難……。

25 真假丈夫

隔天早上醒來時，陽光照在我的腳上，我伸了伸懶腰，享受陽光的溫暖與昨夜雲雨後的餘韻。我看見清真坐在琴桌旁，表情陰鬱地看著我。

「怎麼了嗎？」我坐了起來，用毯子蓋住身體。我暗想：身為妓女，我怎麼會在一個男人面前如此害羞呢？但正因為他不是一般的男人，而是我所愛上的第一個男人。

「沒事，」他露出不太自然的笑容，「我在看妳睡覺的樣子。」

我對他嫣然一笑，揉了揉眼睛。

「寶蘭，我們得快點動身。」

「為什麼？」

「因為我們已經用掉太多時間了，得趕緊去找妳朋友。」

我咬著嘴唇，直到嚐到了血。這個男人讓我神魂顛倒，也讓我忘了鄧雄！我怎麼能這麼自私無情？

半個小時後，我們又到了林子裡。雖然大叫著「鄧雄！鄧雄！」，但佔據我所有思緒的卻是清真。雖然我的理性告訴自己要專心找鄧雄，但眼裡所見卻全是清真。所有的樹都是他摟抱我強健的手臂，每陣風都是他叫著我名字的雄壯男聲，腳下樹枝的沙沙作響全是他與我交歡時的呻吟。

我們走了半小時，清真突然說：「看，扁柏後面有間廟。」他拉著我的手，「走！」

一個小和尚來應門，我問他是否看見被困在鐘裡的鄧雄。

他的臉亮了起來：「請進！」接著轉身高聲喊：「寶蘭小姐來找鄧雄先生了！」

一個胖胖的五十歲和尚跑向我們，後面跟著一個年長的駝背和尚。讓我喜出望外，在這兩個和尚後面的是疲倦但帶著笑意的鄧雄。

「寶蘭，」清真低聲說，「妳說妳的同伴是個女人。」

我還沒機會說話，幾個和尚已經圍在我們身邊，興奮地解釋他們如何在傍晚去散步修行的時候，聽見那只老鐘裡發出微弱的聲音（之所以把鐘丟在那是因為有人捐了一只新的鐘），於是他們救出了幾乎失去意識、又餓又渴的鄧雄。他們七嘴八舌，讓這間安靜的廟裡多了喧嘩吵鬧。

滿臉疲倦的鄧雄仍要知道我發生了什麼事。於是我跟她和那些好奇的和尚們解釋，說我被土匪抓住後，清真出現，用法術救了我一命。說完後，我們突然一陣靜默，我發現鄧雄正用充滿敵意的眼神看著清真。

我們跟著這群和尚進到大廳時，我可以清楚地感受到清真的沉默和鄧雄的妒意，但卻不知道該怎麼辦。氣氛越來越緊張，前方的和尚們還討論著我們獲救的事。完全未察覺到後面的劍拔弩張。這樁死裡逃生事件打破了寺院生活的單調乏味，所以和尚們也就將他們平日的修練都拋到九霄雲外去了。

我們用過茶點之後，微胖的淨智住持邀我們留下。「鄧夫人，我們已經替你們夫妻準備好廂房了。」

「可是……」我欲言又止。這個男人是個女人，而且我不是她太太！但鄧雄瞪了我一眼，讓我又把話吞了回去。

她向住持微笑說：「謝謝你，淨智住持。經過這番折騰，我太太現在應該很累了，得先讓她去休息。」

我根本不敢直視清真，但我卻慶幸自己的話及時被打斷，否則，誰會相信「這個男人是個女人，而且我不是她太太」這種胡言亂語呢？那些和尚大概只會以為覺得我被土匪綁架後，變得神智不清吧。

清真默不作聲，當我鼓起勇氣看他時，發現他沒有我想像中的生氣——只是有些茫然。他一定覺得我是個不知羞恥、背叛了他的騙子。我的心碎成片片，幾乎可以看見那些碎片飛到地上、不停的飄，直到停在佛祖旁邊。

清真禮貌地向和尚們告辭。怕他不跟我說一句話就走了，我趕緊走向他，低聲說：「如果你一定要離開，至少讓我陪你走到前院。」

到了院子裡，我問他：「清貞，為什麼你不叫我跟你一起走？」

他看起來又驚又怒：「寶蘭，妳已經結婚了，而且丈夫就在這裡，還想要我帶妳一起走？」

我叫道：「我還沒結婚，而且鄧雄不是我丈夫，她是個女人！」

「女人？」

「對！跟我一樣！有胸部，沒有那話兒！」

他沒說話，只是看著我。最後才說：「寶蘭，妳在玩弄我嗎？」

「我沒有，鄧雄真的是女人，我不是她太太。」

「那為什麼她穿男裝？」

我跟他說，因為要逃走，所以她才扮成男人。

清真似乎陷入了沉思：「那妳和她是什麼關係？」

因為我愛清真，所以不想對他說謊，但我卻猶豫了。如果跟他說事實——鄧雄跟我是情人，但我並不愛她——他大概會覺得我在利用鄧雄而因此瞧不起我。

我看著清真無話可說。最後只能求他：「清真，我不想待在這裡，請你帶我走。」

他看起來還是很痛苦：「但我不能，我是個道士，而且這裡是佛寺。」

我氣急敗壞地說：「是這樣嗎？那你為什麼要跟我上床？」

「我愛上妳了，這是不應該的，但卻愛上了。」

「你愛我，但卻不帶我走，那我們怎麼辦？」

這時鄧雄出現了，她走到我身邊，對清真說：「我太太已經跟一個單身道士獨處太久了。」

他還沒說話，我便開口說：「相信我，清真，我不是她太太，她是個女人。」這些話連我自己聽來都覺得荒謬。

清真難過又生氣地問：「寶蘭，妳也覺得我是個女人嗎？」

鄧雄轉向我，眼裡有熊熊怒火：「所以我為妳做了這麼多，妳還跟他上床？」她指著清真，尖酸刻薄地說，「還是個道士？」

這時一扇門打開了，一個年邁的光頭和尚說：「如果你們是來參觀的，請勿喧嘩，不要打擾廟裡的清靜。」他盯著我們三人看了好久，然後將門闔上。

清真痛心地看我一眼，走出了廟門。

「清真！」我喊他，但他卻加快腳步離開。

鄧雄攬著我的肩，半拖著我回到廟裡。

鄧雄帶我回房後，我覺得該把事情一五一十地告訴她。

我們一坐下，我便說：「鄧雄，我很對不起妳，但我就是情不自禁。」

她狠狠的看著我，看了好久：「別騙妳自己了，寶蘭，那只是一時的意亂情迷。」

「不，不是。」我聲淚俱下，「他是我第一個愛上的男人……。」

她仰頭大笑：「妳知道自己在說什麼嗎？妳不是說妳無法忍受那些臭男人？」

「但清真不一樣，他跟其他男人不同。」

「不一樣？寶蘭，我告訴妳，男人都是一樣的臭氣薰天！」她冷冷地說：「也許那根東西是唯一他有而我沒有的，但那不表示他比我好。」

「他很好。」

「可是寶蘭，」她語氣變得柔和，近乎哀求，「就算他那方面很好，他畢竟只是個男人。**男人永遠不會懂得女人真正的需要**，尤其是像妳這麼細膩又敏感的女人。寶蘭，妳需要像我這樣的女人來照顧妳和愛妳，不是男人，更別說一個道士了。道士哪知道怎麼取悅、怎麼愛、怎麼照顧一個女人？」

「不，妳錯了，清真都知道。」

她看起來又震驚又難受。

「我被土匪強暴之後，他救了我，又替我療傷。」

鄧雄將我擁進懷裡，開始吻我：「寶蘭，這都是我的錯，對不起……讓妳經歷這些。我應該先讓妳進鐘裡的，原諒我。」

「鄧雄，」我抽開身體，「這不是任何人的錯，只怪我運氣不好。我很抱歉，我不是故意……要傷害妳的感受。」

她沉默不語，試著想拉我的手，但我馬上把手縮走。「鄧雄，我愛他。」

「但妳也愛我。」

她怎麼能這麼肯定？「但那是不同的愛，」我說，「比較像……我愛珍珠姊姊那樣。」

「沒關係，這樣更好，因為那是更深的感情。」

我實在不知道該再說些什麼。

「寶蘭，相信我，妳對他的感覺很快就會煙消雲散。還有妳想想，沒有錢，妳怎麼跟他過日子？」這把我拉回到最殘酷的現實，我意識到自己不僅丟了琴，還丟了所有的錢和珠寶，現在身無分文也無家可歸！當然，清真身為一個道士，也不會有錢，他甚至不願帶我回去！我開始哭了起來，我初次的愛情就如同酸楚的淚。

鄧雄伸手用手帕替我擦淚：「別哭，寶蘭，這不是世界末日，只是一段邂逅的終結。就當作做了一場惡夢。」她深深看著我說：「妳有我，我會好好照顧妳，這是最重要的事。還有，跟那個道士不一樣，我很有錢。」她拍了拍褲子裡的錢包。「我可以買任何妳想要的東西，帶妳去妳想去吃的餐館。難道妳要為了一個男人在烈日下耕作，吃著地瓜和稀飯，穿著破舊的道袍度日嗎？像妳這麼高雅的女人，應該要被寵愛、過好日子，不該被一個身無分文的道士糟蹋。如果妳是因為他有那話兒所以愛他，」她仰頭大笑，短髮閃著光芒，「那別擔心，我可以想辦法弄一個，大小和觸感都隨妳挑。」

我一言不發。

「寶蘭?」

「嗯?」

「留下來。」

那晚鄧雄累得不想上床,讓我鬆了一口氣。她在我身旁沉沉睡去,我卻清醒著。我在那張硬又不停有跳蚤的木床上翻來覆去,輾轉難眠,因為需要男人的慾望而掙扎著。清真是個英俊神祕的道士,卻能令我體會到做為女人的美妙,我甚至沒有向他收費就感到快樂。第一次,我決定為愛冒險。

就像彈琴不是為了錢,而是為了修心一樣。清真也彈琴,所以他跟我一樣,心中都有塊淨土。我愛清真,我要回去找他,與他一起直到白頭……。

我輾轉反側,直到破曉。聽見和尚們的誦經聲從前院傳來,我悄悄爬下床,穿上鞋子和外套,看了鄧雄一眼後便溜出了廂房。走了幾段冤枉路後,我終於看見清真在遠處的茅屋,看起來安靜好客。我加快了腳步走到門口,輕輕一推,門咿呀地打開了,像一聲歎息。

我直接走進清真的房裡,他還沉沉睡著,被子隨著他的呼吸起伏。我的心一軟,於是悄悄鑽進被子裡,躺在他身旁。

26 道士與妓女

於是我就這樣跟清真一起生活了。不用說，和一個道士在山裡生活和在桃花亭的日子是截然不同的。雖然從前和現在我每晚都要做愛，但現在是跟一個我愛的男人。雲雨後，我會在一雙強健的手臂中沉沉入睡。早晨在山中清新的空氣中醒來，我總會看著清真開始他的儀式。他手上敲著鼓、搖鈴和拍板，伴隨著自己宏亮的誦經聲。接著我們吃些白粥和饅頭當早餐，邊吃邊凝視著彼此的眼睛，或一起欣賞窗外的遠山。之後他開始打坐，然後練琴和畫符。

在天快黑的時候，我總會想：該準備接客了。然後又想起自己再也不用服侍那些快死的老皺紋，也沒有媽媽和爹監視著我。我自由了！

我並沒有忘記要找母親，可是清真說：「寶蘭，我不會讓妳自己在這山裡找母親，太危險了。我出門時會幫妳問問，或我們可以一起找。要有耐心。」

我嘗試耐心平靜地等，但潛意識卻不讓我這麼做。有天夜裡，我夢見自己經過多年努力，終於找到母親了。她不是尼姑，而是和我一樣，是個妓女，她的客人都是和尚。她消瘦憔悴又弱不禁風，在寒冷的風雪中顫抖。她的雙頰慘白，凹陷的雙眼非常飢餓。她面前有一碟素菜，但每當她一伸手，食物就會往後退。有次她終於抓到一塊豆腐了，但當她要放進嘴裡時，豆腐卻突然著火，燒成了灰燼。我歇斯底里喊著：「媽！媽！」但她卻什麼也聽不見。我試著將食物推向她，但卻被那些和尚搶走，狼吞虎嚥地吞下肚。

我把這個惡夢告訴清真，他微笑地說：「我讀過《周公解夢》，通常惡夢代表好事，而好夢則往往是凶兆。所以我想這是個好夢，可能是在說妳母親身為尼姑，對美食的慾望早已不再，所以妳就別擔心了。」

我每天的生活就是彈琴和等待母親的消息，但每次清真採完草藥回來，他總說沒有母親的下落。所以他回來時我總滿懷期待，卻又因為沒有消息而失望。

雖然我對母親的擔憂從來沒消失過，山中的日子卻是風平浪靜的。有時天氣好，清真結束了一天的工作之後，我們會到河邊，脫光衣服，跳進翠綠的河水裡游泳。清真又會捕魚回家烤來吃，有時候我們會到空地去放風箏，看著龍、鳳或鶴在頭上飛翔，心中覺得好快樂。我總會想像自己變成了一隻大蝴蝶，飛在空中看著下面光閃閃的世界。累的時候，我們就躺在草地上，依偎在彼此懷中，在溫暖的陽光中甦醒，身體漾著千百種愉悅的感受。

但好景不常，有天我看著窗外發呆時，看見了如絲帶般的雪，於是我知道冬天來了。在桃花亭的時候，我的婢女小雨總會把我的冬裝都拿出來，有毛皮大衣、絲棉旗袍、羊毛圍巾……，她也會端來灑上菊花的蛇湯，及最好的薑茶給我補身。青樓裡的冬天是溫暖且奢華的，但在這個山裡，我只有一件破外套可以禦寒。

幾個禮拜後開始下大雪，山變成白茫茫的一片，像個睿智的老人。如果山會說話，它會對我說什麼呢？我想起清代李文甫作的對聯：

綠水本無憂，因風皺面；青山原不老，為雪白頭。

當寒風不那麼刺骨時，清真會帶我到茅屋的附近散步，或自己去採草菇。但大部分時間他都待在家，我們彈琴唱歌。有時他會打坐、畫符、煉丹，但這些我都沒辦法參與。所有修練中，他最重視打坐和煉丹。因為仙雲道觀的住持認為他最聰明和純潔，所以將煉丹的任務交給他，這是個讓清真大顯身手的好機會。但如果他失敗了，就會變成一個無足輕重的道士，只能在布滿蜘蛛網的道觀角落度過餘生。所以他每天總要花好幾個小時守著神廳裡的煉丹爐。雖然我不喜歡從那個鍋子裡傳來的刺鼻味道，但爐子的溫度卻能讓我冰冷的手腳保持溫暖。

有一次，清真正在攪拌裡面的東西，我問他裡面都是些什麼。他說：「礦石、硃砂、黃金、孔雀石、硫磺、雲母、硝石……」

「黃金和孔雀石？」那應該比較適合拿來做珠寶而不是煉丹吧！

「我知道妳覺得很奇怪，但這些卻是能補身的。我們會餵雛鳥吃紅肉和硃砂，直到牠的羽毛變成紅色，然後再把小鳥拿來煮。我現在在煉的這個丹藥不僅能讓人長生不老，還能返老還童。」他得意地笑著：「雖然我三十歲了，但卻有二十歲的體力。」他笑得好開心：「那就是為什麼我從不怕冷。」

我知道自己無法跟這個臭氣沖天的藥鍋競爭。如果我是清真的情婦，那這藥鍋就是他的老婆，我永遠都取代不了。

很多時候我們過的日子是清真念咒我彈琴。練琴除了讓我的琴藝進步，也可以活動一下我凍僵了的手指，我有時心裡會暗暗嘆息自己把唯一的琴、所有的錢和珠寶都弄丟了。雖然清真和我在附近找了很多次，但卻沒有發現它的蹤跡。有時我會想像著那把琴的命運——也許被住在山裡的人拿去當柴燒，或被土匪發現，拿走了裡面所有值錢的東西後，便將它丟在山裡任其自然生滅。但有時我也會往好的地方想，或許另一個彈琴人發現了我的琴，把它當成寶貝帶回家。

起先我很喜歡冬天，因為這樣清真就會跟我一起待在家裡。但寒冷的日子一天比一天難過，就像不斷駛進桃花亭等我接客的車子，只讓我覺得淒涼。我沒有保暖的衣服，所以不能夠出門，清真偶爾會替我熬些藥湯補「火」，但大部分時候，他都只煮些鹽巴醃漬的菜配上一點飯。我覺得自己越來越消瘦，也很擔心自己是不是會營養不良。但清真總跟我說：「這些食物要撐過一整個冬天。」我抱怨天氣太冷時，他也會提醒我：「我們不能用掉太多柴火，因為煉丹爐的火不能熄。」

清真對煉丹的著迷開始讓我覺得惱怒，有時候他會禁食好幾天，在淨床上——他神聖的修練地——打坐。他從藥櫃裡取出枯葉、種子或各種顏色的礦物丟進煉丹鍋裡，然後念好幾個小時的咒。這些時候，他完全不理會我。在我看來，清真花在這些冗長修練儀式的時間就像是一個慈愛的母親守著她孩子的屍體，實在是白費力氣。

然而，每到晚上，他總會放下手邊所有的修練，專心在我也能參與的事上——雲雨。他是個很好的情人，溫柔熱情，勇於嘗試各種經書上提到的姿勢：白虎騰、玄蟬附、臨壇竹、蠶纏綿……。

但性事也不是那麼享受，因為有時天氣實在太冷了，我們得穿著衣服做。更糟糕的是，雖然清真和我每晚同床共枕，但我們躺的床不是婚床，永遠不可能是。無論他多享受雲雨之歡，和其他道士一樣，他認為這是種採陰補陽的修煉。所以從來只有他採我的陰，他卻不會讓我吸他的陽——不將精射進我體內，而運氣把它送到腦裡。一開始我很喜歡這樣，因為完事後不用清理。但漸漸地，我就有了不同的想法。如果道士想使一個女人受孕，他便會射精，但清真從不肯這麼做。這使我非常難過。無論我們有多少次的雲雨，無論多激烈，卻永遠不可能有個小清真或小寶蘭來陪伴我，更別說老的時候可以給我含飴弄孫。雖然清真總可以滔滔不絕談論魚水之歡和天地陰陽調和之間的關係，但卻從未提過這些事的結果——孩子。就算他想讓我受孕，我也不確定自己能不能夠，因為在桃花亭喝的那些湯就是為了扼殺在我體內孕育的生命。想到沒有孩子會讓我傷心落淚，有時眼淚流到肚子上，似乎哀悼著我那不可能出世的孩子。

隨著時間過去，我的生活似乎越來越慘淡。因為我不僅無法懷上清真的孩子，甚至無法跟他出現在公眾地方，這不是說山裡會有什麼宴會或社交場合，但他總擔心若被人看見他和我在一起，他會有麻煩。所以我從妓女變成了情婦，只是這次我的「恩客」不再是有錢有勢的政商名流，而是一個身無分文的道士。我想起珍珠曾跟我提過妓女的出路，但她卻漏了一個——和道士同居！

漫長的冬天讓我越來越會胡思亂想，直到我終於明白自己不過是從一個花天酒地的金粉地獄逃到了寒冬山中的白雪地獄。但這次我甚至無法再逃走，因為我沒有錢，也沒有地方可以去。清真一定感覺到了我低落的情緒，有次他將我抱在懷中，安慰著：「耐心點，寶蘭，等春天到了，一切都會好轉的。」

經過幾個月的苦苦等候，天氣終於好轉了。兩個禮拜後，空氣中有了一絲暖意和新芽的香氣，於是我跟清真說想到河邊彈琴。終於能從寒冬中解放，我好開心。盤腿坐在生氣勃勃的樹下，我將八百年的古琴放在腿上，然後彈起我最喜歡的曲子。

清真欣賞著我飛舞悠揚的手指。「寶蘭，」我彈完後他說，「妳的琴音是那麼寧靜悠遠。」

「但我喜歡你彈琴的磅礡氣勢和力道，」我朝他拋了個媚眼，「換你彈了。」

清真開始彈《高山》和《流水》，如果說我的手勢是風淡雲舒，那麼他的就是蒼海龍吟。彈完後他說：「高山是陽，流水是陰，所以兩首曲接著彈就可以達到陰陽調和了。」

之後，我們坐在潺潺的溪邊時，他跟我說了伯牙與子期的故事。

無論伯牙彈什麼曲，子期，雖然目不識丁，總能馬上了解其中的意境。

有次當伯牙彈著《高山》時，子期喝采道：「善哉乎鼓琴，巍巍乎若泰山！」伯牙接著彈起《流水》，子期嘆息道：「善哉乎鼓琴，洋洋乎若流水！」

伯牙非常吃驚，因為子期不過是一介不識字的樵夫，也不解音律，怎麼能聽出高山與流水呢？

「吾於何逃聲哉？」伯牙說道，於是將子期視為知音。

子期死後，伯牙自知再也無人能聽懂他的琴音，於是在子期墳前破琴絕弦嘆道：「此曲終兮不復彈，三尺瑤琴為君死！」

從那時起，知音就被視為心靈伴侶的代稱。

「寶蘭，」清真認真地看著我，一隻孤鳥從他後方飛往遼闊的天際，「妳知道我們有多幸運嗎？許多人終其一生都找不到知音，但我們不僅是知音，還是情人。」

雖然我從很多男人口中聽過類似的話，卻從未當真，但現在從清真口中說出時，卻撩動起我心裡的絲弦。

隨著春天到來，我以為寒冬的悽涼便會隨著積雪融化。但我錯了，因為天氣好轉了，所以清真幾乎天天出門採藥。偶爾他會帶著我，但大部分的時間我都是一個人留在小茅屋裡，這讓我不禁覺得寂寞難耐。我總會彈好幾個小時的琴，最喜歡彈的是宋代李清照的《鳳凰臺上憶吹簫》：

香冷金猊，被翻紅浪，起來慵自梳頭。任寶奩塵滿，日上簾鉤。生怕離懷別苦，多少事、欲說還休……這回去也，千萬遍陽關，也則難留……

當我彈到悶了，便會念詩和哼哼戲曲選段。我也會打掃和燒飯，一來可以打發時間，二來可以為清真分擔家務——雖然我對做家務恨之入骨。在桃花亭的時候，我只需要倒酒、點水煙或陪客人打麻將，餓的時候有萍姨幫我準備大魚大肉，還不用自己去拿，因為小雨會幫我端來。

想起桃花亭，使我非常懷念。雖然我恨媽媽和爹，但卻想念著萍姨、春月和梅花。接著我想到了鄧雄，她現在不知道怎麼樣了？

母親曾說，佛教認為「千年修得共枕眠」。這麼說來，我和清真一定修了千百年。但那些我被逼著跟他們共枕而眠的客人呢？還有鄧雄，雖然同為女人，但我們是不是也修了千百年才會有今天的緣分？

有次我偷偷拿了清真的宣紙，試圖從記憶裡畫出鄧雄穿西裝，和她長髮披肩、穿著洋裝的樣子。那天早上她一定心碎了——一覺在寺院裡醒來，不想跟我磨鏡，卻發現身旁的床空空如也。我們今生還有緣相聚嗎？如果有，我一定會讓她成為全天底下最幸福的女人。

許多日子，回憶總讓我無法平靜，不僅想念鄧雄，還有母親。和珍珠不同的是，她們尚在人間，但我卻不知道要怎麼找她們。好幾次我趁著清真出門時，偷偷到附近的廟裡去詢問。但沒有人知道母親的消息，有些甚至說她已經還俗，搬到另一座山去隱居，甚至已經圓寂了。這些推測令我很沮喪，但每到夜裡，看著清真俊美認真的臉龐，感受著他性愛時在我體內的衝刺，我的煩惱便會一掃而空。我對他的愛如此強烈，足以驅走所有的不滿與不安。

當周邊的山和樹開始變得翠綠時，我才意識到自己已經跟清真生活九個多月了。我也發覺，愛情竟讓我成了個局外人，只能從外面看世界。清真大概感受到我的不滿，所以總會摘野花送我、帶我到林間野餐，或辦個賞琴雅集──雖然只有我們兩人。他甚至替我做了兩套衣服──因為沒有女人，所以道士們得學著自己縫縫補補。

但是，雖然道士能對到處是扁柏和靈芝的山中生活感到滿足，我，身為女人，又曾是名妓，是需要朋友、宴會和絲綢錦緞的華衣美服。我的確曾想要簡單的生活，但不是這種千篇一律、枯燥乏味的日子。

有一天天空微暗像淡墨，清真告訴我，這是最適合與神靈溝通的時候，所以他要畫四張符──一張給我護身、一張能令我找到母親、一張幫助在陰間的爸爸和一張能削弱我殺父仇人的勢力。

當清真全神貫注時，他好像成了仙。我覺得一陣陣的愛湧上心頭，看著他，我就像見到那片遠離塵世的淨土。我要一輩子愛著這個男人，一輩子對他好。我在心裡默默對自己說。然後我看向窗外，嫩綠色的新芽見證了我的誓言。

雖然清真為我做符的心意讓我很感動，但我還是不快樂。傳說在仙人住的地方，一天是人間的一千年。但現在卻似乎相反，山裡的一天就像人間千年。我想起晚唐名妓魚玄機的詩句：「易求無價寶，難得有情郎。」我現在雖找到了有情郎，卻仍想要那無價寶！

接下來的某天，清真跟我說再過一個禮拜，仙雲道觀裡會舉行齋醮法會。有上百人會來參加法會，向道教神祇敬拜，到時會有京劇、民俗樂曲、木偶戲、法術、各種食物和遊戲……。聽清真說的時候，我的眼睛瞪得大大的，臉頰興奮地泛著潮紅。我等不及要出去玩，被人群圍繞著！

但清真說：「寶蘭，我們會一起過去仙雲道觀，但到達後我就不能跟妳走在一起了。」

「為什麼？」

「因為我是道士，而且那裡每個人都認識我。」

我覺得好難過，一句話也說不出來。

「寶蘭，」他看起來有點無奈，「請妳諒解……。」

就是因為我能諒解，所以才覺得如此難過。還有什麼能比一個逃走的妓女和一個好色道士的組合更富話題性、更罪過？若在從前，如果我們的關係被發現，我們就會被脫光，然後綁在一起讓圍觀的群眾丟石頭。之後，如果我們還「幸運」活著的話，脖子和腳上就會被綁上大石頭，丟入冰冷的河裡。

我嚥下滿腔的苦澀說：「別擔心，我們一到道觀，我就會裝作不認識你，自己去玩。」

我多希望我們能大吵一場，驅走空中的悶氣，但看見他哀傷的神情，我立刻收回在嘴邊的話，但心已碎成片片了。

隔天我醒來的時候，驚覺清真已經出門了。但他留了張紙條在桌上：

寶蘭：我大概會離開一兩天，最多三天，別擔心我，我會為妳帶回好消息。

好消息，什麼好消息？他不做道士了，打算娶我、生個孩子？但我們要怎麼繼續生活？吃那隻浮在煉丹鍋裡的死鳥嗎？

如他所說，清真三天之內就回來了。看到他的笑臉、聽見他喊著我名字的那一刻，我所有的恨都煙消雲散了。

「寶蘭，」他溫柔地看著我，「看我給妳帶了什麼回來。」

我的熱情馬上冷卻了下來——布包裡是一件沒有樣式可言的粗糙上衣和褲子，以及一頂草帽。

在桃花亭裡，這些是給最低賤的下人穿的。我的心在淌血，但卻佯裝開心，努力擠出我最美的酒窩笑容。

他看起來開心得不得了，就像個要念詩給父母聽的孩子一樣。他繼續拿出他帶回來給我的東西——醃菜、披巾、小錢包和一些錢。

「清真，」我狐疑地看著他，「你哪來的錢買這些？」

「我賺來的。」

「你去工作嗎？在哪？」

「街上。」

「你賣了你的丹藥嗎？」

「寶蘭，我寧死也不可能那麼做的。」

「對不起。」我知道自己侵犯了他的神聖禁區。

沉默了一會，他說：「我去乞討。」

這兩個字突然像雷一樣打在我的頭上，清真曾說過他會在神明誕辰、慶典、喪事時施行驅魔儀式賺錢，但因為他現在是個隱居的道士，這樣的工作就減少了，他掙的錢當然也少了。所以在這段隱居生活裡——尤其是我開始跟他一起生活之後——掙錢就更是難上加難了。

但我還是不敢相信他竟然變成了乞丐！

我覺得非常丟臉，甚至不想看他。最後，我看著那個彷彿就像地獄油鍋的煉丹鍋爐說：「你一直在行乞？」

「對，」他的聲音裡沒有一絲羞愧。

我壓抑著怒氣問：「你不覺得當眾乞討很丟臉嗎？」

「道家叫這做『受施』、『募捐』或『化緣』，所以沒有什麼好丟臉的。」

我當然也看過穿著破爛的和尚或尼姑在上海街頭化緣，但有寺可歸的僧人總是很瞧不起他們。母親說，因為隱居的和尚沒有經濟來源，所以乞討就成為他們主要的賺錢方式。有時我也會給他們一些銅板，替自己積些功德，但我不能想像有一天自己也會窮到去化緣。

我看著清真和他用乞來的錢買來送我的禮物，覺得一股怒氣攻心。我失控地大叫：「清真，你真丟人！」

他一臉吃驚：「寶蘭，妳從沒這樣跟我說過話！」

「我一直在容忍你，因為我不知道你會變成乞丐！」

他太陽穴的青筋暴現，生氣地說：「容忍我？妳不愛我嗎？我對妳不好嗎？」

「好？當你把時間都花在那個煉丹鍋裡的死鳥身上！」

「但那是我的修練！」

「對，你只知道修練。」我拍拍胸口，「那我呢？」話一說出口，我就後悔了。要是清真要我回妓院怎麼辦？我突然鬆了口氣——幸好我從沒跟他說過事實。

他難過地看著我：「但妳在這裡很自由。」

「自由？我恨透了山裡的生活，這裡是牢房啊！」我大叫著：「你有你的符、你的煉丹、你的長生不老術，但我呢？什麼都沒有！」我開始哭了起來。

清真沉默不語，然後輕輕摟著我的肩：「對不起，寶蘭，我不知道妳跟我住在這裡這麼不快樂。」

我啜泣著將臉埋入他的胸口：「也不是這樣，只是……我沒有朋友，也沒有我母親的消息。」

他摸摸我的頭安慰我：「明天妳就會在法會上見到很多人，我們可以打聽妳母親的下落。」

27 重逢

仙雲道觀離我們的茅屋大約有十二哩路，為了省錢，清真和我走了一半的路才招轎子坐。

我們在中午到達道觀時，門口已經擠滿了「善信」——也叫「香客」。因為他們是來拜神燒香求財求子或求其他什麼的。但我想，燒的香除了變成灰，還可以變成什麼？

我們又推又擠，像鰻魚扭動著穿過人群。但我一點都不介意，反倒很享受那被人群推擠的感覺。我甚至停下來摸摸一個小男孩的頭，嗅了嗅一位穿著貴氣的太太身上傳來的香水味。

道觀看起來非常殘舊，陽光沿照著黃色、彎彎曲曲的屋簷，上面有綠色的龍在金色的雲上飛翔。華麗的旗幟在風中飄揚，彷彿歡迎著朝拜的人前來捐獻積功德。遠處有座白色的佛塔，看起來就像一個有著白鬍鬚的智者。

我們一走進道觀裡，便看見許多神明的畫像和塑像。

我用手肘推推清真：「這些是什麼神？」

他指著一排穿著華麗衣服，留著鬍子的畫像說：「這些是最高位的神明，從盤古開天的時候便已存在。」接著他指著那些穿著盔甲，騎在兇猛野獸身上的人：「這些是驅邪除魔的將軍。」

「好多神明啊！」

「這樣一來，」他調皮地微笑，「才能夠滿足我們凡人所有的需求。」

我暗想：為什麼沒有一個神明能來幫我解決我和清真的問題呢？

這時我看見一個抱著嬰孩的白袍女子畫像——是送子觀音。一個不太年輕也不太漂亮的女人正跪拜在觀音面前，頭用力地磕在石頭地上。

我指著她問清真：「你覺得有用嗎？」

「這得看求的人虔不虔誠了。」

對於清真的回答，我努力想了想，覺得並不是虔誠與否的問題，而是命。女人就像土地，有些富饒，有些貧瘠。我暗自嘆氣，如果清真不願射精，那就算是送子觀音也幫不了忙。

我們停下來欣賞一根刻著龍鳳——象徵婚姻——的石柱。但當我看著那優美的線條，手摸著石頭冰涼的質地時，心卻沉了下來。就像這些刻在柱子上的鳥兒，我被困在這兒，飛也飛不走。

但我很快就不再去想這些陰鬱的念頭。道觀裡很快就充滿了來訪的遊客。每個人都穿戴整齊，但是要跟上海比的話，都較為老土。經過幾個月的孤寂生活後，我看著他們就覺得開心。女人穿著五顏六色的繡花外套，髮梢上插著鮮花、翠鳥羽毛或珍珠髮夾。男人們有些穿著中山裝，有些穿著西裝、戴著毛氈帽。雖然這些人來自五湖四海，但卻都只為了趨吉避凶、祈求好運而來。

遠處的高臺上有一群道士穿著五顏六色的繡花大袍。交談時，袍子上的金銀絲線也隨著閃閃發亮，像不時飛出海面的飛魚身上的反光。

清真一看見其他道士便將我拉到一旁，「寶蘭，我得跟他們一起去準備儀式了。」他看了看四周，接著又說：「希望妳玩得開心，還有兩個小時法會才開始，妳可以到處走走看看。道觀很大，有很多棟建築，所以一定會讓妳看得很開心。」他認真地看著我，在道觀裡柔和的光線下，他越發顯得英挺而神祕：「記得回來看法會，但萬一妳找不到我，法會結束後就在這棟建築的南門碰面，好嗎？」

我點點頭，凝視著他的眼睛。

他捏捏我的手，轉身走了。走了幾步之後，他又回來：「寶蘭，對不起不能陪妳，妳確定自己一個人沒問題嗎？」

我再次點點頭，輕輕拍了拍錢包：「我有你給我的錢。」

他的臉上漾出微笑：「好，那去玩吧，別忘了在南門碰面。」

「好。」

然後他跑走了，消失在人群裡。

我快步走著，享受著被其他人推擠的感覺。空氣中有草木味、焚香味、油炸食物、香水和汗味，我深深吸氣，滿足地嘆息。腳下的瓦礫隨著我的踏步發出呻吟，遠處悅耳的鐘聲在春天的空氣裡迴盪著。一次又一次，我甚至對打扮得體的陌生人露出笑容以表示自己的品味和對他們的欣賞。

我抬頭看見和海一樣藍的天空，如白色宣紙般澄明。空氣涼爽清新，我幾乎可以聽見人們揮手和眨眼的聲音。

這是我第二次由衷地感受到自由。第一次是我和鄧雄從桃花亭逃走的時候……現在她那熟悉又陌生的名字忽然刺痛了我的心，伴隨著一股罪惡感。這麼多個月來，我的心中只有清真，已經漸漸淡忘了我的女情人。現在我一邊念著鄧雄的名字，一邊想著她那優雅的身影。不知道她現在在哪或在做些甚麼，我不敢奢望她能原諒我的不辭而別。但一年過去了，她會不會已經愛上別人，把我忘了？想到這讓我覺得好難過。但畢竟是我丟下她，所以我只能怪自己。聰明富有如她，想去哪就去哪、愛做甚麼就做甚麼。那才是真正的自由，我多希望自己能像她一樣！如果我沒有丟掉錢和珠寶，現在一定過得很好。我可以買一間又大又漂亮的房子，勸清真放棄當道士，和我一起生活。也可能生個小孩，肯定是個可愛的小東西，道士在名妓體內播下的種子呢！我的手不自覺地摸摸肚子，但沒有摸到蠢蠢欲動的小生命，只摸到平坦一片的小腹。

我眼眶含著淚水，繼續向前走著，穿過了長廊、側廟和庭院。模糊的視線裡，我看見一個小女孩。她大約三四歲，穿著一身紅，圓潤粉嫩的臉和裙子及鞋子相輝映，眼睛又圓又大，像小小的鏡子裡藏著兩顆烏黑的彈珠。她蹦蹦跳跳，頭上的辮子像兩根舞動的粗筷子。

我的心被融化了，我從沒見過這麼討人喜歡的小女孩。

她拉著母親的袖子說：「媽媽，媽媽，」胖胖的手指指著一個小攤販撒嬌地說，「布丁！」

年輕的母親是一個打扮貴氣的人太，停下來拍拍她的頭：「妳想吃嗎？」

她用力點點頭。

沒多久她吃著布丁，滿嘴都是白砂糖。

看到這我笑了出來，伸出手摸摸她的頭。但讓我大吃一驚的是，她不但沒有向我笑，那張小圓臉瞬間白得像她的布丁。

「媽媽！媽媽！」她丟下布丁，拉著她母親的裙擺。

那個貴氣的女人轉身對上我的視線，充滿了懷疑與輕蔑的眼神。然後，出乎我的意料，她吐了口口水，像要驅魔似的，接著將她女兒拉走。

看著她們的背影消失在人群中，我氣得全身顫抖。突然間我意識到自己已經好幾個月沒照過鏡子，我沒有髮油、沒有香水、沒有胭脂，只有破舊的衣服和一張烏黑的臉——像個苦力一樣——難怪那個太太會朝我吐口水。她們一定以為我是乞丐，或是因為得了什麼怪病而被送走的下人。也許那個母親甚至以為我是要來綁架小孩的！我覺得胃裡一陣翻攪，血液湧上太陽穴。難怪那個小女孩看起來會那麼害怕，她母親看我的眼神會如此嫌惡！

不久前，我還是個有教養又優雅的名妓，但現在，我甚至可以聞到自己頭髮和衣服傳來的惡臭味。驚駭之餘，我衝到那個小販前，丟下幾枚銅板，拿了一個布丁，大力地舔著。

「唉……」我長嘆了一口氣，痛苦的感受暫時因布丁而麻木。

我想起媽媽帶著我、春月和玉瓶一起出去做頭髮，給我們買冰淇淋，然後那個小男孩搶走了我的冰淇淋，還差點被車撞倒。我現在看起來一定就跟他一樣，一個乞丐！我一面為自己感到難過，一面想起了那個有著藍眼睛的安德森先生。從第一次遇見他至今，已經九年了。我想起我們在桃花亭裡的再次相遇，但他後來就沒再來了。我會猜想著他到了哪裡，過得好不好。我努力嘗試記起他的臉，但卻只能想起他那雙仁慈的藍眼睛。

我再嘆了一口氣，品嚐著布丁和人生的無常。在道觀裡走著，我覺得自己像個陌生人，從外界看著這世事的多變。這讓我難過起來。什麼時候我才能夠屬於、或抓住些什麼呢？清真有他的煉丹鍋爐，而我呢？

想到這裡，我走進一棟建築，付了香油錢，點了一把香。和其他香客一起跪著，我默默為爸爸、珍珠、寶紅、母親和鄧雄祈福，然後覺得好多了。我便繼續閒晃，不知過了多久，直到聽見敲鑼打鼓聲。

我豎起耳朵，循著聲音走去。原來是野臺戲，臺下已經坐滿了，兩側、走道上和後面全部都是人，幾個男孩甚至爬到樹上去看。我買了一杯熱茶和一個包子，擠進兩側的人群。但因為很多人擋在我面前，我必須伸長脖子才能看到舞臺。臺上演的是《霸王別姬》。

虞姬盛裝打扮，戴著珍珠頭飾，準備向項羽道別。在這最後一刻，面對她最鍾愛、終生跟隨的男人，她拔劍起舞。

這場表演非常精彩，一雙劍在空中閃現交錯，有時如同兩道電光，有時如兩條飛舞的彩帶。二胡的曲調辛酸淒苦，交錯著如虎嘯的鑼鼓喧囂。

「好！好！」群眾們大聲鼓掌叫好。

我看看四周，觀眾席有一半的人來自城裡，一半來自鄉下。他們看得很投入、很高興，似乎忘了煩惱，也忘了這瞬息萬變的舞臺正是人生的縮影。

我轉頭看見項羽，他現在唱著：

妃子！自孤征戰以來，戰無不勝，攻無不取……哎呀！依孤看來，今日是你我分別之日了。

之後項羽便要虞姬拿酒，虞姬倒了兩杯酒，揮著白皙的手溫柔說道：

大王，請。

項羽表情哀傷，開始唱著：

妃子，四面俱是楚國歌聲，定是劉邦得了楚地！孤大勢去矣。

虞姬的眼淚落下，用蘭花指將眼淚輕灑，銀鈴般的聲音在暮色中唱道：

漢兵已略地，四面楚歌聲。大王意氣盡，賤妾何聊生？

然後，虞姬從項羽腰間抽出寶劍自刎。

「不要！」有些觀眾驚恐地叫出聲來。

其他人用力鼓掌：「好！好！」

吸引我的不是那個扮虞姬的小生，而是那個扮項羽的人。我看不出他是否英俊——畢竟他臉上畫得又黑又白，還有一把大鬍子——但他的聲音卻讓我著迷。那是我聽過最清澈又最富情感的聲音，卻又如此中氣十足，足以引起觀眾的叫好聲及壓過他們的交談聲。這個男人的嗓子甚至比清真更好，美中不足的是不夠宏亮。我認真看著那個戲子，試著想像他卸下妝容和鬍子後的樣貌。

觀眾繼續鼓掌，直到簾幕緩緩落下，戲劇落幕。人群移動得很緩慢，似乎還不願從戲劇中抽離。我穿過群眾、擠到舞臺，然後溜進後臺，裡面一些戲子正在卸妝，有些聊著天，還有人在喝茶吃點心。我伸長了脖子，但卻沒見到演項羽的人。我小心翼翼地走了進去，問一個小女孩：「小妹妹，演項羽那個人是誰？」

她指著一個角落，但出乎我意料，那是個女人的背影，正在小鏡子前卸妝。

「但小妹妹，那是個女人！」

「對，但我們這裡全是女人。」她指著門口的旗幟說：「看到了嗎？我們是金鳳女子戲班。」

我看著那幾個繡上去的大字和金鳳凰，正想再多問，角落的那個女人轉過身，我們四目相接。竟然是鄧雄！

她的臉上綻出笑容，起身快步走向我，在其他戲子和工作人員異樣的目光下，我們緊緊相擁。

擁抱過後，她說：「來，寶蘭，跟我來。」

鄧雄帶我到後臺的外面，確定沒人後，她將我拉進懷中，熱情地吻我。

過了好久她才放開我，「妳怎麼沒說一聲就走了？」

我沒回答，只是淚眼汪汪地看著她，努力擠出笑容。

「看看妳，寶蘭，」她退後幾步端詳我，「我真不敢相信才幾個月會有這麼大的改變，妳已經是個如假包換的鄉下女孩了，或者妳是想剃光頭去當尼姑？」

我搖搖頭，覺得很屈辱。她一定知道我是為了那個道士才離開她，但我們都沒有提起清真。

她說：「對不起，寶蘭，我沒有惡意，只是看到妳這樣我太難過了……。」她欲言又止。

「我一定難看死了！」

「不會，寶蘭，妳永遠像春天那麼清新，像月光那麼動人。只是……」她說，「妳應該過更好的生活。」

我的眼淚撲簌簌地流下。

鄧雄掏出手帕替我擦乾眼淚：「寶蘭，我們能重逢一定是天意，跟我走吧。」

「可是我……不能走，我要……」

「妳當然可以。那些臭男人只會傷女人的心和毀了她們的美貌，讓我照顧妳吧。」

於是我便跟著她走了。

就像我沒有跟鄧雄說再見一樣，這次我也沒有跟清真說再見。我甚至沒有應諾在廟會結束後到南門等他，因為害怕自己又臣服在他的魅力之下，跟他回到那個山中牢籠。

那天傍晚，他一定一直在那裡等我跟他回家。法會結束後，南門外的天色很暗，他一定伸長了脖子在找我。他以為看到我時，可能鬆了一口氣或歡呼，但可惜，那只是像我一樣穿著粗衣麻布的長髮女孩。斗大的汗珠從他額頭冒出，他焦急地繼續找，卻始終見不到他深愛的女人。他一定以為我被綁架，甚至又被強暴了。或是我迷了路，遇到什麼可怕的意外。任何事都可能發生，種種恐怖的猜測令他心碎，讓他心如刀割。

他等了多久呢，兩個小時、三個小時、四個或五個小時？他終於回家後，雖一身疲憊，卻無法入睡。隔天他一定會再努力地到處找我，再隔天、又再隔天……他一定又痛苦又擔心。我怎麼能夠對自己深愛的人如此殘忍？

我憎惡地看著鏡中的自己，罵道：「婊子！」

28 分離

如她所承諾的，鄧雄把我照顧得很好——就像丈夫對待新婚妻子一樣。我們重逢的第一個晚上，她看我很累，便替我洗熱水澡，又買了我最喜歡的點心。當我的身體乾淨了，胃也暖了後（我沒什麼胃口，只吃了一點），我以為她會拉著我的手共赴巫山。

但她只說：「寶蘭，妳一定很累了，如果妳睡不著想聊天，那我就聽。但如果妳想睡，」她指著飯店裡的大床說，「這裡的床很軟很舒服。」

我點點頭，站了起來。她馬上走向我，溫柔地撫著我的臉，緊緊擁著我。「妳知道嗎？我現在是世界上最幸福的女人。」

我靦腆一笑，她牽著我到床上，熄了燈，我們靜靜依偎在彼此懷裡。

鄧雄溫柔的聲音從黑暗中傳來，如一縷香火：「寶蘭，不要難過。」

我靜默不語，她說：「我保證妳絕不會後悔回到我身邊。」

「鄧雄，我相信妳。」我從她的懷裡輕輕掙脫，轉身不讓她看到我流淚。

她輕輕替我拍了拍背，然後幫我蓋好被子。「寶蘭，趕快進入夢鄉吧。」

隔天我醒來的時候已經十一點了，鄧雄替我點了份簡單的早餐，有肉包、蔥油餅和豆漿。雖然在山上過著挨餓受凍的日子，我昨晚卻沒什麼胃口。但在柔軟的床上舒服又安心地睡了一覺過後，我的肚子開始咕嚕咕嚕叫，像個小孩的抗議。包子裡的肉吃起來像獅子頭，蔥油餅像小牛排，豆漿喝起來像燕窩般。我狼吞虎嚥地吃著，像歷經饑荒的女人。

鄧雄看著我，眼裡盡是溫柔：「寶蘭，妳還想吃的話，我可以再買。但妳最好不要馬上吃太多。」

我沒理會她，繼續啖著包子和蔥油餅，像擔心食物會被搶走一樣。

我吃完後，鄧雄說：「今天我沒有演出，所以可以帶妳去做衣服和買些化妝品。然後我們回來睡個午覺，晚上——」她微笑說，「我帶妳去慶祝我們的重逢。」

吃晚餐的地方在前門區，離我們的飯店很近，剛開幕不到一個月。雖然我當名妓的時候去過上海很多高檔餐館，但那些似乎是很遙遠的記憶了。現在我正要初嘗北京的夜生活——和我的磨鏡情人一起！鄧雄在一棟粉紅建築前扶我下車時，我的心跳開始加速。我們經過一扇紅色大門，四周全貼著穿洋裝、燙頭髮女歌星的海報。我還沒能仔細看，一個守衛已經打開餐館的門，示意我們進去。爵士樂和香水味混著濃郁的雪茄味道，彷彿歡迎我們的到來。我輕輕吸了口氣，看了看四周。這裡有鏡子、五顏六色的燈、金柱、金椅和金光閃閃的水晶吊燈。讓我想起二流的俄羅斯妓院，但當一個服務人員帶我們到角落的座位時，我的心情又愉悅了起來。

我端詳著坐在對面、正在跟一個殷勤的侍者點餐的鄧雄。穿著黑色燕尾服，搭著紅色領結，錢包的金鍊懸掛在小背心外，她看起來就像個時髦的富家少爺。抹了髮油的頭髮在柔和的燈光下如絲般閃亮，意氣風發的表情和充滿男性魅力的舉止讓我覺得開心又感激。我愉悅地嘆息，在穿了一年的破舊衣裳後，我終於又能擦上胭脂，穿上漂亮的洋裝，被時髦的人群圍繞著！

侍者拿了一瓶香檳過來，將金黃色的液體倒進我們的高腳杯裡。

他離開後，鄧雄開心微笑著，舉杯輕碰我的杯子：「寶蘭，敬妳的美貌和我們的重逢！」

我柔聲說：「敬我們的重逢。」

口裡的香檳像芳香的長生不老藥，金黃色的泡沫彷彿在告訴我：夕陽無限好，只是近黃昏。接著我想起剛到桃花亭，珍珠曾念給我聽的詩句：

花開堪折直須折，莫待無花空折枝。

我馬上又喝了一大口金色不老藥——和清真發出惡臭的不老藥完全不同。菜一道接著一道端上來——熱騰騰的麵包和奶油、俄羅斯牛肉湯和鮮美牛排。我們邊喝邊吃著這奢華的饗宴，一邊聊著天。雖然分開這麼久，但因為我們同是「天涯淪落人」，所以馬上就恢復了情誼。沐浴在這美輪美奐的夜店氣氛中，她說了那些沒有我的日子——她跟著劇團表演，大獲好評，但也遭到流言抨擊，說女人扮男人是件逆天悖理的事。

「逆天悖理，哈！」她冷笑一聲，邊拿出雪茄。她性感的手指輕輕折掉煙頭，拿出金色打火機點煙，然後開始吞雲吐霧。「那些男人，」她靠近我壓低聲音說，「他們說女人身體是汙穢的，所以如果我們扮男人，就是對舞臺的神明不敬和逆天行道。」她轉了轉那根大得好猥褻的雪茄，「真荒唐！難道他們忘了自己才是臭男人嗎？」鄧雄豪邁地仰頭大笑，好像個男人。

她說完後問我山中的生活，但那是我最不願意告訴她的。我擔心如果提到清真，便會無法掩飾自己的情感。所以只說了在山中苦悶寂寥的生活，而沒說出讓我忍受那種生活的原因——我對清真的愛。如往常般聰明得體，鄧雄沒有追問那些可能也會讓她不開心的事。

我們繼續享受著奢華的擺設、金色香檳、狂歡喧鬧的音樂和異國餐點。現在夜店裡已客滿了，許多看起來位高權重的男人——有些枯瘦苛薄，有些凸肚、油光滿面——旁邊都伴著濃妝豔抹、盛裝打扮的女人。幾對情人正在用舞池裡扭動身體，腳用力摩擦著已經非常光滑的地板。一個穿綠色旗袍的女人掛在一個黑臉男子身上，像青苔附在石頭上。我敢肯定她現在賣笑，稍後便會賣身。

想到自己再也不需要賣笑，又能過著一樣奢華的生活，我向我那英俊的情人拋了個媚眼，說：「鄧雄，謝謝妳讓我重生。」

她拍拍我的手說：「寶蘭，妳是受之無愧的。」她拿起香檳替我倒酒，手勢熟練得像個玩世不恭的花花公子。

我優雅地喝著酒，眼睛到處飄，看見一個跟我們隔了三張桌子遠的粗鄙男人。他沒有中指，所以用食指和無名指彆扭地拿著煙。一條疤將他的眉毛一分為二，看起來兇狠卻又可憐，像個太監。他似乎是自己一個人，目不轉睛地盯著遠處的我和鄧雄。

「鄧雄，」我覺得心跳得快撞到肋骨了，「妳有看到那個沒中指的男人嗎？他一直在看我們，他會不會是……媽媽和爹派來抓我的？」

鄧雄偷瞄了他一眼，再轉頭看我，出乎我意料微笑著：「我想他只是妒忌我有這麼漂亮的女伴。」

「妳怎麼知道他不是桃花亭的人？」

「妳認為媽媽會願意付車票、酒、夜店和付偵探的錢來找妳嗎？」她喝了一口酒，接著說：「他只是覺得妳秀色可餐。」

我心花怒放，「真的嗎？」

鄧雄沒回答我，切了一塊牛排放到我盤子裡。「別擔心，多吃點，讓妳添點好氣色。」

這時我看見另外兩個粗鄙男子帶著兩個穿著華麗俗氣的夜店女子，在缺了中指的男人那桌坐下。

鄧雄說：「看吧，他是跟朋友一起來的。我跟妳說別擔心，盡情享受這一刻吧！」

用完餐後，鄧雄牽著我的手：「寶蘭，我們來跳舞。」

「但我很久沒跳了。」

「沒關係，我帶妳。」

舞池裡的鄧雄跟在床上一樣優雅。她的身體自然地跟著音樂律動，她的腳毫不費力地在舞池裡划著，如池塘中的鯉魚。我看著她陶醉的表情時，卻只想到清真。當我身在這五光十色城市裡的時候，他在那個孤寂的山裡做些什麼？如果他不是道士，也許現在跟我跳舞的不是鄧雄，而是他。在舞池裡的他會不會也跟在床上的他一樣動人？如果他是個富家少爺，我們的命運會不會更完美？

想到清真，我馬上又想起另一個人——母親。為什麼她不在太乙山上？也許當我陶醉在這個奢華的夜店裡時，她正住在一個寒冷無人的洞穴裡。或者她已經死了？如果她死了，那她的魂魄將在陰間不得安寧，因為我從未替她燒香超渡。但如果她還活著，那她心裡（如果我還在她心裡）一定會為她的女兒擔心憂慮。我突然感到一股罪惡感和恐懼，想像母親的光頭，消瘦的身上只穿著一件破爛得幾乎衣不蔽體的袍子，長滿了繭的手從地上拔草來吃，張大的嘴吃下一條扭動的蟲，嘴裡沒了牙齒，只剩一個又黑又暗、地獄般的大洞……。

鄧雄在我耳邊悄聲說：「寶蘭，妳在想什麼？」

「喔，沒事。」我擠出笑容，藏起心裡的痛。

鄧雄摟著我的腰，開始帶著我左搖右晃。我記得小時候我喜歡叫爸爸將我抱得高高的，讓我可以看見這個更大更遠的世界。但在已經嘗盡了人生的悲歡後，現在我卻只想抓住一些穩固的什麼。

我靠近鄧雄，像孩子般拉著她的衣角。

她吻了一下我的眉：「妳開心嗎？」

「開心，」我說。但默默在心裡說：「但也很不開心。」

隔天，我被鄧雄吻醒。

「早安。」她低喃。她的眼神溫柔，臉色紅潤，手開始撫摸著我。

我還記得自己的誓言：若命運讓我們今生再重逢，我一定會讓她成為全天底下最幸福的女人。想著想著，我的手、唇和舌開始挑逗和取悅她。

晚上鄧雄有演出，所以帶我到雙喜茶館去看金鳳戲班的表演。這間茶館也在我們酒店的前門區，我們下了人力車後，鄧雄便帶我從側門走到後臺去。女戲子們在聊天，背臺詞，用小毛筆畫眉。我還沒看完，一個鵝蛋臉、丹鳳眼的女孩便衝向鄧雄，勾著她的手說：「夫君，您遲到啦！」鄧雄轉頭對我笑著說：「寶蘭，這是叮噹，我今晚的娘子。」接著她向那個女孩介紹我：「這是寶蘭，我的……朋友。」

聽到這些話，我的心沉了下來。那個破鈴鐺是她的「娘子」，而我這個情人倒成了「朋友」？我看著那女孩，覺得一陣醋意。她說話時眼神挑逗，完美的鵝蛋臉上掛著個好大的笑容，手指不停觸碰**我的情人**的手臂。但我沒時間多想，因為鄧雄已經推著我去跟其他戲子打招呼了。雖然她們並非個個年輕漂亮，但均對女戲班非常有熱忱。我跟一位中年「老旦」聊完後，聽見叮噹高聲說：「演出快開始了，請大家準備好！」

之後鄧雄走過來，指著一個畏畏縮縮地站在她旁邊的小女孩說：「寶蘭，表演快開始了，小貓會帶妳去妳的座位，希望妳喜歡我的演出。」我離開前，她偷偷在我臉頰親了一下，我站起來後，看見叮噹直盯著我們。

小貓帶我從後臺到第一排的觀眾席。我坐好後，她匆匆離開，拿了一條熱毛巾、食物和飲料回來給我。我正要拿錢包時，她害羞地微笑說：「不用了，鄧小姐已經付過了。」之後她便消失在後臺。

我吹著滾燙的茶，看了看周圍。茶館幾乎是客滿的，人群不停湧進來，攤販在走道間叫賣，有茶、煙和芝麻餅、薑糖、梅乾和瓜子這些小點心。我看見一些華衣美服的富太太帶著娘姨進來——其中一個抱著哭得聲嘶力竭的嬰孩。一對年輕情侶頭靠著頭小聲交談，像兩條接吻魚。一群中年女人聊著八卦、喝茶嗑瓜子，將瓜子殼吐到地上。大家看起來很興奮——也許是因為第一次看女子戲班的演出。

布幕升起，小茶館裡忽然充斥著二胡和陣陣鑼鼓聲。雖然鄧雄曾跟我說過她在當馮大爺的小老婆前是唱戲的，但這還是我第一次見她在臺上扮演年輕英俊的書生。

今晚的表演是崑曲《牡丹亭》的京劇版本，敘述一個書生愛上女鬼的愛情故事，因為他的愛情，最後終於將她從陰曹地府裡救了出來。

叮噹演的是年輕的女鬼杜麗娘。雖然我不喜歡她，但卻必須承認她的演技有股自然的魔力。她對夢裡遇見的書生一片痴心，那股真情渴望讓所有的觀眾動容。在夢裡相思卻遍尋不著後，她心碎而死了，觀眾的嘆息聲此起彼落。坐在我旁邊的胖女人不停搖頭，邊擦著眼角的眼淚。我還聽見兩個桌子外的年輕女孩的啜泣聲。

在叮噹演的杜麗娘下葬之後，我的心開始撲撲跳，因為這表示鄧雄就要出場了。臺上突然鼓聲大作，卻只看見一束柳枝懸在空中。過了不久，柳枝的主人——年輕白淨的書生柳夢梅——終於出現了，如雷的掌聲響起，掩蓋住所有的音樂聲。

鄧雄的演出完美無瑕，她的身段和步法均與音樂配合得恰到好處。就連頭上飄揚的綸巾和手中的扇子都似乎表達著柳夢梅的深情。當鄧雄真摯純淨的聲音唱著對杜麗娘至死不渝的愛時，我的眼眶滿是淚水。我擦了擦眼角，心裡卻因對叮噹的妒意而隱隱作痛著。我多希望我能與舞臺上的角色交換，讓我變那幸運的叮噹，讓鄧雄變成個真正的男人，變成我的丈夫！

鄧雄百變的人生讓我深深著迷。昨夜她還是個穿西裝的闊少，今天她卻是個為愛人吟詩的書生。但這些都是她的男人樣，她當馮大爺的小老婆時，又是什麼樣的呢？

跟一個逃走的小妾、一個戲班名角兒在城市裡的生活和跟一個窮道士在山中的生活是天差地遠的。鄧雄沒有演出的時候，便會帶我到高級餐廳嚐遍各種最有名的料理——北京烤鴨、豬腸、魚翅、海參。肚滿腸肥後，我們便會乘人力車溜覽多姿多彩的夜北京。有時我們會在茶館前下車，進去品茶，欣賞歌女高音的嗓子和妖嬈的手勢。雖然鄧雄已經儘量滿足我，但我總還是覺得少了些什麼，我常常想起魚玄機的話：「易求無價寶，難得有情郎。」和清真在一起，我有了有情郎，卻沒有無價寶；和鄧雄在一起，我有了無價寶，也有了情，卻沒有「郎」。也許佛祖說的對：慾望是無窮盡的。

所以我一邊感嘆著命運的無情，一邊享受著鄧雄對我的愛和奢侈的生活。但我似乎仍然離幸福很遙遠。在桃花亭裡，我總是過於忙碌，在山裡，我才知道太忙總比太閒好。所以和鄧雄生活了兩個月後，我決定要讓自己忙起來。鄧雄說，如果喜歡，我可以加入她的戲班，如果不喜歡，她的錢也夠我們生活。我不想只用她的錢，所以決定加入戲班。雖然學過京劇，但我從未受過專業的訓練，只是個業餘的唱戲人。因為重要的角色已經給了像叮噹這批已成名的女戲子，也沒有人會想跟她們競爭。所以我只能演一些次要的角色，像下人、老婦、書僮，有時甚至要扮低級的妓女。雖然可以掙些錢，但一整晚的演出費比我任何一個恩客給的小費還少。更討厭的是，扮成下人或書僮時，我只能眼睜睜看著叮噹和鄧雄打情罵俏，看著她把嬌小的身軀貼著高挑的鄧雄。我忍不住擔心要是她成功勾引了鄧雄，那誰會照顧我？我要怎麼活下去？

雖然我想留住鄧雄，但卻無法不想起清真。一開始，我以為只要加入戲班，讓自己忙一些，就不會有時間想到他。但我錯了。清真的身影不停出現在我的腦海裡，不只在看書和思考的時候，甚至連在臺上演出時都會想到他。當然，還有在跟鄧雄上床的時候。

我並沒逃出那個山中牢籠，因為清真真的「陰魂」不散，我的身體和鄧雄在一起，但心卻始終在清真身上。當我和鄧雄安靜吃著飯的時候，我也會看見清真就坐在我們之間，哀傷地看著我。或許他真的在，因為他曾說他的丹藥可以讓人隱形！我也會想像他現在正在做些什麼，也許他繼續過著同樣的生活——靜坐、彈琴、煉丹、畫符——只是沒有了我在傍。一想到自己可能搞砸了他對父親的承諾，而無法繼續靈修，我就覺得很難過。但更難過的是想到他可能已經有了另一個女孩與他陰陽調和。

當我想到他跟另一個女孩做著各種我們嘗試過的姿勢，想到他如何用他的舌頭和手在那女孩身上挑動，我便會覺得胸口悶熱，直到一聲呻吟從我口中吐出。在這些時候，我總會衝動地想回到他身邊。但卻沒有足夠的勇氣，因為擔心他可能很恨我、會把我趕出門，或他的心思早已在另一個甚至比我漂亮的女孩上而完全無視於我。

冷靜下來後，我想，就算清真原諒了我，讓我回到他身邊，但我又怎能再忍受在他那「道觀」裡過冬呢？如果我再離開鄧雄去找清真又再想回到她身邊的話，她肯定不會再原諒我。因為無法做任何決定，我只能繼續跟我的同志愛人過活，卻時常因想念遠山的道士情人而輾轉難眠。

我也總是想起母親。雖然她可能離我很近，但我卻不知道她在哪。好幾次我坐著車或轎子到西山眾多的寺廟去，但卻無功而返。幾個月後，我終於放棄找她，雖然仍努力要自己不要完全放棄希望。

和鄧雄一起生活已滿一年。隨著時間過去，我清楚知道我不可能永遠這樣下去。雖然生活過得很愜意——我們表演、討論藝術、到高級餐廳用餐、磨鏡——但我卻隱隱有種「山雨欲來風滿樓」的感覺，好像什麼不好的事情要發生了。最近鄧雄似乎不再那麼愛買禮物給我，上床的時候也沒那麼熱情了。她以前總是努力取悅我，但現在卻是我要去努力滿足，甚至挑起她的情慾。是因為叮噹嗎？鄧雄現在打算離開我，跟她在一起嗎？

每次我問她是不是有什麼不對時，鄧雄總說：「別想太多，寶蘭，沒事的。」

但內心深處，我卻預感有不好的事要發生了。我幾乎可以感覺到自己的手臂被針扎得寒毛直豎。

一晚我們上過床後，我逼著鄧雄把事情一五一十告訴我。

「好吧，」她坐起來看著我說，「寶蘭，但請妳不要難過。」

這是第一次她的聲音充滿恐懼，「鄧雄，經過那麼多事之後，我還怕多知道一事嗎？」

她的神色哀傷，但語氣卻很堅定：「我們很快就得分開了。」

這句話像顆炸彈，在房間裡爆炸。

我坐了起來，錯愕地問：「什麼意思？」

她沉默不語，只是擰著被單。

我繼續追問：「妳是不是……不愛我了？妳愛上叮噹了？」

「我當然愛妳，而且一點都不在乎叮噹。」她接著說，「只是我……我可能會被殺。」

「什麼？」我的背脊一陣發涼，震驚的聲音穿過了天花板。「怎麼回事？」

「我丈夫找到我了。」

「妳丈夫？妳是說我的恩客馮大爺嗎？」我將被單拉上來蓋著有些發冷的肩。

她點點頭。

「確定嗎？妳怎麼知道的？」

「我被跟蹤了。」

「鄧雄，妳怎麼不早說？」

「因為我不想讓妳擔心。還有，我也是最近才確定這件事。」

「怎麼確定？」

「我注意到觀眾席裡有一個人死盯著我不放，一開始我以為是哪個戲迷，但最近我才發現，那雙眼睛並非充滿愛慕，而是滿懷惡意。那個男人不是我的戲迷，是被派來跟蹤我的。」她認真看著我問：「記得夜店裡那個缺了手指的男人嗎？」

我點點頭。

「妳以為那男人是妳媽媽和爹派來跟蹤妳的，我跟妳說不是。我當時就該想到他是我丈夫派來跟蹤我的。」

「可是鄧雄，妳喬裝成男人，他們怎麼能……」

「寶蘭，我在女子戲班裡，而且我嫁給馮大爺之前就是個唱戲的。」

「天啊！那他們也發現我和妳的關係了嗎？」

「應該還沒，那正是我擔心的。」鄧雄不停扭著裹在身上的被單，「上海的人以為妳跟一個男人跑了，而且我也不覺得大家看得出我和妳的關係。但馮大爺的眼線很廣，所以我們遲早會被發現的。」

「天啊！但妳怎麼知道是馮大爺？」

「還會有誰？」

沉默了一會，鄧雄說：「寶蘭，我本來想早點告訴妳，但不忍心。」她用力吞了吞口水，「現在我得辭掉戲班的工作，盡早離開妳們。」

「鄧雄，我跟妳一起走。」

「不行，」看到她斬釘截鐵的表情，我的心沉了下來。「他們確定我的身分之後，我的處境會非常危險，我不希望妳也被捲進來。馮大爺是什麼事都做得出來的。」她深深看了我一眼，「他從商以前是個軍閥。」

我胸口一陣寒顫。「軍閥？妳從沒跟我說過。」

她沒理我，繼續說，「他不只殺無辜的老百姓，還殺了自己的女兒。」

「我爸爸也是被一個軍閥害死的！」我脫口而出。

「妳爸爸？怎麼說？」

「那個軍閥沒殺他，但害他被處死了。」

雖然鄧雄跟我親密無間，但我總還記得母親臨別時的叮嚀，所以從沒跟她說過爸爸的死因。現在，我終於將所有的事全盤托出。

說完後，鄧雄的臉白得跟被單一樣。「我的天，馮大爺就是那個害妳爸爸被處死的人！」

我愣了一會，心跳開始像冰雹打在窗檽上，「妳確定嗎？」

「嗯，因為那晚我也在場，親眼目睹了整件事。」她用力眨了眨眼，彷彿努力想從腦中抹去那可怕的畫面。「那是非常可怕的一幕，他們三個人扭在一起，試圖要搶那把槍，最後那個女孩從馮大爺手中搶到了槍。那個拉二胡的——妳爸爸——想要去搶，但她踢了他的下部，接著馮大爺把槍搶回。他女兒瘋了似的跳到他身上，開始又抓又咬。拉二胡的想要把他們拉開，但這時馮大爺手上的槍走火了，子彈射進女孩的眉心……。」鄧雄指著自己的眉心，神情驚恐得彷彿自己才是那個被殺的人。

我替她拿下摀著臉的手，握著她問：「所以那個女孩不是自殺，而是被馮大爺殺了？」

鄧雄還沒回答，我便跟她說了人們聽見的「事實」——那個軍閥醉了，強暴了自己的女兒，那女孩羞憤地舉槍自盡。她和她父親搶著槍時，大家都驚恐地站在一邊，只有我父親——那個拉二胡的——上前想把他們拉開，搶走那把槍。

鄧雄憤慨地說：「不，那女孩沒有自殺，是馮大爺殺了自己的女兒。」

我的腦袋彷彿炸開了，幾乎可以看見自己的聲音竄進空氣裡，然後像鮮血般噴灑在牆壁上：「他也殺了我爸爸！」

接著是一陣長長的沉默，我震驚得說不出話來。我無法接受自己的大恩客，馮大爺，鄧雄的老公，竟然就是那個害死父親的軍閥。我千里迢迢找了這麼久的人，這些年來竟然一直在我身邊。我甚至常跟我的殺父仇人上床！

我的喉嚨好乾，手顫抖著，口裡喃喃說：「我的天啊！」

鄧雄伸手握著我：「冷靜點，寶蘭。」然後她去拿茶壺，倒了兩杯茶。

我緩緩喝著，沒去理會嘴裡滾燙的茶。「我不知道……他是我的恩客，但他從來沒提過自己和家人的事。」

沉默了一會，鄧雄若有深意地問我：「他對妳好嗎？」

「某一方面來說是，他總是很大方，送我很多禮物。」

她看著我問：「妳知道他為什麼對妳好嗎？」她接著說，「因為妳讓他想起他的女兒。她跟妳一樣有兩個酒窩，但她的更深，像兩個鐵牢籠似的困著她。只是，」鄧雄嘆了口氣，「真正的牢籠是她父親對她的迷戀。以一個父親而言，馮大爺太愛她女兒了。」

「所以他強暴了她？」

「對，有時候我覺得他是故意殺了她的。」

我很詫異：「可是為什麼？」

「因為她可能會洩漏他對她做過的事。」

沉默了一會，我伸手摸鄧雄。

她親了我的手，「從第一天進到馮家，我就想要逃跑了。看到他殺了自己的女兒之後，我知道我必須離開他。我們都知道他會殺死任何可能洩漏祕密的人。但從他女兒死後，他的聲勢就迅速下滑。」

「那為什麼還沒人敢動他？」

「因為他還是很有錢，要殺掉一個可以用黃金的光令你變瞎的人是很難的。」鄧雄看著我說：「寶蘭，妳爸爸是個勇敢的人，勇敢得沒想到自己。」

我彷彿看見爸爸雙眼被蒙著，腳上鎖著鐵鍊，被推進刑場。他拖著沉重的腳步，不是因為害怕，而是因為鐵鍊重得嵌進他的肉裡，鮮血和膿從他腳踝流出，我幾乎可以聞到發臭的肉末。閻羅王等得不耐煩了，伸出了手要抓住他。但爸爸神色鎮定，甚至帶著驕傲，因為他的良心一片光潔。他唯一的錯是做了件對的事——拒絕同流合汙。

劊子手舉起槍對準爸爸，對他們來說，他只是每天例行練習的標靶，幾百萬個中國人之中的一個無名小卒。爸爸的眼蒙著眼罩，嘴巴唸唸有詞，但沒人知道在這紅塵中的最後一刻，他究竟說了些什麼。

「碰！」

一聲巨響終結了爸爸的傲氣和苦痛。

鮮血如鮮紅色的蜥蜴從他的太陽穴噴出，緩緩爬下他的雙頰，再跳到了地上。牆前空了，因為爸爸已經倒在地上，成了個爛攤……。

駭人的景象使我腦中響起另　個聲音：殺父之仇不共戴天。現在我知道自己接下來的計畫是什麼了。

「鄧雄，我們得分道揚鑣了，因為我要回上海，回桃花亭。」

她抓著我的手：「寶蘭，妳瘋了嗎？」

「我並不是為了當妓女而活，替爸爸報仇才是我一直活下去的原因。我本來快放棄了，但天意讓妳告訴我他是誰。」

「寶蘭，聽我說。妳不可能成功的，他太危險了。就算妳能在床上殺了他，也要想想後果。為一個畜生犧牲掉妳的生命根本不值得！」鄧雄用近乎哀求的口氣說：「寶蘭，忘了我跟妳說過的話，就當是惡夢一場。」

「不成，」我放下手中仍滾燙的茶，「我要回去。」

「寶蘭，拜託。我們歷經了這麼多磨難才得到自由，不要再當傻瓜了。還有，芳容和吳強也不會讓妳好過的！」

「最糟的不過是進暗房幾天，我還能忍受。鄧雄，對不起，我得回上海。」

「請不要！而且妳也沒錢回去，不是嗎？」

我愣住了。突然我才想起自己都是依靠鄧雄生活著——我幾乎沒賺什麼錢。而她的錢事實上也都是馮大爺的錢，那沾滿父親鮮血的錢！

鄧雄又開口了：「在我們分道揚鑣之前，我會給妳一些錢，但恐怕不能撐太久，因為錢已經快花光了。」

「為什麼？」

「寶蘭，這些高級酒店和高級餐廳……。」

我心不在焉，所以鄧雄一說完，我便說：「那我會再回去當妓女存錢。」

她深深地看著我的眼睛：「寶蘭，聽我說，忘了報仇的事，好好過活。對不起我不能再幫妳什麼了，我現在也是泥菩薩過江，自身難保。我們必須分開，我不會告訴戲班的人，妳也不能說。但如果她們問起，妳就說妳也不知道我去哪了。」

「那妳要去哪？」

「對不起，寶蘭，我不會告訴妳的，因為我不想讓妳置身於危險之中。忘了我，去過自己的生活。別擔心，我會沒事的，妳要好好照顧自己。」

我懷疑她是否真覺得自己會沒事，因為她的話聽起來就像遺言。我顫抖著，她將我擁入懷中，拉上被子，我們緊緊依偎著彼此。

接著鄧雄輕輕放開我，拿了一瓶酒來，倒了兩杯酒。我們舉杯輕碰，發出小小的撞擊聲。

「寶蘭，乾杯……。」她哽咽得無法繼續說，昂頭把酒乾了。

我也舉杯乾了，又苦又甜的滋味像條凶猛的蛇順勢而下，炙痛著我的咽喉。我放下酒杯，清唱起《陽關三疊》——因為沒有琴在身邊。鄧雄和我一起唱，在那個感傷的傍晚，她的聲音如此純淨，使我的擔憂和恐懼似乎在那優美的餘音中消失殆盡。

我們的眼眶充滿淚水。人生到了痛苦的顛峰，就只能剩下一種全然釋放的喜樂。

勸君更進一杯酒，西出陽關無故人。……從今一別，兩地相思入夢頻……

29 重抱琵琶

隔天，正如我所擔心的，鄧雄走了。她一定在我的酒裡加了什麼，讓我睡得很沉。我在桌上發現一疊現金和一封信。

我最親愛的寶蘭：

對不起，我不辭而別。我想留更多錢給妳，但我從馮大爺那裡帶走的錢已經花得差不多了——為了支付戲班和我們倆的生活費。我並非抱怨，只是希望妳能了解。

趕緊收拾行李離開吧。請不要找我，因為妳不單會惹禍上身，還會徒勞無功。只有老天能決定我們是否能在今生或來世重逢。我只希望我們再相遇時，妳會是愛我的。有時我真希望我們可以在那月下的古老大鐘裡緊緊相擁至死，那一定會是我倆最動人的結局，妳認為呢？

希望我來生能夠轉世當男人，這樣妳就能全心全意地愛我。希望妳的命運會比我好。妳要好好照顧自己，一定可以活得長長久久，快快樂樂。請向觀音祈求，祝我來生可以過得好一點。

今生的最後一刻，我仍會想著妳。

願上天能讓我們再次相逢。

鄧雄

我的眼淚流了下來，滴在信紙上，模糊了鄧雄的字跡——像一排排的細小屍體。

我緩緩往窗外望，見到魚肚白的天空。在一陣驚慌中，我匆匆收拾行李。

我又再一次孑然一身。我不敢再住在戲班附近，於是躲進一間破舊的旅店，用睡覺來忘記煩憂。回到清真身邊的想法不時閃過，但到了這個真的能這麼做的時候，我才意識到，就算我能夠面對那個我不辭而別的男人，也無法面對孤寂的山中生活。現在我只有母親了，但我卻仍不知道她身在何方。在這陌生的城市裡，找到她的希望看似更渺茫了。

幾個禮拜過去後，我才突然發現鄧雄留給我的錢已經所剩無多。再怎麼省吃儉用，也只夠再過幾個禮拜。

我倒在床上：「天啊，我該怎麼辦？」我大喊出來。

當恐懼逐漸消逝，我有了另一個想法——重抱琵琶。

我怔住了，難道我是命中註定要當個妓女？

雖然這個想法讓我覺得沮喪，但我也想不到其他更好的辦法了。我苦惱了整整三天，然後就像冥冥中有安排似的，事情就這麼決定了。

一切都是巧合。

這間小旅店的老闆娘是個四十幾歲的退休妓女。她看見我漂亮、單身、又心情欠佳，就問我需不需要幫忙。雖然她很有禮貌，但我馬上就知道，她知道我曾當過姊妹。令我懊惱的是，煙花女子似乎都有種特殊的氣質，所以總能輕易被「同行」發現。但我卻因為她嗅出了點端倪而鬆了口氣，因為省得費時解釋。

她介紹我到仙雲樓去，這是一間跟桃花亭一樣的高級青樓。但仙雲樓很新，規模也小了許多，只有幾個姊妹。雖然我才二十三歲，看起來依舊年輕貌美，但已無法跟那些十五、十八歲的姊妹比。但那些年輕的姊妹卻沒有我的才藝及床上功夫。

我沒花多少時間，就已經小有名氣。

我替自己改了名字，叫夢珠，為了紀念珍珠。

我跟仙雲樓的媽媽說我打算獨立接客，也就是我不屬於仙雲樓，但會把賺的錢分給他們。媽媽說那得要三七分，我只能拿所得的三分。這個交易對我很不利，但我別無選擇。我還得付一筆錢給旅店的老闆娘當作介紹費，當然她也拿了仙雲樓那邊的介紹費。

我並不打算在這裡工作太久，只想存夠錢回到上海找馮大爺報仇。之後如果我能成功脫身，無論要花多少年的時間，我都會去找母親。所以我需行事低調，盡量與大家和平相處，以免落入任何八卦或爭執之中。

除了我的美貌、技藝和床上技巧，我的客人也喜歡我的上海腔，因為聽起來既神祕又有異國風情。為什麼一個女孩從上海到北京來，落入煙花之地呢？他們總好奇想知道，但我永遠只是微微一笑，露出嫵媚的神情，伸手替他們按摩。

我並不想跟仙雲樓的另外三個姊妹當朋友，不是因為對人防備，而是不想交新朋友。這裡沒有人比得上珍珠。

這裡的生活並不辛苦。雖然這裡的其他姊妹都對我很友善，但我還是擔心有天她們會像紅玉對珍珠那樣對我。新的媽媽雖不像芳容那麼咄咄逼人，但還是令我不安。每當客人選我時，她總會皺起眉頭。因為如果客人選了其他姊妹，她可以拿到更多的錢。

更令人困擾的是，回到青樓總讓我不停想起老朋友們。我尤其想念春月和擔心她。如果沒事發生的話，她的生活是可以的；但如果出了什麼事，她一定會有麻煩，因為她沒有機心也不懂得保護自己。我只能祈求上天保佑她。

有時我會想，該不該替珍珠向紅玉報仇，但每當有這個想法，我總會想起珍珠信中的遺言：

不要報仇……其實我已經不恨紅玉了……那是非常不好的業障，最後終會回報到妳自己身上。

但如果我真有一天遇見她，我不知道應怎麼做。朝她臉上吐口水，或先微笑然後捅她一刀？但這些都僅止於空想，因為現在的她總有下人和保鑣跟著。我咀咒命運——她現在是個又有錢又有名的影星，而我卻甚麼都沒有，所以只能重抱琵琶。

但珍珠的教導和我的天賦得到了應有的報酬，不出幾個月，我在仙雲樓已經有一定的名氣和常客。因為我可以獨立接客，所以我只挑有錢又大方的客人，對窮書生則避而遠之。

時機漸漸成熟，因為仙雲樓最大的客戶，歐陽先生，開始注意到我。他是有錢有勢的北京軍事參謀總長，和其他同年齡的男人一樣，有老婆、幾個小妾和孩子。但他的女人都無法像我一樣滿足他。他說他的大老婆陰沉又性冷感，已經好久沒跟他上床了。就連在他們新婚的前幾年，他都無法說服她嘗試不同的性愛姿勢。有次她勉強同意試試「後庭歡」，但卻變得僵硬又害怕，讓歐陽先生僅餘的一點慾望都沒有了。而他的三個小老婆——一個神經質，一個心機重，一個笨得可以——只會爭執不休和吵鬧。他見過許多名妓，但說沒人比得上我的美貌和才藝。

事實上，在我來之前，他有時會來找飛燕——仙雲樓裡最漂亮的姊妹。但當他開始找我而不找她之後，我的處境開始越來越為難。幸好，很快就有了解決方法。雖然不能說歐陽先生不能沒有我，但他一個禮拜總要來找我兩次。有一天他要我當他的情婦，只能侍候他一個人。這對煙花女子來說是個千載難逢的機會，我當然同意。接著歐陽先生便在離他辦公室五分鐘車程的地方租了間公寓。這樣他不單可以把我據為己有，也能每天下班後來看我。有時甚至在午休時間，他也會過來跟我短暫雲雨一番。只需招呼他真是走運了，我用香水、鮮花、補湯和點心來綁住他的心，使他依戀這暫時的家。

為了炫富和表示他對我的重視，歐陽先生還請了一個下人，買了一些名貴傢俱和骨董來裝飾房子。這些東西之中，唯一真正有價值的只有他寫的一幅書法。雖然他的筆法很普通，但他的地位卻賦予了這幅書法力量——沒人敢冒犯北京軍事參謀總長。除了他的官印和簽名外，我也喜歡他題的這首《詩經》裡的詩：

關關雎鳩，在河之洲。窈窕淑女，君子好逑。

歐陽先生以中國古詩的隱喻來警告其他人不准碰他的女人——我。我不僅因歐陽先生的稱讚而開心，也對他以書法來表現權力的巧妙方式很感動。雖然沒人知道我們的關係（除了他的幾個保鑣和下屬），有了這位護法還是讓我覺得很有安全感。

有時歐陽先生必須到國外出差，好幾個禮拜都不會過來。一開始我很高興可以自己一個人，但很快就覺得無聊。天氣好的時候，我會招輛車或人力車到紫禁城、天壇、頤和園、香山公園去玩。

我最喜歡去的是琉璃廠，因為這裡有好多商店，賣書、珍品和藝術用品。那些店家的女售貨員對我畢恭畢敬，因為每次我總會買最貴的東西——神獸硯臺、金葉墨條、最好的毛筆和宣紙等。累了我就到附近的茶館去，點一壺最上等的鐵觀音和一盤瓜子。我啜一口琥珀色的茶，然後悠閒地咬開瓜子殼，用舌頭挑出瓜子，邊咀嚼邊看著窗外的喧鬧。嗑完瓜子，欣賞完市井風光後，我便會回家。但當獨自面對空蕩蕩的房子時，我又希望歐陽先生趕快帶禮物回來送我。

有次歐陽先生從南京回來，跟我說：「夢珠，這趟外面的生意很成功，所以我決定酬謝佛祖的保佑。再兩個禮拜就是新年了，我要贊助淨蓮寺一場盛大的水陸法會。」他停頓了一會，看著我說：「因為妳也替我帶來好運，所以我希望妳跟我一起去。」

聽到這，我又驚又喜：「那你的老婆們呢，你不帶她們去嗎？」

「當然要。」

「但她們可能……」

「妳以為她們會不知道誰才是主子嗎？」

我想了一會，說：「那麼那些尼姑們……」

「夢珠，」他再次打斷我，「妳以為她們會對我有幾個老婆或情婦有興趣嗎？我肯定她們甚至分不出誰是誰。還有，」他笑了一下，「佛家不是說眾生平等嗎？」

聽歐陽先生說了幾個禮拜關於水陸法會的事，這天總算到來了。我花了兩個小時上妝、梳頭和美髮，然後穿上我最好的高領紫色絲質旗袍，衣袖邊緣都繡了粉紅花，我又在耳邊插上了新鮮的橘色牡丹花。雖然我有自然的體香，但仍是灑上歐陽先生送我的名貴法國香水。

早上六點半，歐陽先生和我坐著他的黑色大轎車到了淨蓮寺。讓我驚訝的是，這座廟不是在山頂上，而是在嘈雜的北京市中心，玄武門的西南方。

我們在冷風中走向廟門時，我問：「歐陽先生，寺廟不是應該在遠離塵囂的山上嗎？」

他側著頭看我說：「現在的僧人都喜歡把廟蓋在他們贊助人住的紅塵裡。」

「是這樣嗎？」我邊問邊跨過門檻。

早晨的薄霧下，寺廟看起來懶洋洋又昏昏欲睡。黃色的屋簷，橙黃色的牆，就像女孩靦腆的臉龐從白霧中窺探。冬天的微風中飄著菜根香和檀香。直到我看見穿著灰袍的光頭女人在前庭裡快步走著，才意識到自己身在尼姑庵裡。

我轉頭問我的大護法：「歐陽先生，為什麼你選這間廟來舉行法會？」

「不是我，是我的大老婆，她常到這裡來參拜，所以認識這裡的尼姑們，尤其是住持——她是北京最有名望的比丘尼，常常舉行人型法會的募款活動。」

聽了這一番話後，我的腦海中閃過的不是女住持，而是歐陽先生那骨瘦如柴、年老色衰的元配。小說和京劇裡常出現這樣的女人，她們是時間的犧牲品，無可奈何地從年輕貌美的活潑女孩變成了又胖(或憔悴)、滿臉皺紋又疲倦的老婦。她們也會變得尖酸刻薄，唯一的樂趣就是虐待下人或媳婦；有些則變得鬱鬱寡歡，在沉默之中無言枯萎；還有更多是因為對塵世感到絕望而開始吃起長齋，或遁入空門。

我想像元配夫人從她們豪華的居所避難到佛堂，尋求佛祖和觀音的庇佑。她厭惡被人群圍繞，於是在小妾們和媳婦們的七嘴八舌間裝聾作啞。唯一讓她覺得安心的只有單調的木魚聲、誦經聲和念珠的碰撞聲。我好奇地想，會不會有一刻，佛珠滑過她的大腿間，撩起了她的情慾，讓她想起過往的床笫生活？

突然我對這個素未謀面的女人深感同情，我想她既然常常來尼姑庵拜佛，那麼她一定是屬於那類陰鬱的大婆，希望在裊裊的香煙中麻醉痛苦，尋求寄託。我知道我是為所有女人的命運歎息，包括我自己。就算一天讓我有幸遇見一個愛我且願意娶我的人，可是他的愛在十年後、二十年後還會存在嗎？就算我沒被拋棄，我也可能落得與我想像中那個元配的相同命運。但無論有多悲慘，元配還算是幸運的，因為她們永遠會被尊稱為女主人，這是小妾們想也不敢想的夢。

我問歐陽先生：「你大老婆還好嗎？」突然間我意識到自己正是讓她痛苦的原因之一。

他好奇地看了我一眼，說：「只要我替她付錢，她就不會惹麻煩的。她沒受過多少教育，但她懂得什麼時候給男人空間。」他繼續喃喃自語地說：「她想要什麼我便給她什麼的。」

是啊，什麼都給，就是不給愛。我想說但沒說出口。

我們緩緩走近大雄寶殿。黃色屋頂下的窗櫺飄來滾滾爐煙和鏗鏘的誦經聲。從眾多尼姑和穿黑袍的信徒數量看來，這間廟一定香火鼎盛。突然我看見另一邊有隻鴿子停在佛像上，啄著佛祖的眼睛。

這時一位年輕尼姑走向我們，恭敬地深深一鞠躬：「歐陽先生，這邊走，您的老婆都已經在裡面等了。」

歐陽先生點點頭，示意我跟著那個尼姑走。如果他的老婆和小妾們都在這裡，那我算是什麼身份？覺得這實在很荒謬，於是我轉頭對他說：「歐陽先生，我實在不應到這裡來。」

他露齒一笑，一張大臉在溫和的晨光中微微泛紅：「別擔心，無空會帶妳到處走走，也會帶妳到座位上。」

我跟在他身後走向大雄寶殿，那個年輕尼姑開始跟我解釋這個將長達七天的盛大法會，她帶著訓示的口吻解釋法會的五個目的：說法、奉獻、佈施、懺悔，和最重要的——替所有人祈福，無論是活是死。

我端詳著這個尼姑，雖然年輕，卻微微駝背，有張不起眼的臉孔。也許她父母將她送來尼姑庵就是因為覺得她嫁不出去吧。她嚴肅地跟我解釋之所以叫水陸法會是因為要為所有生物祈福，無論是天上飛的，如鳥兒、蝴蝶、蚊子、蒼蠅；或地上爬的，如人、螞蟻、蜘蛛、蟑螂，甚至細菌；還有水裡游的，如魚、蝦、烏龜、螃蟹和海參。

當她提到蒼蠅、蟑螂和細菌的時候，我幾乎要笑了出來。為什麼當這麼多人在挨餓受凍的時候，還會有人要為這些沒用的生物祈福？但接著我又覺得深受感動，因為佛祖的慈悲竟然也涵蓋了這些低等的小生物！

無空繼續告訴我，法會分為內壇和外壇兩部分，因為歐陽先生是大護法，所以可以到很少人才能進去的內壇。

外壇有很多活動忙著，穿黑袍的志工們穿梭其間，有些用好奇的眼光盯著我的濃妝和毛皮大衣。和尚和尼姑們敲著木魚念誦經文，誦經聲迴盪在整個大廳裡，似乎有種神聖的力量保護我們不受邪煞干擾。法會上掛著許多水陸生物和神明、菩薩及佛祖的畫像。高高的天花板上有各種代表吉祥的旗幟在緩緩飄動，像表示歡迎的巨大手掌。

我們終於走到了內壇聖殿，兩個中年尼姑走近我們，雙手合十：「阿彌陀佛。」

歐陽先生和我雙手合十向她們鞠躬回禮。

那個年紀較大的尼姑細細的眉毛下有張苦惱的臉，她好奇地看了我一眼，彷彿在問：這個濃妝豔抹的女人是誰？我的臉頰發燙。我知道若不是因為歐陽先生，我是絕不可能站在這兒的。我沒有任何名分——甚至不如歐陽先生的第七個或第八個老婆。我的地位，如果有的話，只是依附著這個男人的權勢。我知道他帶我到這裡來不是因為愛我，而是因為他相信我為他帶來好運。

那個尼姑不再打量我，轉身恭敬地向我的恩客說：「歐陽先生，淨壇儀式就要開始了，請跟我們過來。」

「無空師父，」歐陽對那個一直默不作聲的年輕尼姑說，「可以麻煩妳帶夢珠小姐到另一邊去嗎？」

我知道自己不能與歐陽先生坐在一起，但還是覺得受了刺激。但身為一個情婦，我只能遵照我主子的意思。我蹬蹬作響的高跟鞋在尼姑們芒鞋輕拍在地板上的聲音旁顯得特別刺耳。接著我看見一個坐在一角，眼神空洞的五十歲女人，她後面是一群較年輕的女人，總共有三個，都穿著海青色的衣服，充滿敵意地看著我。她們一定是歐陽先生的妻妾。我仔細地打量著那些沒上妝的臉，其中兩個比較年長的女人——大概三十多歲——或許曾經是美女。但她們現在的身材卻鬆垮垮的，像沒有了彈性的橡皮圈，下垂的臉像掏空了的米袋。最年輕的那個雖然漂亮，卻毫無吸引力可言，蒼白的臉上一雙鼠眼緊張地東張四望，看起來膽小羞怯——像關在籠裡無奈地拍著翅膀的小鳥。這些女人後面是歐陽先生的孩子們，大約有十個，從剛剛學步到十幾歲都有，也都穿著黑袍。兩個年紀最小的孩子扭來扭去。有兩個女人，應該是下人，正努力地不讓他們掙脫。

現在這些女人全都盯著我——她們共同的敵人。假如那個大老婆的手不是在數著佛珠，我大概會以為她——有著死灰臉和死魚眼——是一尊雕像。那個最年輕，低著頭的小妾怯怯地往上看了我一眼。兩個年長的「米袋」把我從頭到腳打量了一番，然後在彼此耳邊竊竊私語。從她們嫉妒的目光看來，我想她們已經猜到我是誰了。我會心微笑。嫉妒的人應該是我才對。因為無論是大老婆或是小老婆，她們都有名份，都活在一個有錢有勢男人的保護下。

而我卻沒有。

但她們又是誰，怎能看不起另一個女人？就算我是妓女又如何？她們又比我好得了多少？如果我是男人的奴隸，那麼我們通通都是。唯一不同的只是，我被付現金，她們被賦予地位。我對那些不開心的臉露出嫵媚的微笑，然後扭動著我狐皮大衣下的臀，用金蓮碎步跟著無空走向我的座位。坐下後，我脫下大衣，露出華麗的絲質旗袍。

當一個豐腴、年紀較大的尼姑帶著五個年輕尼姑走進來時，大廳裡都靜了下來。她們每個人一手拿著柳枝，一手托著瓶子。這些光頭無性的生物邊走邊將柳枝放進瓶子裡，再拿出來將水灑到空中。

無空靠近我說：「師父們現在在灑淨，之後這裡便會變成一片淨土。」

淨土。這兩個字讓我一驚。沒人知道我的心裡也有塊淨土——我的琴。雖然我的淨土已經不見了，但我相信終有一天它會再回到我身邊。

淨壇儀式過後，無空跟我說她們接下來要邀請六界——仙、佛、人、妖、魔、鬼——到內壇來參加水陸法會。

看著那些尼姑喃喃念著神祕的經文，我很想知道珍珠、寶紅和爸爸是否也在那些跨過陰間來到陽間的鬼魂之中。誦經聲開始讓整個內壇充滿奇異的氛圍，我的背脊升起一陣寒意。

一個年長的尼姑舉旗示意水陸法會正式開始……。

30 天堂有路

隔天早上我推說自己的月事來了，不能去參加水陸法會。那些冗長的儀式讓我覺得很無聊，歐陽先生妻妾們的目光和尼姑們不以為然的打量更令我無法忍受。但到了法會最後一天，歐陽先生堅持要我出席，說這樣才能積功德。

「我捐了很多錢辦法會替妳祈福，所以不要浪費我的錢。」他責備地說。

參加冗長無聊的儀式總比惹惱我的恩客好，所以我馬上就答應了。

為了表示自己不怕那些妻妾和尼姑們，這次我更是精心打扮。但到了會場，我卻像之前一樣無聊得不停做白日夢或打瞌睡，直到主持人宣布：「妙善住持即將前來主持最後的送神儀式，送眾神回天庭，送鬼魂回到陰間。」

聽到這些，我在椅子上坐直，現在完全清醒了。我看著窗戶，想知道那些鬼魂是否會穿過窗戶回到他們該去的地方。一回頭，我看見一位清瘦、大約四十歲的尼姑穿過大門，徐徐走向對著門口的大佛神像。她後面跟了一群年輕的尼姑，有些敲著木魚，有些朗誦經文。我看不見她的臉，但從她一塵不染的橙黃色袈裟和優雅的走路姿態看來，她應該就是妙善住持了。

一群光頭女子向大佛鞠躬敬拜，接著繼續誦經和繞著會堂走。當她們朝我的方向走來時，我看見住持的臉。雖然看來有些疲倦憔悴，但仍是張好看的臉。當她走近我這排，我抬頭和她的眼神交會。出乎我意料之外的是，彷彿有什麼灰塵或疤痕在我臉上似的，她仔細盯著我看了好久。然後她那平靜、面無表情的臉色變了。那樣的變化很難形容，她看起來就像受到極大的刺激，以致於無法壓抑住內心的激動情緒。我猜是因為自己的濃妝、繡花黃色旗袍（因為我不願穿上黑袍）和盤繞在頭上像蛇一般的頭髮讓她不高興。也許她覺得我這個風月女子褻瀆了她的淨土。

但我卻有一種山雨欲來風滿樓的感覺。她死盯著我看，直到我突然意識到——像被閃電打到一樣——她盯著我看的原因。這個沒有頭髮、看似面無表情、穿著寬鬆長袍的女人就是我的母親！

我懊惱羞愧得想鑽進井裡。

我的心像被打了一鞭。當我終於定了神準備喊她時，她竟搖搖頭，給我打了一個不要多事的眼色。然後她便轉身走了，繼續若無其事地主持儀式！

我想不起後來發生了什麼事，直到法會完結，我發現自己正擠在人群中準備離開。我擔心自己異樣的表情會引起歐陽先生的追問，幸好他只是朝我點點頭，然後隨著他的妻妾們和孩子們走出大門。讓我鬆了一口氣的是，他安排的車就在門口右方，我趕緊鑽進車裡，然後拉上車窗的簾子。

那天晚上，我輾轉難眠，像一條在油鑊上被翻來翻去的魚。這些年來，母親一直都活著，但卻從沒寫信給我！她甚至不願意認我——她在這世上唯一的骨肉。這位住持在北京如此成功，但卻也如此無情！佛教究竟都教了些什麼，慈悲？或放下？有什麼會讓一個已開悟的她不敢和自己的女兒——就算是妓女——相認的嗎？這些年來，我一直都希望能跟母親團圓，現在終於找到她了——卻發現她對我感到羞恥！

我也對母親跟她十年前爬上火車的模樣與現在如此不同而感到不可置信。她以前的眼睛多有神采，現在則是兩顆沾滿塵埃的珠子。她的雙頰凹了，額頭皺了，頭上還多了十二個戒疤。我母親真的成了一個苦行的住持嗎？或者她只是我的幻覺，就像我在山裡做過的夢？

隔天早上，我六點便起床換上粗布衣和清真買給我的破舊長袍——這些我直到現在都還捨不得丟。我不高興看到鏡中自己浮腫的臉，但最後只搽了些粉來遮蓋便算。然後我招了輛人力車，直接前往淨蓮寺。

「快！快！」我不停朝穿著單薄、骨瘦如柴的苦力喊著。在嘈雜的車流聲中，我聽見他不滿的咕噥。小時候對母親的回憶浮了上來，與昨天我看見的那個枯瘦的光頭尼姑重疊，兩個影像如鬼魅般懸在我心頭上。

我的母親會像弘一大師一樣，變成一位傳奇高僧嗎？三十九歲的他已看破紅塵。在他出家之後，他年輕的妻子帶著他兩個兒子到廟裡找他，但他斷然斬斷情絲，把他們送走了。

母親不願認我也是因為如此嗎？

越接近寺廟，我就越害怕自己會見不到母親，卻也害怕見到她。她會痛斥我所過的生活，或甚至責備我在法會上的穿著嗎？雖然我想見到母親，卻不想讓她痛苦。我還記得她認出我時的表情，所以，如果她再也見不到她的女兒，也許會是件好事？

在帶著寒意的早晨中，廟裡很安靜。沒有香客的熙來攘往，昨日的熱鬧已被蒼涼寂靜的氣氛取替。遠處有幾位尼姑在打掃，殘雪，混在垃圾堆裡，像極了一個棄婦。

我急急走向廟門，一位年輕尼姑以竹竿扛著兩個木桶，笨重地朝我走來。竹竿深陷在她瘦削的肩膀裡，水不停從木桶濺出，潑到她穿著芒鞋的腳上。

我雙手合十，微笑恭敬地說：「早安，師父。」

年輕尼姑從肩上卸下竹竿，木桶跌在地上發出重重的聲響，更多的水瀉了一地。她拍了拍長袍，用手背擦了擦額頭。

「早安，小姐。」她微笑著，露出一排瓜子般整齊的牙齒。

「師父，我想找妙善住持，可以麻煩您告訴我她在哪裡嗎？」

她的眉頭皺了起來：「小姐為何想找她？」

我思忖了一會，如果我說是住持的女兒，她做何反應？所以我撒了謊：「是妙善住持要我今天過來的。」

她看起來更困惑了：「是嗎？但那不可能呀！」

我覺得雙頰發熱，母親一定跟弘一大師一樣，吩咐不見任何人。我將外套拉緊遮擋寒意，「為……為什麼？」

「因為她已經離開廟裡了。」

我的心撲撲的跳：「什麼時候？」

「大概是早上五點半，做完早課之後。」

「可是為什麼？」

「沒人知道。」

「真奇怪，」我微笑著說，「因為她昨天的確要我來見她。發生了什麼事嗎？」

年輕尼姑狐疑地看著我，說：「昨晚妙善住持跟我們說她在法會上看到一些奇怪的幻象，所以要馬上到山裡去靜修。我們不能跟任何人說她去了哪，她說等她得到啟示就會回來，這段時間會由永淨師父代理住持職務。」

聽到這消息我有些詫異：「妙善住持有說是什麼樣的幻象嗎？」

她緊張地看了看四周，說：「她沒說，但永淨師父注意到妙善住持在法會最後有點不對勁，神色有異，因為住持總是很平靜的。」

「幸好我們有永淨師父幫忙她處理廟裡的大小事，但一些重要的決定還是要妙善住持的允諾才行。我們無法想像沒有她的日子，即使只是幾個禮拜，因為每天總有那麼多事等著她去處理。妙善住持做了好多事！如和大護法募捐、策劃下次的法會、擴建寺廟、做慈善事業……」

我努力去了解母親在爬上火車之後十年來的轉變。當時的我太小不會知道等著她的是什麼樣的命運。但現在我卻能明白她的處境。也許她到了尼姑庵，卻被拒於門外，也或者尼姑庵把她留下來做粗活。但現在，聽這個年輕尼姑的描述，我發覺也許事情和我想像的完全兩樣。我恍然大悟，原來十年間那個內向怯懦的家庭主婦——我的母親——成了一個可做重要決策的「尼姑商人」。一個無論是爸爸或我都會覺得不可置信的轉變。

接著我想到命運的諷刺，母親和我都成名了，只不過她是個尼姑，而我是個妓女！

我問年輕的尼姑：「妳知道住持去了哪座山嗎？」

「空雲山。」

「空雲山在哪裡？」

「在天壇西邊大概二十哩處……」她脫口而出，又趕緊摀住嘴巴，「天啊，我不應該說的！」

我露出最溫柔的微笑：「別擔心，師父，我不會讓任何人知道的。」

她沒回答，只是狐疑地看著我。杏眼睜得大大的：「小姐，我希望妳不會去找她。」

我沒回話，只問：「妳知道確切地點嗎？我是說，她去了哪間廟？」

她擦了擦眉上的汗：「但永淨師父說妙善住持不想被打擾，所以沒人可以去找她，只有永淨師父知道她在哪。」

「我找她是有非常要緊的事。」

她又狐疑地看了我一眼：「是什麼事？還有，妳是什麼人？」

我受夠這個尼姑的囉嗦了，真希望自己是穿著高級洋裝、戴著名貴的珠寶來的。我有些惱怒地說：「不好意思，我不能告訴妳，我只能親自跟住持說。」

「小姐，那我們就必須等妙善住持回來。」

多說無益，於是我雙手合十向她一鞠躬，然後離開了寺廟。

回到家後我開始收拾行李，準備前往空雲山。當歐陽先生在中午回來時，我跟他說我得回上海一個禮拜，處理父親的喪事。用死去多年的爸爸當藉口其實讓我有股罪惡感，但是為了找母親，我想爸爸會原諒我的。

隔天，當天色還像宣紙上的淡墨時，我便趕緊跳下床，換上樸素的衣褲。我只帶了幾件簡單的東西——傘、另一套衣服、棉襖、飯糰、水煮蛋和一小袋錢幣。當我走到公寓門口時，才想起有更重要的東西要拿——清真替我畫的四張符——於是又衝了回去。因為不知道母親在哪裡，所以我決定像上次跟鄧雄到太乙山一樣，從山腳開始找起。至於我找不找得到她，一切只能交給命運了。

車子顛簸了好一段路才終於到達山腳。販售拜神用品的小販立刻湧上來圍著我，但我揮揮手要他們離開。我付了雙倍的錢要兩個轎夫抬我上山，轎子在一間又一間廟前停下，讓我進去詢問母親的下落。有些出家人已經聽說了妙善住持的「失蹤」，在喝茶喝得嘖嘖作響時，邊猜測她「失蹤」的種種原因，殊不知真正的原因就在他們面前。當被問起為什麼要找淨蓮寺的住持時，我說因為我想拜她為師。好幾個人狐疑地看著我，但沒有人再多問。

五天過去了，山也爬得越來越高，但始終沒有母親的下落。到了晚上，廟方總會熱情邀我用晚膳和留宿。為了答謝他們，我總會塞幾個銅板和一些鈔票進功德箱裡——當然視他們熱情款待的程度而定。雖然沒找到母親很失望，但至少我在山上沒遇見土匪。經過上次慘痛的教訓後，我盡量避免走無人的小徑或在晚上趕路。

第六天傍晚，天氣突然變壞，小徑上雨傾盆而下，樹枝搖來搖去，落葉無情地打在轎頂上，風像頭兇猛的野獸。轎夫全身溼透，顛簸了好幾次後直到終於見到了一座廟。他們要我付雙倍的錢，不單因為路程辛苦，也因為新年快到了。我完全忘了這回事，老天爺會讓我在新年跟母親團聚嗎？

這間小廟的住持是個頭大身體小的老人，他帶我進到一間小接待室後，指著一張藤椅請我坐下。雖然他看起來很和藹，但我提醒自己不要打擾他太久。我們坐下，一位年輕和尚端茶進來後，我便直接說明來意，說想找淨蓮寺的妙善住持。

老和尚認真地看著我，眼睛清澈明亮：「小姐，但這座山裡有很多尼姑。」

「您認識妙善住持或知道她在哪裡嗎？」

他點點頭。「有次淨蓮寺舉辦一場盛大的超渡法會，要解救所有孤魂野鬼，她邀了許多寺廟，包括我們的廟。」

「但您知道她現在在哪裡嗎？」

「小姐，我想您該回北京去了。」

「師父，為什麼……我不能去找她？」

他摸了摸平滑光亮的頭，「妳一個年輕女孩獨自在這山裡太危險，妳很幸運沒遇上土匪，一定是佛祖保佑。如果妳想潛修佛法，可以找其他的師父。還有，就算妳找到她了，也不代表她肯收妳為徒。我們山家人到空雲山來，就是為了圖個清靜。」他停下來喝了口茶，說：「她大概是對城市裡的忙亂生活感到失望，因為在那些大廟裡得四處跟有錢人化緣募捐，根本無法好好禪修念佛。」

「妙善住持很有名，但她一定知道所有塵世間的成就都是過眼雲煙。」他嚴厲地看著我，「所以小姐，我想妳不該來打擾她。她一定是在水陸法會上得到了什麼啟示，所以請妳讓她清心禪修。」

年輕和尚開始替我們重新沏茶。「師父，」他熱切地說——顯然是一直聽著我們的對話——「我聽說在法會上有個煙花女子進了內壇……。」

我心中一驚。

老和尚嚴厲地瞪了他一眼，轉頭對我說：「小姐，我想我和這位小師父都多言了。」接著他對年輕和尚說：「帶這位施主到廂房去，替她準備點晚膳，但不許再多言。」

隔天早上，雖然雨還沒停，但我仍決定繼續尋找母親。

當我向老和尚告辭時，他說：「小姐，希望我沒說了什麼不該說的話！我們非常歡迎您再多待一會兒。」

「師父，」我雙手合十，深深向他一鞠躬，「非常感激您的大方款待，但我只想繼續趕路。」

「何不等雨停了再走？天雨路滑，上路很不安全。」

「但是師父，人生中沒有真正安全的路。」

「我很同意，」他不解地看著我，「但那正表示我們應該小心點，佛祖也說我們要好好照顧自己。」

我遺憾地表示我仍決定要離開。

他沒再堅持，只說：「那走之前，讓我替您祈福。」

看著轎外的滂沱大雨，我才覺得也許該聽老住持的話，先緩一緩再走。因為這樣一來累的不僅是我，還有我的荷包。這幾天來，我在功德箱裡塞了太多錢，轎夫們的小費也給得太大方了。

既然母親在逃避我，那我為何不乾脆回家，就此忘了她？但我知道自己若沒見到她，至少這最後一面，是死也不會瞑目的。

我一定是睡著了，因為當我睜開雙眼時，外面變成白茫茫一片。這使我想起爸爸的白髮——在判決裁定後一夕白了的頭。跟著《紅樓夢》裡賈寶玉決定脫離紅塵的一幕浮現在我腦中。當他踏出賈家大門時，發現整個世界都是皚皚白雪。「落了片白茫茫大地真乾淨！」他說完後便走入風雪之中，從此不知去向。

突然間轎夫停了下來，把我從想像中驚醒，我們前面是條長長的階梯。前方的轎夫轉頭看我，他的臉溼了，身上全是白雪。「姑娘，風雪要變大了。」矮胖的轎夫從後面走過來說：「我們想回家了。」他用粗糙的手指著臺階說：「上面一定有廟，妳就在這付錢下轎了吧？」

我伸長脖子看，又長又窄的階梯似乎直上天際。山的兩邊滿是樹枝，像努力要指引著我走向那悟道之路。

我轉頭問轎夫：「你怎麼知道上面有間廟？」

「我聽說的，」瘦的那個聳聳肩，「不然還會有什麼？」

「但看起來好像很久沒人來了。」

「姑娘，這裡所有的廟都像這樣。」他停下來用破布擦臉上的汗，「要不我們就在這裡讓妳下轎，妳自己走上去，要不我們可以帶妳下山。」他朝他夥伴看了一眼，「我們得在風雪變大之前回去。」

我對兩個黝黑的轎夫說：「那你們能不能在這等我一個小時，如果我沒回來，你們就可以走了。如果我回來了，就付你們雙倍的錢。」

他們交頭接耳了一會，然後那個矮胖的說：「我們會在這等半個小時，但妳要付我們三倍的錢——否則我們不等。」

「好的。」我吸了一大口氣然後說：「成交。」

這段路似乎永無盡頭，我邊行邊數著階級：十、二十、三十、五十、一百、一百二十、兩百、三百……直到我的腦袋一片空白。隨著雪越來越多，腳印也越來越模糊。我又累又喘，但也只能小心翼翼地繼續爬，免得自己會向後倒。我的喉嚨很乾，嘴唇也裂了，肚子咕嚕咕嚕響個不停，像個大婆的抱怨。我拿出饅頭吃，但饅頭卻像個沾了鹽巴的石頭。

彷彿這些還不夠糟，白雪漸漸浸溼了我的衣服。我抱著胸，不住顫抖著，牙齒凍得咯咯作響。我的視線在一片白茫茫之中變得模糊，我拿出雨傘，但一打開就被風吹走了。

「可惡！」我大叫。

我看不到階梯的盡頭，也看不見原來的路，但我仍繼續爬著。即使穿著皮靴的腳不停向前踏進，但我卻開始擔心：要是上面什麼也沒有，那怎辦呢？

我慌亂地轉身，用盡所有力氣朝轎夫大喊，但除了自己虛弱的回音，卻什麼也聽不到。為了避免強風把我吹下階梯，我靠著牆邊喘氣。我再次向轎夫大喊，但風立刻吹散了我的聲音。

他們一定沒等我就走了！

我的呼吸凍結在胸口，開始覺得自己飄浮在空中。從雪花中看去，整個世界變得很小卻又無邊無際。我自己深深的腳印像是一雙雙盯著我的大眼睛。眼淚流了一臉，我趁機享受熱淚刺痛著我肌膚的短暫快感。

我開始肯定階梯的盡頭甚麼也沒有。這個內心的想法與外面的風雪同時不斷盤旋。我開始想：當風雪結束後，某人——某個和尚、尼姑、信徒或土匪——會發現這階梯上有具好像是懸在天地之間的屍體。屍體的兩雙眼睜得大大的，彷彿死不瞑目。我找母親時遇見的那些出家人認出了我，但我的身分卻始終是個謎。八卦報紙開始試圖找出我是誰。但他們什麼也沒找到後，便用想像力將故事填滿——一個從有錢人家逃走的女孩要到山裡找她的情夫，卻因迷了路被土匪強暴、然後遇害……。

恐怖的想像和刻骨的風雪讓我更加不安，呼吸變得越來越吃力，肺裡像有滾燙的熱水。我神智不清地抬頭看著天空，喃喃唸道：「老天爺，請讓我見見母親最後一面。就算要死，也拜託讓我死在她的懷裡！」

但又純又白的天卻似乎對我的心願毫不在意。雖然雙腳凍得像冰塊，我仍頑強地踏出一步又一步，但意識也漸漸變得空白……。

為了振奮精神，我開始唱京劇和琴曲的錦歌。

在強風呼嘯的伴奏下，我神智不清地唱著，直至感覺踏到了甚麼東西——一塊平地！我站直了身體，深深吸氣，讓自己回過神來。

我看了看四周，見到一幅震撼人心的景象。一個光頭女人穿著一件單薄的長袍子正以蓮花坐姿禪修，後方是一間破舊的小廟。

這一幕美得太令人震驚，白茫茫的世界裡只有她的黑袍和深紅色的屋簷。有一刻我懷疑自己是不是看見了一尊石雕，或一個光頭女鬼。

但她既不是石雕也不是女鬼，而是個有著美麗名字的女人——美芳——我的母親。

我的心顫抖得像雪打紅蓮。我受的苦都不算甚麼了，只心疼著她那冷漠的臉和顫抖著的單薄身了。

為什麼她要在這冷冽的風雪中如此折磨自己？

但因情緒太激動，我已經不能多想。「媽，我在這裡！」我朝那正坐如鐘的女人叫著，猛力向前跑。

出乎我的意料，那個尼姑竟然又聾又啞似的繼續打坐。或許對她來說，衝向她的我只是個幻象，又或者在她的世界裡時間已經停止？

我繼續跑著，叫著：「媽！媽！」直到滑了一跤，跌倒在地……。

31 團圓

我醒來時，覺得自己被什麼柔軟又溫暖的東西緊緊抱著。我抬頭，看見了母親的眼睛。

「媽……」我不知道該說些什麼，但既然我已經在她的懷中，又何須再說什麼呢？

母親說：「多歐會，香湘。」

我的淚流了下來，距離我上次聽見母親喊我的名字已經彷彿前世般遙遠。再次聽見自己名字的感覺真怪，又甜又苦。僅僅「香湘」的音調已讓我回到了小時候，那時爸爸還活著，年輕帥氣，母親還是個幸福的妻子和母親，而我是個備受寵愛的孩子。

雖然她已沒了頭髮，頭頂多了戒疤，光滑的臉上多了皺紋，名字從美芳變成了妙善——她依然是我的母親。

覺得好舒服，於是我又喊了聲：「媽……。」

「我聽見了，香湘。」母親平靜地說。當她摸我的臉時，我驚訝地發現她手腕上有一排疤痕。

「媽，這是怎麼回事？」

「我燙的。」

「為什麼？」

「像我頭上的戒疤，這是對佛祖的奉獻。」

我看著她：「一定很痛。」

「如果悟了道，就不痛了。」

悟道，那是怎麼樣的境界呢？

我在心裡嘆息，看著她用力眨眨眼——一次、兩次、三次，希望她會變回我認識的那個母親——年輕、美麗、沒有任何傷疤的光滑的臉。

但眨完了眼，我面前的依舊是我前幾天——或是前世——在淨蓮寺見到的那個瘦巴巴的光頭尼姑。

我的眼眶溼了，帶著困惑難解的心情沉沉入睡。

當我醒來時，鍋碗的碰撞聲和母親的聲音從耳邊傳來：「香湘，我煮了些簡單的素菜，馬上就好了。」

我看著窗外，天色已經全暗了，風雪仍如同餓鬼般呼嘯著。聽著水滴從屋簷滴下的聲音，我想到生命就像流逝的沙漏，突然一陣感傷。但聽見風吹過樹時喊著我的聲音：「香湘！香湘！」我的感傷很快就變成喜悅。我跳下床，離開房間，走進小神廳。除了神桌上放的一尊木雕佛像，裡面什麼也沒有。佛像前已經放了熱騰騰的飯菜。神桌上的兩支蠟燭照亮四個角落，發出溫暖舒適的光。

這裡一定已經很久、很久沒人來了。但現在地板卻像鏡子一樣明淨，母親的影子在隔壁廚房裡閃動著，她準備飯菜的熟悉聲音、食物的香味，使這座孤廟幾乎變成一個家了。家！我已經過了多少年無家可歸的日子！

馮大爺的身影閃過我的腦海，就是這個殺千刀的惡棍害得我們全家從天堂掉到地獄！我幾乎可以感覺到自己的血液沸騰，「殺！」我對自己低聲說，想像一顆子彈穿過馮大爺的腦袋，噴出鮮血；或劊子手砍下他的頭，咚咚咚地滾到地上，彈到遠處。

但母親正溫柔地喊著我的名字：「香湘，來坐下，晚餐好了。」

坐在母親對面，看著這些菜，我感到又幸福又苦澀。我們在除夕夜團圓了，好不容易啊。

「媽，」我問，「妳知道今天是除夕夜嗎？」

「我們出家人對節慶是不太注意的。」

我看著母親莊嚴的面容，想起爸爸和媽媽常在我面前卿卿我我，從不理會儒家說的什麼「男女授受不親」。多數的男人都認為男尊女卑，女人的身體充滿汙穢，所以除了上床，他們很少踏進女人的禁地——閨房。但爸爸卻毫無顧忌地替媽媽梳妝和挑選衣服。

心中突然湧現好多感觸，我從一個天真的孩子變成了充滿了機心的名妓，母親從動人的女子變成了毫無魅力的尼姑，爸爸則從名戲子和二胡高手變成了孤魂野鬼。這一切都是馮大爺造成的。

似乎無視我沸騰的情緒，母親說：「多吃點，香湘，就算覺得素菜不好吃也得吃一點。」然後她開始替我夾菜。

「媽，妳真會煮，妳煮的都好吃。」我狼吞虎嚥地吃著，筷子動個不停，嘴裡塞滿了食物。突然間，我發現母親沒有吃，只是哀傷地看著我。

「媽，」我放下筷子說，「一起吃嘛！」

我想我看見了她的淚水，但卻不太肯定。她沒有頭髮，也沒有說話，只是扒了些白飯塞進嘴裡緩緩嚼著，似乎正在做著「吃飯禪修」。

吃完飯後，我替母親收拾桌子。之後她泡了茶，然後我們捧著茶杯面對面坐著。兩人都心知肚明，我們互相挖掘內心最深處祕密的時刻終於到來了。

母親想知道我去了哪裡，做了些什麼，但我堅持要她先說她的際遇。

母親平靜地從進淨蓮寺的第一天開始敘說。作為一個見習期的尼姑，除了誦經和打禪外，她每天都必須打掃、煮飯和做一些粗活。因為當時的女住持年紀大了，身體不好，所以她也幫忙照顧她，甚至替她清理大小便和倒便壺。就是因為這些善緣導致母親後來的成功。住持漸漸地信任母親，所以在圓寂之前便指定母親成為她的傳人。從那時起，母親便努力地將淨蓮寺從一個不起眼的小廟變成北京最具影響力的寺院。

講完後，母親說：「雖然成為尼姑是不得已的選擇，但我已盡我所能弘揚佛法。」她停下來喝茶，接著說，「因為我懂得什麼是苦難。」

我暗自嘆氣，我也懂得什麼是苦難，但那並沒有讓我成為一個成功的尼姑，而是一個名妓。但是，依佛教眾生平等的說法，眾生無分美醜善惡或智愚。這麼說來，是否表示母親，從終極上來說，和妓女沒有分別，而我，也和尼姑沒有分別？

我們靜靜地喝茶，聽著窗外風雪的鬼哭神號。

我要母親再多說一點尼姑的生活，但她堅持自己身為出家人，不該活在過去，所以應輪到我說了。因為她早已猜到我在做什麼，所以她要我誠實地告訴她從一九一八年——我們分開以後我的所有經歷。

我一五一十把那些不堪回首的過去從我被芳容帶走的那一刻「和盤托出」，最後我告訴母親，我從鄧雄那裡得知自己最大的恩客竟然就是害死爸爸的兇手。

我當然沒有跟母親和盤托出。我沒有提到被吳強和土匪強暴的事情，也將鄧雄只說成是我的女性友人，而非磨鏡情人。

我說完後，母親的眼淚流了下來：「香湘。」她嘆了口氣，伸手拉著我。

我有些訝異，因為這是身為尼姑的母親第一次如此直接地表達她的情感。

她壓抑著聲音說：「身為尼姑，我只能說，發生在妳身上的事都是因為過去的業障。但身為一個母親，我對不起妳，請妳原諒我。」

「但是媽，是我自己命不好，不是妳的錯！」

「香湘，我知道妳想對我好，但我也必須承認自己的過錯——不該聽信芳容的話。我應該在把妳交給她之前查清楚她的來歷。」

「媽……」我正要說一切都過去了，但才意識到這一切還沒過去。我的恩客，歐陽先生，還在等著我回去替他暖床。

母親說：「香湘，這一切都是妳在前世累積下來的業障，才會在今世受苦。」

我覺得佛家對前世今生的說法實在很荒謬，我甚至不知道自己的前世是誰，那為什麼我得承受那些業障？

母親意味深長地看著我：「但香湘，有一個辦法可以消除妳的業障。」

「什麼辦法？」我想起珍珠曾說過：青樓裡沒有解決不了的問題。但後來她卻上吊自殺了。

「香湘，」母親認真地看著我，「像我一樣，妳可以皈依三寶，出家當尼姑。」

這些話像對我開了一槍似的，不但沒有讓我頓悟，反而是我掙扎著該不該接受這荒謬的建議。

我努力讓自己冷靜下來後，就事論事地說：「但媽，我是個妓女。」

「妳喜歡當妓女，而且想繼續當嗎？」

「當然不是這樣，媽，但我無從選擇！」

「現在妳有選擇了，從現在起，讓佛祖照顧妳吧。」

「但是媽，十年前在車站的時候，我要妳帶我走，妳說住持擔心我的美貌會給廟裡帶來大災難，妳還記得嗎？」

「記得，其實住持沒那麼說，全是我編出來的。」

「為什麼？」

「這樣妳就不會跟著我受苦，我不想妳當尼姑浪費青春。」

「但為什麼現在您又要我當尼姑了？」

「現在不同了，香湘。因為雖然妳還是很漂亮，但塵世裡已經沒有值得妳眷戀的未來。」

我覺得好困惑，不知道該說些什麼。

她堅定地說：「現在我是住持，所以妳當然可以到我的廟裡來。香湘，皈依佛門是妳唯一的未來。」

我就這麼眼睜睜地看著最愛的母親變成了尼姑，又變成了一個陌生人。我的眼裡噙著淚，在模糊的視線中，母親似乎變成一個雙頰凹陷、苛薄又固執的老女人，禁錮在祖先神桌上一張陰暗的畫像中……。

「香湘，」她乾澀的聲音又再次響起，「我再問妳一次，妳喜歡當妓女嗎？」

我喜歡當妓女嗎？我張開嘴，卻發現這是個複雜得難以回答的問題。我當然不喜歡擺笑臉迎合那些臭男人，也討厭他們色瞇瞇看著我的目光和游移在我身上的手，更痛恨他們在我月事來時硬要將玉莖插進我的玉門內。他們吸吮我舌頭和津液的聲音讓我覺得噁心，光是想到我就反胃。

但我已經習慣了美酒佳餚和絲質衣裳在我身上的觸感，習慣每天有人送禮物給我。我可以睡得很晚，在練琵琶或寫詩時，會有人將食物端到我房裡。還有，我得到無數人的讚美。但我當然明白，那些男人之所以把我當女神般仰慕，正是因為他們清楚知道我不過是個俘虜，無論在生活中或床上都可隨意把我扭成各種卑躬的姿勢來滿足他們的慾望。

雖然我有幸遇見一個我愛的男人，但卻必須放棄所有作為名妓的奢華生活。和清真在一起我是自由的，但他卻無法滿足我身為女人最深的渴望——孩子和家庭。

我不知道尼姑的生活是什麼樣子，一輩子打禪誦經真的能夠撫慰我的心靈、療癒我的傷痛嗎？如果母親真的超脫，為什麼當她在水陸法會上看見我時會如此坐立不安？她一定是擔心自己的名字會出現在報紙的八卦欄裡成為笑柄，還可能損失所有客戶——那些捐了大筆錢給寺廟的大護法。但這些在廟裡道貌岸然的大護法，也正是那些暗地前往青樓作為情慾護法的人。

我看著母親蒼白的臉問：「媽，為什麼妳那天不讓我認妳？」

「唉，香湘，」她重重嘆了口氣，擦了擦眼淚，「我知道妳是不會原諒我的，在那樣的場合重逢是我對不起妳。但身為尼姑，我做任何事都是有原因的。」她接著說，「香湘，在我眼裡，無論妳是不是妓女，妳永遠都是我的女兒。但妳也知道，如果在那樣的法會上相認，全廟的人都會非常震驚。那些內壇的有錢人都是極度自私的，他們捐錢只是為了替自己積功德，所以如果知道讓他們住持有個女兒，還在暗門裡工作，一定會責備我。相信我，香湘，我完全不介意妳的身分，但身為一個尼姑，我不能只想到自己，我得為整間廟著想，妳懂嗎？」

我當然知道要怎麼讓那些大護法乖乖掏出錢來，因為我在當名妓時，我每天都這樣做。我又再度熱淚盈眶，因為母親雖是尼姑，卻似乎仍逃不了這俗世的風霜與煙塵。在她歷經千辛萬苦成了北京最有影響力的住持之後，她仍舊在苦海裡浮沉。

「媽，妳當尼姑快樂嗎？」

「香湘，如佛祖說的：『人生即苦』，我們不想快樂，只想悟道。」

聽到這我真不知道該說些什麼了。

母親繼續說：「如果我們在今世積功德，那來世就會過得更好。」她深深看了我一眼：「香湘，我相信妳的善緣到了，因為妳終於有機會可以當個尼姑。來我的廟裡吧，這樣我們就可以在一起，直到圓寂的那天。」

我想起十年前母親將我交到芃容手裡時，說了類似的話：能夠寄人籬下，我是很幸運的。但現在母親看起來很難過，讓我很心疼。「香湘，雖然當尼姑並不容易，但妳可以積功德，也會受到尊重。香湘，皈依佛祖吧。」

我想跟她說的是，身為名妓，我也備受尊重。我的詩被大家稱讚傳頌，桃花亭的大門因為我而賓客盈門，全是來求我的畫和書法的。有些人甚至在垃圾桶裡找，看會不會找到被我撕碎的草稿可以帶回家拼補起來……

但我還是說：「媽，我不敢說未來會如何，但現在不是我想這種事情的時候。」

「香湘，「當下」是妳唯一可以想任何事情的時候。」

「但我得回上海去找馮大爺。」

母親看起來很驚恐：「香湘，為了什麼？」

「媽，殺父之仇不共戴天，現在我知道他是誰了，就要盡快替爸爸報仇。」

「香湘！殺生是個孽障，你想也不要想，更何況要去做！妳想要下世變成蛇、變成老鼠嗎？就算殺了那個軍閥，妳就會快樂嗎？跟我一起禪修，去除這些妄念吧！」

「媽，妳知道支持我這麼多年來在桃花亭賣身賣笑的動力是什麼嗎？就是找到妳和為爸爸報仇！」

「香湘，現在妳找到我了。」她停了一下繼續說，「我知道妳很愛妳爸爸，我也是，但他已經死了，所以別再讓報仇的妄念汙染了妳的心。跟我一起回淨蓮寺吧！」

見母親如此固執，我也不想再多說些什麼。為了安撫她，我說我不會去報仇，但沒答應要當個尼姑。

她沒回話，所以我把她的沉默當作是接受了。

我突然想起了另一件事，問她：「媽，為什麼這些年來妳都不寫信給我？」

「香湘，我寫了，每個禮拜都寫！但我到北京兩個月後，芳容寄了封信跟我說妳逃走了，沒人知道妳去哪，只知道妳離開了上海。」

她伸手從袍子裡拿出一張皺巴巴的紙條，小心地遞給我：「這是妳的地址，對吧？」

我點點頭，眼裡滿是淚水：「那些信到底都到哪裡去了？」

媽媽沒回答我的問題，只說：「現在那些都不重要了，不是嗎？」

32 回到上海

母親和我才團聚了一個禮拜，命運又將我們分開。我告訴她我答應歐陽先生會盡快回去，而且也不想得罪他。母親決定繼續在山裡淨修，等到時機成熟便回淨蓮寺。現在我尋找母親的第一個目標已達成了，所以是時候著手計畫第二個目標——為爸爸報仇。跟母親說我會暫時回到歐陽先生身邊並不全是謊話。因為遲早我都得回去找我的大恩客，就算不是共度溫柔鄉，至少也要說聲再見。

媽媽這次沒有說她十年前跟我說過的話：「**我們鬥不過命運，但可以逆來順受，並做到最好，要開心點。**」她只告誡我：「如果妳註定不該當尼姑，香湘，那妳就要跟隨命運的腳步走，希望那會是條前往快樂的路。」

回到北京後，歐陽先生沒有到公寓來找我。大概是因為我說家中有喪事，他覺得來找我會招來晦氣，尤其現在又是新年。我寫信告訴他說希望我們可以在農曆新年過後見個面。這給了我充裕的時間準備回上海。我當然會帶著清真的符，這些保護我度過山中歲月的符。但因為要回桃花亭，我也帶了另一張符——歐陽先生的墨寶。我縫了個錦盒，好讓這幅字畫看來更尊貴。但我相信，對媽媽和爹來說，這幅字畫上歐陽的官名絕對比道士的符咒來得嚇人。

為了在火車上可以有自己的空間，我訂了一間私人廂房。當火車終於到了上海京北站，我下了火車，招了一輛出租車，叫司機帶我到上海租界的凱西大酒店。這間奢華的飯店是有錢人最愛帶交際花來的地方，現在非常符合我的身分，特別是如果我會遇見桃花亭的人，也足以嚇嚇他們。我既有錢又雍容華貴，一切應該會順利進行。

到了上海的前幾天，我甚麼也沒做，只是吃飯和休息。無論穿著昂貴的旗袍或性感的洋裝，我總會扶著大理石的樓梯穿過大廳，欣賞發亮的柱子和紅木傢俱，然後乘手扶梯到頂樓那飄著風信子香味的餐廳喝下午茶。我風情萬種地將屁股坐在鑲金邊的椅子後，便想像自己是個等待著王子到來的公主。「王子」就是那個前來為我點餐，穿著燕尾服、戴白手套、年輕體面的服務生。我一邊喝著香濃的奶茶，一邊欣賞耀眼的水晶吊燈和牆上的油畫。為那神祕的意象和大膽的色彩而著迷，心飛到了只有夢中才會出現的神祕國度。

欣賞完美麗的東西後，我便會想到那醜陋的報復。我的心輾轉反側，想著種種復仇大計。要用刀還是用槍？下毒或請殺手？或用車撞？我看看周圍其他的客人心中在想：隔壁那個彬彬有禮的灰髮外國紳士會想像他鄰座那個優雅的女人滿腦子裡都是血腥嗎？我那殷勤的服務生會想到他秀氣的客人正要進行一場痛快的槍殺嗎？我幾乎大笑了出來。我想像自己用子彈般調皮的眼神把整個高雅的餐廳掃了一圈。

但我興奮的心情很快便像一個洩了氣的氣球。如果我殺不成馮大爺，反倒被他殺了呢？或者我殺了他，卻沒成功逃走呢？如被抓到，我不抱任何法律會對我從寬的奢望。但我又想：就算我被抓，也死而無憾了。我為了尋找母親和為爸爸報仇忍著當妓女的苦也就無所謂了。我報了仇之後，就再也不會踏進青樓一步。那麼接下來呢？

每天我都會與同一個跟服務生聊天，從天氣到生意到老外客人，又給他四倍的小費。結果正如我所料——我成了這間餐廳的上賓。

除了吃和睡，我也會搭車到南京路去散步、逛街，欣賞人們穿的時款衣服、看他們互道新禧、放鞭炮迎接新年。我想在醜陋血腥的報復之前，好好欣賞一下美麗的事物。

有天散步時，我站在一個櫥窗前欣賞骨董珍品。看著精緻的花瓶、硯臺、犀牛角和其他寶物時，我的眼角瞄到了兩件令我倒吸了一口氣的東西。在一個不顯眼的角落躺著一枚鑽戒和玉鐲子。在剎那間我已認出這是珍珠送我，與琴一起丟掉的首飾！我一陣暈眩，那些土匪一定是找到了琴，把裡面的東西賣掉——但我是在北京附近丟了琴的，不是上海。

我握著門把，讓自己恢復鎮定，然後推門進去。一個髮際線後退、臉色紅潤的中年男子趨前迎接我。

「小姐，您想買什麼嗎？」

我指著角落的鑽戒和玉鐲子。

他請我坐下，走到櫥窗前小心翼翼地拿出珠寶，將它們放在櫃檯的絨布上。「這位女士，您真有眼光，這兩件是最上等的貨色。」他拿起鑽戒在從窗口斜斜照進來的陽光下移動，那單一顆的鑽石發出像彩虹般的光芒，就像在向我訴說它在山中的冒險。接著他將玉鐲子拿高對著陽光，好讓我看見玉鐲子的透明無瑕。接著他將鑽戒套在我的手指上，也為我戴上玉鐲，鑽石的光芒幾乎刺疼了我的眼睛，玉鐲子則使我感到肌膚沁涼透心。撫著玉鐲子，我幾乎可以感受到珍珠的靈魂就藏在那深不可測的綠色中。

我眨眨眼不讓淚流下。我抬頭問那張紅潤的臉：「多少錢？」

他撥了撥算盤，轉身對我微笑著說：「這位女士，現在是新年，您又是我們今天的開市客人，所以我給您特別優惠——三十金鈔。」

「好，我買下。」我知道價格貴得不合裡，卻不想殺價，因為這是對珍珠致敬。

寫收據時，老闆偷偷讚賞地看了我好幾眼。

我拿出現金，一派悠閒地問：「你認識賣這些東西給你的人嗎？」

他抬高眼鏡看著我：「我們的珠寶都是從上海的大戶人家裡來的，但有時候也會有些散戶拿珠寶來賣，像這兩樣就是。但這位女士，恕我無法透漏賣家的身分。」

他一定知道這些是土匪搶來的，但當然不可能承認。土匪們常把偷來的東西賣到很遠的地方，這樣才不會被抓到。

「沒關係，」我微微笑，「那他們還有拿其他東西來賣嗎？」

「沒有。但是女士，」他的臉亮了起來，「如果妳想看，我們還有其他……」

我揮揮手說：「不了，這些就夠了。」

我結了帳謝過他，正打算離開，卻覺得肚裡一陣翻攪。我轉身問老闆：「請問可以借用洗手間嗎？」

「當然沒問題，女士。」他說完便指著店的後方。

結果我發現，肚疼只是因為情緒太過激動。我看著鏡裡的自己，深深吸了幾口氣。洗手檯後方的木板上放著肥皂和紙巾，我伸手要拿肥皂時卻看見木板上有發亮的漆。我的心跳開始加速，我立刻將肥皂、紙巾和一捲衛生紙拿開，將「置物板」拿起來。

我的眼淚流了下來。

我盯著現在奇蹟似地出現在我眼前的琴。它一定是跟那兩件珠寶一起賣過來的。諷刺的是，老闆雖是骨董賣家，卻認不得這明朝古琴。我細細撫摸著依舊光滑的琴面，想起珍珠還在的時光。

我聽見老闆擔心的聲音從門外傳來：「女士，您沒事嗎？」

我用手背擦了擦眼淚：「沒事。」我說著開門走了出去。

看見我將那片木板抱在懷裡，他一臉困惑。

他還沒說話我就問了：「這個可以賣我嗎？」

他大笑了一聲：「但您要這個垃圾做什麼？」看見我有些惱怒，他趕緊堆上笑容說：「女士，如果您喜歡就帶走吧，當我送您的新年禮物。」

「你真是好心人。」

「賣珠寶的人把這也一起留在這裡，再也沒回來拿，所以我就把它放在洗手間裡了。看，」他指著琴的音箱，「這裡放肥皂和其他東西正好。」他好奇地看著我問：「但為什麼您要這個？」

「喔，我只是喜歡收集木頭。」

回到飯店後，我仔細地擦了擦琴，在音箱裡找到琴弦，再次替琴上弦。因為琴受了潮，所以聲音變得有些暗啞，但我還是迫不及待地彈了起來——《憶故人》、《長門怨》、《梅花三弄》……。

珠寶店的奇遇讓我的計畫延後了三天，這三天裡我什麼都不做，只是戴上珍珠的鑽戒和玉鐲子彈琴。直到第四天我才將注意力轉回自己返上海的原因。那天下午，我泡了個澡，精心上妝，穿上絲質洋裝，到了頂樓的餐廳。那個服務生看見我很開心，甚至吻了我的手！

當我喝著茶、向其他客人拋著媚眼、計畫著我的復仇大計時，我看見一個熟悉的身影走向門口——是媽媽的貼身佣人小紅！我叫**我的服務生**趕快去請她過來。

小紅一看到我，下巴像在大白天裡見到鬼一樣掉了下來。「寶蘭小姐！妳跑去哪了？妳在這裡做什麼？」

我的服務生拉開椅子讓她坐下，小紅從沒享受過這樣的禮遇，彆扭地在椅子上坐立不安，還弄翻了桌上的糖罐。

她正要蹲下去撿時，我將手放在她的肩上制止她：「小紅，讓服務生撿就好。」

但她還是很不自在，於是我嚴厲地瞪了她一眼：「不准撿，小紅。」

服務生將地板和桌子清理乾淨後，我點了另一壺茶和點心。

小紅仍因興奮或害怕在喘著氣：「寶蘭小姐，我不能待太久，我是來給桃花亭的客人送信的。」

「沒關係，如果晚了，就跟媽媽說妳遇見我好了。」

她眼睛張得大大的，像兩顆鵪鶉蛋。「喔，不，那妳麻煩可就大了！他們到處找妳，媽媽還一直說找到妳她就要……」她忽然停下來端詳著我。

「她就要怎樣？」

她沒回答我，只說：「寶蘭小姐，妳看起來好漂亮、好貴氣。」

「謝謝。現在跟我說，**媽媽說她要怎樣？**」

「她要把妳打得皮開肉綻！」

這時服務生端著一個銀色托盤過來，將茶點放在桌上後便離開了。我對小紅說：「放輕鬆，現在吃點心喝茶。」

她窸窸窣窣地吃著茶點，所有外國人都轉頭看著我們。有如蝗蟲過境般，她吃光了所有東西，喝乾了最後一滴茶。我說：「小紅，現在仔細聽著。」

她點點頭，唇上的葡萄乾跟著動，我伸手替她撥掉葡萄乾。「我想妳替我帶個話回桃花亭。跟媽媽說妳見到我了，要她明天下午二點來這裡找我。」

「但寶蘭小姐，他們會送妳進暗房！」

我瞪著她，讓她別再聲張：「他們不會的。」

「他們會！寶蘭小姐，請盡快離開上海！妳對我很好，所以別讓我跟媽媽說我見到妳了。」

「小紅，相信我，我知道自己在做什麼，不會給自己惹麻煩。」

「妳肯定嗎？」

「小紅，妳忘了我是名妓，有很多有頭有臉的客人嗎？」

她仍是害怕得不說話。

我繼續說：「妳回到桃花亭之後，告訴媽媽和爹我有重要的文件要給他們，但他們必須到這兒來，因為我冒不起把文件弄丟的風險。除非他們付起這個代價。」

她點點頭。我轉了個話題，問起春月和萍姨。

「萍姨還是一樣，只是妳走後她就再也不說話了。我是說，連出個聲都不願意。但她的菜卻做得比以前更好了。」她撿起桌上的麵包屑放進嘴裡，「但春月……就不太好了。」

我心頭一驚：「怎麼了？」

「她燒筷子戳自己的臉，結果就毀容了。」

「我的天，她為什麼這麼做？」

「妳不知道她一直都很羨慕妳的酒窩嗎？所以在妳和紅玉離開桃花亭之後，她覺得該輪到她當名妓了。她尤其想跟妳有一樣的酒窩，所以才會毀了自己的臉。」

「她還在桃花亭嗎？」

「不在了，媽媽和爹把她送到其他的妓院去。」

「妳知道是哪間嗎？」

她搖搖頭，說：「我只知道是在清河坊那邊。」

那是最低等的風化區。

「反正，我還聽說她得了花柳病。」

我嘆了口氣，春月這麼單純的女孩有如此悲慘的遭遇令人好生難過。然後我想起我的寵物：「那梅花呢，有人養牠嗎？」

「有次紅玉回到桃花亭來，媽媽就把梅花送給她當禮物了。」

聽見我最愛的寵物竟給了珍珠最憎恨的人使我非常震驚。紅玉會像我那樣溫柔地對牠嗎？或只是由牠自生自滅?

小紅的聲音打斷了我胡亂的思緒:「寶蘭小姐,非常謝謝妳的招待,但我真的該走了。」

「當然沒問題,最後一個問題,桃花亭的生意如何?」

她皺了皺眉:「不太好。」

「為什麼?」

「妳沒聽說嗎?政府正在國際租界區大力掃妓!」她又說:「是因為有車警長和一些高官客人,才保下了桃花亭、極樂殿、眠花樓和少數幾間妓院。」

我嘆了口氣,從沒想過這些高級青樓也會有沒落的一天。「小紅,妳趕快回去吧,記得幫我帶話給媽媽和爹。」

她點點頭跑走了,兩條粗辮子晃呀晃的,像受到驚嚇的蛇在空中掙扎著。

我喝著茶,想著人生種種不可思議的因緣際遇。就像其他人一樣,我的際遇有好有壞。現在,我有機會可以達成最後的目標,為爸爸報仇嗎?如果如此,那究竟是因為前世的善緣或業障?在我報完仇後,還有足夠的善緣可以讓我逃走,甚至有幸福快樂的未來嗎?但我早已學到,無謂浪費時間來想那些還沒有發生的事實。

隔天下午,我花了好幾個小時精心打扮,準備跟我的前主子見面。我決定穿上洋裝。因為若是穿著旗袍，就算再美再漂亮，都只會讓芳容和吳強想起我曾經是、或依舊是，一個妓女。但洋裝就不同了，既有異國情調又氣派，足以讓他們滿頭霧水，瘋狂地猜想我現在的地位——是不是賺了大錢、變成哪個軍閥的情婦，或甚至像傳奇名妓賽金花一樣，當了出使四國領事的老婆及德國總司令的情婦？媽媽和爹對我的際遇越好奇，他們就會越對我感到害怕。

第一步便是滅了他們的威風，長自己的志氣。

我看著自己在鏡中的倒影，粉色洋裝的領口和袖口上都縫著精緻的蕾絲，腰間的緊身設計凸顯出我的曲線。我的胸，像一對雙胞胎處女，被高高托起，彷彿要破繭而出一嘗外面世界的禁果。我挺拔的胸部上有三條珍珠，暗地閃爍著，與我耳上的兩顆大珍珠相互輝映。我抹上髮油，將頭髮向後梳成髻。耳際的粉紅玫瑰讓我顯得優雅又狂野。我拿起歐陽先生送的香水，大方噴在腋下、胸前及耳後。當然我也戴著珍珠的鑽戒和玉鐲子，希望她的氣場能夠滅一下我前主子們的威風。

我等到三點十五分才到餐廳。一進餐廳我便看見芳容、吳強和兩個保鑣坐在一張桌子旁邊。我扭腰擺臀緩緩朝那邪惡集團走去。我嘴角微微上揚，到處拋媚眼，不停向一些認識的飯店賓客點頭。竊竊私語從那張桌子傳來，他們以餓虎撲羊的眼神盯著我。

媽媽的眼睛正在打悶雷，吳強靛藍外套上的金幣圖案就像死人的眼睛。芳容穿著一件紫紅色的旗袍，看起來就像一堆沾滿血絲的碎牛肉。雖然有些頭皮發麻，但我仍保持著神祕的笑容，讓他們對我滿腹狐疑。

這時，為這一切火上加油的場景上演了。帥氣的服務生一個箭步到我身邊，「歐陽夫人，」他恭敬地稱呼我，「今天還是在同一張桌子用餐嗎？」

我微笑說：「不，我今天有客人。」我走向我的前老闆和老闆娘，服務生馬上為我拉開椅子，讓我坐下。我替他們四人點了最高檔的茶，在他離開前說：「喔，記得把帳單送到我房裡。」

現在這四個人看起來非常困惑，像偵探般審視著我。

媽媽要兩個保鏢到旁邊的桌子去，然後威脅地看了我一眼：「所以，香湘……」

「我比較喜歡被稱作歐陽夫人。」

爹插嘴，冷笑說：「所以妳找到人娶妳了，是嗎？可以知道妳是這個男人的第七個或第八個小老婆嗎？」

他們倆同聲冷笑。

我露出酒窩微微一笑：「無論我是大老婆或小老婆，都不關你們的事，但我的確嫁了個好丈夫。」

他們交換了眼神，芳容冷嘲熱諷地說：「好，歐陽夫人，妳到底要我們來做什麼？是因為妳丈夫不能滿足妳，所以妳想再回來當妓女嗎？」

「沒錯。」

他們的下巴掉了下來。媽媽狐疑地端詳著我，接著臉上浮出笑意：「歡迎歡迎，妳的大恩客馮大爺還會問起妳呢！」

聽到他的名字，我心裡微微震動，但仍努力保持平靜。「喔，妳是說他還會到桃花亭去嗎？」

「沒錯。」他們兩人同聲說。接著媽媽又說：「但妳走了之後，他就再也沒開心過了。」

「我很想他，他真的對我很好。」我看著手上的大鑽戒，接著抬頭看他們：「所以，媽媽和爹，你們可以幫我安排一下嗎？」

我們三個沉默地看著彼此，最後媽媽終於說：「香湘，妳葫蘆裡賣的什麼藥？」她朝兩個保鑣使了個眼色，壓低聲音說：「別跟我玩把戲，否則小心妳的皮！」

「可是，」爹露出一排整齊的白牙說，「如果妳是要回來還債的話，那是無任歡迎的。」

我咬著舌頭，要自己不能生氣。「等等，爹，媽媽，你們不是說過十年前我並不是被賣到桃花亭，而是送你們當禮物的？所以我怎麼還有債要還呢？」

「哈，哈，沒錯。」媽媽笑的時候，眉心的大痣似乎也得意地咯咯大笑。

我真想把那顆痣從那張討人厭的臉上拔下來。

她繼續說：「那妳上的課、吃的飯、漂亮的房間和訂做的旗袍都不用錢嗎？如果妳這麼想，那妳不是太天真，就是太愚蠢了。那些可是要花好幾千元的，還不含利息！」

我看著面前這兩張扭曲的邪惡臉孔，壓抑著內心厭惡的感覺。我突然想到，解決了馮大爺之後，我是不是也該把這兩個碎渣一併幹掉？

「媽媽和爹，」我壓抑著怒氣，「我可以邀你們到我樓上的房間去嗎？我想讓你們欣賞一幅非常棒的書法作品。」我指著保鑣說，「他們也可以一起過來。」

到了我房間後，他們四人環視房裡雅緻的西式擺設後才坐了下來。我打電話要我的服務生送茶點過來。

爹好奇地看著我，微笑問：「嗯，香湘，妳不但嫁了個好丈夫，我猜他一定也非常有錢。」

「我不在乎他的錢，只在乎他的人脈。」

一陣長長的沉默。接著電鈴響了，我的服務生送來了茶點。我一如往常地給了他一大筆小費，他鞠躬向我致謝。媽媽和爹不可置信地看著這戲劇性的一幕。

「請用。」我說，接著我們開始吃了起來。

在這四個餓鬼嚥下了最後的點心和乾了最後一滴茶後，我說：「現在來欣賞我最近收藏的書法吧！你們一定會很喜歡的，就像你們喜歡拐騙姊妹們一樣喜歡。」

芳容和吳強互相交換了個疑惑不解的眼神，我帶他們到臥房，房裡掛著歐陽先生的書法。

他們開始看，接著神色從狐疑到欣喜，然後轉為害怕——一如我所料。他們一看到歐陽先生的簽名和官印，便嚇呆了。他們轉頭看我，臉色蒼白，眼神畏懼如鼠。

「媽媽和爹，你們不覺得這幅字畫足以還我的債綽綽有餘嗎？」

一陣詭譎的沉默過後，那兩張臉開始露出奉承的笑容。

媽媽說：「喔，香——不，歐陽夫人，我們……我們能為您做些什麼呢？」她的聲音突然變得怯生生的。

爹甚至不敢抬頭直視我，他的聲音裡滿是恐懼：「是的，歐陽夫人，您有什麼要吩咐小的嗎？」

我沒有馬上回答，只拿出一條絲巾把玩著。看著媽媽和爹臉上微妙的變化讓我有種難以言喻的快感，直到這一刻我才終於明白人為何會對權力迷戀！

我繼續把玩著絲巾，過了一會才將它收起來。我靠近那兩張可悲的臉：「媽媽和爹。」我停下來賣關子。

「是的，我們能怎樣為您效勞？」他們異口同聲地說。

「你們可以幫我安排元宵節時，在桃花亭裡和馮大爺見面。」

爹馬上說：「當然，歐陽夫人，沒問題。」

媽媽看起來有些彆扭：「但如果馮大爺那天不能來怎麼辦？」

我狠狠瞪了她一眼：「妳是說就連見我，他都沒時間？」

「喔，對不起，歐陽夫人，我不是這個意思。」

「我不管妳是什麼意思，我只要妳把迎賓室打掃得乾乾淨淨，放上一百朵鮮花，灑上最貴的香水。還有，買一床紅色的新被單、床單和枕套。也別忘了準備馮大爺最愛吃的食物，還有威士忌和香檳。」

「都照您的吩咐。」他們又再次異口同聲。

「此外，我希望和我的老恩客好好聊天，不許任何人打擾。任何姊妹、娘姨、下人、保鑣——任何人——都不能接近迎賓室，你們聽懂了嗎？」

他們點頭如搗蒜。媽媽說：「沒問題，反正元宵節那天我們都會出去慶祝，所以我跟您保證整個桃花亭都是你們兩人的。」

「很好。」

沉默了一會，媽媽擠出笑容問：「但歐陽夫人，我以為妳嫁人了……。」

「芳容，」我沒喊她媽媽，而是直接叫她的名字，這是要讓她知道不單我再也不在她的控制之下，我還成了她的頂頭上司（所以足以直呼她的全名）。「這只是為了紀念那些過去的時光。反正，」我瞪了她一眼，「這不關妳屁事。只要照做就好，問太多問題對你們倆沒好處的，懂嗎？」

「是，歐陽夫人。」

「最後一件事，絕不許告訴任何人今天你們看到我和書法的事。」

他們像迷路的狗看見主人般汪汪叫著答應。

我走到話筒邊，打了通電話要我的服務生過來。

當那個穿著黑色燕尾服，手戴白色手套的年輕人送這四個人到門口時，我伸出大拇指和食指，對著這四人的背影作勢開了幾槍，淺嚐一下報復前的滋味。

33 復仇

農曆正月十五的晚上，我招了一輛車前往桃花亭。在一百公尺外看到那棟再熟悉不過的粉紅建築時，我要司機讓我下車，說想自己走一段路。

「小姐，需要我回來載妳回家吃團圓飯嗎？」

「不用了，謝謝。」我微笑說，「你自己也該早點回家吃團圓飯。」

我看著司機把車開走，然後從容散步。

選這一天是因為馮大爺和我就能兩人獨處。況且，在團聚的節日殺死這個害我全家不能團聚的人絕對是個好時機。

「回家吃團圓飯。」司機的話在我腦中迴盪著，我緩緩地走回那個我十三歲就被送進去的家，或牢籠。但我不是回家吃團圓飯的，而是回「家」殺人！我將手伸進外套內袋，摸了摸刀子，銳利的刀片讓我覺得又害怕又堅定。刀子只是以備不時之需，我打算先把馮大爺灌醉——這對我來說從不是件難事——然後拿走他帶在身上的槍。

幾個路人在桃花亭前面的大街上行色匆匆的走過，他們也許正要趕回家吃湯圓，然後他們全家會一起到公園或廟裡賞花燈、猜燈謎。

鞭炮聲和鼓聲打破了夜晚的寧靜，準備除舊布新、趕走邪煞。我摸了摸臉頰，將披肩圍在胸前。突然間想起了鄧雄，不知道她現在在哪了？希望她沒被抓到，否則不是受盡折磨，就是被殺了。

「鄧雄！」我叫出聲來，聽見她的名字在冷風中響起令我稍感安慰。希望她還活著，就算在天涯海角都好。我繼續走，哼著一首京劇曲子來讓自己保持冷靜。月亮出現在地平線上，看起來就像一顆插滿釘子的鐵球。

我對著那謎樣、彷彿戴著面具的月亮低喊：「我要伸張正義！」

門口兩座石獅微笑著，彷彿在歡迎我回家。它們知道我回來只是為了消滅它們最重要的恩客嗎？現在離桃花亭只有幾公尺了，芳容突然出現在大門前。她穿著紫色的套裝，看起來就像條過熟的茄子。小紅跟在她身後，提著一個畫著嫦娥的燈籠。

媽媽擠出殷勤的笑容，聲音甜得像蜜糖：「歐陽夫人，歡迎回來桃花亭！」

我不想浪費時間跟她閒聊，所以直接問：「馮大爺來了嗎？」

「還沒，他說他要先吃完團圓飯再過來，大概一小時後。」

「沒關係，那迎賓室都如我說的做了嗎？」

「當然。」

「好，那你們可以去慶祝元宵了！」

「需要小紅留下來服侍您嗎?」

「不用。」

「但我們的兩個保鑣,」她指著遠處那兩個蠢蛋說,「他們……」

「今晚我和馮大爺不想被任何人打擾。」

「當然沒問題,歐陽夫人。」

「但萍姨可以留下,我可能需要她多做幾道菜。」

「當然,」媽媽不懷好意地笑著,「反正她是個瘋子。」

「好了,你們現在可以走了,我對這裡很熟。」

「是的,歐陽夫人。」她露出意有所指的表情說,「祝您有個美好的夜晚。」

「一定會的。」

我等到載著媽媽、小紅和兩個保鑣的車子開遠了才轉身走進桃花亭。

我開始興奮起來,所有東西看起來是那麼熟悉又陌生。我想起那個才十三歲,第一次踏進這棟漂亮的建築,以為這裡是有錢人家的小女孩。遠處翹起的屋簷就像一隻隻歡迎著我進入這墮落世界的手。花園牆上的美女似乎眨了眨眼,用調皮的眼神跟著我走進竹林旁蜿蜒的鵝卵石小徑。我停在池塘邊,看著那些金色、橙色和白色的錦鯉在月光下閃閃發光。我真希望自己是條魚,如此無憂無慮，對將要發生的謀殺一無所知。我不捨地再看了它們一眼，然後轉身走向目的地。

到了裡面，我爬上樓梯，轉彎，穿過長廊，當我發現自己在芳容和吳強二樓的房門外，不自覺地停了下來。我在桃花亭的那些年，除了瞥過幾眼，從來沒機會看到裡面，更別說進去了。現在見機不可失，我用力轉了轉圓形手把，卻怎樣也打不開門。我不服輸，於是拿下了髮夾插入鑰匙孔內，接著是咯拉一聲，我輕輕一推，門便打開了。

我將小桌子上的檯燈打開，照亮了門內的祕密——紫檀桌、鑲上蝙蝠鉸鍊的木箱、鑲金全身鏡、羅漢床……跟著我看見一個又高又雅緻的壁櫥，上面鑲著珠母貝。我衝向壁櫥，打開門，看見了我要找的保險箱。我開始用力撬開保險箱的鎖，但卻徒勞無功。然而，當我的手放開了保險箱後，我的腳還不願意離開這裡。

突然間，我看見一個箱子，我想拉開抽屜卻拉不動，於是我再度用了髮夾，但這次無論我怎麼扭動，抽屜就是文風不動。我用盡全力，猛力一拉，第一格抽屜竟然開了。我試著用同樣的方式拉開其他格，發現第一格的主鎖被破壞後，其他就容易多了。我開始翻看裡面的文件，整個房間充滿了水的流瀉聲。信、紙鈔、文件、收據、合約全在我眼前，彷彿求我去細讀它們。其中一格抽屜的最上方有張照片，照片裡有個年輕漂亮的女孩甜甜笑著。

「這是誰？」我拿起照片仔細看了又看。當看見女孩眉心之間的痣時，我才驚覺這女孩不是別人，正是年輕時的媽媽！難怪她叫芳容。但我還是很難相信歲月竟可以對一個人如此殘忍——或者容貌的轉變只是反映了她逐漸墮落的心？雖然有醜小鴨變天鵝的故事，但人生的故事卻往往是相反的多。在芳容被風塵毒害之前，她是否也曾經天真可人？或她天生就如此邪惡？她是否已將自己良善的一面（母親堅持我們人人都有這一面）留在前世一個風塵的角落？

我重重嘆了口氣，放下照片。

我繼續翻找，直到三個大字映入眼簾——胡香湘。

我的心像水碰到了油，劈啪作響。

我拿起信，認出上面母親的筆跡，總共有十多封泛黃的信，均來自北京，是母親寄來的。

我打開其中一封：

我親愛的女兒香湘：

這已經是我第六個禮拜寫給妳的第七封信了，為什麼妳不回信呢？我好想到上海找妳，但卻沒有錢。還有，廟裡的事很多，她們每天、甚至每分鐘都需要我。

芳容阿姨寫了幾封信告訴我妳的情況，她說妳越來越健康漂亮，當家的和其他人都很喜歡妳。其中一封信裡她還說有兩個年輕人——一個是當家的兒子，另一個是他朋友——都很迷戀妳。她說希望有一天妳能與他們其中一個訂婚。雖然我對這種事不抱太大的希望，但還是好高興知道。

我不能寫太多，不只因為我的眼睛很瘦痛，也因為身為尼姑，我不應執著於俗事——包括我的家庭。還有，郵票很貴，而且很難買到，所以我也不能常給妳寫信。但我當然很想寫信給妳，只希望住持不會發現我在寫信給自己的女兒。她是個非常好的人，但已經八十九歲了，身體狀況越來越不樂觀。

香湘，妳沒時間寫信沒關係，我只要妳平平安安的就好。

妳的母親

一九一八年十二月十九日

附註：妳有收到我幫妳縫的衣褲和蘭花布鞋嗎？

眼淚流下我的雙頰，但我沒時間感傷了，因為我很快就會見到馮大爺。我立刻將所有信塞進外套口袋裡，急步走向迎賓室。我脫下外套開始在鏡前精心打扮。我眨眨長睫毛、搔首弄姿、舔舔嘴唇、將胸前擠出深深的乳溝。我的臉色紅潤、嘴唇微啟，看起來像個性飢渴的女人。沒人知道我的心現在跳得飛快，不是因為飢渴，而是因為害怕。

我站起來開始踱步，聽著自己充滿殺氣的高跟鞋聲和心跳聲。我見到要芳容準備的一百朵玫瑰靜靜插在瓶子裡，正將目睹一場腥風血雨。我閉起雙眼，聞著那墮落的香氣。當我將刀子插進馮大爺的胸口，或將子彈射進他的頭顱裡，也就是我最後一次當妓女。

不知踱步了多久，我被急促的敲門聲給嚇了一跳。等這一刻等了十年，現在終於到了！我打開門迎接馮大爺——我最親愛的恩客和最憎恨的仇人——他睜大兩只像燈籠一樣大的眼睛看著我，他後面是兩座大山——他的兩個保鑣。

我露出深深的酒窩說：「哎呀，馮大爺，」我用頭歪向那兩座大山，「我不想要他倆打擾我們，您忘了今天是我們的團圓夜嗎？」

他伸手捏捏我的臉：「但我得讓他們保護，萬一……」

「哎呀，馮大爺，別擔心，」我風情萬種地說，「今晚每個人都去賞花燈了！還有，您也知道，我們有一個世紀沒見面了……。」

「好，好，我的小美人，都聽妳的。」

當他示意保鑣們離開時，我拉著他的手臂說：「今晚是特別的日子，馮大爺，給他們點錢去買小酒慶祝嘛！」

「啊，香湘，」馮大爺看著我，「才幾年不見，妳已經變成這麼世故的女人啦！」

兩個保鑣離開後，我請馮大爺進來坐。我用腳把門踢關後，便飛撲進他的懷裡，彷彿他真是我最甜蜜的情人。馮大爺狂熱地親我，手伸進衣服裡搓揉我的胸。我讓他坐到沙發上，替他脫鞋，然後送上食物——就像以前一樣。

我們邊吃邊聊著，他多骨的手像個小乞丐似的，不停抓我。我邊替他斟酒，邊拋出勾人的眼神。

他問我為什麼要逃離桃花亭，還有我後來都做了什麼。

我夾起一隻最大的蝦子放進他盤裡：「馮大爺，請不要聽媽媽和爹亂說，我沒逃，是走出去的。因為我不是被賣到桃花亭的，所以不欠他們錢。」

他挑眉問：「喔？是真的嗎？香湘，妳從沒跟我提起妳的過去，現在來說說如何？」

我心頭一驚，為了保持鎮靜，我拿起酒杯喝了一大口：「哎呀，馮大爺，今晚是我們的團圓夜，讓我們盡情享樂吧，之後我再慢慢告訴你。」

「好吧，好吧。」他夾起一塊像血混著泥似的鴨肝塞進嘴裡，吃得嘖嘖作響。然後他轉頭看著我：「香湘，妳為什麼要回來這裡？」

我的心跳漏了一拍，從袖口掏出絲巾朝馮大爺泛紅的臉一揮：「馮大爺，這是什麼問題！我回來是因為想您啊！」

突然間我想：何不現在就用絲巾勒死這老皺紋！

他眼神迷糊地說：「是真的嗎，我的小狐狸精？」

我點點頭，勾魂攝魄地盯著他。

「為什麼媽媽沒懲罰妳？」

我笑了：「您覺得他們會笨得去處罰您最愛的女人嗎？我不過是個沒用的妓女，他們怕的是您，馮大爺。」

馮大爺一開始很開心，接著陷入沉思。他又灌了幾杯酒，再看著我時，表情變得嚴肅認真。

我的心跳快停了，他發現什麼不對勁的嗎？

他說：「香湘，妳為什麼不嫁給我？」

聽到這讓我很吃驚，又不知道該怎麼回答。

「香湘，為什麼要猶豫？我會給妳過好日子的，我愛妳。」

這時鄧雄的身影浮現在我腦海，馮大爺已抓到她，把她殺了嗎？我想像著她的下場：被野狗啃咬、吊在樹上、殘缺不全的身體浮在被鮮血染紅的河水中。

我喝了一口酒讓自己回過神來，再將幾片豆干往嘴裏塞，邊吃邊想。我又替馮大爺斟酒，然後用足以讓他的心融化，他的玉莖比石頭還硬的挑逗眼神盯著他。「馮大爺，我怎麼知道您是不是真的愛我？」

「香湘，」他從外套裡拿出一只天鵝絨盒子，「打開來，看我買了什麼來證明我對妳的愛。」

一打開盒子，我看見一條不大卻雕得非常精緻生動的龍。我幾乎可以感覺到它那蜿蜒、鑲滿碎鑽的身體發出的氣場。龍的眼睛是兩顆大大的紅寶石，它的金爪和尾巴優雅地伸展。我拿起胸針挪來挪去，欣賞碎鑽投在鏡子上的閃光。龍！馮大爺還記得我是龍年生的，所以買了這個來慶祝我們的團圓。

我的眼噙著眼淚，馮大爺當然不會知道我為什麼感觸。因為我想起爸爸說在龍年出生的孩子都是幸運的。所以他總認為我會成為第一個能光宗耀祖的女狀元。「飛龍在天」是爸爸最喜歡用來形容他那前程似錦的女兒。

馮大爺溫柔地替我擦掉眼淚：「別哭，香湘，妳的苦日子很快就會過去了。如果妳嫁給我，不單妳可以吃最好的、穿最好的和擁有全世界最名貴的珠寶。」他停了一下，感性地說：「我還會把妳當女兒一樣寵愛。」

他的女兒！我咬著嘴唇，直到嚐到血。我看著馮大爺，彷彿他是前世回來纏著我的鬼魂。我們凝視著彼此，像過了一世之後，他將我擁入懷中：「香湘，香湘。」他喊著我，像正在為自己死去的女兒唱搖籃曲。

接著，他輕輕用手指抹掉我唇上的血，開始狂熱地吻我，我沒抗拒。他將我抱到床上，褪去我和他自己的衣服，將我壓在他身下，然後把他那髒東西插進我的……。

我醒來時，馮大爺在我身旁爛醉如泥的睡著了。他和我身上都是一絲不掛。看著他張開的嘴、鬆弛的皮膚和豆腐般軟趴趴的玉莖，一陣噁心感湧了上來。他的衣服在地上皺巴巴的，跟它們主人的臉一樣。我小心翼翼地下了床，躡手躡腳走向我藏了刀子的外套。突然間我看見那堆衣服中有個鼓鼓的東西。

我用腳趾頭拎起衣服，看見我夢寐以求的——馮大爺的槍。

我的心跳像錯亂的時鐘。

我想像著那「碰」的巨響劃破夜空，結束我一切的苦難，我幾乎看見了馮大爺的血，像深紅色四竄的蛇，爬滿了整個迎賓室。我看見他那不可置信的表情，彷彿見到他女兒的魂魄從陰間回來取他的性命。我想像自己瘋了一樣的狂笑，聲大得嚇壞了所有猜燈謎的人……。

我彎身撿起那把槍，這是我第一次拿槍。現在我擁有殺人的力量，但我的手卻開始顫抖。

窗外樹葉的沙沙聲彷彿喊著：「殺！殺！」

突然間這把槍看起來又小又沒用。

這東西真能操生殺大權嗎？

我雙手舉著槍，對準了馮大爺的頭。

一聲巨響劃破天際，我尖叫了一聲。下一刻我才發現那只是煙火，仍活著但卻嚇傻了的馮大爺正不可置信地看著我。

「看在老天的分上，不要玩那個，香湘，那不是玩具！」

雖然我的手仍在顫抖，但仍將「玩具」緊緊拿在手裡，對著馮大爺。

「香湘，妳是怎麼回事？我叫妳放下那把槍，槍已經上膛了，妳會意外打死我的。」

「馮大爺，那正是你應得的！」

「妳在說什麼？」

「我要殺了你。」

出乎我意料之外，他不但看不出一點都不害怕，還大笑了起來。

「哈！哈！哈！香湘，妳到底是怎麼了？妳是醉了還是瘋了？來，我們再做一次，妳一絲不掛的樣子真可愛，真像我女兒。」

我覺得一陣噁心，手指扣著扳機：「你和你那該死的女兒都一併去死！」

馮大爺看著我沉默了一會，他的表情變了，現在看起來非常害怕：「等一下，香湘，妳到底……」

「馮大爺，我已經等這一刻等了十年。等我一壓下扳機，我所有的恥辱就會煙消雲散了。」

「妳到底在說些什麼？」斗大的汗珠從他的額頭流下。

「雷震這個名字你聽過嗎？」

他沒說話。

我繼續說：「他是我爸爸。十年前他替你背了黑鍋，我被送進青樓，都是因為你毀了我們全家，所以現在是你拿命來償的時候了。你成了我的恩客，讓我有機會在今晚殺了你，這一切都是命。」

馮大爺似乎嚇得一句話也說不出來，身體像一條被困在洞穴裡的蛇。

我扣緊了扳機：「我現在就要殺了你！」

「香湘，不！妳要什麼我都給妳。」

「你可以還我一個爸爸嗎？」

他啞口無言。

我用力壓下扳機，一次，一次，又一次。直到我知道自己根本不能拉動板機放出子彈。

我的腋下和背全溼了，額頭上也全是汗珠，我覺得我的喉嚨燃燒著，骨髓卻升起陣陣涼意。房間內的一切都似乎在時空中凍結了。

看我無法扣下扳機，馮大爺鬆了一口氣。他站起來走向我。

「別過來，不然我真的開槍！」

他不可抑制地大笑：「哈！哈！哈！香湘，有膽就過來殺了我！來呀！開槍呀！」然後他尖酸刻薄地說：「妳這個賤人！我對妳這麼好妳還想殺我！」

馮大爺衝向前搶走我的槍：「操妳媽的臭婊子！妳這死賤貨！下次要殺人的話，先上幾堂射擊課！去妳的和妳全家！」

他不屑地看著我：「妳知道什麼叫敬酒不吃吃罰酒嗎？」

我沒說話，他吐了口口水：「就是妳！我對妳那麼好，買那麼名貴的東西給妳，把妳當女兒一樣寵，妳竟然想殺我！妳這廉價無恥、狗娘養的賤女人！敬酒不吃吃罰酒，所以妳們全是妓女！」

他又吐了口口水，罵了聲：「臭婊子！」聲音跟外面的煙花一樣響。

突然間，我覺得就算他送我下陰曹地府，我也不怕了。如果我就這樣死了的話，還可以跟爸爸、珍珠，甚至是乖乖團聚。

我用盡全力罵了回去：「就是像你這樣的臭男人才會把我變成妓女！我本來應該是女狀元的！」

他不可置信地看著我，沒一會便大笑出來：「哦？是這樣嗎？所以命運很會捉弄妳囉？所以那是妳爸爸對他妓女女兒的期望嗎？女狀元，哈！」他想了一下，說：「對，現在我想起來了，他是個跛子。」

我氣得全身發抖，但卻無法否認這個事實──爸爸在京劇表演時摔斷了腿。

馮大爺繼續若有所思地說：「沒想到一個跛子竟可以生出這麼漂亮的女兒，所以一定是因為妳媽的關係。」他色瞇瞇地看了我一眼，「她一定是個大美人，所以她在哪？」

我驚恐地說：「不行！她是尼姑！」

「尼姑？那更有趣了。」

我撲向這個惡魔，他用槍抵著我的頭：「好了，香湘，廢話說夠了！如果不是妳長得像我女兒，我早就在妳這美麗的頭上開槍了。現在仔細聽著，妳最好在三天內離開上海，否則如果我或我的人在那三天後仍見到妳，妳就是自找死路。」他用槍抬起我的下巴，「香湘，我不想再殺我『女兒』一次。」他停了下來，作勢開槍，「碰！我就是這樣把子彈送進我第四個老婆的眉心。哈！哈！哈！可惜她一點都不像我女兒，否則我還可以留她一條活路。」

「你殺了鄧雄！」我朝他臉上吐口水。他退了一步。

突然我想起我的「破瓜之夜」——我不小心踢到他的臉。

我用盡全力朝他的下體踢過去。

「啊！」他大叫，摀著自己的下體，槍掉到地上。我撿起槍對準他的心臟。

他抬頭，表情雖然痛苦但仍冷笑著說：「來啊，開槍啊！不要當膽小鬼！」

我壓下扳機。

「碰！」的一聲幾乎震聾了我。

馮大爺淒厲的哀號讓我回過了神。

他沒有倒下，而是像個從陰間回來的鬼魂般站在我面前，鮮血不斷從他頭的一邊流出。當他伸手求我別再開槍時，我才發現他的耳朵不見了！

我閉上眼睛，壓下扳機，「碰！」

但這次當我張開眼睛時，並沒有看到那個奄奄一息的魔鬼，就連像個宰了的動物的屍體都沒有，馮大爺逃走了！房裡只剩下一地的血跡斑斑，我又一次打不中他的心——因為他根本沒有心肝！

我手忙腳亂地穿好衣服，跑出迎賓室到廚房去。我知道我應該逃跑，但我必須為了珍珠見萍姨最後一面。

桃花亭裡一個鬼影都沒有，像極了古代的陵墓。窗外突然響起的鞭炮聲打破了這鬼魅般的寂靜。

我的腦中不斷浮現馮大爺沒了耳朵、滿臉鮮血的樣子。老天爺，為什麼祢不引導我的子彈對準他的眉心——像他對準鄧雄一樣？

我想像鄧雄眉心有顆大洞，眼睛睜得大大的，嘴唇一開一闔，彷彿在說：「寶蘭，求妳愛我此生，就算片刻都好。」

我邊跑邊喃喃叫著：「鄧雄！鄧雄！」最後終於到了廚房。我輕輕推開門，咿呀的一聲，整間廚房裡滿是蒼白的月光。

我邊走邊輕喊：「萍姨？」

沒有人回答，只有窗外樹葉的沙沙聲——「殺！殺！」，我再叫了幾次還是無人回應，正當我要放棄時，便看到遠處角落有個人影蹲伏在鍋子旁。

我跑過去大叫：「萍姨！」

人影嚇了一跳，用力眨眨眼睛，像要趕走一個揮不去的夢。她訝異地盯著我看了好久，突然說：「妳是香湘嗎？妳在這裡做什麼？」

更吃驚的人是我。萍姨不是又瘋又啞的嗎？

我們像兩隻受到驚嚇的貓，默默相視許久。最後我開口說：「萍姨，妳……」

「對，我沒瘋也沒啞。」

「太好了，老天，那萍姨妳為什麼……」

她揮揮手，接著拿了一條乾淨的布和一盆水來，開始替我擦臉。擦完之後她問：「香湘，為什麼妳突然出現在這裡？」

我一口氣把所有事情都告訴她。

「天啊，香湘，妳快走！馮大爺太可怕又太有勢力了！他一定想著要怎樣向其他人解釋他為什麼沒了耳朵。若他再見到妳的時候，他是絕對不會手下留情的！」她從椅子上站了起來，拉著我走：「來，跟我到安全的地方待一會。」

萍姨帶我到那座鬧鬼的園子，我們走進廟裡，跪在神桌前。

她說：「希望我兩個女兒若地下有知可以保佑妳。」

我們拜完後，我投入她的懷中替珍珠和寶紅喊了聲「媽！」

她用枯瘦的手撫著我的髮絲：「我知道妳和珍珠是結拜姊妹。」

「妳怎麼知道的？」

「珍珠跟我說的。」

「但我以為……」

「雖然她以為我瘋了，但她是個好女兒。所以就算覺得我聽不懂，她還是會來跟我說話，這是她孝順我的方式。」

「萍姨，妳受了好多苦。」

「人生即苦，以前是這樣，以後也會是這樣。」

我看著她強韌堅毅的臉龐，心疼得說不出話來。

她說：「香湘，妳想知道為什麼我裝瘋作啞對不對？」

我點點頭。

「什麼事都有因果，這叫做宿緣。如妳所知，我的命不好，非常不好。有些人以吃素來消除業障，但我不行，因為我是廚娘，不可能不吃肉。我想讓自己失聲，但失敗了，所以便不說話來積功德。這樣一來，言語就不能汙染我初心的純淨。香湘，不說話就是不『殺生』，珍珠就是被流言蜚語給殺了。」

看著這個柔弱樸實，曾經裝聾作啞的女人現在如此感性而又辯才無礙，我還是覺得很震驚。

她有些著急地說：「香湘，現在就走吧，快！」

「萍姨，」我看著她，「跟我一起去北京。」

「我不能，我要留在這裡陪我兩個女兒。還有，我已經是個老女人了，對未來沒能想太多，只想活在過去裡。」

在月光下的園子裡，我們擁抱，然後說再見。彼此都知道此生再也後會無期。

我到了門口，轉身看著她。她的臉像張神祕的面具——曾目睹所有苦難，也是所有苦難的化身——現在在月下散發著純淨的光芒。

「萍姨，跟我一起走。」

她搖搖頭。

我知道再勸她也沒用了。「那妳要好好保重。」

她深深看了我一眼，做了一個手勢彷彿說：「妳也是。」然後再次沉默，轉身，消失在角落中。

第四部

34 人參茶

玉珍和里歐疾筆在紙上做筆記，準備將我受的折磨及夢魘寫成書。

當玉珍終於放下筆，停止錄音，她叫道：「哇！祖母媽媽，這真棒！」

「真棒？」我責備地看了她一眼，「我的悲慘命運和苦難？」

她吐了吐舌頭，像孩子說謊被抓到般：「妳知道我的意思嘛！」

「我當然知道，我的苦難可以寫成一個很棒的故事，還可以賣得很棒的價錢。」

她學我的語氣說：「哎呀！祖母媽媽！」

里歐馬上出聲來救他的未婚妻：「婆婆，玉珍是說妳是個很棒的人。」

「好啦，好啦。」我揚起嘴角——正如七十年前一樣——希望能看起來像朵盛開的蓮花。「我已跟你們說過我的人生比肥皂劇還要精彩。」

玉珍問：「祖母媽媽，妳怎麼會失手，沒殺了馮大爺呢？」

我又好氣又好笑：「因為我不是天生的殺手！妳希望家族裡有個殺人犯嗎？」

「我們已經有一個啦——妳爸爸。」

「但他不是殺人犯，我跟妳說過他是替人背黑鍋。」

「對不起嘛，祖母媽媽，他當然不是啦。」玉珍頓了一下，似乎努力想些什麼，接著說：「但妳真不該失手的，因為殺馮大爺是妳一生的目標。」

「對，但人生中總有很多目標無法達成，不是嗎？」

他們狐疑地看了彼此一眼，接著玉珍說：「我想妳大概是太害怕了才會沒瞄準。」

「對，我很害怕，非常害怕，但我想真正的原因是命運。」

玉珍看著我問：「所以妳覺得是命運不讓妳殺了馮大爺？」

「對，也許是因為我母親向我灌輸佛教的慈悲，所以我的槍對準的不是他的心臟，而是他的耳朵。」

里歐問：「婆婆，妳會覺得遺憾嗎？」

「一開始時覺得，但現在不會了。」

玉珍做了個鬼臉，問：「為什麼不會了？祖母媽媽，我還是覺得妳應該殺了他。」

「我的大公主，我問妳，妳忍心殺了妳的小貓嗎？」

「噢，不，當然不忍心！」

「那妳怎麼會覺得我會忍心殺人呢？」

「但那不一樣，他是妳的殺父仇人！」

「妳怎麼知道妳的貓上輩子不是妳的仇人？」

「祖母媽媽！」

里歐趕快為他未婚妻拍背。

我嘆了口氣：「唉，也許實在不忍心殺他。雖然他連心都沒有，但誰知道呢？」我停了一會，說：「但我射掉了他的耳朵，一個像馮大爺這樣的男人，沒了耳朵這種丟臉的事比我殺了他更難以忍受。」

又一陣沉默，我的兩個孩子忙著寫下我的回憶與感觸。

接著玉珍靠近我，張大了眼睛：「祖母媽媽，您逃離上海之後，有沒有回……回……」

看她那麼不敢問，我就替她把話說完：「回去當妓女？」

拼命點著的兩個頭，一黑一金，就像一對陰陽球。

我在心裡偷笑。為什麼這兩個受過高等教育、端莊有禮的美國孩子會對妓女這麼有興趣？他們有性教育和性自由，怎麼還會想知道妓女做了些什麼？

里歐用流利的中文說：「婆婆，請跟我們說妳後來怎麼到了美國的，我們想知道所有細節。」

我揮揮風溼的手：「耐心點，年輕人！我答應過你們沒把故事完整交到你們手裡就不會到極樂世界去，也不會駕鶴西歸！但我也得要有力氣繼續給你們講——」我轉而用英文說：「回憶錄 Book two。」

里歐看起來很困惑，但更帥了：「第二本？婆婆？您是說還有材料可以出第二本回憶錄嗎？」

我還沒回話，玉珍便責備地看了他一眼：「里歐！祖母媽媽說的是book tour，巡迴簽書會，下次仔細聽！」

現在換我瞪玉珍一眼，然後在她耳邊悄悄說：「玉珍，不可以這樣！不可以嘲笑或責備那個妳愛而且愛妳更多的人。真愛一輩子只有一次，妳懂嗎？」

她做了個鬼臉裝可愛（但她確是可愛），然後從沙發上站起來，說：「祖母媽媽，我去替妳倒杯人參茶。里歐，你也要喝嗎？」她轉頭跟里歐拋了個媚眼。

我搖了搖頭。唉，這就是年輕人盲目的愛情。當看見玉珍模仿著金蓮碎步走向廚房時，我差點大笑出來。里歐的眼跟著她的腳和搽了紅指甲油的腳趾進了廚房，就像隻看著毛線球滾來滾去的貓。

不一會兒，玉珍就倒了兩杯茶回來。她把一杯遞給里歐，另一杯拿到我的嘴邊：「祖母媽媽，請用茶。我在裡面加了很多蜂蜜，好讓您皮膚光滑、氣色紅潤。」

都九十八歲的人了，我還需要光滑的皮膚和紅潤的氣色做什麼？要勾引一隻腳已踏進棺材的一百歲老頭嗎？當然皮膚光滑是為了讓我上電視好看（玉珍說的），氣色紅潤則是為了應付多得難以應付的簽書會！

突然間我決定當自己是個孩子，以滿足玉珍當「媽媽」的好意。我順從地喝光了又苦又甜的人參茶——就像乾了自己又苦又甜的人生。接著我說：「我答應自己絕不回去當『你們也知道是什麼的』，所以我就……」

里歐張大了像女人般的美麗大眼睛：「婆婆，妳是說妳就回去當……」

我用力咬著下唇，好讓自己不要放聲大笑。但可惜，我還是像個瘋女人般大笑出聲。

玉珍替我拍背，又替我按摩手臂。里歐坐在我對面，看得目瞪口呆。最後我終於讓自己停了下來，玉珍衝進廚房替我再倒人參茶。

她跑回來把杯子交給我，我喝了幾口，對著兩張逗趣的臉說：「好啦，你們差點害我把自己笑死，之前我講到哪了？」我正經八百地說：「好吧，我是要說我就這樣遵守對自己的承諾，沒再回去當那『你們都知道是什麼的』。」

他們倆嘆了口氣，我不知道那是鬆了口氣，還是失望的嘆息。

35 回到北京

離開桃花亭後，我招了輛人力車直接回飯店。我脫了衣服，洗了個熱水澡，希望熱水能沖走我跟馮大爺最後一次上床那骯髒的感受，也洗滌我心中的血腥。現在只有一件事我是肯定的：我絕不會再回去當妓女。

我整晚沒闔眼，腦中全是失手的那一幕。為什麼我沒對準馮大爺的心臟？我拼命問自己，但卻沒有答案，只有自己的啜泣聲。像隻受傷的小動物，我縮成一團，等待黎明降臨來趕走黑暗。

我不能再待在上海了，所以北京是我唯一能去的地方。至少母親——妙善住持——在那裡。我要不就找間小旅館住下，要不，如她所願，就待在淨蓮寺裡。然後我會開始計畫下一步，雖然我還不知道下一步要做什麼。

隔天清晨，天還沒亮我就醒了，招了一輛車到京北站。天空像稀釋了的墨水，又冷又潮溼的霧氣憂傷地飄在空中。雖然才早上五點半，京北站前已擠滿了人。

小販們站在攤位旁邊用力吼著：

「油條！稀飯！」

「豬腳！燻魚頭！」

孩子們拉著母親的衣角，男人努力拖著行李。一個年輕女人正在幫她女兒梳頭髮，隔壁放著兩個棕色行李箱——像兩隻大狗保護著牠們的女主人。一對年輕夫妻跳下人力車，男人丟了幾枚銅板到苦力長滿粗繭的手上，然後半推著女人到車站門口。那個苦力邊吆喝著，邊蹲到路邊拿出他的煙管抽著等下一個客人。我看見他縫縫補補、骯髒破爛的褲子破洞裡露出條像死豬鼻顏色的大疤痕；他的腳板像兩艘大船停泊在滿是煙塵的柏油海中。

這些人是誰，他們又要到哪去？我懷疑究竟多少人有人生目標？但目標也可變成夢魘，像我，現在在京北車站前發抖著，想逃離無情的命運。我跑進車站裡，買了一張三等車廂的票，希望自己能淹沒在人群中，像水流向大海。我嘗試讓自己不像個名妓，所以沒化妝，也只穿著一件破舊的外衣和清真用乞討來的錢送我的粗衣褲。

我找到月臺，上了火車，努力擠身穿過走道，幸運地發現一個靠窗的座位。三等車廂裡充滿臭味：汗、小豬、雞、鴨和孩子的尿騷味。我看見有些人在挖鼻孔、還把痰吐在地上，這讓我一陣反胃，只能用意志力壓下要嘔吐的感覺。

火車終於開始動了，窗外的涼風吹散了車內的臭氣。接著太陽露臉，讓空氣暖和及亮了起來。我睡了一會，醒來時火車停在一個小站，我看見窗外的人潮像被一般無法抗拒的力量往前推著。

當火車開始移動時，我從眼角看見一個斯文的中年男子跳上車，他的大眼和國字臉很眼熟，但我卻想不起來他是誰。

沒多久，那個男人走進了我的車廂。因為很多人下車了，所以現在有幾個空位。他看了看，然後走過來坐在我旁邊。我嚇了一跳，或許他在哪個聚會裡見過我，也或者是只來過桃花亭一次的客人。突然一股不祥的預感湧上心頭──他該不會是馮大爺派來暗殺我的吧？我緊張了起來，那男人不解地看了我幾眼，然後拿出一本簿子開始寫了起來。

我的心跳得更快了，他在寫什麼回去交差嗎？但我試著安撫自己，這個男人看起來不像是幫馮大爺做事的人。我不停偷看他，猜想他也許是個作家。

接著我們的眼睛打了個照面，他露出抱歉的微笑，然後繼續寫著。我的手心開始冒汗，於是打算到另一個車廂去。但當我拿了行李和琴，準備起身時，我發覺那男人不是在寫東西，而是在畫畫──畫我。

我腦海突然靈光一閃，也鬆了一口氣。我放下東西，坐回椅子上問：「你是江茂嗎？」

他抬頭看著我：「我是，但妳怎麼知道我的名字？」

這個複雜的故事實在讓我不知該從何說起。

他繼續追問：「我們在哪裡見過嗎？」

「嗯。」

他好奇地端詳著我：「妳的確很眼熟，但我想不起來我們在哪裡見過。」

「我是胡香湘，十年前的元宵我們在白鶴仙居見過。」

他試著努力回想。

「我跟珍珠姊姊在一起，她把我介紹給你。她還跟我說如果我夠幸運的話，有天你或許會答應幫我畫油畫像，讓我變得很有名，記得嗎？」

「現在我記得了，但妳變了好多。」

「那是當然的，江先生，都那麼多年了！」

我們靜靜看著彼此，挖掘那些古老的回憶和傷痛。

我努力壓抑著情感說：「在珍珠的遺書裡，她說如果我哪天遇到你，她想要我告訴你……」我突然對這男人的無情感到好生氣，不知道他到底值不值得珍珠的愛。

他向前微傾，我看見他的眼眶紅了。

「告訴我什麼？」

「告訴你……你仍然是她最愛的男人。」

聽到這，江茂激動地說：「我很想珍珠……很想她。」

我不屑地說：「那當她最需要你的時候你在哪裡？你為什麼不至少捎個信安慰她？」

「珍珠真覺得我是這麼無情的人嗎？」

我點點頭。

「事情發生的時候我人在北京替一個贊助商畫畫，直到回上海才知道發生了什麼事，但那已經是……她死後一個月的事了。聽到那個消息時，我的心好痛，但做什麼也於事無補了。」他停頓了一會，繼續說：「謝謝妳跟我說這些。」他看起來似乎沒那麼難過了。

我的怒火漸漸消了，當窗外的日光照到車廂裡的江茂時，我才知道珍珠為什麼那麼愛他。寬闊的額頭、充滿男人味的方正下巴，還有一股濃厚的藝術家氣息。

跟他說完珍珠的死和喪禮之後，他安靜地坐著，將臉埋在雙手之中。他接著問我這些年來是怎麼過的，當然我保留了一些事，尤其是我為什麼要搭這班火車離開上海的真正原因。

講完後，江茂若有所思地看著我：「香湘，我想完成我曾答應過珍珠的諾言。」

「什麼諾言？」

「替妳畫畫像。」

「油畫嗎？」油畫在中國非常罕見，我的心雀躍了起來。那一定會是一次藝術上的冒險，因為不是水墨畫，而是油畫！

他點點頭：「北京有個贊助商替我租了一間工作室，我可以在那裡畫妳。」

江茂說如果我能每天花七到八小時當他的模特兒，他就可以在三天內完成這幅畫。因為我們兩個都很忙（我得去找母親，而他得完成被委任的畫作），所以馬上就這麼說定了。

隔天我們到北京車站之後，我拿了江茂的工作室地址，便匆匆向他說了再見。我沒到淨蓮寺去找母親，而是先到之前去過的王府井附近找了間便宜舒適的小旅店。我辦理住房登記手續，上房洗澡，換衣服，到餐廳吃了一大碗擔擔麵，然後搭車到江茂的工作室。他的工作室在王府井附近一棟改建成公寓的老房子裡。我一口氣跑上五樓，然後按了門鈴。江茂開了門，裡面有著寬敞的空間，除了畫架、油畫布和一張擺滿畫具的桌子外，什麼也沒有。

他認真看著我問：「我們可以立即開始了嗎？」

我點點頭。雖然我們沒討論過，但都知道這將是幅裸體畫。因此當我準備好後，我連問都沒問他，便褪下衣服，好像我還是在桃花亭裡當名妓的時候一樣。幸好這裡有兩個火爐，所以還不至於太冷。我挪動著身體，試圖找出最完美的姿勢，江茂則替我微微調整四肢的位置。讓我失望的是，他完全不帶任何情感地看著我的身體。這並非說他沒仔細看我，而是我的身體似乎無法挑起他的情慾。他真的是這麼專業嗎？但我也是個專業的人——在挑逗、勾引和挑起情慾方面。那為什麼，在他的工作室裡，他的專業贏過我的？

我終於找到了理想的姿勢——右手放在頭後，左手則放在我的陰部，毛髮從指間竄出。我挺起的胸部，彷彿渴望著被撫摸和親吻。

江茂定定地看了我好久才開始在畫布上動筆。他拿著炭筆測量，然後在畫布上掃過，發出粗糙的摩擦聲。第一天只是素描，第二天才正式開始畫。為了不要錯過窗外灑進的自然光，江茂畫得很快。顏料彷彿也迷戀著這個藝術家，黏著他的畫袍、手指、臉上和頭髮。我不敢發出任何聲音，擔心一出聲就會害他畫錯一筆。

他不時會停下來記下所使用的顏料、光影的位置、我手腳擺放的位置等等。以便我回家後他還可以繼續畫。

第三天的下午，江茂在畫作最後的修飾。天色漸暗時，他終於放下畫筆，轉過畫架讓我看完成的作品。

我深深被眼前所見給迷住了。江茂在我眼裡加了一些淘氣的光澤，我上揚的嘴角看來就像綻開的蓮花。雪白肌膚上的烏黑髮絲止就如同我黑白分明的性格，如此豐富、生氣勃勃的油畫！

放下畫筆後，江茂看我的眼神便不同了——我回到女人的樣子。

當我要把衣服穿上時，他伸手制止了我：「香湘，請等一下。」

我深深凝望著他，讓衣服像在微風中落下的葉子般滑到地上。現在，我在一個男人面前全身赤裸著。這似乎沒有提起的必要，因為我之前幾乎天天都在男人面前赤裸露身。但這次卻不一樣。我的身體內彷彿有條龍在掙扎著要破體而出。我想起珍珠跟我說她對江茂的依戀，使我突然間好渴望能體會珍珠的感受。我想體驗我第一次在園子裡看見的陰陽調和與天地交合——一個畫家和妓女演繹超越永恆的激情。

我想體驗珍珠所感受到的。

我希望自己變成珍珠——就算只是短暫的時光。

我緩緩走向江茂，珍珠的舊情人，然後伸手撫著他的臉。他將唇貼在我的手心，我感覺到他舌頭又長又溼的舔著。他低吼了一聲，玉莖硬挺的抵著我。

江茂抱我到我幾分鐘前我在擺姿勢的沙發上，輕輕將我放下。他快速地脫掉衣服，跪在我身旁吸吮著他剛剛細細描繪的乳尖和肚臍。然後，他像頭豹似的壓在我身上，當他的手指滑到我的臀，輕托起與他的硬挺結合時，我聽見自己的呻吟。我們性慾高漲到顧不得調和陰陽，只迫不急待要把那個調和推倒。我們倒在沙發上，又滾到了地上，打翻了桌子，畫筆四處飛散，顏料潑灑在我們身上，然後滾到了牆角。當江茂用力挺進和衝刺時，我發出動物般的尖叫聲。他繼續奮力挺進，我將指甲深深掐進他的背，直到他突然發出一陣低吼，然後癱軟在他畫筆下的這副軀體上……。

我躺在江茂旁邊，腦袋一片空白，半睡半醒著，然後我慢慢回過神。我們都知道，這次的銷魂是我們的第一次，也是最後一次。我知道剛才做愛時，他腦裡想的都是珍珠，而我想的則是我唯一的愛——清真。當然不是因為江茂和清真有任何相似之處，也不是因為我像珍珠。我們只是利用彼此來彌補那再也不可能的激情。

也許這已經是最令我滿足的結合了。一個短暫的午後，不奢望永恆，卻有一幅永垂不朽的畫作。我起身穿上衣服，拿起江茂為我畫的畫像，離開了工作室。

我們再也沒相見。

36 尼姑與妓女

隔天，我到下午才起床。二天來和江茂偷情的興奮已隨風而逝，現在只覺得筋疲力盡。我差一點便已為爸爸報了仇，但就如老子所說：「民之從事，常於幾成而敗之。慎終如始，則無敗事。」更糟的是，我的錢已經快花光了，我再也無法在旅店裡久待。雖然想去找清真，但覺得已無臉見他。然後母親的身影在我腦海閃過。可惜在她當尼姑的這些年來，她早已放下了對我的感情，就算在我昏倒在山中時曾短暫被激起。也許她對我的那份情還在，只是我不知道該怎麼讓它回來，總不能在需要她時就讓自己昏倒吧。所以，我現在唯一的選擇只有回淨蓮寺找她。至少還有個可以遮風避雨和吃東西的地方——雖然我的胃早已被萍姨慣壞了。在廟裡，我華麗昂貴的旗袍和珍珠教我的化妝技巧也將完全無用武之地。

我似乎是得待在廟裡很長一段時間了，因此我不急著太早回去，還打算在北京多玩幾天。我最想做的就是到奢華餐廳吃一頓在廟無法吃到的大餐。

長壽餐廳非常有名，所以我決定在那裡用我剩餘的錢享用最後的奢侈晚餐。那間老飯館的燈光微弱，傢俱以黑為主色。我點了幾道他們最有名的菜，準備大快朵頤。點完菜後，我看了看四周，本來不錯的心情一下子消失殆盡。不遠處一群男人正大聲地聊天吃東西，把骨頭丟在地上，還不停互相乾杯。他們的粗鄙和這間雅緻的飯館完全格格不入。但困擾我的並不是這些，而是我確定其中的兩個男人是馮大爺的手下！他們似乎沒有注意到我，因為我的桌子在昏暗的角落。但我還是覺得惴惴不安。他們的出現代表馮大爺也在北京嗎？我突然意識到自己並沒有比在上海安全多少。沒有心情繼續吃我的紅燒鮑魚和酸辣魚唇，我嚥下了魚翅湯，便匆匆付錢離開。

回到旅店後，我倒在床上啜泣。我似乎永遠無法逃離馮大爺的魔掌，如果我殺了他，現在我就可以安心地吃飯，也不會這麼恨自己讓殺父仇人活在世上。但至少我射掉了他的耳朵，想著他怎麼跟人解釋不見了的耳朵就讓我有種快感。

那晚我幾乎沒睡好，天才濛濛亮，我便跳下床收拾行囊，然後結清了帳。我坐上一輛在路邊等著的人力車，說了要去的地方之後，便往後一躺，用圍巾蓋住自己的臉。我的焦慮讓我覺得這段路程似乎沒有盡頭。現在，母親的廟至少是安全的，因為馮大爺或他的人不可能到廟裡找我。但即使如此還是讓我非常焦慮。我逼著自己去適應妓院的生活，現在又將要逼著自己去適應尼姑庵的生活。妓院給我帶來極大的痛苦，那尼姑庵呢？

終於到了，苦力咕噥著說：「淨蓮寺，下車，付錢。」

我拖著行李穿過大門，攔下遇見的尼姑，詢問妙善住持的狀況。

那位圓臉尼姑微笑著說：「住持已經回來一段時間了。」

「可以告訴我她的辦公室在哪嗎？」

她指了指兩棵老松樹下的建築說：「住持的辦公室在三樓右邊。」

我雙手合十向她鞠躬。「謝謝。」我微笑，然後跑向那綠色簇葉之中。

門半開半掩著，我朝裡面看去。母親蒼白的臉和光頭像顆燈泡閃爍著，她正在一張大木桌上翻閱一疊文件。

正當我準備要敲門時，一個溫柔的聲音響起：「德高望重的妙善住持，這位小姐說要找您。」

我轉頭看見剛剛那個尼姑。

她推開了門示意我進去，之後便直接走到她那德高望重的，我的母親住持身後。

我把行李放在地上，母親抬頭，我們互相對望。我的心好痛，距上次我們相見只有一個月，但母親似乎老了很多。她的臉色更蒼白了，曾有光采的眼睛現在像兩口枯井或滿是灰塵的窗戶，唯一映著的只有人生的苦痛。

她擺擺手：「胡小姐，請坐。」

胡小姐？她不認得我是她的女兒了嗎？

「媽……」

「胡小姐，請叫我妙善，馬是我的俗姓，我已經很久不用了。」

妙善，我真希望她可以對自己的女兒有善意一點。姓馬，真是個聰明的謊言！但我對她無情感的舉止倒是鬆了口氣，至少我現在知道自己該用甚麼方式與她周旋。她既然想再扮演「生意尼姑」的角色，又希望我們的會面以談生意的形式進行，那我就從談生意開始。

「妙善住持，我最近從上海搬到了北京，想請問我是否能待在妳們廟裡一段時間……？」

母親看起來有些驚喜，但正當我為她的驚喜而高興時，她的表情又冷了下來。既嚴肅又超然，轉頭吩咐那個尼姑準備茶點。

那個尼姑走了之後，她轉頭對我說：「香湘，」她眼裡的閃光出賣了她故作漠然的外表，「妳終於決定要當尼姑了嗎？」

看她那麼興奮，我只好撒謊：「媽，我會好好想想，但我還需要一些時間整理生活上的事情。」

「沒關係，妳要在這裡待多久都可以。但告訴我，妳會不會再……」

「媽，別擔心，我不會再踏進青樓一步。」

出乎我的意料，母親拍了拍我的手。

我知道我的臉在她的眼裡模糊了，就像她在我眼裡一樣。我也知道，經過這些年，我們早已學會不讓眼淚掉下——最高尚的名妓不能弄花她的妝容，也不能流露出真實感受；而最令人崇敬的住持也不能讓人們知道她世俗的情感。

這時那位年輕尼姑端著一個托盤回來了，上面有一個茶壺、兩只茶杯和幾盤小點心。

母親說：「胡小姐，歡迎妳留在淨蓮寺誦經學佛。」語調極為莊嚴。

要適應寺廟裡四點起床、不是誦經就是打坐的生活是很不容易的。這裡沒有人會替我端來牛肉粥或萍姨做的豐盛佳餚。事實上，我們要念經打坐好幾個小時後才能用早膳。我們到香積廚用餐，吃的總是素食，也不難吃，就是太單調。

大家都對我很好，但我卻沒有真正的朋友。我和這些對別人的生活不以為意的尼姑們太不同了，更別說要跟她們聊我的人生。廟裡還有一些是帶髮修行的俗人，她們到廟裡拜佛祖是為了替自己的孩子和祖先積福。她們的談話內容總是廟裡的事情，雖然有時也會聊到外面世界的事。有一個年長的婦女總是在講日本人，說他們若到了北京會如何如何。

自從住進廟以後，我沒聽說也沒看過馮大爺的人，也不希望知道。我只知道一個江湖規矩，就是任何人——就算是土匪或殺手——只要一進了廟裡，所有的黑道都不會來打擾。打擾了皈依佛祖的人是逆天行道的，業障會累積好幾輩子都不能消除。也就是這個規矩讓我輕易地擺脫了歐陽先生。我寫了封信告訴他我在淨蓮寺裡禪修，說是因為父親的死讓我看破了紅塵，因此認真考慮要出家當尼姑。信末，我謝謝他對我的好，也謝謝他帶我到淨蓮寺。最後我請他不要回信給我。

我再也沒聽過他的消息。

雖然我安全了，但例行公事般的佛教儀式和永無止盡的誦經讓我覺得很厭煩。看見母親時，她總迴避和我提起過去的往事，只是跟我講佛法和如何可讓我離苦得樂。母親現在都叫我胡小姐，山中那個禮拜及上次我與她在廟裡的第一次見面後，她就再也沒喊過我香湘了。

廟裡有活動時，我總會偷溜進房間，拿出那把舊琴彈《憶故人》和其他我喜愛的曲子。有時我會想像珍珠還在世，我們一起當尼姑的樣子。

過了這單調生活三個月後的某一天，當我坐在房裡心不在焉地彈琴時，一個實習尼姑進來跟我說母親想見我。我放下琴，穿過冷風走到另一棟建築，上了樓，來到她的房裡。我在她對面坐下時，桌上已擺好茶點。她認真地看著我，我有些詫異但卻高興看見她臉上欣喜的神情。

「胡小姐，我有個好消息要跟妳說！」我還沒接話，她又說：「廟裡剛收到一大筆捐款，我們打算用來辦學。」

「辦學？」對我這個妓女，或前妓女來說，辦學怎麼會是好消息？

她沒理會我的困惑：「我希望妳可以幫忙教學。」

這可真讓我吃驚了：「可是媽我不是老師，我是……」

「我們會蓋一間特別的學校給那些落入風塵的姊妹們。」

「媽，怎麼……？」

「我們打算蓋學校來幫助誤墮風塵的姊妹們。」她停了一下，像唸詩一樣說：「佛法原歸於平等，義舉要籍乎眾成。」

我懷疑地看了母親一眼：「我從沒聽過開給妓女的學校。」

「這是新的事業，我們會全力讓這些姊妹們認識佛法。」

我幾乎要笑出來了，想起珍珠對「現『身』說法」的玩笑。但我努力擺出嚴肅的表情：「可是媽，我從沒當過老師。」

「但妳是個好學生，對嗎？妳的古文修養和藝術才華非常出色，可以教那些女孩們。等她們從我們學校畢業後，就可以當藝術家或老師。」

我很想說些什麼，但她擺擺手說：「這是已經決定好的事，學校的名稱也有了，叫『新模範學校』，妳負責教音樂、畫畫和文學賞析，尤其要教那些不識字的姊妹們識字。目前已經有五位姊妹要來報名了。」

她說完後，我們靜靜看著彼此。接著我拿起茶杯喝了一口茶，希望熱氣能夠驅散我心中的疑慮。

新模範學校在一九二九年的四月二十八日開張了。一個月前，三月二十八日，捐錢蓋學校的大護法董先生在一間西餐廳舉辦了一場盛大的開幕晚宴。但參加的人卻沒有一個是淨蓮寺裡的尼姑，大家似乎都能理解——和尚和尼姑們說眾生平等是一回事，但真要公開和妓女混在一起又是另一回事。尼姑們當然早已超脫這些，但她們知道世上的俗人還沒。

隔天，知名報紙《申報》上刊了這樣一篇文章：

……新模範學校的開幕盛會在盛芳餐廳隆重舉行，許多姊妹、政商名流、學者和藝術家都參加了這場盛會。

下午五時，餐廳前方入口的黑色轎車川流不息，優雅的前名妓紛紛下車。群眾擠在周圍觀看這些美若仙女下凡的女子。

宴席上有西式菜餚和飲品——火腿、羅宋湯、烤牛肉、焦糖奶茶、雪莉酒、香檳和威士忌。吃飽喝足之後，曾是玉門樓姊妹和新模範學校最新選出的負責人紅芳小姐起身發表演講，強調女性教育和獨立的重要性，以及她們在這世上的角色和貢獻。紅芳小姐提出新學校的宗旨：重塑姊妹人格。希望藉由教育將姊妹們納入正軌，使她們可以找到正當的工作，也幫助她們能夠經濟獨立或結婚。「新學校將會是地獄中的一線光。」這是她最後的結語。

她宣布學校的教職員名單，其中一位名為寶蘭的老師曾是上海名妓，精通詩詞典籍和藝術，尤擅七弦琴。

經過一個下午的討論、拍照和吃喝，盛會最後由所有姊妹齊唱《姊妹站起來》：

姊妹們，毋廢生命，煙塵之中，奉獻青春，改革復興！
成功在手，祝福同樂，我們一起站起來。
重建嶄新人生、美好未來、幸福遠景！

其他各大報章和雜誌也都報導了我們新學校的開幕禮。出乎我意料的是，他們都有提到我——說我是上海最有名的名妓，精通琴棋書畫，尤其精於琴藝。我不知道會受到這樣的關注是因為他們已經發現我和妙善住持的關係，或只是我的名聲已從上海傳了過來。無論如何，我非常享受這種再次受到矚目的感覺。

一個月後，我們有三十七個學生——一個振奮人心的開始。母親估計一年內我們會有超過三百位學生。我知道淨蓮寺很努力募款，也很努力招生——只要看見姊妹走進廟裡就會向她們介紹學校，希望她們報名入學。

當我第一天上課看見我的學生們時，我非常詫異——雖然我不應覺得如此。她們全部穿著緊身旗袍、頂著大濃妝、不停拋出勾人的眼神。她們不知道自己是要來這裡學習，而不是來打情罵俏的嗎？

不理會這令人失望的開始，我非常用心備課，也常在課後加時幫學生補習，或參與學校的會議。但我很快就意識到，要教這些女孩文學和經典是一個奢望。她們會寫自己的名字和幾個單字就很好了，別說要她們寫封簡單的信。這一代的煙花女子根本不想受教育。

但我沒放棄，決定教她們一些特別的——琴。就像珍珠教我彈琴一樣，我希望有個學生可以將這項技藝傳承下去。我選了個叫寶寶的女孩，因為她穿著最端莊，而且似乎有股藝術氣息。一開始她非常認真，但後來她的熱情就如同山頂積雪融化的速度一樣快。很快地，她便不再練琴。她的理由是她現在很受歡迎，時間根本不夠招呼客人，更別說練琴了。有天，我等了半小時她才出現，髮絲凌亂，衣服也皺巴巴的。

「寶寶，練琴之前請先去洗手。」我沒有掩飾自己的不悅。

她不情願地去了洗手間，回來時一屁股坐在椅子上，也沒調音就開始彈琴。我還沒罵她，她突然中斷彈琴，掏出一根煙抽了起來，這讓我看得目瞪口呆。

「寶寶，請尊重這個尊貴的樂器。」

「對不起，寶蘭小姐。」她擠出一個微笑繼續抽著，煙灰掉到我的七弦淨土之上。

從那時起，我決定再也不教琴了。

一開始教學生的時候，我還想像自己能像珍珠對我那樣地對自己的學生。我想要把這些平凡的女孩變成充滿藝術氣質的優雅女子。但現在我只能心痛地承認這個希望非常渺茫——她們根本無心學藝。如珍珠所言，當紅玉贏得花榜時，我們就會成為末代名妓。現在我終於悲傷地體會到珍珠是對的，那個優雅高貴的名妓時代已經走進了歷史。

這些新一代的煙花女孩是不一樣的，她們只知道躺下和張開大腿！

37 意外訪客

炎熱的暑氣提醒我已經在淨蓮寺和新模範學校待了快兩年。一開始我還自欺欺人的以為當了老師就可以完成爸爸要我當女狀元的心願，但我沒耐心教那些頑鈍的學生，也不太可能到知名的女子學校任教。就算可能，教書並沒有帶給我太多的快樂。

有天，我正在整理辦公室的桌子，學校的下人跟我說有人來找我，就在大廳裡候著。我很少有訪客，所以猜想會不會是歐陽先生，或更糟的，馮大爺，來找我了。但當我問下人他長的什麼樣子時，她說他是個洋人。於是我推測這個訪客大概是個外國記者想採訪我，在《北華捷報》那樣的英文報紙上寫些關於我們學校的事。也或許只是一個對中國青樓文化感到好奇但卻不敢踏進青樓的洋人。

快到大廳時，我看見一個中年、淺色頭髮的男子在踱步，皮鞋底焦躁地踩在地板上。他一看見我，臉上便露出溫暖的笑容，藍色的眼睛閃閃發亮著。我吃驚地看著這個我從沒想過會再見到的人——安德森先生。

從他不再到桃花亭去之後，至今已經九年了。他對我那麼好，卻一去不回。但我對清真也好不了多少。安德森先生從沒和我上床——我時常懷疑是什麼原因——所以他不回來找我也算情有可原。我很高興看見他雖然老了一些，氣色卻很好。他的身材更結實了，臉上散發著健康的光彩，自信的表情取代了倦容。但他眼裡的溫暖——我清楚記得的——仍沒有改變。

愣了一會我才說：「安德森先生，見到你真是意外的驚喜！」

他向前拉起我的手：「寶蘭小姐，」他開心地說，「再見到妳真好！」

當他終於放下我的手時，我們沉默地看著彼此。就像我發現他的改變一樣，他一定也注意到我變了——我樸素的深藍色棉質洋裝，長髮通通往後梳成一個緊緊的髻，淨素的臉，老師般的氣質。突然我擔心他可能覺得我現在不過是一個尼姑庵學校的教師，不像從前那樣迷人了。我伸手摸了摸我那沒有塗上髮油的頭髮。

「安德森先生，」我看著他，「你怎麼知道我在這裡？」

他微微一笑，認真地說：「寶蘭小姐，妳又再度……變得很有名了。我在報紙上看到妳的名字，所以就來找妳了。」

「但你怎麼知道那是我？你只知道我叫香湘，不是寶蘭。」

「因為從上海來又會彈琴的姊妹不多，」他欣賞地看了我好幾眼，「我當然也不是百分之百確定，所以得來看看是不是妳。」

我決定給他一個勾人的眼神，看在老朋友的分上。「所以安德森先生，什麼風把你吹來的？」

「我到北京談一筆生意，」他停下來看著我，「香湘，妳……好嗎？」

「我很好。」我說，聽見自己的真名突然讓我好感動，我眨眨眼不讓淚流下。

他溫柔地看著我：「妳喜歡在這裡教書嗎？」

「嗯……教書很有趣。」他盯著我看，但什麼也沒說，所以我問：「安德森先生，距離上次見到你已經過了好長一段時間，你過得還好嗎？」

他微微笑：「很好，我的生意比我想像中的更好。」

「那你現在一定很開心。」

「某方面是的，但我並非什麼都擁有了。」

我覺得自己不該再多問，所以只是微笑。然後我們繼續天南地北聊著這些年的事。雖然他多了些自信，但仍有點拘謹。我很高興他來找我，所以也沒多想。轉眼我們的談話就到了尾聲。

「香湘，再見到妳的感覺真好。」他看我看了好久，然後禮貌地在告辭之前吻了我的手。

那晚我輾轉難眠，安德森的身影不停浮現在我腦海中。他比我大上很多歲，雖然不算帥，但絕對不醜。雖然這些年來我很少想到他，但我現在卻想他再來見我。但他的告辭就像平常一樣拘謹，之前的突然離開是個懸在我心中良久的問號。他會再來嗎？或者，像九年前一樣，他又會再無聲無息地消失？

但隔天早上，安德森先生派下人來送短訊——下課後他會來找我。

下午五點三十分，安德森先生到了，而且出乎我意料之外，他邀我到北京商業區的豪華飯店用餐。我已經很久沒到這樣的高級餐廳吃飯了，過去桃花亭風光的生活和跟歐陽先生一起的回憶通通湧上心頭。我只希望安德森能早點告訴我要來這名貴的餐廳，好讓我化妝和穿條絲質的裙子。

一進入那雄偉壯麗的西方建築，穿過長廊上的壁畫和大理石柱時，好幾雙眼睛在盯著我看。我很高興雖然自己已不再是名妓，但曾屬於我的名人氣質仍然就像昂貴的香水般仍圍繞著我不散。雖然我活在尼姑當中，也決心不再當妓女，但男人的目光——我已經漸漸淡忘的東西——還是讓我感到愉悅。

身穿燕尾服的服務生帶我們到一張旁邊擺著華麗盆栽的桌子，他替我們倒茶，然後放上一盤前菜沙拉。

寒暄過後，安德森先生若有深意地看了我一眼：「香湘，妳介意我問個私人問題嗎？」

我微笑說：「請，安德森先生。」

「當老師的生活快樂嗎？」

這個問題讓我不知如何回答，因為我是逃到北京的，所以根本沒多想快樂或不快樂的問題。我甚至沒想過未來。我只是活著，或者更精確地說，工作著。

我用蘭花指拿起茶杯，優雅地喝了一口茶：「安德森先生，現在我沒多想如快樂這種短暫的事情。」

「香湘，那可以請妳開始想一想嗎？」

我靜靜地放下茶杯，好奇地問他：「為什麼？」

「從我見過妳之後，就經常想起妳。」

「是嗎？」我責備地問：「那你為什麼不再到桃花亭來了？」

「我想去，」他有些彆扭，「但後來何先生生病了，就不再去青樓。不久之後，我轉往北京做生意。但香湘，我從來沒有停止……想念妳。」

「也許吧，但沒有一個像妳。」

我揚起眉毛。

他倔促地拿起茶匙又放下，輕聲說：「香湘，原諒我的坦白，我……不想看到妳孤單地過活。」

「但是安德森先生，」我不想承認他的話，「我身邊每天都圍繞著尼姑和學生，所以我覺得自己的生活並不……」

「香湘，我知道每晚工作完後面對一個空蕩蕩的房間是什麼樣的感覺。」

安德森先生的話令我的心泛起了漣漪，但我沒有回答，反倒開始猜測他來訪的目的。

我懷疑地看著他。他努力想說些什麼：「香湘，妳是個非常有才華的女人。」

「安德森先生，過獎了。我知道像你這樣的男人身邊一定有很多聰明的女人。」

他繼續說：「香湘，我拙於言辭，所以就老實跟妳說了。這些年來，我賺夠了錢讓自己能過安穩的生活，所以，」他停了一會，臉紅著說，「我希望妳也能跟我一起過安穩的生活。」

這些年來，男人們跟我說過各種想跟我一起做的事，但從來不是這個，所以我覺得好詫異。我覺得自己並不愛眼前這個男人，但也沒有不喜歡他。我的確對他有好感，因為十三歲時的記憶。他並沒有給我像清真或江茂那樣的感覺，但我和他在一起很自在。

安德森先生現在的意思似乎是想要我嫁給他，然後跟他到一個陌生的國家。雖然我曾夢想要離開中國去看看這個世界，現在又有了這個好機會。但這來得太突然了，令我感到困惑且難以接受。此外，我仍在過著當老師的新生活，雖然我並不喜歡教書，只是純粹為了讓母親開心。但現在除教書之外我也沒有什麼事可以做的了。

看我沒說話，安德森先生小心翼翼地繼續說：「在中國這幾年讓我知道了什麼叫緣分。香湘，我們的人生交會了，而且不只一次，這絕不是純然的巧合，這一切都是冥冥之中自有定數的。」

我咬了一小口火腿三明治，邊食不知味地想著。最後我說：「安德森先生，謝謝你對我的欣賞，但我……才剛開始當老師，新模範學校還需要我。」

「恕我直言，這學校很有意義，但妳覺得能維持下去嗎？」

這個問題讓我吃了一驚，因為我從沒想過學校可能會倒閉。「安德森先生……」

「香湘，從現在起請叫我理查。」

理查，我默默複誦這兩個奇怪的音節，像品嘗著一個剛被揭開的祕密。「……理查，」我開玩笑地跟他說，「你這樣說我們剛開幕的新學校很觸霉頭！」

「我不想冒犯妳，只是我是個生意人，必須要實際。我們可以有夢想和野心，但無法承擔空想的代價，太昂貴了。」

我緘默不語，他低頭看著自己的茶，緊張地攪動著。過了好一會，他抬頭看我：「香湘，妳大概不知道現在的政治情勢，日本蠢蠢欲動，我擔心他們隨時會攻進來。」

他的話嚇到我了，我是聽說過日本的傳聞，但在廟裡過著與世隔絕的生活，我只是專心教書，從來沒想太多這方面的事。「情勢真的這麼糟嗎？」

「香湘，中國不可能抵擋得了，而且日本人要是攻進來，絕不會善待漂亮女人的。」

我的心開始怦怦直跳，現在我的人生似乎又到了另一個危險關頭，而且比之前遇到的都還要糟。

他喝了口茶，然後放下杯子，專注地看著我：「香湘，我想給妳好的生活，妳可以替我完成這個心願嗎？」他接著說，「我知道我比妳大很多，妳可能也不愛我，但這些都沒關係。妳一定知道很多中國人也都是結婚後才開始培養感情的。香湘，我覺得妳適合有個年長的人來照顧妳，因為我們知道怎麼呵護女人。香湘，我愛妳，會讓妳過好的生活。」

我輕聲笑了出來，想驅散緊張的空氣：「安德森先生……」

「請叫我理查。」

「理查，我受寵若驚！但是……」因為我不忍心說我不愛他，所以得說些其他得體的話。最後我說：「可是因為我以前的工作，我覺得我……不適合當你的太太。」

他臉紅了，語氣急切地說：「香湘，這是什麼話！我非常以妳為榮，妳是個傑出的藝術家和古琴家。除此之外，我們會去一個沒人認識妳的國家。」

像貓追著自己尾巴似的，安德森先生似乎不願放棄這個話題。

最後，他憂傷地說：「香湘，我知道自己無法逼妳或甚至說服妳做任何妳不想做的事，但請考慮我的話。我很快就要回美國了，不知道什麼時候會再回來，也許永遠不會，也許要好久以後。因為我已經賺夠了錢，所以想退休。」他親吻了我的手。

我的手就這麼讓他吻著。

那天晚上我回到家後，安德森的身影和求婚像旋轉木馬般不停在我腦中轉著。是的，我知道他會是個好丈夫，我也相信以他的財力，一定能給我安穩的生活。

但我不愛他。

想到這，我笑了出來。什麼時候我也想到愛了？在那些風花雪月的日子裡，我服侍過多少男人。所以，再多一個又有什麼不同嗎？但確是有所不同的——我將會是安德森先生正正當當，第一個——而且是唯一一個——老婆。

我想起珍珠很多年前說過的話：

如果安德森先生再回來，說要替妳贖身、甚至求婚，那妳就算不喜歡他，也一定要答應。這種機會一輩子只有一次。

我在床上輾轉反側，煩惱，掙扎著到底該不該答應他。如果我答應了，就再也不可能找到真愛，再也不會有像清真那樣懂我的身心和靈魂的人。

接著我想像安德森先生慈愛的臉龐離我越來越近，喃喃說著：「香湘，給我們彼此一個機會，我愛妳。」

接著是日本軍隊入侵寺廟的景象……。

安德森先生還是繼續來找我，每當我看見歲月在他臉上留下的痕跡——那也將是我無可避免的未來——我就越覺得自己該接受他的求婚。三個禮拜後，我到母親的辦公室去跟她說這個消息。在還沒進入正題前，我問她如果日本軍隊入侵了，她打算怎麼辦。

出乎我意料之外，她說：「我哪裡也不會去。」

「可是，媽……」

「我是尼姑，所以到哪都一樣——到哪都是涅槃和六度輪迴。」

當時我真覺得母親瘋了，如果日本軍隊攻佔寺廟、破壞佛像、強暴她、然後殺了她呢？還是她真超脫得不在乎這些了？但佛祖除了教我們要放下，不也教我們要保護自己的肉身嗎？

「媽，那妳也想要我留下嗎？」

她有些詫異：「不，女兒啊，妳不是尼姑。」

我好久沒聽到她叫我女兒了，淚水突然一陣氾濫。

「媽……」

「嗯？」

「我……要結婚了。」

讓我意外的是，母親蒼白的臉亮了起來。過了好一會她才問：「我可以知道新郎是誰嗎？」她的聲音裡帶著微微的喜悅。

「理查・安德森，一個美國商人。」

她瞪大了眼睛，熱切地問：「所以妳要去美國了嗎？」

我點點頭。

她的回答讓我大感意外。「很好。」她說：「我們國家有太多悲劇和苦難了，女兒啊，盡快嫁給這個理查・安德森，然後趕快離開中國。」

「媽，妳不是希望我常尼姑嗎？」

她若有深意地看了我一眼：「但現在情況不同了，世事無常啊。」

「但是媽，我希望妳跟我們一起走，我想……」

我還沒說完，她便揮揮手打斷了我的話。

一個月後，新模範學校關門了，不到兩年的時間。再過一個月，九月十八日那天在南滿鐵路上一個炸彈爆發。日本人藉此入侵中國——雖然我們中國人都認為那枚炸彈是日本人放的。

在佔領了滿州之後，整個北京城一夕之間陷入了恐慌。有些報紙說日本人很快就會被趕出去，其他的則說這些倭寇會不斷攻進來，很快就會佔領南京、重慶、北京、上海這些大城市。傳聞散布得很快。黑社會——有名的青洪幫趁機控制了國際租界區的所有青樓妓院，向那些可憐的女孩們收取高額的保護費。

中國陷入一片混亂。

我想在決定是否嫁給安德森之前再到上海去一趟，我想跟萍姨說再見，也是最後一次拜祭我的兩個結拜姊姊——珍珠和寶紅。

我只打算待一天，所以一到京北站，便招了輛人力車直接前往國際租界區。當車子接近那棟在南京路對面的粉紅建築時，我要車夫停車。那兒就是桃花亭了，我好希望可以遇見萍姨，或其他認識的姊妹們，也再看一眼——最後一眼——我從前的家、或牢籠。一兩個行人走在街上，頭低低的，神色緊張。我看見幾輛高級轎車停在桃花亭門口，讓我突然覺得那棟建築就像一個年華老去的妓女，昔日的風光和美貌已如夕陽般遠去。雖然淒涼，但從窗戶還是隱隱傳出燈光和聲音，桃花亭還在營業！芳容和吳強現在正在取悅那些日本士兵嗎？我百感交集，雖希望這金粉地獄能夠永遠消失，但畢竟，這裡曾經是我頭上為我遮風擋雨的一片瓦。

突然大門開了，一個穿著靛藍外套，上面印有金幣圖案的瘦長男子走了出來。那是吳強嗎？我「爹」？或是我以前的客人？因為四馬路非常寬，所以我只能伸長了脖子看……。

「碰！！！」

我剛剛坐的人力車飛了起來又掉到地上。我被煙刺痛了雙眼，嗆到不斷咳嗽，也在一剎那失去了聽覺，之後我幾乎能聽見自己心碎的聲音。我張開嘴，但發不出聲音，只能喘氣。

車夫驚慌的聲音彷彿另一個爆炸聲：「炸彈！日本人入侵了！」他發了狂似的拉起人力車，一把將我推倒。

我掙扎著爬起來幾乎不敢相信眼前見到——或見不到的——桃花亭已不知所終。

賓客開始從桃花亭逃出來，還有幾隻老鼠倉皇四處亂竄，地上有什麼東西滾了出來。是人頭嗎？我看了一會才發現是門前那兩尊石獅子的頭！

我心中一驚，想起珍珠十年前臨終前說過的話：

總有一天，桃花亭也會被拆掉。

此時我看見另一個車夫努力逃跑，我朝他大叫，他卻邊叫邊跑。最後我拿著一疊鈔票衝到他面前，他才終於停下來讓我上車。我不停回頭看桃花亭是否還在，但除了濃煙密佈，什麼也看不見。而我也就在濃煙中永遠離開了桃花亭。

一九三一年十二月二十六日，我終於結束人生的一章，開始了新的一章。我嫁給理查・安德森，搭上克利夫蘭總統號，離開了母親的寒山，前往美國的金山。

最終章

「就這樣，祖母媽媽！妳就這樣離開母親，嫁給了一個老男人？」玉珍眼睛瞪得大大的問我。

「玉珍，那個『老男人』是妳的曾祖父。」

她做了個鬼臉：「對不起嘛，祖母媽媽。那曾祖母媽媽後來怎麼了？」

我微笑著說：「在我到了舊金山之後，我母親有寫了信給我，我也通通收到了。但和十幾年前那些長長的信不同，她只寫了一兩行跟我說她在廟裡的事情，以及問我的新生活。日本人入侵後她活了下來，但後來在一九四八年走了，正好在毛澤東勝利，宣布關掉所有寺廟之前。」我停了一下繼續說：「我希望她在辛苦了一輩子之後能得到頓悟。」

玉珍問：「那妳和祖父爸爸呢，你們之後有過著幸福快樂的生活嗎？」

我想了一會：「無聊至極的生活，如果妳想要我說實話。」

「無－聊－至－極。」玉珍邊唸邊在筆記上寫下這些珍貴的資料。

我偷看里歐，他現在一定很想把未婚妻擁在懷中，親吻她那兩片粉嫩又性感的唇。

玉珍抬頭用她那又大又黑的眼睛看著我問：「祖母媽媽，為什麼妳選擇嫁一個年紀比妳大的老番？」

這次我怪她沒尊重我已去世了的先生，她的曾祖父。

「祖母媽媽，但妳就是這麼叫美國人的！」

我拿起人參茶喝了一口，欣賞著我曾孫女嘴唇的曲線，就像寺廟屋頂上微微翹起的紅色屋簷。

「好吧，」我放下茶杯，「我之所以要嫁一個老番是因為妳曾祖父是一個很棒的人，他非常尊重我。我們多年的婚姻生活裡，他把我服侍得像皇太后一樣，所以我也把他當皇上般伺候。」

「可是……妳愛他嗎？」

「一開始不愛，但後來就愛了。我們越來越互相了解。」

我喝了一大口人參茶，「妳曾祖父活了九十五歲，我們在一起四十多年。因為他很有錢，所以幫我開了雅蘭藝坊讓我教繪畫、書法和琴。」

里歐傾身問：「那來的都是什麼樣的人？」

「大部分都是富太太，有些可能聽說過我過去的風流韻事。」

玉珍和里歐的筆在筆記本上振筆疾書，好像那些紙渾身發癢，恨不得立刻能得到解脫。他們寫完後，我的眼睛盯著油畫——那張七十年前在上海，在我名妓生涯結束前畫成的畫像。

玉珍指著過去的我問：「祖母媽媽，妳喜歡這幅畫嗎？」

「我喜歡這幅畫，也喜歡這幅畫裡的記憶。」

里歐看著那個二十三歲的我，轉身對九十八歲的我說：「婆婆，妳以前真是個大美人。」他笑得好陽光。

我總喜歡捉弄這個純真的美國大男孩，所以問他說：「以前？所以你是說我現在是個醜八怪老女人囉？」

他楞在那兒，我大笑了出來。

玉珍用力擰他的肩膀，說：「里歐，跟祖母媽媽說話要小心點！」

我跟里歐擺擺手：「好了，好了，我的大王子，別緊張。現在玉珍當然是最漂亮的囉！」我眨眨眼，「因為她遺傳了我的美貌嘛。」

兩個年輕的臉龐露出蓮花般燦爛的笑容，接著玉珍問：「祖母媽媽，那妳覺得身為一個……」

我這個被寵壞了的小公主看來有點不好意思，但我早就猜到她的問題了。「親愛的，妳想知道身為名妓，我覺得丟臉或是驕傲，對嗎？」

他們熱切點頭，像兩顆在海上快樂載浮載沉的浮標——享受著我悲慘的故事。

我嘆了口氣：「唉，這就是重點了！好吧，我很幸運，雖然我被騙進青樓，但至少還是最高級的一種，而且在那裡遇見了珍珠，學到琵琶和琴。至於那些臭男人嘛，有時雖討厭，但現在都無所謂了，因為他們早就都下黃泉去囉！但那四百年、現在已經五百年的琴，和那流傳三千多年的琴音都還在我身邊。」我看著那個掛在牆上的樂器。我那永恆的淨土。

我停下來看著兩張年輕的臉龐：「你們知道我這一生最驕傲的是什麼嗎？」

玉珍向前傾，挺胸說：「妳的藝術天份？」

我搖搖頭。

「妳會彈琴？」

我再次搖搖頭，靜靜地看著他們。

「那是什麼？祖母媽媽，不要一直賣關子嘛！」

「啊，」我笑了，「但『賣關子』就是我身為名妓最拿手的事。雖然七十歲之後比較使不上力，但我還是沒辦法改掉這個習慣。」

「祖母媽媽！」玉珍嬌嗔地抗議。

甲歐把手放在她腿上，對我說：「婆婆，請告訴我們好嗎？」

「好吧，好吧，」我又停了一會才小心翼翼地說，「我最驕傲的不是我做了什麼，而是我沒……」

玉珍睜大了眼睛：「祖母媽媽，妳沒做什麼？」

「我沒……」這次我停下來吸了一口氣，「殺了馮大爺。」

她做了個鬼臉，看著筆記說：「喔對，因為妳母親跟妳說了我佛慈悲，所以妳才沒把子彈對準馮大爺的心臟。」

我繼續說：「反正，在那個意外過後沒多久，馮大爺就因為心臟病發死了。我覺得那是因為我對他開了槍。」

「但妳失手了！」

「他是自作孽而死的。」

「哇！」玉珍叫著，「真棒！」

里歐問：「妳聽到他死的時候開心嗎？」

我想了一會，說：「不開心，很難過。」

玉珍和里歐異口同聲說：「難過？」

「我不是為他難過，而是對人生，對命運的安排。」

我的兩個孫子又開始忙著做筆記，於是我們之間又是一陣沉默。

他們寫完後，玉珍問了我一個意想不到的問題：「祖母媽媽，妳喝了桃花亭的那些湯之後怎麼還能生下祖母？」

「因為我也喝了清真在山上熬給我喝的長生不老湯！」我笑著說。「其實是因為妳曾祖父很有錢，所以把我送到最貴的大醫院去給最好的醫生調養。或者也可能是因為我去看了中國城最有名的中醫師，吃了紅花、當歸、燕窩和天山人參那些珍貴藥材的原因。」

「當歸和燕窩，噁！」玉珍說，邊把這些珍貴的藥材記在她那廉價的筆記本上。寫完後，她抬頭看我，問：「祖母媽媽，在祖父爸爸死後，妳一定還很年輕漂亮，為什麼不再嫁？」

「玉珍，妳在開玩笑嗎？我的人生已經有了這麼多男人還不夠嗎？還有，」我的思緒飛到了我最純真的愛——那個年輕俊郎，住在山中煉丹、沿路乞食、彈得一手好琴的道士，「雖然短暫，但我已經有了我一生的摯愛——清真。」

這俊美得不可思議的一對交換了笑容，年輕的氣息讓我覺得又甜又感傷。我和清真的一幕幕像默片般閃過我腦海。我依然清楚記得他那雙神祕的手，將我從一個毫無情感的妓女變成了一個渴望愛情的女人；他的低吼、呻吟和到達巫山頂峰時的樣子都還清晰刻在我腦中……就算過了七十個年頭，這些依舊是我最鮮明的回憶。

古人說得對，山中方一日，世上已千年。

我很想知道，我活了這麼久，清真是否也還活著。如果他還活著，已經是一百零六歲了！那他可就真的成仙了。如果他沒因喝了那些浮著死鳥的丹藥而喪失了心智的話，他還會時常想起我嗎？

「祖母媽媽，妳沒事吧？」

「沒事，怎麼了？」

「因為妳在哭！」玉珍說，然後抽了一張衛生紙替我擦臉。我想像著她溫柔的手就是我一百零六歲的情人的手。

當擦乾了眼淚之後，我們三個靜靜坐著，忙著喝茶和吃著他們從我最愛的餐廳——御苑——帶來的點心，像個太后般。我因那些熟悉的笑聲、吵鬧聲、碗盤碰撞聲、筷子敲擊聲、舔嘴聲和嘖嘖作響地喝著人參茶的聲音而感到心滿意足。

我的家族團圓了，終於。

如果珍珠也在就好了。

「玉珍，」我指著電視旁邊的櫃子，「最下面的抽屜裡有個牛皮信封，可以幫我拿來嗎？」

她衝過去又衝回來，像個孝順又聽話的中國女兒，雙手遞信封給我。

「謝謝妳，玉珍。」我說著，從信封裡拿出一張照片。

照片裡的年輕人擺了個大膽的姿勢：穿著白色西裝，戴著一頂帽子和一副金框眼鏡（雖然黑白照片裡看不出是個金框），還有黑白相間的發亮皮鞋，一腳在前、一腳在後；一隻手放在褲子後方，一隻手放在帽沿上。叼著雪茄，臉上掛著調皮的笑容和性感的雙唇，完全是一個富家公子的模樣。

玉珍跳了起來，高聲叫著：「哇，好酷！他是誰？是……清真嗎？」

「不，清真是道士，才不可能照相。所有關於他的回憶都在我腦海裡。」我輕輕摸著照片裡那個俊美的人，「這是鄧雄。」

玉珍叫了一聲：「可惡，我早該猜到的！」

里歐插話說：「她看起來真的很像個男人！」

我想起這個如此愛我，但我卻永遠也無法同樣愛她的女人。逃跑後，她過著自己獨特的生活，但卻還是被她殘暴的丈夫、害死我父親的兇手——馮大爺——給抓了回去。她希望能跟我一起死在月光下的大鐘裡，但卻在她最恨的人手上結束了生命。我還記得，我們離別時，她說希望我們能在來生再相見。也許在我踏上黃泉路之後，距離現在也不遠了，而到時候，也許我會渴望她的愛。

我暗自嘆息，拿出了另一張照片，他們倆傾身向前看。

「真漂亮！」玉珍叫了出來，「她是誰，好像電影明星！」

「珍珠，我的結拜姊姊。」我驕傲地說，眼裡閃著淚光。

珍珠現在正回看著我，嘴唇像新月般完美，眼睛笑著——彷彿忌妒我的長壽和我漂亮的玉珍、還有快成為我曾孫女婿的里歐。是啊，我還能吃、還能睡、還能哭、還能笑。但亦有幸有不幸地——未能在陽間做愛。但再過不久我就要去陪她了，奇妙的是，想到這我一點都不覺得難過。

等了一個世紀這麼久，我終於可以再見到我那美麗多才的名妓結拜姊姊了。

讀書會討論題目

桃花亭

葉明媚

【說　明】以下的問題與討論題目提供各讀書會參考，旨在增進讀書會成員對故事的理解。

1. 你對寶蘭的母親將自己女兒送走有何看法？
2. 當寶蘭身處困境時，她如何面對？
3. 你認為寶蘭和珍珠之間的關係如何？舉出她們非常不同、但卻又彼此互相欣賞的地方？
4. 在故事前段，珍珠比寶蘭堅強許多，然而到最後，是寶蘭捱過一切的苦難，而不是珍珠。單純只是因為寶蘭比較幸運嗎？還是她有哪些珍珠缺乏的內在力量？
5. 你認為珍珠自殺是英雄、還是懦夫的行為？
6. 妓女的花榜比賽告訴我們近代中國對女性的態度為何？
7. 你會如何描述寶蘭跟這些男人之間的關係：道士清真、馮大爺、軍事參謀總長歐陽先生、油畫家江茂以及她的丈夫——理查・安德森？還有她跟這些女人之間的關係：珍珠、鄧雄、春月、她的母親和萍姨？
8. 寶蘭為何決定偷偷離開清真？
9. 為何寶蘭的母親沒有在寺廟的法會上跟她相認？

10. 為何在最後一刻寶蘭沒能殺了她的殺父仇人？

11. 為何寶蘭決定嫁給安德森先生？她是感受到真愛，還是有其他原因？

12. 古琴在這本小說扮演何種角色？

13. 寶蘭展示給媽媽和爹看的書法作品如何扭轉他們之間的地位？

14. 黃色蝴蝶象徵什麼？

15. 你能指出這本小說中的佛教主題，如超脫、眾生平等、憐憫和不殺生嗎？

16. 在人生的最後，寶蘭為何對青樓文化的消失感到矛盾？

17. 比較這本小說中女性的命運：寶蘭、珍珠、鄧雄、紅玉、春月、萍姨、芳容、妙善住持（寶蘭的母親），她們如何對她的人生有某種程度的影響？

【文學 024】

《惆悵夕陽》　　彭歌 著

本書收錄了資深作家彭歌三篇中篇小說，三個發生在不同時代的故事，一貫的是作者心繫兩岸，向前瞻望，對海峽兩岸人民生存情境的悲憫與關懷。

【文學 027】

《遊與藝—東西南北總天涯》

童元方 著

本書收錄知名作家童元方女士二〇〇五年至二〇一〇年間的散文創作，集結作者在世界各地的旅遊、生活見聞，以及對文學、繪畫、音樂和戲劇等藝術的獨到見解。遊與藝之外，特別收錄兩篇為陳之藩先生所寫的文章，文筆細膩深刻，字裡行間流露出真摯的情感。

【文學 028】

《團扇》　　韓秀 著

二十世紀六〇年代，兩岸仍處於詭譎雲湧、一觸即發的緊繃狀態，兩艘臺灣軍艦欲趁風狂雨猛，偷渡特務到對岸進行情報工作。因為內奸的出賣，全體官兵幾乎死傷殆盡。部隊長胡嵩詮將軍在臺灣成為殉難的英雄，實則是在大陸經受百般刑求逼供、下放勞改。將軍的妻子秦淑娉始終相信自己丈夫仍然健在；將軍的妻弟也不放棄，親身涉險，足跡踏遍大江南北。一場歷時數十年、營救胡嵩詮將軍的任務於焉展開……